Mirko Zilahy
Nachtjäger

Weiterer Titel des Autors

Schattenkiller

Mirko Zilahy

NACHT-JÄGER

Thriller

Aus dem Italienischen von
Karin Diemerling

Dieser Titel ist auch als Hörbuch und E-Book erschienen

Titel der italienischen Originalausgabe:
»La forma del buio«

Für die Originalausgabe:
Copyright © Mirko Zilahy

Für die deutschsprachige Ausgabe:
Copyright © 2017 by Bastei Lübbe AG, Köln
Umschlaggestaltung: www.buerosued.de
Kartenillustration: Markus Weber | Guter Punkt, München
Autorenfoto: © Basso Cannarsa
Einband-/Umschlagmotiv:
© getty-images/Sven Zacek; © www.buerosued.de
Satz: Urban SatzKonzept, Düsseldorf
Gesetzt aus der Garamond
Druck und Einband: C. H. Beck, Nördlingen
Printed in Germany
ISBN 978-3-404-17613-7

2 4 5 3 1

Sie finden uns im Internet unter www.luebbe.de
Bitte beachten Sie auch www.lesejury.de

Ein verlagsneues Buch kostet in Deutschland und Österreich jeweils überall dasselbe.
Damit die kulturelle Vielfalt erhalten und für die Leser bezahlbar bleibt,
gibt es die gesetzliche Buchpreisbindung. Ob im Internet, in der Großbuchhandlung,
beim lokalen Buchhändler, im Dorf oder in der Großstadt – überall bekommen Sie Ihre
verlagsneuen Bücher zum selben Preis.

Für Isabella und Chiara,
meine Höhlenschwestern

*Die Einbildungskraft ist kein Geisteszustand,
sondern der Inbegriff des menschlichen Lebens.*

William Blake

*Fantasie ist die einzige Waffe im Krieg
gegen die Wirklichkeit.*

Lewis Carroll

Die Nacht ist die Zeit der Verwandlungen.

Giorgio Manganelli

In der Mitte des rostigen Tors dreht sich ein Herz auf einer metallenen Achse. Das Ächzen dehnt sich über den Rasen aus, streift die Sitzbänke und drängt sich zwischen den Zweigen der Lärchen und Zypressen hindurch. Nicht weit entfernt leuchtet die Galleria Borghese weiß im Licht der Parklaternen. Vom dunklen Himmelszelt ergießt der elfenbeinfarbene Mond seinen Schein über den Kies und fließt in das Smaragdgrün des Rasens.

Angetrieben vom Wind, setzt sich das Quietschen fort, dringt durch die Mauerritzen in die stillen Räume des Museums. Es erreicht den letzten Saal, streift die Gemälde und bohrt sich in den Kopf des knienden Mannes, dessen Mund sich stoßweise öffnet, um einen Schrei herauszulassen.

Doch er schafft es nicht.

Bruno kann nur brennende Tränen weinen. Erschöpft von der Furcht, sieht er sich um. In seinem Schädel dröhnen Trommeln. Seine Augen sind geflutet mit der salzigen Flüssigkeit, verformen die Wirklichkeit, verzerren den Saal und alles darin zu einem Strudel aberwitziger Konturen. Seine Hände zittern, und das Getöse in seinem Kopf wird immer stärker, drängt den Schrei zurück, bis dieser schließlich die feierliche Stille des Museums zerreißt und auf das letzte Wispern des drehenden Herzens trifft.

ERSTER TEIL
Der Jäger

1

Umbrien, drei Jahre zuvor

Die Glocke läutete getragen, während zaghafte Sonnenstrahlen dem Rosenmosaik am Fenster scharlachrote Reflexe entlockten. Gerade hatte es aufgehört zu regnen, die ausgeblichene Sitzbank aus Holz war nass. Von einem Beet mit weißen Rosen stieg der Duft von Gras auf. Ein Regenrinnsal streifte die Bordsteinkante und riss ein Kastanienblatt mit sich. Das gelbbraune Schiffchen schaukelte auf dem schlammigen Wasser, neigte sich erst nach einer Seite, dann nach der anderen, bis es sich schließlich aufrichtete, bereit, auf die weiteren Fluten zu treffen.

Zwei blaue Augen unter goldblonden Ponyfransen verfolgten das Schaukeln des Blattes bis zu einer Anhäufung von Schottersteinen, wo es hängen blieb. Dann richtete sich der stahlblaue Blick auf die Gestalt des Alten unter dem Vordach.

»Wann kann ich hier raus?«, fragte der Junge gedehnt.

»Ich weiß es nicht.«

»Ist es wegen dem, was ich gemacht habe?«

Der Mann stieß einen tiefen Seufzer aus, antwortete aber nicht.

»Ist es wegen dem, was ich gemacht habe, dass ich nicht rausdarf?«

Der Alte nickte, und der Junge kniff die Lippen zu einem Strich zusammen. Wieder betrachtete er das Blatt, das sich um sich selbst drehte, bevor er den Blick zum Himmel hob, an dem kleine Wattewolken vorbeizogen. Er blickte ihnen einen Moment lang nach, beobachtete, wie sie sich zerteilten und davontrieben.

Zum wiederholten Male sagte er sich, es sei nicht seine Schuld gewesen, dass dieser Mann sich in seiner Zelle aufgehalten hatte, während er sich *verwandelte*. Doch es half nichts. Er war jetzt verurteilt und würde für immer zwischen diesen Mauern eingesperrt bleiben, abgesehen von gelegentlichen Ausflügen in den Garten, die seine Wut und seinen Freiheitsdrang jedoch nur steigerten.

»Das ist ungerecht«, sagte er frustriert.

»So ist die Regel«, erwiderte der Mönch scharf, während ein dicker Regentropfen an der Rinde des Weidenbaums hinunterrann.

»Es ist ungerecht, Pater.«

Der Mann zwang sich, mit fester Stimme zu antworten. »Wenn du diese schlimmen Sachen machst, bist du ... bist du nicht du selbst.«

»Ich ...«

»Es tut mir leid, aber das hier ist dein Zuhause«, unterbrach ihn der Superior. »Jetzt und für immer.«

An diesem Freitagnachmittag Anfang Herbst schlug der Schwengel der schweren Turmlocke ein dreitoniges Trauergeläut. Innerhalb der Klostermauern war ein Mann gestorben. Ein Bruder, der seine Seele Gott anbefohlen hatte und dessen sterbliche Überreste in diesem Moment durch das Mittelschiff der Kirche getragen wurden. In einem Sarg, der an diesen heiligen Stätten zum ersten Mal überhaupt versiegelt worden war. Die Mönche folgten ihm mit bleichen Gesichtern auf seinem Weg zum Altar. So mancher dachte an die brutale Gewalt, durch die diese liebe Seele hinfortgerissen worden war, so mancher durchlebte deren letzten Augenblicke wieder: Die vergitterte Tür der Zelle von innen verschlossen, der Bruder allein mit dieser Bestie darin. Sie selbst davor, versteinert vor Furcht, tatenlos zusehend, wie er in Stücke gerissen wurde. Nichts als das entsetzliche Geräusch reißender Haut, der starke, säuerliche Geruch weichen Gewebes, das plötzliche Hervorquellen der Eingeweide, die verdrehten Augen des Untiers. Dann die abflauende Wut. Besessen, hatte jemand geflüstert.

Der junge Mann richtete seinen Blick wieder auf den Rinnstein der kleinen Gasse. Das Blatt hatte sich befreit und war weitergeschwommen, angezogen vom Strudel über dem Gully, in Kürze würde es von ihm verschlungen werden. Dann würde es hinunter in den Abwasserkanal trudeln, wie das Floß eines Schiffbrüchigen, mit dem emporragenden Stiel als Mast. Der Junge stellte sich vor, wie es den unterirdischen Sturmwogen in Miniatur trotzte, von den wilden Fluten hin und her geworfen, bis es schließlich die Unendlichkeit des Meeres erreichte.

Nein, das Meer habe ich noch nie gesehen, dachte er, und musterte die Klostermauern aus verblichenem Kalkstein. Sie waren von Efeuranken überwuchert, die bis hinauf zu den Schwalbenschwanzzinnen reichten. Dort endete seine Welt. Das hier war sein Zuhause, es beschützte ihn vor dem, was draußen war, wie der Pater Superior sagte, und vielleicht auch vor dem, was in ihm lauerte. Als er heranwuchs, hatte sein Zimmer nicht aus einem Universum aus Büchern, Spielen und Träumen bestanden, sondern aus einer Welt, deren Grenzen es zu überwinden, deren Wände es zu durchbrechen galt. Irgendwann hatte er es als das angesehen, was es wirklich war: eine Zelle. Und wenn dich jemand in einer Zelle gefangen hält, ist er kein liebender Vater, sondern ein Kerkermeister.

Die Kindheit lag hinter ihm, und er war endlich bereit hinauszuziehen. Was ihn dort draußen wohl erwartete? Er hatte nie gewagt, über diese Mauern hinwegzuspähen. Kein einziges Mal. Es ist gefährlich, hatten sie ihm immer wieder gesagt. Und er hatte stets gehorcht. Die Außenwelt war voll von schlimmen Dingen. Schmerz. Krankheit. Sünde.

Außerdem waren da noch die Monster. Der Dreh- und Angelpunkt aller Ängste. Das Zentrum der Nacht, die Wurzel des Chaos. Das gestaltlose Dunkel.

Aber seine Zeit würde kommen, die hohen Steinblöcke würden ihn nicht hindern. Niemand würde ihn mehr hier gefangen halten.

In der Kirche strichen die Brüder mit bangem Blick und voller Mitgefühl über das grobe Holz des Sargs. Keiner der Dreißig konnte ahnen, dass diese Tränen nicht die letzten waren, die sie seinetwegen vergießen würden.

Denn die Jagd hatte gerade erst begonnen.
Und der Jäger hatte seine Waffen gewetzt.

2

Polino

Enrico Mancini drang in den Buchenwald ein, zwängte sich zwischen Stechpalmen und Bergahorn hindurch, umgeben von einem intensiven Moschusgeruch und begleitet vom Rascheln des feuchten Laubs unter seinen Schritten. Die Anstrengung zwang ihn, mit offenem Mund zu atmen. Er roch das nasse Holz und nahm das Tröpfeln des Taus von den Blättern und das Rauschen des Windes in den Zweigen wahr, das sich mit dem Brummen der Pferdebremsen mischte. Feine Lichtfäden glitten durch das Blätterdach herab und streiften die knorrigen Stämme. Irgendwo fiel ein Tannenzapfen, und im Dickicht bewegte sich etwas. Er wusste, dass sein Geruch noch stundenlang auf seiner Strecke zurückbleiben und die Tierwelt des Unterholzes warnen würde.

Hier, zwischen Jägern und Beute, war er ein Fremder.

An diesem Februartag stand am Himmel ein Gewölbe aus tief hängenden blaugrauen Wolken. Ein bedrohliches Grollen, das jedoch nicht von oben, sondern aus dem Bauch des Waldes zu kommen schien, kündigte den bevorstehenden Gewitterregen an. Über ihm kreiste ein Falke, der nur darauf wartete, den Schrecken des Donners ausnutzen und selbst den kleinsten Fehler sofort bestrafen zu können, um Schnabel und Klauen in seine Beute zu schlagen. Plötzlich kreuzte ein Steinhuhn Enricos Weg, hob wachsam den Kopf und verschwand schnell wieder im Dornengestrüpp.

Auch er hob den Blick. Was da im Anmarsch war, gefiel ihm nicht. Er hatte das Braunkohlelager und die Förderanlagen, die sich in die Eingeweide der Erde gruben, hinter sich gelassen und folgte nun dem Saumpfad, vorbei an Ginsterbüschen und mächtigen Felsaufschlüssen. Der Schnee der vergangenen Tage war geschmolzen und hatte hier und da schmutzig braune Pfützen hinterlassen, was das Gehen mit dem schweren Jutesack in den Armen noch mühsamer machte. Seine Bergschuhe sanken im Matsch ein, seine Knie zitterten, sein Körper war unter der Arbeitskleidung schweißgebadet. Die feuchte Wärme der Haut traf auf die durchdringende Kälte der Berge. Er blieb stehen und lauschte, atmete tief ein, um sein Blut mit Sauerstoff anzureichern, und langsam wieder aus. Mit jedem Schritt fiel ihm das Gehen schwerer, und Arme und Schultern schmerzten von dem Gewicht, das sie zu tragen hatten.

Endlich erreichte er eine kreisförmige Lichtung mit einem Durchmesser von etwa dreißig Metern. Unwillkürlich kniff er die Augen zusammen, bis sie sich an die Helligkeit gewöhnt hatten. Er setzte den Sack auf der kahlen Erde ab, zog seine Wollmütze über die Ohren und den Reißverschluss seines gefütterten Anoraks hoch. Er war erschöpft, sein Brustkorb hob und senkte sich im Zuge seines schweren Atems. Auf der anderen Seite der Lichtung bemerkte er eine große Esskastanie, deren schrundige Rinde Bekanntschaft mit der Gewalt eines Blitzes gemacht hatte. Der Baum war mit schwarzen Brandstreifen gemasert und von Rissen gezeichnet, die den Stamm halb entzweispalteten. Der Winter hatte ihm den Rest gegeben und ihn seiner gezahnten Blätter und stacheligen Früchte beraubt.

Ein plötzliches wiederholtes Vibrieren in seiner Jackentasche ließ ihn zusammenfahren, doch es hörte so abrupt auf, wie es begonnen hatte. Er öffnete den Sack und holte eine kleine Schaufel und einen Setzling heraus. Erneut warf er einen Blick auf das aschfarbene Gewölbe über ihm. Der Raubvogel zog jetzt viel tiefer seine Kreise, und die Luft war eisig. Es war genau der richtige Zeitpunkt, um die kleine Eiche aus ihrer Vegetationsruhe zu holen und einzupflanzen. Er grub ein ausreichend breites und tiefes Loch, befreite den erdigen Wurzelballen von seinem schützenden Netz und setzte ihn hinein. Nachdem er die dicken Arbeitshandschuhe ausgezogen hatte, nahm er einen grünen Beutel mit Zugkordel aus seinem Anorak, öffnete ihn und schüttete den Inhalt in die Grube. Er drückte den Setzling mit den Handknöcheln gut in das Pflanzloch hinein und füllte es wieder mit Erde auf, die er mit seinen Bergschuhen festtrat.

Es war ein geschütztes Fleckchen, der Wind würde der kleinen Eiche hier nicht besonders zusetzen. Und die alte Kastanie am anderen Ende der Lichtung würde über sie wachen. Nur ein Blitzschlag, ein gewaltsames Naturereignis, hatte diesen Baum erschüttern und spalten können, ohne ihn jedoch vollends zu besiegen. Er blieb eine Weile schweigend vor dem frisch gepflanzten Schössling stehen und betrachtete ihn. Etwa ein Dutzend Ästchen streckte sich schon von seinem Stamm aus. Er konnte es schaffen.

Mancini nahm den Sack, faltete ihn zusammen, zog die Handschuhe an und machte sich an den Abstieg. Ein paar Hundert Meter unter ihm, in einem kleinen Tal zwischen den spärlich bewachsenen Hügeln, lag das Dörfchen Polino. Von hier oben konnte er gerade noch das eine Fenster seines Hauses ausmachen, das auf die grobe Steinfassade der Burg hinausging. Er musste schleunigst hinunter, ehe der Himmel seinen Zorn entlud. Außerdem brauchte er eine Dusche. Jeder Knochen in seinem Körper schmerzte, aber das waren Qualen, die er zu schätzen gelernt hatte. Sie gaben ihm das Gefühl, lebendig zu sein. Wirklich zu sein.

Hundert Meter weiter unten prägten Gemüsegärten und Olivenhaine sowie die charakteristischen Formen der Kalkfelsen das Gelände. Nachdem er einen ansteigenden Niederwald mit Pappeln erklommen hatte, lag der Blick frei auf die große Felsspitze mit der aufgegebenen Einsiedelei. Entschlossen schritt er voran, schlitterte in den Bergschuhen abwärts, vorbei an einigen Viehunterständen, bis er schließlich den Platz mit dem Brunnen und dem Waschhaus erreichte. Es war fast zehn, und er verspürte einen nagenden Hunger. Mit zitternden Oberschenkelmuskeln stieg er die Stufen hinauf, die sich im Zickzack zwischen Bogengängen und Steinhäusern aufwärtswanden, bis endlich rechts von ihm die Silhouette der Festung aufragte. Die beiden zylindrischen Türme und der polygonale Grundriss verliehen der kleinen Burg entgegen aller Trutzigkeit eine gewisse Leichtigkeit. Er überquerte den

Platz, der den in diesen Bergen gefallenen Partisanen gewidmet war, und hielt vor einer Holztür an.

Kaum hatte er den Schlüssel im Schloss gedreht, stieg ihm der Geruch des Kaminfeuers vom Abend zuvor in die Nase. Er betrat den Raum, dessen Wände aus Steinquadern gefertigt waren. Darauf ruhte, von Balken aus Tannenholz gestützt, die Holzdecke. In der Mitte stand auf dem Boden aus Tonfliesen ein Esstisch aus Walnussholz, auf dem ein Stück Schinken und ein Jagdmesser lagen. Links befand sich ein alter Gasherd mit einem angekokelten Espressokocher und dem Rest eines ungesalzenen Stangenbrots darauf, auf der anderen Seite ein Sofa vor dem gemauerten Kamin. Er schloss die Tür, hängte seinen Anorak auf, legte Mütze und Handschuhe ab und kniete sich vor die Feuerstelle, in der noch ein knisternder Rest Glut lag. Die Aussicht auf Wärme belebte ihn, und so nahm er trockenes Holz vom Stapel neben dem Kamin und zündete es an. Der Kaffee war aufgebraucht, aber er hatte keine Lust, zum Lebensmittelladen hinunterzugehen, er wollte lieber für sich sein. Eins nach dem anderen.

Während die Holzscheite zu brennen begannen, stieg er die beiden Treppenstufen zum Schlafzimmer hinauf und betrat das angrenzende Bad. Er drehte den Warmwasserhahn der Dusche auf und war im Begriff sich auszuziehen, als es plötzlich zweimal laut an der Haustür klopfte. Ungehalten verharrte er mitten in der Bewegung, in der Hoffnung, der Störenfried würde sich schnell zurückziehen. Das Feuer knisterte und sprühte orangefarbene Funken. Als jedoch ein neuer heftiger Schlag die Tür zum Erbeben brachte, durchquerte er resigniert den Raum und öffnete.

»Ein Anruf für Sie«, stieß der Mann an der Tür hervor, ein bulliger Typ, der den dreihundert Bewohnern des umbrischen Dörfchens das Feuerholz lieferte.

Enrico Mancinis Blick wanderte von dem rotschwarz karierten Flanellhemd zu dem stoppelbärtigen Gesicht des Mannes. Er nickte auffordernd, während ein kaltes Lüftchen von draußen ins Haus fuhr und um seinen nackten Oberkörper wirbelte.

»Unten im Restaurant«, fügte der Mann hinzu.
Mancini war hier heraufgekommen, um auszuspannen und die Dinge an ihren Platz fallen zu lassen. Die Luftveränderung tat ihm gut und half ihm, mit sich selbst zurechtzukommen. Jedenfalls mit einem Teil von sich. Das Haus in den Bergen war abgelegen genug, um es mit der angstvollen Unruhe aufzunehmen, die ihn jedes Mal befiel, wenn der Arbeitstag zu Ende war und er nichts mit sich anzufangen wusste.

»Von wem?«, fragte er.

»Weiß ich nicht. Die haben gesagt, es wär dringend. Aus Rom.«

Der Holzhacker reichte ihm eine Papierserviette, auf der etwas geschrieben stand, nickte ihm zu und verschwand mit dem nächsten eisigen Windstoß.

Mancini schloss die Tür, drehte sich um und verharrte einen Moment regungslos.

Das Haus war in demselben Zustand, in dem er es ein paar Monate zuvor verlassen hatte, nach der Auszeit, die Polizeipräsident Gugliotti ihm nach dem Abschluss des Falls um den »Schattenkiller« auferlegt hatte. Dieser Serienmörder hatte Tod und Schrecken über die ewige Stadt gebracht, und Enrico Mancinis Auftrag war es gewesen, das Gesicht, die Persönlichkeit, den Charakter des Täters herauszuarbeiten. Er war der Beste seines Fachs oder war es zumindest bis vor einiger Zeit noch gewesen – bis seine Frau Marisa ihn für immer verlassen hatte. »Profiler« hieß dieser Bereich im Fernsehen oder in manchen Kriminalromanen, er selbst würde es einfach »Mörderjäger« nennen. Spezialisiert darauf, hatte er sich in Quantico, dem Trainingszentrum des FBI, wo sein Talent, Täterprofile anhand von Spuren an der Opferleiche oder am Tatort nachzuzeichnen, schnell aufgefallen war. Doch es war mehr als das, er blickte tiefer, hatte die Gabe, den Tatort zu »lesen« und die Gegenwart des Mörders wahrzunehmen, als wäre er noch da. Ihn zu *sehen*. Zumindest bis vor einiger Zeit.

Der Schattenkiller hatte die Hauptstadt wochenlang terrorisiert und seine grausame Spur zwischen den Ruinen der Industriekultur des Ostiense-Viertels hinterlassen. Dort hatte er die barbarisch verstümmelten Leichen seiner Opfer im alten Schlachthof von Testaccio, beim mächtigen verlassenen Gasometer und nahe der verfallenen Seifenfabrik abgelegt. Der Fall war für Mancini die schwerste Herausforderung seines Lebens gewesen. Nicht allein wegen der atemlosen Jagd auf den Täter, sondern auch wegen der Trauer, die ihn immer wieder überwältigt und gelähmt hatte – der Trauer um seine kurz zuvor verstorbene Frau.

Die zwei Wochen, die er anschließend in Polino verbracht hatte, waren in der Rückblende ein einziger wabernder Nebel, in dem er ziellos umhergeschweift war, verstört von seinen Erinnerungen und betäubt von dem Bösen, dem er beigewohnt hatte, aber auch von der Intensität seines Schmerzes, den er nie zuvor so stark verspürt hatte. Doch am Ende dieses endlos scheinenden Zeitraums, in dem er sich mit Leib und Seele dem Trinken verschrieben hatte, beinahe ohne einen Bissen feste Nahrung zu sich zu nehmen, hatte sein Körper wieder das Kommando übernommen. Seine Physis war es, auf die er setzen musste, um weiterzumachen, das Fleisch, die Nerven, die Muskeln, die angstdurchsetzten Knochen. Jede seiner Fasern befahl ihm, wieder aufzustehen und weiterzuleben, denn das war das Einzige, was blieb. Das Einzige, was wirklich zählte.

Er ging zum Kamin und warf die Serviette hinein, die mit einem glühenden Zucken verbrannte. Mit ihr löste sich sein Hunger in Luft auf. Er umrundete das Sofa, doch ehe er das Weinregal erreichte, fiel sein Blick auf den Spiegel mit dem vergoldeten Rahmen an der unverputzten Steinwand. Der schien ihn schon seit Tagen zu verfolgen, er fühlte sich beobachtet. Bislang hatte er ihm immer aus dem Weg gehen können, doch jetzt verlor sich sein Blick in den Augen des Phantoms, das ihn wie vom Grund eines klaren Brunnens aus anstarrte. Enrico hielt inne, gebannt von seinem Spiegelbild und von einem Gefühl der Leere übermannt. Er sah die zu lang gewachsenen Haare, die über die Ohren fielen, lockig und schwarz mit Ausnahme einer einzelnen grauen Strähne, darunter die breite, von drei Falten gezeichnete Stirn, das Dreieck des Kinns.

Am Kleiderständer neben dem Spiegel brummte in der Tasche seines Anoraks erneut das Handy und holte ihn aus der hypnotischen Betrachtung des Spiegelbilds. Er nahm es heraus und drückte die Annahmetaste, während er seinen Blick zu dem kleinen Fenster in der Tür wandern ließ.

»Hallo?«, ertönt unsicher die Stimme von Ispettore Walter Comello.

»Was gibt's?«

»Guten Morgen, Dottore.«

»Was gibt's?«, wiederholte er.

»Es tut mir leid. Sie müssen zurückkommen.«

Die Masse der Wolken wickelte sich förmlich um sich selbst, bis sie plötzlich geballt verharrte. Die Luft draußen schien feuchtigkeitsgesättigt und schwer. Mancini atmete tief aus und wartete.

»Man hat eine ... eine Leiche gefunden. In der Galleria Borghese.«

»Wann?«

»Gerade erst. Ein grausamer Mord.«

Der Commissario schnaubte. »Ich komme Montagmorgen zurück und gehe dann gleich in die Gerichtsmedizin, um mir die Leiche anzusehen. Die Tatortbesichtigung kann der Vicecommissario übernehmen. Sag ihm, er soll Caterina mitnehmen.«

»Nein, Sie müssen kommen.«

»Ich bin in den Bergen. Ich komme am Montag.«

»Dottore, Sie *müssen* kommen und ... sich das ansehen.«

Aus diesem »müssen« hörte Mancini eine Beunruhigung heraus, die nicht zum Ispettore passte. Wenn Walter Comello dieses Wort gebrauchte, musste etwas Ungewöhnliches passiert sein, etwas, das selbst einen abgebrühten Straßenbullen wie ihn beeindrucken würde. Etwas Beängstigendes.

Er blickte erneut zu seinem Bild im Spiegel und ertappte sich bei einem völlig überraschenden Gesichtsausdruck.

»Verstehe«, sagte er. Und legte auf.

3

Rom, Galleria Borghese

Mancinis schwarze Lederstiefel hämmerten über den Fußboden der Eingangshalle, während aus dem ersten Stock männliche Stimmen herabdrangen. Draußen hatte die Polizei den gekiesten Vorplatz mit weißrotem Absperrband umzogen und damit das gesamte Gebäude abgeriegelt, um neben den über die Schließung des Museums enttäuschten Touristen auch die Neugierigen fernzuhalten, die vom Anblick der Streifenwagen herbeigelockt worden waren. Die Sonne stand hoch über dem Dach der Galleria, und in den Wipfeln der Bäume zeterten die Amseln.

Er hastete die spiralförmig angelegte Freitreppe aus Marmor empor, eine Hand am schmiedeeisernen Geländer, und betrat die obere Halle. Dort nickte er zwei uniformierten Polizisten in kugelsicheren Westen zu, bevor er sich auf den Weg zum letzten Saal machte.

Der Saal der Psyche.

Obwohl sie ihm den Rücken zukehrten, erkannte Enrico Mancini darin sofort Questore Gugliotti und Ispettore Comello, die sich leise unterhielten. Links von ihnen verteilten zwei Mitarbeiter der Spurensicherung, in Overalls, Handschuhe, weiße Überschuhe und Hauben gekleidet, gelbe Schilder mit schwarzen Nummern darauf auf dem Boden und schossen Fotos. Die vier verdeckten fast vollständig eine Statue auf einem Sockel vor ihnen.

Auf dem Boden bemerkte Mancini die Leiche eines Mannes in Uniform. Er näherte sich ihr bis auf einen Meter und betrachtete sie schweigend. Der Mann lag auf der linken Seite, und um seinen Kopf herum hatte sich in einem Radius von etwa zehn Zentimetern eine Lache aus inzwischen geronnenem Blut gebildet. Das Gesicht war wachsbleich.

In diesem Moment drehte Questore Vincenzo Gugliotti sich um, ebenso wie Ispettore Comello, der den Commissario respektvoll mit einem militärischen Gruß empfing. Die Bewegung führte zu einer Lücke zwischen den beiden, die den Blick auf die Statue hinter ihnen frei gab.

»Mancini, endlich!«, rief der Polizeipräsident herrisch. Seine Worte hallten im Saal wider.

Doch der Commissario konnte nichts als starr geradeaus blicken, und plötzlich erschien ihm die Luft im Raum unerträglich stickig. Denn neben der Statue *Porträt eines Knaben* zeigte sich eine Szene, die keinem anderen Verbrechen, mit dem er es in seiner Zeit als Profiler zu tun gehabt hatte, auch nur ansatzweise ähnelte.

Dort vor ihm waren drei Leichen zu einer wahnwitzigen skulpturalen Pose angeordnet. In der Mitte befand sich ein nackter Mann von beeindruckender Statur. An seinen Seiten umschlangen zwei ebenfalls unbekleidete Knaben seine mächtigen, muskulösen Beine. Ihre Gesichter wirkten aufgrund der Totenstarre, als wären sie aus kühlem Marmor gehauen. Ein dickes Hanfseil, möglicherweise ein Tau, war in einem Wust von Schlingen um ihre Beine, Knie und Oberkörper geschlungen.

»Er hat gewartet, bis sie starr wurden, und sie dann so zusammengenagelt«, sagte Gugliotti und zeigte selbstzufrieden auf rote Wunden an den Knöcheln, Knien und Armen, aus denen die Köpfe dicker Nägel ragten. Den Rest dieser makabren Inszenierung hielten die Stricke zusammen.

»Wer sind die Opfer?«, fragte der Commissario.

»Der Gärtner und seine Söhne«, antwortete Comello.

Abgesehen von der unnatürlichen Haltung, schockierten an diesem fleischgewordenen Albtraum vor allem die Mienen der drei Leichen, die allesamt zu dem gleichen schmerzvollen Ausdruck verzerrt waren. Es war offensichtlich, dass der Täter das erste Einsetzen der Totenstarre abgewartet hatte, um nicht nur die Körper, sondern auch die Gesichter zu modellieren. Ein Schauder schien durch die Räume zu jagen, wie von einem kalten Luftzug oder dem Eindruck der Schreie dieser Ärmsten, in dem Versuch sich zu befreien. Alles wirkte auf spektakuläre Weise lebendig, die angespannten Gesichter, die gerunzelten Brauen, die geweiteten Nasenlöcher, die offenen Münder.

»Die Spurensicherung ist fleißig bei der Arbeit.« Gugliottis Stimme riss Mancini aus seinen Gedanken. Er wandte den Blick von dem Ensemble aus Muskeln und Stricken und richtete ihn auf seinen Vorgesetzten.

»Sie sind schon bei der Spurenauswertung«, ergänzte Walter. Gespannt ging Mancini neben ihm in die Hocke. »Tatort oder Fundort?«, fragte er den Ispettore.

Im Fachjargon wurde bei den Schauplätzen eines Tötungsdelikts unterschieden nach dem Tatort, an dem der Mord verübt worden war, und dem Fundort der Leiche. In Fällen, in denen der Täter eine Inszenierung vorgenommen hatte, sprach man auch vom Ablegeort. Zuweilen fielen sie zusammen, doch hier war es nicht so.

»Ablegeort. Er hat sie durch den Park gezerrt, dann durch den Eingang und die Treppe hinauf. Der Tatort ist die Voliere, nur wenige Hundert Meter von der Galleria entfernt. Alle drei Opfer weisen Schädelwunden auf, er muss sie mit einem stumpfen Gegenstand niedergeschlagen haben.«

»Alle vier«, präzisierte der Questore und zeigte auf die Leiche des Mannes in Uniform auf dem Boden.

»Nur dass er den ersten dreien noch mit einer sehr feinen Klinge die Kehle durchgeschnitten hat. Er hat sie vermutlich irgendwo verbluten lassen und dann hierhergeschleppt, um sie so zu arrangieren«, erklärte Comello.

»Die Suche nach Fingerabdrücken wird die Hölle«, bemerkte Mancini. »In einem Museum mit Tausenden von Besuchern täglich.«

Er erhob sich und betrachtete die Schilder. Die Nummer eins bezeichnete die Stelle, an der ein kastanienbraunes Haarbüschel lag. Nummer zwei wies mit einem schwarzen Pfeil auf eine Reihe von Fußabdrücken, die vom Eingang zu Nummer eins führten.

Ein Fotograf der Spurensicherung machte sich gerade Notizen zu Form und Beschaffenheit der Fußspuren. Nummer drei markierte eine Ansammlung von Blutspritzern direkt hinter dem mittleren Opfer der Dreiergruppe.

»Wer koordiniert die Ermittlungen, Dottore? Und warum ist derjenige nicht hier?«, fragte Mancini den Polizeipräsidenten.

»Giulia Foderà. Aber sie war heute Morgen unauffindbar.«

Ausgerechnet. Mancini biss sich kurz auf die Lippen, dann wandte er sich wieder dem Tatort zu. Im Raum bemerkte er eine weitere Fotografin, Caterina De Marchi, leicht zu erkennen an den roten Haaren, die unter der Haube hervorlugten, der zierlichen Gestalt und den Katzenaugen über dem Mundschutz. Und natürlich an ihrer Nikon. Caterina hatte ihre Leidenschaft fürs Fotografieren, die sie schon als kleines Mädchen begeistert hatte, zum Beruf gemacht. Ungeachtet ihres zurückhaltenden, sensiblen Charakters und ihres tollen Aussehens, war das nun ihre Arbeit: leblose Körper und Spuren an einem Tatort zu verewigen. Doch sie bewältigte das alles auf die ihr eigene Art, in der jedes Klicken des Auslösers die Begegnung mit einem gewaltsamen Tod für sie weniger belastend machte. Mit jedem Knipsen brachte sie in gewissem Sinne wieder Ordnung in die Welt, verbannte die schrecklichen Szenen in ein virtuelles Universum, das sie emotional bewältigen konnte. Ihre Nikon wirkte im Grunde wie ein Filter zwischen ihr und dem Grauen, mit dem ihr Beruf sie tagtäglich konfrontierte. So fotografierte sie nun dicht um die Leichen herum, hielt Einzelheiten der Stricke fest und bückte sich dann, um den Windungen zu folgen, mit denen diese um die Beine der beiden Jungen geschnürt waren. Über die Hände der drei Opfer waren bereits Plastiktüten gezogen worden, um eventuelle Spuren unter den Fingernägeln zu konservieren.

»Und das da ist der Aufseher«, folgerte der Commissario und deutete auf den Toten am Boden.

»Das war er«, korrigierte Gugliotti.

Mancini wandte sich wieder der Skulptur aus Hanf und Leibern zu. »Caterina, hast du auch innen geknipst?«

Mit »innen« meinte er die Ohren, die Nasenlöcher, die Münder und alle anderen Körperöffnungen.

»Ich habe alles aufgenommen, Dottore. Mir ist nichts Ungewöhnliches aufgefallen.«

»Dann können wir jetzt gehen«, sagte Gugliotti.

»Vorher sollten Sie sich noch das hier anschauen«, mischte sich der andere Fotograf ein, der Aufnahmen hinter dem Mann auf dem Sockel schoss. Sie traten zu ihm, und sofort fiel ihnen etwas unterhalb des Nackens ins Auge, eine Art Zeichen auf der Haut.

»Ein Schnitt, mit etwas sehr Scharfem, Feinem und Gezacktem ausgeführt«, stellte Comello fest.

»Sieht aus wie ein L«, fügte Gugliotti hinzu, der die wenige Millimeter auseinanderklaffenden Wundränder prüfend musterte. Sie waren weiß, und die Haut darum herum erinnerte an weiche Schweineschwarte. Der vertikale Teil des Einschnitts maß etwa zwei Zentimeter, der horizontale einen.

»Wir sollten Rocchi holen«, schlug Walter vor. Der Gerichtsmediziner hatte sicher eine Idee dazu.

Caterina entfernte sich ein paar Schritte und deutete plötzlich auf etwas am Boden auf der anderen Seite der Komposition aus Fleisch. »Oh Gott!«

Die Männer folgten der Richtung ihres ausgestreckten Arms. In der roten Lache, direkt vor dem Mund und der Nase des Aufsehers, hatte sich ein heller Fleck gebildet. Seine Lippen bewegten sich, sein Unterkiefer wischte über den Fußboden. Er schnappte nach Luft wie ein verendender Fisch, die Augen trüb und tief in den Höhlen.

Immer noch aufgerissen im Schrecken ihres letzten Anblicks.

4

> Zuerst umschlingen beide Schlangen die kleinen
> Körper der beiden Söhne und umwickeln sie und verzehren
> die armen Glieder mit ihren Bissen ...
>
> Virgil, *Äneis*

Im Bauch der Galleria Borghese liegt Bruno ausgestreckt auf seinem Bett und versucht vergeblich, ein wenig zu schlafen. Und das schon seit zwei Stunden, doch die Kopfschmerzen sind einfach unerträglich. Er steht auf und geht zum Fenster, öffnet es und atmet tief durch. Draußen ist es kalt. Sein Zimmer ist einfach, mit einem Bett, einem Schrank und einem Regalbord. Die Kochnische und das Bad daneben sind klein, aber mehr als ausreichend für eine Person. Den Beruf des Nachtwächters muss er erst noch lernen, aber er ist willig. Vielleicht ist er ein bisschen langsam, der Direktor tadelt ihn ab und zu, doch das stört ihn nicht. Die Bezahlung ist gut, und er hat keine teuren Laster.

Er setzt sich wieder auf die Matratze, fährt sich mit der Hand über die Stirn, in der Hoffnung, dass das Gequietsche in seinem Kopf endlich aufhört, und vernimmt im selben Moment das Knirschen von Kies auf dem Vorplatz. Das Geräusch setzt sich fort, verstummt, beginnt von Neuem. Bruno überlegt nicht lange, zieht sich an, schlüpft in seine Schuhe und verlässt die kleine Wohnung. Er schließt den Haupteingang der Galleria Borghese auf, tritt hindurch, sperrt dann mit drei Schlüsselumdrehungen wieder hinter sich zu und geht die breite Steintreppe zum Vorplatz hinunter.

Nun ist er draußen.

Obwohl er erst seit Kurzem hier ist, sind ihm die Fassade, die Säulenhalle, die Flügeltürme und die Reliefs schon sehr vertraut. Der Kiesplatz ist beleuchtet, doch niemand ist zu sehen. Er beschließt, zum etwa zweihundert Meter entfernten ehemaligen Tierpark hinunterzugehen. Das Knirschen ist nicht mehr zu hören, seine pochenden Kopfschmerzen hingegen sind geblieben. Er gibt sich einen Ruck und geht durch das Eisentor der Volierenanlage und weiter zu den runden Springbrunnen. Die Vögel, die hier einst ihren Durst stillten, sind weg, übrig sind nur die zierenden Reliefs und Ornamente, wie bunte Schattengeister. Die Kuppel beherbergte früher Hunderte von Arten, und draußen vor den überfüllten Käfigen stolzierten erhabene Pfauen, die ihre eitle Vielfarbigkeit beim Radschlagen zur Schau stellten.

Die einzige brennende Laterne gibt nur ein schwaches orangefarbenes Licht ab, das kaum das dichte Laubwerk durchdringt.

Er holt seine kleine Taschenlampe heraus, knipst sie an und richtet sie auf die Mauer nahe den Käfigen. Der Strahl zuckt über die Fugen. Die Blätter der Hecke rascheln, der Duft von Lorbeer liegt in der Luft. Dann richtet sich im Gebüsch etwas auf, das Bruno aber nicht richtig erkennen kann. Von der Gestalt, die nun vor ihm steht, erahnt er nur die erhobene Hand. Sie ist bewaffnet.

Bruno reißt die Augen auf und macht hastig kehrt, während das Rascheln des Laubs durch die Bewegung der sich nähernden Silhouette lauter wird. Wieder pocht es in seinem Schädel, und seine Halsschlagader schwillt an. Stolpernd läuft er davon, während er hinter sich das Geräusch von aufgeworfenem Schotter vernimmt. Er durchquert den Park und überwindet mit einem Satz das algengeschwärzte Fischbassin. Er muss den Vorplatz erreichen und ins Museum gelangen. Doch das Geräusch kommt immer näher, und seine Panik wächst. Sein Trommelfell ist wie mit Watte verstopft. Er will sich umdrehen, tut es aber nicht, sondern läuft schwankend weiter, scheinbar in Zeitlupe, in der Gewissheit, dass sein Verfolger ihn packen und dieses Ding, das er in der Hand hält, gegen ihn einsetzen wird.

Bruno rennt, als sei der Sensemann persönlich hinter ihm her, und stolpert über die Schnürsenkel seiner blankgewienerten Schuhe. Er strauchelt. Lauf, befiehlt er sich, und auch wenn er dabei stumm bleibt, hallt das Wort wie Donner in seinen Ohren nach. Er schüttelt den Kopf, schnappt nach Luft und rennt weiter. Keuchend springt er die Treppe hinauf. Erreicht das Eingangsportal und fischt die Schlüssel heraus. Jetzt dreht er sich kurz um, aber die Welt hinter ihm ist wirr und verschwommen. Der Schlüssel hakt im Schloss, dann greift er. Bruno drückt den Türflügel auf, schlüpft hinein und schließt genau in dem Moment ab, als sich von außen etwas dagegen wirft.

Er ist drin. In Sicherheit. Mit dem Rücken gegen die Holztür gelehnt, ringt er nach Luft. Draußen ist nichts als Stille.

Ein gedämpftes Licht beleuchtet die Vorhalle der Galleria und den Empfangstresen, hinter dem sich der Eingangssaal mit seiner Freskendecke und dem Mosaikboden öffnet. Seit drei Monaten arbeitet Bruno hier. Tagsüber ist es eine schöne Aufgabe, mitten unter den Leuten. Bei Nacht jedoch verwandeln sich die Räume, die Statuen werden lebendig, und die Fresken flüstern in der Sprache der Toten.

Links ist die kleine Seitentür zu seiner Unterkunft. Er tritt hindurch und schließt ab. Sein Kopf hämmert ohne Unterlass, und das Blut rauscht unaufhörlich in seinen Ohren. Er stellt sich an das vergitterte Fenster und späht hinaus, betet, dass niemand mehr da ist, dass, wer auch immer das war, fort ist. Dann geht er ins Bad und wäscht sich das Gesicht. Er dreht den Wasserstrahl ab und setzt sich aufs Bett. Sein Herz schlägt allmählich ruhiger, die Atmung normalisiert sich. Nur in seinen Ohren dröhnt es weiter. Er greift zu der Wasserflasche neben dem Bett, trinkt einen Schluck und legt sich hin, bettet den Kopf aufs Kissen.

Sein Blick irrt verdutzt durch das dunkle Zimmer. Er muss eingeschlafen sein, ist benommen, aber der Schmerz in seinem Kopf ist verschwunden. Angestrengt lauscht er, fühlt sich seltsam beklommen. Wie lange hat er geschlafen? Vorsichtig geht er zur Tür und öffnet sie. Normalerweise wird das Museum wegen der Überwachungskameras nachts von einzelnen Lampen dezent beleuchtet.

Jetzt jedoch nicht. Es ist dunkel. Nur das Licht der Lampen aus dem Park dringt herein.
Offenbar ist das System lahmgelegt. Nicht zum ersten Mal – erst vor zwei Tagen hat ein Rabe das elektrische Kabel auf dem Dach der Galleria beschädigt. Der Haustechniker hat es erst mal notdürftig geflickt. *Bestimmt ist das der Grund,* sagt Bruno sich, als er die Eingangshalle betritt. Der Haupteingang ist nach wie vor geschlossen, doch in diesem Augenblick trifft eine Schwingung sein Trommelfell. Ein Knall irgendwo, wie von einer zuschlagenden Tür. Die Panik überrollt ihn in Schüben, und er rennt die Treppe zum Untergeschoss hinunter, wo sich das Restaurant und die Bibliothek befinden.
Und das Telefon.
Er nimmt den Hörer ab und wählt den Notruf. Wischt sich den Schweiß von der Stirn. Die Leitung ist tot. Kein Strom.
Hastig läuft er wieder nach oben. Das Museum ist still, bewohnt nur von den Schatten der zahlreichen Werke. Bruno liebt diese Gemälde, die Statuen, auch wenn sie ihm Angst machen. Bei seinen nächtlichen Runden, wenn er durch die notdürftig beleuchteten Säle geht, klammert er sich an den Hall seiner Absätze, um sich nicht allzu verloren zu fühlen. Jetzt hingegen schleicht er auf Zehenspitzen, als er Saal für Saal kontrolliert, unterstützt vom Licht der Parklampen draußen. Nach Paolina Borghese *begegnet er Caravaggios* Heiligem Hieronymus *mit dem Totenschädel auf dem Schreibpult.* Bruno wirft nur einen kurzen Blick darauf und huscht weiter. Er kann sie nicht anschauen, diese leeren Höhlen. *Eilig steuert er den Saal mit dem beängstigendsten Kunstwerk an,* Apollo und Daphne *von Bernini.* Die Besucher stehen stundenlang davor und betrachten es, aber er erträgt dieses Schauspiel von Reglosigkeit und zeitgleicher Unbeständigkeit nicht. Die Verwandlung, im Werden begriffen und doch in Marmor erstarrt.
Das Grauen der Metamorphose.
Es dämmert noch nicht, aber außerhalb des verschwiegenen Borghese-Parks, umgeben von drei Meter hohen Mauern, tost schon der Verkehr auf dem Viale Muro Torto. Innen bereiten sich

die Springbrunnen auf die Wasserspiele in ihren steinernen Bassins vor. In den kostbaren Sälen der Galleria Borghese herrscht Ruhe. Bruno erreicht die obere Etage. Er betritt die Vorhalle und folgt, wie die Touristen, gegen den Uhrzeigersinn dem quadratischen Saalplan. Schleicht durch die Loggia von Lanfranco und den Saal der Aurora. *Auch hier kein Laut.* Die Geräusche kamen vom Dach, wo die Möwen nisten, wie dumm von mir, sagt er sich, als er den letzten Saal betritt. Den der Psyche.

Die Decke ist von Novelli mit Szenen aus dem Goldenen Esel von Apuleius bemalt, rings um den Raum stehen sechs Zierkamine, und an der westlichen Wand prangt das Gemälde Himmlische und irdische Liebe *von Tizian. In der Saalmitte steht auf einem Sockel die antike Skulptur* Porträt eines Knaben.

Doch dort vor dem Knaben, auf dem glänzenden ockerfarbenen Boden, entdeckt Bruno auf einmal ein neues Werk.

Ungläubig bleibt er stehen und starrt auf die wirre Komposition der Linien, auf die wie Tentakel verschlungenen Gliedmaßen. Ein schauderhaftes Knäuel aus Armen, Beinen und Köpfen blickt ihm entgegen.

Bewegt es sich?

Das kann er sich gerade noch fragen, bevor ein gewaltiger Schlag seinen Schädel zertrümmert.

5

Rom, Polizeipräsidium

Im Viertel Monti, nicht weit von der Via Nazionale und direkt neben der Kirche San Vitale, die auch der zugehörigen Straße ihren Namen gab, liegt das Polizeipräsidium von Rom. Ein schmuckloses Gebäude aus dem Jahr 1910, das vormals ein Dominikanerkloster war.

An diesem Morgen hing eine dicke, runde Wolke über dem weißen Dach. Der Questore betrachtete sie von seinem Büro aus mit einer Mischung aus Staunen und Unbehagen. Er hielt seinen rechten Arm auf die Hüfte gestützt, in der Hand eine Ausgabe des *Messaggero*. Schließlich hob er die Zeitung höher, faltete sie auseinander und setzte die Brille auf, die an einer Goldkette um seinen Hals baumelte. Mit dem Alter nahm die Sehschärfe deutlich ab.

Er hatte die erste Seite des Lokalteils vor sich. Die obere Hälfte war hauptsächlich einem Bericht über einen Unfall auf der Via Cristoforo Colombo gewidmet, bei dem zwei Familien ums Leben gekommen waren. Ein SUV hatte zu einem gewagten Überholmanöver angesetzt, den Rest hatten die Wurzeln einer Seekiefer erledigt. Das Fahrzeug war ins Schleudern geraten, hatte die mittlere Leitplanke durchbrochen und war auf der Gegenfahrbahn mit einem Kleinwagen zusammengeprallt. Daneben stand noch eine Meldung über das Verschwinden mehrerer Hunde im Nomentano-Viertel. Die Besitzerin von sechs Chihuahuas gab an, sie aus den Augen verloren zu haben, während sie in dem kleinen Park der Gartenstadt von Monte Sacro spielten. Einer Gruppe von Tierschützern zufolge, so vermeldete ein Kommentar, bestand ein Zusammenhang zwischen den zunehmenden Tier-Entführungen und den Experimenten eines multinationalen pharmazeutischen Konzerns, der Labors in der Gegend betrieb. Gugliotti zog eine missbilligende Grimasse.

Der Rest der Seite widmete sich unter dem Titel »Horror im Museum« dem Mehrfachmord in der Galleria Borghese. Zusätzlich zu den wilden, unzusammenhängenden Spekulationen würde wie immer vor allem das verdammte Foto beunruhigend auf die Leserschaft wirken. Der Questore betrachtete das schwarz-weiße Quadrat von zehn Zentimetern Seitenlänge, in dem die drei Leichen im Saal der Psyche zu sehen waren. Es war zum Glück von Weitem aufgenommen, man konnte zwar erahnen, dass es sich um eine Art Figurengruppe handelte, doch die Belichtung war miserabel und die Aufnahme durch ein Fenster gemacht worden, sodass die Reflexe sie vollends verdarben. Dieses Mal ist das Glück auf meiner Seite, dachte der Polizeipräsident.

Ein Hustenanfall riss ihn aus seiner Betrachtung. Er drehte sich um und erblickte einen kleinen Mann mit zerzaustem kastanienbraunem Haar in braunem Sakko, zu dem er eine blassgrüne Krawatte trug. Er hielt ein Blatt Papier in der Hand.

»Man hat Cristina Angelini gefunden«, krächzte Gianni Messina.

Der Blick seines Mitarbeiters ließ keinen Zweifel daran, in welchem Zustand die Frau aufgefunden worden war. Scheiße, dachte Gugliotti, der die Situation sofort erfasste und sich den Ärger ausmalte, den sie mit sich bringen würde. »Wann? Und wo?«, fragte er, während er bereits überlegte, wie er am besten mit der Nachricht umging.

»Gerade erst, im Biopark.«

Die Villa von Cristina Angelini, der Tochter des bekannten Tenors Mario Angelini, lag am Viale Ulisse Aldrovandi, am Rand des Wohnviertels Parioli. Die junge Frau lebte allein in dem großen Haus, dessen Erdgeschoss ihrem Beruf als Opernsängerin vorbehalten war. Dort gab es einen schalldichten Raum mit einem weißen Flügel und Streichinstrumenten sowie hinter einer Glaswand ein Tonstudio. Die eigentliche Wohnung befand sich im ersten Stock und bestand aus einem riesigen Schlafzimmer, einem zwanzig Quadratmeter großen Bad und einem Zimmer voller Bücher, Musikzeitschriften und anderer Literatur rund um das Thema Musik.

Das Haus war von Zedern und römischen Pinien umgeben, und die Vorderfront grenzte an die Nordseite des Bioparks, wie der ehemalige Zoologische Garten jetzt hieß. Bei der Ankunft der Polizeibeamten war im Erdgeschoss nichts Außergewöhnliches zu sehen gewesen, ebenso wenig wie im Schlafzimmer der Sängerin und im Musikzimmer. Doch beim Betreten des Badezimmers waren die Beamten auf einen roten Sumpf getroffen. Der Fußboden war überschwemmt gewesen und der Rand der Badewanne voller Blut, ebenso das Wasser, das sie bis obenhin füllte. Die einzige Fußspur war dieselbe, die auch auf dem Rasen draußen zu sehen gewesen war, der durch Lorbeerhecken vor neugierigen Blicken geschützt war. Die Spurensicherung hatte draußen und drinnen Abdrücke von Schuhen gefunden, deren Größe, Marke und Modell bislang noch nicht hatten ermittelt werden können.

Es waren makabere Einzelheiten, die der Questore bereits kannte, seit sich die Polizei auf einen alarmierenden Anruf des Vaters hin, der von New York aus mehrmals vergeblich versucht hatte, seine Tochter zu erreichen, vor einigen Tagen Zugang zum Garten des Anwesens verschafft und das Eingangstor offen vorgefunden hatte.

»Wer hat sie gefunden?«

»Einer der Wächter«, antwortete der Assistent und suchte in den engen Zeilen der Faxnachricht nach dem Namen des Mannes.

Gugliotti warf den *Messaggero* auf seinen Schreibtisch. »Ist schon jemand dort?«

Messina führte das Blatt dichter vor seine Augen. »Ja, zwei Ispettori von der Wache in Salario-Parioli, und die Spurensicherung müsste inzwischen auch dort sein.«

Gugliotti wusste, dass er den Vater der jungen Frau persönlich informieren musste, ehe die Nachricht ihn von anderer Seite erreichte, womöglich noch mit einem schönen Foto von der

Leiche. »Lassen Sie die Umgebung abriegeln und informieren Sie sofort den Direktor des Parks. Niemand darf das Grundstück betreten.«

Gugliotti fixierte Messina, der mit einem Mal verlegen wirkte. Er riss ihm das Fax aus der Hand, und sofort heftete sich sein Blick auf ein Schwarz-Weiß-Bild. Auf dem grauen, grobkörnigen Hintergrund war eine Erhebung aus Pappmaschee auszumachen – die Eisbergkulisse in dem alten, seit Jahren verlassenen Eisbär-Schwimmbecken. Mitten in dem Becken lag ein Körper. Trotz der schlechten Bildqualität ließen die Statur und die wallenden hellen Haare vermuten, dass es die Leiche von Cristina Angelini war.

»Woher hast du das?«

Die peinlich berührte Miene des Assistenten reichte als Antwort auf die Befürchtungen des Questore.

»Hat das einer von unseren Leuten gemacht?«, brüllte Gugliotti.

Messina reckte seinen Stiernacken vor und tippte mit dem Zeigefinger auf eine Signatur am oberen Rand des Blatts: *ansa.it* – die große italienische Presseagentur.

»Wie ist das möglich? Noch dazu nach dem Fund in der Galleria Borghese!«

»Ich weiß es nicht, Dottore.«

Die Entschuldigungen des Untergebenen verhallten ungehört, denn Gugliottis Gedanken waren bereits woanders. Zwei Tötungsdelikte, zeitlich so dicht beieinander. Und auch räumlich so nah. Zwischen der Galleria Borghese und dem Biopark, zwischen dem Gärtner und seinen Söhnen und der armen Cristina Angelini lagen nur rund vierhundert Meter. Das konnte kein Zufall sein.

»Schon gut, Messina. Ruf Commissario Mancini an. Es steht eine weitere Tatortbesichtigung an.«

»Sofort, Dottore.«

Gugliotti wusste, dass Mancini der richtige Mann für diese Aufgabe war und hoffte inständig, dass sein Untergebener nach dem Tod seiner Frau und einer längeren Auszeit nun wieder in der

Lage sein würde, Außerordentliches zu leisten. Natürlich könnte er die Fälle einem anderen übertragen, es gab genug ehrgeizige Nachwuchskräfte, von denen einer eines nicht allzu fernen Tages Mancinis Platz einnehmen würde. Doch im Moment dachte er nicht daran, jemanden mit einem Fall auf die Probe zu stellen, der vertrackter und überdies medial heikler zu sein schien, als er zunächst vermutet hatte.

»Messina, bring mir die Fotos aus der Galleria Borghese. Ich muss noch jemanden anrufen.«

6

Rom, Polizeiwache Monte Sacro

Sechs Kilometer nordöstlich des Polizeipräsidiums liegt die Polizeiwache des Stadtteils Monte Sacro. In einem Büro, das sich sehr von dem unterschied, in dem Vincenzo Gugliotti seinen Anruf tätigte, saß Enrico Mancini vor dem eingeschalteten PC an seinem Schreibtisch. Er hatte das Fenster geschlossen und die Jalousie hochgezogen. Die vergilbten Wände reflektierten das Neonlicht, und der Bildschirm warf ein bläuliches Licht auf den Commissario. Er hielt das Gesicht mit den Händen und die Ellbogen auf die Tischplatte gestützt und hatte den Kragen seines Hemdes geöffnet. Auf der Couch lag ein neuer Trenchcoat, ähnlich dem, der bei einem Brand vor einigen Monaten vernichtet worden war. Zusammen mit dem alten Mantel, einem Geschenk seines Vaters, waren auch die Handschuhe teilweise verkohlt, die er nach Marisas Tod wie einen Schutzwall ständig getragen hatte. Er war damals nicht rechtzeitig von einer seiner Tagungen in Quantico zurückgekehrt, um seine Frau noch ein letztes Mal zu sehen, um sich wenigstens von ihr verabschieden zu können. Bei seiner Ankunft in Rom war sie schon tot gewesen. Von da an hatte er die Handschuhe getragen, die ihrem Vater gehört hatten, um Abstand zwischen sich und den anderen, sich und der Welt, zu schaffen. Diese Handschuhe waren ein Zeichen seiner Absage an das Leben und zwischenmenschlichen Kontakt. Eine tote Haut, die seine Hände beständig umhüllt hatte.

Enrico Mancini rieb sich mit Zeigefinger und Daumen die geröteten Augen. Er fokussierte seinen Blick und sah den Cursor im Adressfeld seiner Antwortmail blinken. Dann atmete er tief ein und schnaufend wieder aus, um sich zur Entschlossenheit zu mahnen.

Enrico,
seit unserer letzten Begegnung sind drei Tage vergangen. Du weißt, dass ich keinerlei Ansprüche erhebe, mir keine Hoffnungen mache. Ich rechne mir nichts aus. Aber einen Anruf erwarte ich schon.
Also: Ruf mich an.
G.

Sollte er antworten? Die wirren Gefühle in seinem Magen griffen auf seinen Kopf über. Zum ersten Mal seit Langem empfand er lästigen, zermürbenden Zweifel, und der plagte ihn. Nach der allesumfassenden ersten Trauerphase hatte ihn ein heftiges Nachbeben erschüttert, das bisher nicht in einem inneren Gleichgewicht gemündet hatte. Was ihn niederdrückte, waren nicht so sehr die Erinnerungen an seine tote Liebe, sondern die alltäglichen Dinge und Gewohnheiten, selbst die unbedeutendsten, die ihm Marisas Fehlen schmerzlich vor Augen führten, und das war kaum auszuhalten. Seit er auf den Schutz der Handschuhe verzichtete, die ihm während der ersten Phase der Trauer um Marisa Halt gegeben hatten, versuchte er, etwas für sich zu tun, genau wie Dottoressa Antonelli, die Psychologin des Reviers, es ihm geraten hatte. Und das hieß vor allem, jeden Tag etwas loszulassen: eine Erinnerung, einen Gegenstand, eine Angewohnheit aus ihrer gemeinsamen Zeit zu Hause. Er hatte im Bad angefangen in der Annahme, dass es ihm dort am leichtesten fallen würde, aber vielleicht war es dort einfach nur weniger schwer als in der Küche, die randvoll mit glücklichen Erinnerungen war, oder im Schlafzimmer, wo immer noch Marisas Unordnung herrschte.

Also hatte er die grüne Zahnbürste aus dem Glas auf dem rechten Waschbecken entfernt. Dann war das Handtuch an der Reihe gewesen, das er monatelang immer wieder gewaschen und aufgehängt hatte.

Er hatte angefangen, ja, aber irgendwann hatte er diese Entsorgungstherapie unterbrechen müssen, sodass ein Großteil der

Sachen noch immer herumlag. Die Bücher auf ihrem Nachttisch, die CDs in der von ihr rot angemalten Gemüsesteige, das Peanuts-Kissen auf dem Sofa im Wohnzimmer, das mit ihm darauf wartete, dass Marisa zurückkam und sich neben ihm in das weiche Plaid kuschelte, den Duft ihres Badeschaums an sich, süß und real.

Dann war da noch diese Schublade, die Enrico nie geöffnet hatte. »Mein Tresor«, hatte Marisa sie genannt, und nur der Himmel wusste, was sie darin aufbewahrte. Er kannte das Schlüsselversteck, aber er hatte sich nie für den Inhalt interessiert. Einen Augenblick lang gab er sich einer Illusion hin, stellte sich vor, etwas von ihr darin zu finden, das ihm eine Verschnaufpause verschaffte. Ein Tagebuch mit Notizen über sie beide, ein Foto von ihnen, irgendetwas, das ihm das Gefühl gab, dass sie noch bei ihm war. Denn die akute Qual der Trauer hatte einer in Wellen kommenden Sehnsucht Platz gemacht, die, wie die Meeresbrandung am Strand, mit jedem Mal ein kleines Stück Erinnerung mit sich riss. Was ihm am meisten Angst machte und ein schreckliches Gefühl der Leere hervorrief, war der Gedanke, sie noch einmal zu verlieren. Sie aus seinen Erinnerungen, seinem taktilen, olfaktorischen, visuellen Gedächtnis zu verlieren. Ihre warme, leicht heisere Stimme zu vergessen. Die Konturen ihres schönen Gesichts lösten sich schon langsam auf. Der frische Geruch ihrer Haut, bevor die Chemotherapie ihn vollkommen umsonst verändert hatte, war aus der Bettwäsche verschwunden. Er hatte ihn überall in der Wohnung gesucht, fast panisch, weil er wusste, dass auch Geister sich ab einem gewissen Zeitpunkt in nichts auflösen. Und weil auch der Tod mit seiner Eiseskälte, die das Leben der Hinterbliebenen erstarren lässt, irgendwann stirbt.

Er schloss die Augen und holte tief Luft, in der Hoffnung, dadurch ein wenig Seelenruhe in sich aufzusaugen. Doch die Bilder, die auf der Leinwand seines Kopfs abliefen, brachten nur Wehmut mit sich. Wäre ich doch in Polino geblieben, dachte er und betrat im Geiste wieder das Haus in den Bergen. Er sah das Dorf vor seinem inneren Auge, wie es sich zwischen Felsen und Überhängen den Hang hinaufschlängelte, mit Giebeldächern und hellen Rauchsäulen aus den Schornsteinen, die gegen den Widerstand des Nebels ausatmeten. In der Ferne, auf dem gegenüberliegenden Bergzug, lagen die Gipfel verhüllt im Nebelschleier, der sich auch das alte Bergwerk einverleibt hatte. Das ausgedehnte Geröllfeld wurde von Buchen-Niederwäldern unterbrochen, und in der Mitte des Hochtals, vergessen vom Geist des Windes, zeichnete sich der Ring der Lichtung ab. So deutlich, als wäre er noch dort, sah er die krüppelige Form der Kastanie vor sich und stellte sich die Narben vor, die den Stamm von oben nach unten durchzogen. Doch aus diesen Rissen, das spürte er, würden bald neue grüne Hoffnungstriebe sprießen.

Er öffnete die Augen wieder.

Ungeachtet dessen, was zwischen ihnen gewesen war, fühlte Mancini sich noch nicht bereit für etwas Neues. Die Trauer ließ langsam nach, ohne jedoch zu vergehen, und es war nur fair, dass Giulia Foderà das wusste.

Ja, er musste ihr antworten.

7

Rom, Poliklinikum Umberto I, Gerichtsmedizin

Antonio Rocchis Augen zuckten fahrig in Richtung der Wanduhr mit Metallgehäuse. Seit vierzehn Stunden hielt er sich nun schon an diesem seelenlosen Ort auf – so lange hatte die Autopsie der drei Leichen gedauert. Der Gärtner des Parks und seine beiden Söhne lagen nebeneinander auf Stahltischen. Als Rocchi festgestellt hatte, dass der Tod sie mit nur wenigen Minuten Abstand ereilt hatte, hatte er beschlossen, die Untersuchungen parallel durchzuführen, damit nicht zu viel Zeit zwischen ihnen verging.

Vermutlich lag es an dem vielen Metall, dass der Gerichtsmediziner sich irgendwie seltsam fühlte, sein Kopf war wie in Watte gepackt. Zwischen zwei Durchgängen hatte er in Anwesenheit der drei Toten ein Tramezzino gegessen, doch die Stärkung hatte nicht lange vorgehalten, also hatte er ein Red Bull nachgelegt und gehofft, dass es ihm danach besser gehen würde. Nach mehreren Arbeitsschritten mit Lanzetten hatte sich jedoch einzig und allein ein gehöriges Herzrasen und ein schweißgebadeter Nacken eingestellt. Da hatte auch das Summen in den Ohren angefangen, und der glänzende graue Fußboden hatte auf einmal Wellen geschlagen, als wäre er flüssig. Rocchi war zu dem Obduktionstisch mit dem bläulichen Leichnam des Gärtners hinübergegangen, hatte sich hingekniet und sich mit dem Abspritzschlauch das Gesicht nass gemacht. Das Wasser hatte sofort, wenn auch nur vorübergehend, erfrischend gewirkt, und er hatte sich kurz hingesetzt. Zum Glück war er fast fertig.

Die Autopsien hatten bestätigt, was für die Spurensicherung und Mancini schon am Tatort offensichtlich gewesen war: Die drei Opfer waren mit einem harten Schlag auf den Hinterkopf betäubt worden, vermutlich, als sie zu fliehen versuchten. Dann hatte der Täter ihnen mit einem Messer mit unebener Klinge die Halsschlagader durchtrennt und sie hinter den Lorbeerhecken verbluten lassen. Schließlich hatte er sie hinauf zum Museum gezerrt und dort zu dieser Komposition arrangiert, bevor ihre Gliedmaßen steif wurden, und die Nägel in die Gelenke geschlagen, um feste Ansatzpunkte zu gewinnen, um die er herum arbeiten konnte. All das ohne Augenzeugen: Die Tore des Borghese-Parks schlossen um neunzehn Uhr, und die Überwachungskameras des Museums waren durch einen Kurzschluss ausgeschaltet worden.

Antonio Rocchi blickte zu dem stählernen Block mit den Kühlzellen, von denen drei in der unteren Reihe leer waren. Er raffte sich auf, die wenigen Meter zurückzulegen, die ihn von den großen Türgriffen trennten, und kontrollierte die Temperaturanzeige: − 20 °C, also alles normal. Er schob die am nächsten liegende Leiche, die des kleinen Jungen mit den hellbraunen Haaren, in die Zelle an der Ecke. Die Bahre glitt hinein, blockierte aber kurz, ehe sie schließlich doch mit einem leisen Klacken einrastete, woraufhin die Zelle geschlossen werden konnte. Doch Antonio zog die Bahre noch einmal ein Stück vor und spähte an das Ende der Schiene, um herauszufinden, was das Hineingleiten verhindert hatte. Erkennen konnte er nichts, vermutlich war einfach ein Zeh in die Führungsschiene geraten. Er versuchte es noch einmal, mit dem gleichen Ergebnis. Schnaufend zog er die Bahre ganz heraus, bis der Leichnam wieder vollständig vor ihm lag, im Grünlichweiß eines schmutzigen, unschönen Todes, mit den Spuren der Autopsie und jenen, die der Mensch hinterlassen hatte, der ihn getötet hatte.

Der Gerichtsmediziner hatte schon viele Tote gesehen, Opfer von Unfällen, Krankheiten, Mord und Totschlag, aber dieser Junge hatte etwas, das ihn verstörte. Wie auch die beiden anderen. Es lag an den Augen: Die Blicke der Toten hatten etwas Hypnotisches, Lebendiges. Der Killer musste viel Zeit auf sein schauriges Werk verwendet haben. Normalerweise setzte die Totenstarre zwei oder drei Stunden nach dem Ableben ein. Es könnte sich um einen Fachmann, einen Kollegen handeln, sinnierte Rocchi, der um die Reihenfolge der erstarrenden Körperpartien wusste, wie sie die sogenannten Nysten-Regel beschrieb: Zuerst waren die Augenlider, die Kiefer- und Gesichtsmuskeln betroffen, dann der Nacken, der Rumpf und zum Schluss die oberen und unteren Extremitäten. Herrgott, dachte er, um die Gesichter und Haltungen seiner Figuren so zu formen, muss der Täter innerhalb exakt bemessener Zeitfenster gearbeitet haben, sonst hätte er den Widerstand der Körper gegen die durchgeführten Verrenkungen nicht perfekt für seine Zwecke nutzen können.

Er schob, nun ohne jeden Widerstand, alle drei Leichname in die leer stehenden unteren Kühlzellen und verließ den Obduktionssaal durch die Schwingtür. Die Müdigkeit übermannte ihn förmlich und machte ein Weiterarbeiten sinnlos. In seinem Büro legte er sich ausgestreckt auf die Liege und schob ein Kissen unter seinen Nacken, und schon nach wenigen Augenblicken ging sein Atem tief und regelmäßig.

Als er am nächsten Morgen um kurz nach sechs aufwachte, vibrierte in der Hosentasche sein Handy. Rocchi rieb sich kurz über die Augen, bevor er das Gespräch annahm. Das Display zeigte eine ihm unbekannte Festnetznummer an.

»Ja?«

»Hallo, Antonio«, vernahm er die Stimme von Carlo Biga, dem alten Kriminologen und Universitätsdozenten im Ruhestand.

»Professore ... guten Morgen.«

»Habe ich dich geweckt?«, fragte Carlo Biga mit einem Blick auf die Pendeluhr in seinem Wohnzimmer.

Antonio konnte sich gut vorstellen, wie der alte Kriminologe gerade im Licht der Bogenlampe in seinem grünen Samtsessel saß. Er war nahezu achtzig Jahre alt, aufgedunsen vom Whiskey und einer nicht gerade mediterranen Ernährungsweise, klein und mit einer Nickelbrille, die ihm an einer Schnur immer wieder von der Nase rutschte. Sicher warf er jetzt einen Blick auf die imposante Uhr mit dem Walnussgehäuse, die an der tabakbraun tapezierten Wand gegenüber stand und zu jeder vollen Stunde in dumpfem Ton schlug.

»Kein Problem, was gibt es?« Rocchi stand auf und schleppte sich zu der Ecke, in der eine Induktionskochplatte und ein Espressokocher standen.

»Ich wollte nur mal hören, ob du heute zu dieser *Vorlesung* gehst.«

Die Spezialeinheit für die Analyse von Gewaltverbrechen, kurz UACV, hatte eine Vortragsreihe für die besten Studierenden des Aufbaustudiengangs Angewandte Kriminalpsychologie des Landes organisiert. Die Vortragenden waren sämtlich Fachleute und Spezialisten, deren Arbeit unmittelbar um einen Tatort und die Ermittlungen kreiste, und Antonio Rocchi war einer von ihnen.

»Zwangsläufig, Professore, ich bin mit meiner Vorlesung gleich nach Ihrem Lieblingsschüler dran. Er um elf, ich um zwölf Uhr.«

»Aha, du musst also auch ran.«

Biga war vor langer Zeit von seinem Lehrstuhl für Kriminologie an der Universität in Rom emeritiert und in der akademischen Welt nur noch eine Randfigur. Auch die Auszubildenden der UACV unterrichtete er nicht mehr. Unter ihnen war seinerzeit auch Enrico Mancini gewesen, der Schüler, auf den Antonio anspielte. Er war in Bigas Seminaren der Beste gewesen, mit der schnellsten Auffassungsgabe, der besten Intuition und später der steilsten internationalen Karriere. Bis er sich nach Marisas Tod zurückgezogen hatte.

»Allerdings. Ich muss, aber eigentlich macht es mir Spaß. Heute werde ich über Phänomene bei Leichenverwesungsprozessen sprechen. Ich habe ein paar Folien zur Verseifung von Wasserleichen rausgesucht, bei denen den Studenten ordentlich schlecht werden wird.«

Rocchi hatte das Handy auf Lautsprecher gestellt und während des Redens die Kanne aufgeschraubt und das alte Pulver entsorgt. Jetzt machte er sich daran, frisches einzufüllen.

»Hör mal, verrat mir mal was.«

»Zu Befehl.«

»Wie geht es ihm?«

»Enrico? Gut, würde ich sagen. Es sei denn, er hätte plötzlich schauspielerisches Talent entwickelt. Er geht jetzt zu Dottoressa Antonelli, und wie mir scheint, hilft es.«

»Der Hirnklempnerin vom Revier?«

»Ja. Er lässt die Handschuhe mittlerweile zu Hause.«

»Verstehe. Ich frag nur, weil er sich schon länger nicht gemeldet hat.«

»Ach, Sie kennen Enrico doch, Professore. Besser als wir alle, das sollte Sie also nicht wundern. Außerdem hat Gugliotti ihn auf diesen Fall in der Galleria Borghese angesetzt ...«

»Wie bitte?« Davon wusste Biga nichts. Es war das erste Mal, dass Enrico Mancini ihm nichts von einem Fall erzählte.

»Es gibt vier Opfer, Professore.«

»Habt ihr schon eine Spur?«

Biga musste sich eingestehen, dass er sich auf dem Abstellgleis fühlte. Vergessen zuerst von den Kollegen, dann von Gugliotti, der ihm den Lehrauftrag entzogen hatte, und jetzt auch noch von Enrico, der wie ein Sohn für ihn war. Niemand bei der Mordkommission hielt ihn noch auf dem Laufenden. Hinzu kam, dass er selten Zeitung las und meist zu Hause hockte. Seit seiner Pensionierung bewegte er sich kaum noch von seiner heimischen Burg fort. Auch die Seminare, die er bis vor ein paar Monaten noch für einige wenige Leute von der UACV gegeben hatte, hatte er bei sich zu Hause abgehalten. Er begab sich höchstens mal zu dem kleinen Lebensmittelladen oben an der Straße oder zum alten Weinlokal an der Ecke zum Viale Carnaro. Nur Antonio rief ihn hin und wieder an, um zu hören, wie es ihm ging und ihm das Neueste über die aktuellen Fälle zu erzählen.

»Warum fragen Sie ihn nachher nicht selbst? Sie kommen doch?«

Einen Moment herrschte verlegene Stille, dann fragte Biga: »Fährst du mich hin?«

Der alte Kriminologe hatte keinen Führerschein.

»Natürlich. Aber tun Sie mir bitte einen Gefallen ...«

»Sag schon.«

»Lassen Sie die Finger von diesem Zeug, das bringt Sie noch um.«

Das Klirren des Whiskyglases auf dem Beistelltisch hatte den Professor verraten. Nun, da er ertappt worden war, wischte er sich laut schmatzend den Mund und entgegnete: »Und du, wann lässt du die Finger von deinem Zeug?«

»Touché. Ich bin in einer Stunde bei Ihnen, Professore.«

»Danke, Antonio.«

Der Kaffee brodelte jetzt in der Kanne und erfüllte das Büro mit einem würzigen Duft. Der Gedanke an den Geruch, der ihn im Obduktionssaal erwarten würde, raubte Rocchi jedoch alle Energie, sodass er sich wieder auf der Liege niederließ, um Musik zu hören, nachdem er die Kochplatte ausgeschaltet hatte. Er entschied sich für eine Playlist mit Rockmusik der Achtziger und entspannte schon bei den ersten Takten der harmonischen Ballade *Infinite Dreams* von Iron Maiden. Er suchte in seiner Hosentasche nach einem Feuerzeug und zündete sich den Stummel eines Joints an, wobei er darüber nachdachte, ob der Professor in seinem Haus, nur einen Kilometer Luftlinie entfernt, wohl jetzt ebenfalls mit seiner Art von »Therapie« weitermachte und einen seiner teuren Whiskeys schlürfte. Der Gedanke, dass er es in einer Stunde herausfinden würde, zauberte ein Lächeln auf sein Gesicht.

8

> Denn hier steuerte noch keiner im schwarzen
> Schiffe vorüber, eh' er dem süßen Gesang aus
> unserem Munde gelauschet ...
>
> Homer, *Odyssee*

Heute Abend geht es Cristina nicht gut, ihr weiches Herz quält sie. Sie hat sich im Haus eingeschlossen. Sie ist allein und hat Angst vor der Leere, die mit der Einsamkeit einhergeht. Ihre Tränen weint sie nicht dem Mann nach, der ihr per SMS den Laufpass gegeben hat. Nein. Es ist diese Leere, die sie erschreckt. Und sie zugleich anzieht.
Cristina hält es nicht mehr aus. Sie erhebt sich schwerfällig von ihrem großen Doppelbett, auf dem ein Haufen feuchter, mit Mascara verschmierter Taschentücher zurückbleibt, und geht ins Bad. Die Wände sind mit grünen und blauen Mosaiksteinen gekachelt. Sie dreht das warme Wasser über dem Whirlpool auf und stellt sich vor den Spiegelschrank. Seufzend betrachtet sie sich, auf der Suche nach etwas, das sie nicht finden will: das Tier, das Säugetier, den Pottwal. So wurde sie in der Schule gerufen, woraufhin sie nach Hause in ihr Zimmer rannte und sich dort einsperrte. Auch Mama und Papa durften nicht rein, aber sie waren ohnehin fast nie da. Dort setzte sie sich vor ihren rosa Toilettentisch und betrachtete sich im Oval des Spiegels, bis der Pottwal erschien, der mit der goldenen Kehle. Sah die dicken Backen, die über die Wangenknochen quollen. Dann nahm sie ihr Gesicht zwischen die Hände und drückte es zusammen, bis es dem eines Wals ähnelte, die Augen zu Schlitzen verengt. Und dann ließ sie, verzweifelt, den höchsten Ton heraus, den sie hervorbringen konnte, presste, als käme ihre Stimme aus einem Atemloch. Und hörte nicht auf, auf dieses

Gesicht zu starren, das immer roter wurde und sich von der Anstrengung, den Ton zu halten, verzerrte. Denn genau dort war sie eingesperrt, ihre Jugend, zwischen dem Fett und diesem hohen Dis. Elf Jahre gefangen zwischen dem Gewicht eines erdrückenden Körpers und dem hellen Timbre ihres Soprans.

Nun sind noch einmal so viele Jahre vergangen, und an diesem Abend weint Cristina, unfähig, damit aufzuhören. Sie weint, während sie sich im Spiegel betrachtet. Weint und möchte an diesem Abend den Mut finden, es zu tun. Sie dreht sich um und folgt mit dem Blick dem Dampf, der aus der Wanne aufsteigt. Sie sieht ihn schon vor sich dort unten, den unförmigen Körper, in der Umarmung des schäumenden Wassers, das rot ist von ihrem süßlichen Blut. Sieht sie, die Augen, die endlich gegen die Übermacht des Fettgewebes gesiegt haben, riesengroß und verdreht. Da liegt der Körper, leblos. Ein abgeschlachteter Wal.

Sie gibt ihrem Kummer nach und lässt für einen Moment zu, dass ihre Lider schwer werden. Versucht, normal zu atmen. Inhaliert die warme Luft und die winzigen schwebenden Wasserteilchen. Öffnet dann die Augen und richtet den Blick auf das am Spiegelschrank angebrachte Porträtfoto. Diese schwarzen Augen, magnetisch, schön und furchtbar.

Die Augen der Callas.

Sie nähert sich ihnen, will sich in ihnen verlieren, verirrt sich aber nur wieder in diesem überquellenden Gesicht. Auf dem Toilettentisch liegt die Fernbedienung der Stereoanlage. Sie nimmt sie und drückt auf »Play«. Helle Töne zerreißen die feuchte Luft, und die Stimme der Göttlichen steigt langsam an, interpretiert, lebt die Musik und steigt noch höher, bis zu diesem herrlichen, allerhöchsten E.

Ihr, Cristina, wird das nie gelingen. Zwecklos, weiter Gesang zu studieren.

Sie blickt in das offene Medizinschränkchen, auf die Medikamente, die Antidepressiva, die Schlankheitsmittel. Nutzlos, alles nutzlos. Im untersten Fach, unter dem sanften Gewicht der Watte, ist der Rand einer Rasierklinge zu sehen. Sie streckt die Hand danach aus, ihre Finger sind weich, die Nägel gepflegt und glänzend türkis lackiert. Die Fingerkuppen streifen den Stahl, streicheln die schneidende Klinge und zucken entsetzt davor zurück. Sie beißt sich auf die Unterlippe und träumt davon, schon tot zu sein, weil sie sich so sehr davor fürchtet, es selbst zu tun.

Im Untergeschoss bewegt sich der Jäger ruhig durch die Räume. Er späht in die Dunkelheit, taxiert seine Umgebung. Nimmt Witterung auf. Registriert seine Orientierungspunkte. Die Tür, die beiden Fenster, durch die ein orangefarbenes Licht hereinfällt. Die Wände sind schalldicht isoliert. Überall ein angenehmer Geruch, süß, vertraut. Glyzine, seine Lieblingspflanze. Der Jäger atmet tief ein, füllt seine Lunge mit diesem Duft. Er ist fast bereit. Jede Zelle seines Körpers arbeitet auf Hochtouren, Adrenalin schießt in seinen Kreislauf, beschleunigt seinen Puls und den Schlag der Glocke aus Fleisch, die seine Brust sprengt. Die Bronchien dehnen sich aus, die Bauchspeicheldrüse liefert die für den Angriff nötige Energie, gibt weniger Insulin und mehr Glukose ins Blut.
    Er spürt die Erregung der Jagd. Dieses Ungleichgewicht zwischen der Gewaltbereitschaft des Raubtiers und der Trägheit der Beute. Die Pupillen weiten sich wie die einer Katze in der Dunkelheit. Der marineblaue Teppichboden erstickt den Klang seiner Schritte. Aus dem oberen Stockwerk dringt die hohe Stimme einer singenden Frau. Sie hat ein helles, kräftiges Timbre. Schon bald werden diese Töne zu einer süßen Klage werden. Befreiend. Er schiebt eine seiner mit Latexhandschuhen bekleideten Hände in die Tasche, holt zwei Wachskügelchen heraus und drückt sie sich in die Ohren, ehe er auf diesen Gesang zuschreitet, der in Tränen zu zerfließen scheint.
    Mit jedem Schritt verwandelt sich der Jäger mehr. Fuß um Fuß. Wie auch die Welt um ihn herum. Seine Sinne passen sich seiner neuen Natur an, er riecht den salzigen Duft, der vom Boden aufsteigt, weicht den Sofas aus, die zu Klippen geworden sind, während unter ihm, sanft wie ein Flüstern, feuchtwarm wie die Nacht,

das Meer brandet. Und so wird unter seinem leichten Fuß jede Stufe zu einem porösen Felsen.
Oben erwartet ihn die Höhle der Sirene.
Vom Treppenabsatz aus erblickt er den Eingang, aus dem in Wellen der Sprühnebel strömt. Bald wird alles vorbei sein und diese Schmach nur noch eine Erinnerung.
Ein weiterer Schritt in Richtung Freiheit.
Denn Chaos erzeugt Angst.
Und das einzige Heilmittel dagegen ist Ordnung.

9

Rom, Polizeiwache Monte Sacro

Er musste ihr antworten. Sie verdiente, dass er ehrlich zu ihr war. Mancini zog die Tastatur zu sich heran und machte sich bereit für jeden noch so kleinen Impuls, der von seiner Hirnrinde über die Arme in die Fingerspitzen laufen würde. Doch er wurde von einem lauten Klopfen gestört, dreimal hintereinander, wie Walter Comello es üblicherweise tat. Schon lehnte der Ispettore am Türpfosten, und der Commissario schloss eilig die Mail.

»Gibt es was Neues aus dem Labor?«, fragte er zerstreut.

»Ja, Dottore«, antwortete Comello, während er seinen ockerfarbenen Lederblouson auszog. Die Jacke hatte er in einem Secondhandladen im Szenenviertel San Lorenzo erstanden, weil sie aussah wie die von Hutch in *Starsky & Hutch*, der amerikanischen Fernsehserie aus den Siebzigern. Jetzt warf er sie lässig neben den Trenchcoat aufs Sofa. Mancini starrte ihn an, schüttelte den Kopf und blickte dann auffordernd zum Garderobenständer. Und Comello gehorchte. Die Riemen seines Holsters mit der Dienstwaffe, einer Beretta 92, waren über dem breiten Brustkorb gespannt. Er legte es ab und hängte es ebenfalls an den Ständer. Dieses Mal streifte Mancinis Blick ihn nur, und schnellte dann direkt zu dem Schreibtisch am anderen Ende des Zimmers. Comello verstand sofort und deponierte die Waffe in der Schublade.

»Was hat sich aus der Dokumentation der Fußspuren ergeben?«

»Die Schuhspuren in der Galleria sind identisch mit denen draußen bei der Voliere, wo die drei getötet wurden.«

»Gab es Schleifspuren? Da sind ja überall Kieswege.«

»Ja, allerdings. Es sieht ganz so aus, als hätte er sie nacheinander hinauftransportiert. Die Überwachungskameras im Park waren alle außer Betrieb, ebenso die im Gebäude«, sagte der Ispettore und ließ sich auf dem freien Stück Sofa nieder.

»Hat man Gipsabdrücke von den Fußspuren draußen gemacht?«

»Ja. Es gibt drei verschiedene Serien von Abdrücken. Die der einen Serie sind weniger tief.«

»Die des Täters, als er keine Last trug.«

»Genau. Und die beiden anderen sind auch unterschiedlich tief.«

»Folglich muss er die beiden kleinen Jungen zusammen getragen haben, vor oder nach dem Vater.«

Walter brummte etwas in seinen blonden Bart. Mancini hatte sich erhoben und stand jetzt am Fenster, verärgert über seine Unkonzentriertheit, weil seine Gedanken ständig zu dieser E-Mail wanderten. Mit einem Ruck drehte er sich um, entschlossen, sich auf die Ermittlungen zu fokussieren.

»Und was verrät uns der Gipsabdruck?«, fragte er.

»Schuhgröße 43. Die Kriminaltechnik hat einen vorläufigen Steckbrief erstellt: männlich, zwischen fünfundzwanzig und dreißig Jahre alt, Gewicht um die siebzig Kilo. Er könnte einen Haltungsschaden haben, weil der linke Fuß leicht nach innen gedreht ist.«

»Oder er war durch die Leichen, die er trug, aus dem Gleichgewicht gebracht«, bemerkte Mancini. »Wie ist die Sohle?«

»Glatt. Kein Muster, kein Markenzeichen, keine Abnutzungsspuren.«

»Gab es andere Spuren in den Abdrücken? Körperhaare, Kopfhaare?«

»Nein, nichts.«

»Was sagt Rocchi? Hast du den Bericht über die Todesursachen bei ihm geholt?«

»Jawohl, hier ist er.« Comello zog ein zerknittertes Blatt Papier aus seiner Jeans.

Mancini nahm es und las. Die Opfer waren mit einem schweren, stumpfen Gegenstand mit rechteckiger Grundfläche niedergeschlagen worden. Möglicherweise einem großen Stein, zumal die Kriminaltechnik an allen drei Schädeln Spuren desselben mineralischen Staubs festgestellt hatte, welche noch vom Labor analysiert wurden. Erst als die drei bewusstlos waren, waren ihre Kehlen durchtrennt worden, höchstwahrscheinlich mit einem schmalen, gezahnten Messer. Das L-förmige Zeichen am Nacken des Gärtners war mit einer anderen spitzeren Klinge angebracht worden. Rocchi hatte nicht bestimmen können, ob ante oder post mortem.

»Die Analyse der Blutspuren von der großen Lache in der Volierenanlage ist auch fertig. Sie stammen von diesen drei Opfern.«

»Und der Nachtwächter der Galleria Borghese?«

»Sein Zustand ist stabil, aber sie haben ihn in ein künstliches Koma versetzt«, antwortete Comello achselzuckend. »Wir müssen erst mal ohne seine Aussage klarkommen.«

Der Commissario beschloss, ein paar Schritte durch die Kälte zu gehen, um einen klaren Kopf zu bekommen, selbst wenn er nicht genau wusste, in Bezug auf was. Er trat zu Comello ans Sofa und nahm seinen Trenchcoat. »Wir brauchen frische Informationen über die Opfer in der Galleria Borghese, auch über den Wächter. Mit ›frisch‹ meine ich nichts von alledem, was die uniformierten Kollegen gesammelt haben.«

Das Bakelittelefon auf seinem Schreibtisch klingelte, aber Mancini ignorierte es. »Fahr zur Galleria, ich will wissen, wer der Gärtner war, was er nachts dort draußen zu suchen hatte, warum seine Söhne bei ihm waren. Familie, Arbeit, alles.«

»Ich mache mich sofort auf den Weg.«

»Und über den Wächter will ich auch alles wissen. Angefangen bei seinen Personalien und denen seiner Angehörigen. Hoffen wir, dass die Ärzte ihn bald aus dem Koma holen können.«

Das wird kein schönes Erwachen, dachte Comello. Er erinnerte sich nur ungern an die schwere Benommenheit, die er nach dem Aufwachen nach seinem Unfall verspürt hatte. Vor etwa einem halben Jahr war er auf dem Rückweg von Latina mit entscheidenden Informationen zum Schattenkiller-Fall in der weiten Kurve bei Castel di Decima kurz vor Rom gegen die Leitplanke geknallt, an der gefährlichsten Stelle der Via Pontina. Er hatte Glück gehabt, war dem Tod von der Schippe gesprungen, und sogar sein Alfa Romeo Giulietta war jetzt wieder wie neu.

Mancini trat zum Schreibtisch und drückte die Freisprechtaste des Telefons, das immer noch klingelte.

»Dottoressa Nigro ist hier, Commissario«, verkündete der Beamte am Empfang.

»Wer?« Mancini verzog das Gesicht.

»Die Kunsthistorikerin, die der Questore Ihnen schickt.«

Die beiden Kriminalpolizisten sahen sich vielsagend an. Wieder so eine Einmischung von Gugliotti. Sie sahen sich vielsagend an.

»Was will sie?«, fragte der Commissario.

»Das weiß ich nicht. Sie sagt, sie will mit Ihnen sprechen, es geht um die Ermittlungen im Fall in der Galleria Borghese. Sie hat ein Fax von Dottor Gugliotti dabei.«

»Verstehe. Bring sie rauf.« Mit einem Schnauben legte er auf.

Kurz darauf stand der uniformierte Beamte in der Tür und kündigte Dottoressa Nigro an, woraufhin ein schlankes, von dunkelblauem Jeansstoff umhülltes Bein im Türrahmen sichtbar wurde. Die Frau trat ein, gekleidet in eine figurbetont geschnittene Strickjacke aus feiner grauer Wolle und an den Füßen, der Jahreszeit völlig unangemessen, schwarze Ballerinas mit roter Stoffrosette. Ihre leicht zerzausten Haare waren tizianrot.

Nachdem der Kollege zu seinem Empfangstresen zurückgekehrt war, wechselten Mancini und Comello einen Blick. Sie war viel jünger, als sie erwartet hatten. Außerdem ging etwas Fahriges und Unbedarftes von ihr aus, das ihr unmittelbar den Anschein schlichter Schönheit verlieh.

Der Commissario fing sich schnell aus der Verlegenheit. »Sehr erfreut, Dottoressa.«

»Alexandra, bitte«, sagte die Frau. Sie reichte ihm leicht befangen ihre schmale weiße Hand. Als Mancini sie ergriff, fiel ihm auf, dass ihre Fingernägel bis aufs Nagelbett abgekaut waren.

»Sie sind keine Italienerin?«

Ihr Akzent hatte sie verraten. »Stimmt. Ich bin Italoamerikanerin, Vater Italiener, Mutter Amerikanerin. Aber ich lebe schon lange in Rom.«

Mancini deutete auf Walter. »Das ist Ispettore Comello, Kriminalpolizei.«

»Angenehm, Ispettore.«

»Ganz meinerseits«, antwortete Walter errötend.

»Darf ich Sie fragen ...«, hob Mancini an.

»Ich unterrichte am Institut für Altertumswissenschaften der American Academy in Rom«, kam sie ihm zuvor. »Dottor Gugliotti hat mich angerufen, weil ich mich auf Mythologie und antike Kunst spezialisiert habe.«

Wie immer löste der Name des Questore Unbehagen in Mancini aus, und so konzentrierte er sich stattdessen darauf, die junge Frau näher zu mustern. Er schätzte sie auf Mitte zwanzig. Auf ihrer fein geschnittenen Nase unter der hohen Stirn saß eine Brille mit schwarzem Gestell. Sein Blick tauchte hinter die ovale Gläser in ihre Augen ein, die von einem Gelbbraun waren, wie er es noch nie gesehen hatte. Ohne sich um die Verlegenheit zu kümmern, von der Alexandras gefärbte Wangen zeugten, ließ er sich Zeit, sie zu betrachten, hypnotisiert von dem bernsteinfarbenen Meer, in dem er trieb.

Ein Hüsteln brach den Bann.

»Ich wollte Ihnen nur versichern, dass ich zu Ihrer Verfügung stehe und dass ich ...«

»Natürlich, natürlich«, sagte der Commissario hastig. »Walter, gib der Dottoressa die Kontaktdaten der Wache und deine dienstliche E-Mail-Adresse. Wir informieren Sie, sobald wir neue Erkenntnisse haben.«

Alexandra fuhr fort, wo Mancini sie unterbrochen hatte. »... hier bin, weil ich die Fotos von der Galleria Borghese analysiert habe.«

»Von der Galleria oder den ...?«

»Von den Leichen natürlich«, antwortete Alexandra entschieden.

Mancini legte den Mantel über die Lehne seines Sessels, an die frische Luft würde er später gehen. Einen Moment lang sah er sich dem dunklen Bildschirm seines Computers gegenüber. Dann bedeutete er der Frau, auf dem Stuhl vor seinem Schreibtisch Platz zu nehmen. »Und zu welchem Ergebnis sind Sie gelangt, Dottoressa Nigro?«

»Alexandra reicht«, wiederholte sie, während sie sich setzte.

Sie nahm einige Blätter aus ihrem Lederrucksack, Fotokopien der Aufnahmen von dem toten Gärtner und dessen Söhnen sowie der Anordnung der Leichen bei deren Auffinden. Comello trat neben sie.

»Ich denke, dass derjenige, der das hier gemacht hat«, sie tippte auf ein Foto, »eine Skulptur nachbilden wollte.«

»Das ist offensichtlich«, entfuhr es Walter.

»Aber noch nicht alles, Ispettore. Ich meinte eine bestimmte Skulptur, ein spezielles Werk der Antike.«

»Nämlich?«, fragte Mancini.

Alexandra zog einen großen Terminkalender aus ihrem Rucksack und schlug ihn an der mit einem roten Lesebändchen markierten Stelle auf. »Ihr Täter hat mit erstaunlicher Genauigkeit, vor allem in Anbetracht des, hm, menschlichen Materials, das ihm zur Verfügung stand, ein Werk nachgestellt. Es befindet sich heute in den Vatikanischen Museen. Aber es gibt auch diverse Künstlerkopien von ihm, zum Beispiel in den Uffizien und auch in anderen Ländern.«

Der Ispettore und der Commissario warteten, ebenso gespannt wie ungläubig, bis Alexandra ein Foto auf den Schreibtisch legte. »Die Laokoon-Gruppe.«

Mancini zog das Foto mit den Fingerspitzen neben das von den Opfern. Die Ähnlichkeit in Bezug auf Maße und Muskulatur der nackten Körper war allenfalls ähnlich, die Haltung der einzelnen Gliedmaßen jedoch nahezu identisch. Die Stricke, welche die

Leichen in der Villa Borghese miteinander verbanden, hatten ihre Entsprechung in den tödlichen Windungen der Schlangen in der Skulptur auf Alexandras Foto.

»Was sagen Sie dazu, Commissario?«, fragte Comello.

Mancinis Blick schnellte zwischen den beiden Bildern hin und her, in der Hoffnung, einen entscheidenden Unterschied zu finden, der den Horror dieses Beweises aufzuheben vermochte.

Doch bevor er antworten konnte, brummte Comellos Smartphone. Der Ispettore betrachtete das Display.

»Commissario, ich fürchte, wir müssen los.«

10

Cristina weint, während sie sich die Haare kämmt. Die Bürste ist elfenbeinfarben, die wallende Mähne weizenblond. Einmal, zweimal, zehnmal zieht sie die Bürste hindurch, in langen Strichen von oben nach unten. Dann betrachtet sie die goldenen Fäden auf den weißen Borsten. Sie hält sie sich an die Nase und atmet den Duft des Haarpuders ein. Der Geruch dringt durch die Nasengänge zu den Nervenenden, erzeugt ein nebulöses Bild. Sie sitzt am Flügel, ihr Vater neben ihr. Das zu starke Crescendo und die Ohrfeige. Ihre vor Liebe und Enttäuschung brennende Wange.

Die Eltern waren nie da. Immer unterwegs, um in den großen Opernhäusern zu singen. Faust oder Rodolfo, Nedda oder Desdemona, Paris oder New York. Sie liebte sie von fern, wie ein Fan. Dann dieser Geruch. Sie verbindet ihn mit einer liebevollen Handlung. Ihre Mama, die ihr die Haare bürstet und sie tröstet. Der Talkumpuder, der um ihren Kopf schwebt, wie ein Heiligenschein. Cristina klammert sich an diese ferne Erinnerung wie an den letzten sicheren Felsen, und atmet noch einmal tief ein. Liebe und Leid.

Sie wimmert wie benommen vor diesem beschlagenen Spiegel. Ihr Schluchzen übertönt das Geräusch der Schritte hinter ihr. Sie stöhnt und bemerkt die Bewegung hinter den Dampfschwaden nicht. Cristina klagt und weiß nicht, dass ihr Traum dabei ist, Wirklichkeit zu werden. Der Wal mit der goldenen Kehle wird sich in eine Frau mit Fischschwanz verwandeln. Die Sirene weint und weiß nicht, dass der Jäger der Ungeheuer gekommen ist, um sie zu holen.

Hinter dem Dunstvorhang leuchtet plötzlich ein silbriges Schimmern auf. Ihre Augen irren suchend umher. Der Atem stockt, als der Arm eines Mannes vorschießt und sich um ihre Kehle legt. Die Ellbogenbeuge drückt ihren Hals zusammen, unnachgiebig wie der Biss eines Pitbulls, drückt zu, bis sämtliche Luft aus ihr herausgepresst ist. Dann zieht der Mann sie hoch, so leicht, als wäre sie ein kleines Mädchen, und stößt sie auf den dampfenden Whirlpool zu. Der lärmende Todestanz beginnt.

Der Mann mit den Wachspfropfen in den Ohren schlägt sie zweimal auf den entblößten Nacken, ehe er ihren Kopf in das heiße Wasser drückt. Die Sirene zappelt und wehrt sich, während die brodelnde Flüssigkeit ihre Nasenhöhlen versehrt, ihre Kehle entflammt und ihre Lunge füllt.

Sie taucht auf. Würgt Wasser und eine gelbliche Flüssigkeit heraus. Wieder runter und wieder rauf. Geschüttelt von einer Gewalt, der sie sich nicht erwehren kann, versucht sie zu schreien.

»Nein ... bitte nicht«, erhebt sich ihr Falsett.

Doch Odysseus hat vorgesorgt. Er hört nichts. Er lässt sich vom Gesang des Ungeheuers nicht beirren. Presst die Luftröhre der Sirene mit Daumen und Zeigefinger zusammen. Dann drückt er sie mit Macht ins Wasser und erzeugt eine Welle, die überschwappt und dabei seine Füße nass macht, seine Wut entfesselt. Er brüllt. Zieht den Kopf der Sirene erneut hoch und schlägt ihr Gesicht gegen den strahlend weißen Wannenrand.

Da ist es, das Rot. Die Maske aus Schminke und Entsetzen fleht in Richtung der Hand, die sie an den Haaren hält. »Ich bitte dich«, sagt sie bebend.

Odysseus schüttelt den Kopf, was sie nicht sehen kann, doch sie versteht, dass ihr Flehen Luft ist, nein, ein Vakuum. Ein Nichts. Und dass es sie weit fortführen wird. An den schönsten Ort der Welt. Von ihrem sicheren Fels entführt, ihrer klangvollen Waffe beraubt, ertrinkt die Sirene in ihrem Meer aus Tränen und Maskara.

Schwarz rinnen die Tränen, und als er das Silber an ihr Ohr setzt, sieht sie ihm einen Moment lang in die Augen, ein Moment, *den sie endlos ausdehnen möchte, der die Zeit anhalten soll. Stattdessen ist es der letzte Augenblick vor dem Schnitt, der eine Kieme in ihrem Hals öffnet. Ein irisierender Regenbogen scheint von der silbrigen Waffe auf. Während die Stimme der Callas höchste Höhen erklimmt, kommt der Hieb. Die Mondsichel saust auf Cristinas hundert Kilo herab, und der Himmel verdunkelt sich. Die Kehle empfängt erneut den Klingenbogen, und eine zweite Kieme gibt den Blick auf Sehnen und Muskelfasern frei. Die Sirene röchelt und schlägt in der roten Wanne um sich. Der Tod kommt nach neunundvierzig Sekunden. Er zählt sie, bis sie ihren verdammten Gesang endgültig mit sich genommen haben.*

Diese neunundvierzig Sekunden dienen der Sirene dazu, eine letzte Filmvorführung zu erleben. Im milchigen Licht der Projektion sieht sie vor ihren weit aufgerissenen Augen den Jungen mit den lockigen Haaren an seinem Pult in der Mitte des Klassenzimmers. Das letzte Jahr der Mittelstufe. Die Briefchen auf grünem, aus dem Schülerkalender gerissenem Papier. Du gefällst mir, hat er ihr geschrieben. Der Einzige, der ihr je das Gefühl gegeben hat, schön zu sein. Lebendig. Dann verschwimmt der Film an den Rändern und löst sich auf, verschmilzt mit dem glanzlosen Gewand des Todes. Und die sanfte Seele der Sirene fliegt davon.

Sie ruht für immer, die Meereshexe. Ihre Haare sind überall. Der Jäger hatte Mühe, die schreckliche Bestie zu bezwingen. Diese beiden feinen Membranen vibrieren nicht mehr, sie werden niemanden mehr ins Verderben stürzen. Er empfindet Befriedigung. Fühlt sich jetzt besser. Findet zu sich selbst zurück. Nimmt das Wachs aus den Ohren. Das Licht des Spiegelschranks stört ihn, und so löscht er es, bevor er sich bückt Der offene Hals lehnt am Wannenrand, und die Stimme der Callas erstirbt in den tiefen Tönen des Schmerzes.

Seine Aufgabe ist fast vollendet. Die Sirene singt nicht mehr. Nun muss er sie nur noch nach Hause bringen.

11

Rom, Biopark

Rocchi, Comello und Mancini ließen die Giulietta des Ispettore an der Straße stehen und machten sich zu Fuß auf den Weg zum monumentalen Haupteingang des ehemaligen zoologischen Gartens. Der Commissario begegnete dem steinernen Blick zweier sich gegenüberstehender Raubtiere und betrachtete die mit weiteren Tierskulpturen im theatralischen Stil Brasinis gekrönte Torfassade, und sofort überkamen ihn die Erinnerungen an den Zauber, den dieser Ort einst auf ihn ausgeübt hatte.

Einen Zauber, den er vertrieben hatte.

Comello hielt sein iPad in der Hand und trug daraus vor.»Der Zoo wurde Anfang 1911 eingeweiht. Doch die erste Gruppe von Tieren traf bereits am 2. November 1910 ein, mit einem Zug aus Hamburg.«

»Ein besseres Datum für eine derartige Deportation kann es ja kaum geben«, bemerkte Rocchi in Anspielung auf den Allerseelentag.

»Der Park umfasst zwölf Hektar«, fuhr der Ispettore fort.»Er wurde nach Plänen des Ingenieurs Urs Eggenschwiler und des Architekten und Bühnenbildners Moritz Lehmann erbaut, die auch den Hamburger Tierpark Hagenbeck mitgestaltet hatten. Dabei ersetzten Kanäle und Gräben die Käfiggitter, um den Besuchern die Illusion von Tieren in freier Wildbahn zu verschaffen.«

Rocchi schüttelte stumm den Kopf, sein Gesichtsausdruck ließ keinen Zweifel an seiner Meinung zu diesem Tiergefängnis unter freiem Himmel. Mancini hörte schweigend zu, während er gebannt auf einen Pfau starrte, der seine Federschleppe mit den schillernden, wenn auch leicht verstaubten Farben hinter sich herzog.

»Das muss damals ein unglaubliches Schauspiel für die Menschen gewesen sein. So ähnlich wie die Film-Lokomotive, die die Zuschauer bei den ersten Vorführungen der Gebrüder Lumière erschreckte«, bemerkte Comello, während sie durch das Raubkatzenareal schritten und den Käfig der Kronenkraniche passierten. Verfolgt von Möwen, Krähen und Tauben, die hofften, ein Stück Brot von den Besuchern zu ergattern.

»Ich war als Junge öfter hier. Mit meinem Vater«, murmelte der Commissario. »Meine Mutter hat diesen Zoo gehasst.«

»Aber ihr hattet Spaß«, sagte Walter grinsend, ohne die Augen vom Bildschirm zu heben.

»Ja, ein Wahnsinnsspaß, so was«, meinte Rocchi sarkastisch.

»Du musst dich gar nicht so darüber aufregen, Antonio. Für ein Kind ist so was hier das reinste Paradies.«

»Nein, das war es eigentlich nicht, Walter«, widersprach Mancini. »Mein Vater hat mir ständig wissenschaftliche Vorträge über jede einzelne Art gehalten.«

Als sie das maurisch anmutende Gebäude mit dem Giraffengehege passierten, machte sich der Blick des Commissario unwillkürlich auf die Suche nach Marcantonio, dem enormen Giraffenhengst, der jedoch schon gestorben war, als Mancini selbst noch ein Kind war. Er sei mit Stockhieben getötet worden, so munkelte man damals, und im zoologischen Museum nebenan gelandet, ausgestopft, mit gleichgültig blickenden, erinnerungslosen Glasaugen.

Schließlich erreichten sie das Seehundgehege, wo auf einem Kalkfelsen in dem großen meerblau gestrichenen Becken, ein alter Seehundbulle namens Federico schlummerte. Ungeachtet der vielen Kinder davor, die ihn lockten, angestachelt von der kindlichen Begeisterung ihrer Eltern, wirkte er lustlos und müde, wie ein auf einer einsamen Insel gestrandeter Schiffbrüchiger.

Etwa fünfzig Meter weiter befand sich hinter einem Tor ein aufgegebener Bereich, umgeben von einer dichten Hecke und damit geschützt vor den Blicken der Öffentlichkeit. Vor dem mit rotweißem Absperrband markierten Zugang patrouillierten zwei

Polizisten, die ihnen nun Handschuhe, Überschuhe und Hauben reichten.

Was einmal das Pappmaschee-Reich der Eisbären gewesen war, beherbergte jetzt die weißen Gestalten der Spurensicherungsexperten. Das letzte Tier hatte diese farblose Welt vor über zwanzig Jahren verlassen, und seitdem war die Anlage, die nicht für die Unterbringung anderer Arten geeignet war, sich selbst überlassen worden.

Dort unten, im vorgegaukelten ewigen Eis, befand sich Cristina Angelini. Wie eine von einem Kind vergessene Puppe lag sie auf einem künstlichen Felsen, auf der rechten Seite, das Gesicht auf den angewinkelten Arm gebettet. Die Beine waren mit etwas zusammengebunden, das wie meergrünes Isolierband aussah. Mancini lehnte sich an das Schutzgeländer, welches das große Becken umgab, und legte eine Hand auf das oxidierte Eisen. Mit der Berührung meldete sich sofort ein vertrautes Gefühl. Comello sagte etwas, auf das Rocchi zu antworten schien, doch er selbst schwieg versunken in Melancholie.

Er erinnerte sich gut an die Eisbären dort unten, am Rand des milchweißen Grabens. An das heisere Geräusch, mit dem sie die Kinder aufforderten, ihnen etwas zu fressen hinzuwerfen. Er war damals auch dabei gewesen, vor vielen Jahren. Doch im Gegensatz zu den anderen hatte er keine Nüsse und Bonbons hinuntergeschleudert, nie. Dabei hätte er diesen Tieren aus dem Schnee liebend gern sein Panino gegeben, aber sein Vater, seines Zeichens Professor der Zoologie an der Universität La Sapienza, erlaubte es nicht. Hingegen durfte Enrico an der Hand des Vaters auf dem Eisengitter balancieren, nur wenige Meter vor dem frostigen Abgrund. Enrico hatte darunter gelitten, die Bären nicht füttern zu dürfen, es aber genossen, die vielen Blicke auf sich zu spüren, die hungrigen vom Grund der Grube und die neidischen und bewundernden der anderen Kinder.

Plötzlich traf ihn ein Gedanke wie eine eiskalte Dusche. Warum hatte sein Vater ihn etwas derart Gefährliches machen lassen? Wenn er gestürzt wäre, hätte es keine Rettung gegeben, so etwas war durchaus schon vorgekommen. Warum hatte er ihm verboten, diese Raubtiere zu vergiften, ihn aber ermutigt, dort oben herumzubalancieren?

Als er aus seiner Erinnerung erwachte, war er zutiefst verwirrt. Es war, als würde er diesen Ort nicht wiedererkennen. Der fantastische Garten seiner Kindheit hatte sich aufgelöst, die Gerüche, Farben, Geräusche jener Tage waren verschwunden. Die Fülle der Erinnerungen mit allen Sinnen an diese Sonntage mit seinem Vater hatte sich verflüchtigt, war zusammengefallen in Anbetracht der grauen Realität vor ihm.

Sie stiegen die in den Kalkfelsen gehauenen Stufen hinunter und dann hinauf auf die zweite der drei Ebenen des Eisbergs. Rocchi kniete sich neben die Leiche, öffnete seinen Metallkoffer und beleuchtete mit einer kleinen Untersuchungslampe den Kopf der Frau. Ihre blonden Haare waren mit geronnenem Blut verklebt. Er richtete den Lichtstrahl auf ihren Bauch, der nackt war wie der restliche Körper, die Speckrollen bloßgelegt.

»Könnte ein Triebtäter gewesen sein«, vermutete Comello.

»Nein«, beschied Mancini. Bauch und Genitalien schienen unversehrt zu sein, während das Gesicht mit einer eher animalisch als menschlich wirkenden Raserei massakriert worden war. »Bei Delikten mit sexuellem Hintergrund zerstört der Täter das Gesicht des Opfers nicht auf diese Weise, sondern fixiert sich auf den Körper, auf die primären Geschlechtsmerkmale. Ich gehe davon aus, dass der Obduktionsbericht das bestätigt, Antonio. So schnell wie möglich.«

»Natürlich, so schnell wie möglich«, murmelte Rocchi, während er den Strahl der Lampe über die Leiche gleiten ließ.

Das Opfer wies zwei tiefe, glatte Schnitte am Hals auf, an denen lose die Hautlappen hingen. Rocchi nahm einen Wundhaken aus seinem Köfferchen zu Hilfe und leuchtete hinein.

»Alles klar«, sagte er.

»Was hast du gefunden?«, wollte Mancini wissen.

»Bitte sehr, darf ich euch die Sirene vorstellen«, erwiderte Rocchi und stand auf.

»Was soll das heißen?«, fragte Comello.
»Antonio, machst du jetzt etwa auch einen auf Mythologie-Experte?« Der Ton des Commissario war eher genervt als ironisch.
»Wegen dieser Art Schwanzflosse da?«, fragte Comello und deutete auf die mit dem grünen Band umwickelten Beine.
Die kleinen Füße der jungen Frau waren mit Gewalt zu einer Art Flossenform verbogen worden, bei der die Fersen sich berührten. Mancini betrachtete sie eingehend. »Seht mal«, sagte er schließlich. Die Füße wurden durch Nägel in dieser unnatürlichen Position festgehalten.
»Die Nägel haben die gleiche Form wie die an den Leichen in der Galleria Borghese. Quadratische Köpfe«, bemerkte Comello.
»Walter hat recht, es sind die gleichen. Und sieh mal hier«, sagte Rocchi und wandte sich den beiden Schnitten zu. »Für mich sollen das Kiemen sein.«
»Kein Zweifel. Leider.«
»Commissario, gehen Sie jetzt bitte nicht in die Luft, aber vielleicht wäre es sinnvoll, Alexandra Nigro zur Tatortbesichtigung hinzuzuziehen.« Comello hatte sich ein paar Meter von der Leiche entfernt. »Ich habe ihre Nummer hier ...«
Mancini ignorierte den Vorschlag und sah den Gerichtsmediziner auffordernd an. »Red weiter, Antonio.«
»Also, pass auf.« Rocchi schob den Zeigefinger und die schmale Stablampe in eine der klaffenden Wunden. »Weißt du, was hier drunter ist?«
Mancini ging in die Hocke. »Die Schilddrüse?«
»Ja, die ist hier. Aber dort, hinter diesem Bereich, liegen die Stimmbänder.«
Mancini spähte hinein und verstand. »Er hat sie ihr herausgerissen?«
»Eher herausgeschabt, würde ich sagen, vielleicht mit demselben Messer, mit dem er auch den Hals geöffnet hat. Das kann ich dir später genau sagen.«
»Sie ist Sängerin, oder?«, fragte der Ispettore von hinten.

»Die ganze Familie hat mit der Oper zu tun«, antwortete Rocchi.

»Die perfekte Sirene«, sinnierte Comello.

»Er hat sie dazu geformt und auf ihrem Felssockel arrangiert.«

Es konnte kein Zufall sein, dass Cristina Angelini zwei Tage nach den Morden in der Galleria Borghese und nur ein paar Hundert Meter davon entfernt aufgefunden worden war, das wussten sie alle drei. Auch die Vorgehensweise war identisch – Schnitte mit einer unebenen Klinge und Nägel, um die Skulptur zu formen –, auch wenn hier Anzeichen von dem stumpfen Gegenstand fehlten, mit dem den Opfern der Laokoon-Gruppe die Köpfe eingeschlagen worden waren. Was Mancini jedoch ernsthaft Sorgen bereitete, war das Fehlen eines Ermittlungsansatzes. So sehr er sich auch anstrengte, so intensiv er sich umsah, konnte er den Tatort doch nicht wie sonst *fühlen*.

»Lasst uns gehen«, sagte er schließlich, enttäuscht von sich selbst.

»Wir sollten Dottoressa Nigro anrufen«, insistierte Comello.

»Tu mir einen Gefallen, Walter, und halt sie uns aus dieser Sache raus.«

»Ich hab sie ja noch nicht kennengelernt, aber was passt dir denn nicht an ihr, Enrico?«, fragte Rocchi neugierig.

»Nichts, aber wir sollten sie vom Tatort fernhalten. Sie ist keine Polizistin.«

»Komm schon«, hakte der Gerichtsmediziner nach. »Da ist doch was, das dir gegen den Strich geht.«

Mancini schnaubte und ließ seinen Blick in die Ferne schweifen.

»Gugliotti hat sie uns geschickt, und ich traue ihm nicht. Außerdem ist sie so eine, die keine Uhr trägt, und ihre Hände sind voller Tintenflecken. Sie lebt in ihrer antiken Welt aus Märchen und Mythen.«

»Ist das alles?«, fragte Rocchi.

Mancini schwieg. Er sagte nicht, dass auch Marisa nie eine Uhr getragen hatte, dass auch sie so eine gewesen war, immer ein bisschen neben sich, mit den Gedanken woanders, meist bei ihren

Romanen. Noch viel weniger sagte er, dass Alexandra Nigros schwankender Gang ihn daran erinnerte, wie seine Frau herumgetorkelt war, wenn sie zum Spaß so getan hatte, als wäre sie betrunken. »Na gut«, lenkte er schließlich ein, »ruf sie an. Aber wir beschränken uns darauf, ihr die Fotos vorzulegen.«

Rocchi deutete auf eine kleine Pforte, die direkt auf den Weg zum Seehundbecken führte, und kurz darauf standen sie auf dem Hauptweg nach draußen.

»Ich werde den Präfekten anrufen und das ganze Gebiet absperren lassen, von hier bis zur Galleria Borghese«, sagte Mancini.

»Wir brauchen eine vergleichende Untersuchung der Leichen, Antonio. Und in der Zwischenzeit werden wir die Umgebung genauer in Augenschein nehmen.«

»Wo fangen wir an, Commissario?«

»Hier«, sagte Mancini, und trat durch das große Tor des Zoologischen Gartens hinaus.

12

Rom, Garbatella

Bündel von Rosmarin, Basilikum und Thymian füllten die Marmeladengläser auf der Arbeitsfläche der Küche, die Walter gleich nach dem Umzug angeschafft hatte. Eine Handvoll Euro mehr in der Lohntüte hatte ihn zu dem Schritt ermutigt, eine Wohnung zu kaufen und aus der Bravetta-Gegend in einen Altbau im Garbatella-Viertel zu ziehen. Ein schlichtes helles Schlafzimmer, ein Bad mit einem kleinen Fenster und ein Balkon zu dem mit Pinien und niedrigen Oleanderbüschen bewachsenen Innenhof hinaus. Sechzig Quadratmeter, die er nach und nach mit dreizehnten und vierzehnten Monatsgehältern renovieren und einrichten würde. Er hatte ein begünstigtes Hypothekendarlehen bewilligt bekommen, und in dreißig Jahren würde die Wohnung ihm gehören.

Im Erdgeschoss, wo einmal die Waschküche gewesen war, lag eine Autowerkstatt. Der Besitzer war ein sympathischer Typ, dürr und kahlköpfig, der mit sich selber redete, während er zwischen Zylindern und Vergasern herumschraubte. Auf den Mäuerchen und Sitzbänken vor dem Haus hingegen war das Schwatzen der Arbeiter des ehemaligen Flusshafens verstummt, für die das Viertel in den 1920er-Jahren erbaut worden war. Walter hätte gern eines der kleinen Häuser mit Gärtchen der Siedlung erstanden, um einen Hund halten und sich einen Grill mauern zu können, aber die Preise waren astronomisch. Doch er war auch so glücklich und zufrieden, und außerdem lag das Fitnessstudio, in dem er dreimal pro Woche nebenbei als Trainer arbeitete, nur fünf Fußminuten von seiner Wohnung entfernt. Garbatella war von jeher ein menschengerechtes Wohnviertel, bewusst wie eine ländliche Gemeinde angelegt, um die Bewohner des Umlands zu bewegen, den Stadtteil Ostiense mit seinen Großmärkten und anderen am Tiber gelegenen Gewerbebetrieben zu bevölkern. Jedes Einfamilienhaus war mit einem Fries aus Tierdarstellungen und Blumenornamenten verziert, und es gab überall Grün. Ein volkstümliches Beispiel einer Gartenstadt nach englischem Vorbild, dessen vornehmeres Pendant am anderen Ende von Rom lag, in Monte Sacro.

Die Türklingel funktionierte nicht, das fiel Walter wieder ein, als es laut klopfte. Drei rhythmische Schläge. Er sah auf die Wanduhr: halb neun. Über dem Zusammenbauen des Nachttischs hatte er ganz vergessen, die Espressokanne zu befüllen. Er riss die Tür mit einem herzlichen Lächeln auf, das die Frau davor mit einem lebhaften Leuchten ihrer Augen erwiderte, bevor sie ihm einen Kuss auf die Wange drückte. Dann trat sie einen Schritt zurück und stoppte das Pendeln des um ihren Hals hängenden Fotoapparats mit der Hand.

Seit sie bei der Spurensicherung angestellt war, hatte Caterina De Marchi sich von einigen Gewohnheiten verabschiedet, die sie inzwischen selbst für schlecht erachtete. Sie hatte die Obessionen abgelegt, mit denen sie die Erinnerung an den Tag, an dem sie sich als Kind im Park Villa Pamphili verirrt hatte, auszulöschen versuchte. Damals war sie erst sechs Jahre alt gewesen, doch was sie dort hatte mitansehen müssen, hatte ihr Leben geprägt. Als sie sich hinter ein paar Büsche zwischen jahrhundertealten Eichen gehockt hatte, um Pipi zu machen, hatte sie ein heruntergefallenes Vogelnest entdeckt. Entzückt hatte sie die drei Vogelkinder darin betrachtet, sich aber gleich darauf beobachtet gefühlt. Und dann hatte sie sie gesehen, dort in den Büschen, unzählige Augen, die sie anstarrten. Klein und rot. Mit der Unterhose noch um die Fußknöchel war sie aufgestanden und zurückgewichen, kurz bevor die Ratten laut fiepend über die armen Kleinen hergefallen waren und sie verschlungen hatten. Caterina war in Ohnmacht gefallen, und seit jenem Tag hatten ihre Ängste sie nicht mehr losgelassen.

Mittlerweile hatte sie jedoch aufgehört, in aller Frühe aufzustehen, um laufen zu gehen. Hatte aufgehört, die Dehnübungen zu machen, in den Jogginganzug und die Laufschuhe zu schlüpfen und die Kopfhörer aufzuziehen. Aufgehört, sich von anderen zu isolieren und allein durch die Gegend zu rennen, sondern versuchte nun, von vorn anzufangen und ihre Nikon als ein Instrument zur Erfassung von Indizien und Spuren zu benutzen statt als einen Schutzschild zwischen sich und dem Rest der Welt.

Morgens stand sie eine Stunde später, um sechs, auf und zwang sich nach einer langen warmen Dusche bewusst langsam zu frühstücken. Um halb acht verließ sie das Haus und fuhr zur Wache von Monte Sacro. Einmal pro Woche ging sie ins Kino, egal, welcher Film gerade lief, und setzte sich ganz hinten auf den letzten Platz rechts. Sie aß Popcorn und ließ sich von den Bildern und Dialogen aufsaugen. Es schien zu funktionieren: Sie konnte sich inzwischen öfter mal fallen lassen, war offener und umgänglicher gegenüber den Kollegen und bemerkte ungewohnte Anwandlungen von Leichtigkeit an sich.

Und sie hatte begonnen, sich mit Walter zu treffen. Seine blauen Augen über dem blonden Bart, der Mut und Gerechtigkeitssinn dieses bescheidenen Mannes hatten sie schon immer beeindruckt. Ursprünglich war Mancini das Objekt ihrer Begierde gewesen, allerdings ohne es sich richtig einzugestehen auf eine heimliche, schamhafte Art, doch das hatte sich geändert. Sie wusste sogar genau, wann, konnte das Datum benennen: Während der Ermittlungen zum Schattenkiller, am Tag ihres Abstechers zum Pumpenhaus am Flusshafen, als Walter sie vom Boden hochgehoben und aus der Halluzination gerissen hatte, in deren Bann sie geraten war.

Manchmal, so wie heute, frühstückten sie vor der Arbeit zusammen. Caterina ging in die Küche und begann, den Tisch zu decken, wo sie einen großen gelben Pappumschlag bemerkte, von der Sorte, mit denen Aktenbündel versandt wurden.

»Der ist für dich«, sagte Walter, ohne sich umzudrehen, während er Teller und zwei Gläser herausholte.

»Was ist das?«

Caterina hob die Lasche an und zog fünf glänzende Schwarz-

Weiß-Fotos im A4-Format heraus, die sie auf den Tisch legte. Sie waren ziemlich unscharf, wahrscheinlich Standbilder von Überwachungskameras. Auf dem ersten erkannte sie den Platz vor der Stazione Termini, die Menschenmenge, Taxis, Polizisten, die Endstation der Linienbusse und zwei Militärwagen.

»Was ist das?«, wiederholte sie mit wachsender Ungeduld, während sie ihren Blick über die anderen Bilder gleiten ließ.

Das zweite war eine Panoramaaufnahme des Bahnhofsplatzes mit vielen Leute darauf, ihre Schemen in der Bewegung festgehalten. Unter ihnen eine kleine Gruppe von grau gekleideten Nonnen, neben der ein mit feinem rotem Filzstift gemalter Kreis leuchtete. Mitten darin stand eine schmale Gestalt, weißes T-Shirt, kleiner Kopf, dunkle kurze Haare. Keine besonderen Merkmale.

Caterina nahm sich das nächste Foto vor, eine Seitenaufnahme. Darauf war das Profil dieses Kindes, eines Jungen, besser zu erkennen. Sie schauderte, als hätte ihr jemand einen Eiswürfel an den Nacken gehalten. Sie betrachtete das vierte Bild, während Walter sich neben sie stellte. Dieselbe Umgebung, nur etwas weiter vorn auf dem Platz und diesmal aus fast frontalem Blickwinkel aufgenommen, sodass das Gesicht des kleinen Romajungen gut zu sehen war. Niko. Caterina drehte sich zu Walter und starrte ihn an.

»Die habe ich in den Akten der Ermittlungen zu den Kindern von der Piazza dell' Esedra gefunden.«

Die »Kinder vom Bahnhof Rom«, wie sie in den Zeitungen genannt wurden, waren Einwanderer aus Nordafrika oder Osteuropa, allesamt Minderjährige, alle ohne Familie. Kinder zwischen zwölf und vierzehn Jahren, die in Roms feuchten, unterirdischen Gängen schliefen. Verirrte Seelen, die ihren Körper für fünfzig Euro verkauften, um essen, um überleben zu können. Sie überließen sich skrupellosen Sexmonstern, alten Pädophilen, die bei Sonnenuntergang ihre prächtigen Wohnungen in Monti oder an der Piazza Vittorio verließen, um diesen Frischfleischmarkt wie von Essensgeruch angezogene Fliegen heimzusuchen.

Das letzte Bild enthielt zwei Aufnahmen vertikal nebeneinander, die eine andere Umgebung zeigten. Die Überwachungskamera befand sich einige Hundert Meter vom Bahnhof entfernt und filmte den kleinen Park vor den Diokletiansthermen, musste also irgendwo hinter den Ständen mit den Ramschbüchern angebracht sein. Auf der ersten Schwarz-Weiß-Aufnahme verwies ein mit Rotstift gemalter Pfeil in der Mitte auf den in Bewegung befindlichen Romajungen.

Caterina betrachtete das Bild daneben und fühlte sich wie bei einem dieser Bilderrätsel, bei denen es galt, die Unterschiede zu finden. Alles war gleich, bis auf die Position Nikos, der vor einem dunklen Rechteck in der Mitte Rasens stand.

Sie hielt das Bild näher an die Augen, doch Walter kam ihr zuvor. »Es ist ein Abdeckgitter.«

Caterina war entsetzt. Seit den Ermittlungen zum Schattenkiller war ihr der Junge ans Herz gewachsen. Und nun wollte sie nicht glauben, was sie da sah: Niko stand leicht nach vorn gebeugt, als sei er auf dem Weg eine unsichtbare Treppe hinunter.

»Tut mir leid, Cate«, sagte Walter kopfschüttelnd.

13

Rom, Villa Angelini

»Meine Tochter war ein unglückliches Mädchen.«

Die Stimme von Francesca Angelini, Mutter der toten jungen Sängerin, bebte, wie auch ihr üppiger Busen.

Mancini schwieg. Er befand sich zusammen mit dem Ispettore im Haus der Eltern in der Via dei Tre Orologi, nur wenige Hundert Meter vom Haus der Tochter und dem Biopark entfernt. Die Villa war im Hollywoodstil gebaut, inklusive eines in den englischen Rasen eingelassenen tropfenförmigen Swimmingpools.

»Sie hatte von klein auf Gewichtsprobleme, wie übrigens alle in unserer Familie. Aber mir hat das nie etwas ausgemacht, ich hatte immer nur das Singen im Kopf, wollte es ganz nach oben schaffen, in der Scala auftreten. Das gilt auch für meinen Mann«, führte Francesca Angelini aus.

Mario Angelini, der neben ihr auf dem kostbaren Brokatsofa saß, war so massig, dass seine Frau geradezu wie eine Sylphe wirkte. Mit seinem Figarobart und dem weiten Hemd mit Pluderärmeln sah er auch privat wie eine Opernfigur aus. Während die beiden mit Ispettore Comello sprachen, musterte Mancini sie und registrierte alles, ihre Aussagen, ihre Gesten und nicht zuletzt die Gegenstände, die den ebenfalls theatralisch ausgestatteten Salon schmückten. Ein Duft nach Harz durchwehte den Raum, und das Feuer in dem mit Carrara-Marmor eingefassten Kamin knisterte. Auf dem Kaminsims waren ein gutes Dutzend Fotos aufgereiht, die sowohl Mario Angelini als auch seine Frau bei der Darbietung irgendwelcher Arien zeigten. Das letzte am Rand war eine Aufnahme von der Tochter. Darauf stand sie als Dritte in einer Reihe von Kindern vor einem Mikrofon, wahrscheinlich bei einem Gesangswettbewerb. Cristina war auf dem Foto höchstens sieben oder acht Jahre alt, ihr Gesicht jedoch schon vom Fettgewebe entstellt. Ihr Blick zeugte von einer lauen Resignation, darin lag keinerlei Begeisterung.

Francesca Angelini warf ihrem Mann einen Blick zu, dann sahen beide mit reumütigen Mienen zu dem Bild auf dem Kaminsims. »Für sie dagegen war es nicht so ein Herzensbedürfnis zu singen. Das war es noch nie.«

»Wann haben Sie das letzte Mal mit ihr gesprochen?«

»Ich war vergangene Woche in New York, und am Mittwoch habe ich versucht, sie auf dem Handy zu erreichen, wie ich es immer mache, wenn ich unterwegs bin«, sagte der Mann. »Ich wollte wissen, wie es ihr geht. Cristina litt in letzter Zeit an einer leichten Depression, und ich habe mir Sorgen gemacht.«

Seine Frau blitzte ihn tadelnd an, merkte dann aber, dass auch das nicht unbeobachtet geblieben war. »Ich war in Mailand und habe sie angerufen, nachdem ich mit meinem Mann gesprochen hatte. Sie ist aber auch nicht rangegangen.«

»Könnten Sie die Zeiten etwas genauer angeben?« Der Ispettore hielt wie üblich alles stichwortartig in einem kleinen Buch fest.

»Ich habe sie gegen achtzehn Uhr angerufen«, sagte der Mann. »Vom Hotel aus, ich hatte noch eine halbe Stunde Zeit, bevor die Limousine mich zur Met bringen sollte, also dachte ich, ich probiere es bei ihr ...« Der letzte Teil klang unsicher, vielleicht aus Verlegenheit.

»Hier in Rom war es da also gegen Mitternacht«, notierte Comello.

Mario Angelini nickte, während seine Frau nachdachte. »Also, ich glaube, ich habe sie kurz danach angerufen, als er mir gesagt hatte, dass er sie nicht erreicht hat«, fügte sie hinzu.

Sie sah ihren Mann an, nahm seine Hand und drückte sie. »Irgendwie haben wir beide gleich gedacht, dass etwas Schlimmes passiert ist. Denn es stimmt leider, Cristina war nicht mit sich im Reinen. Sie hat sogar eine Psychoanalyse gemacht, aber offenbar ohne Erfolg.«

Die Augen des Tenors füllten sich mit Tränen. Er beugte sich vor, um ein Papiertaschentuch aus der Box auf dem Tisch zu ziehen, der das Ehepaar von den beiden Polizisten trennte. Seit fast einer halben Stunde beobachtete Mancini die beiden, ohne sich einzumischen, und allmählich wog sein Schweigen schwer. Auf ihren Gesichtern war ein Hauch von Schminke zu sehen, jedoch keine Augenringe. Sie wirkten alles andere als aufrichtig, und dennoch hatten sie offenbar nichts zu verbergen. Nein, das war es nicht. Die ständige Verstellung, an die sie gewohnt waren, die sie lebten, hatte sie verdorben und auf Darsteller ihrer eigenen Existenz reduziert.

»Eine letzte Sache noch. Wissen Sie, mit wem Ihre Tochter Umgang hatte?«

»Leider sind wir ständig unterwegs und ...«

»Warum?«, unterbrach Francesca Angelini ihren Mann. »Haben Sie jemanden in Verdacht, mit dem sie sich getroffen hat?«

»Im Moment gehen wir noch keinem konkreten Verdacht nach, Signora«, antwortete Comello ruhig. »Aber wir haben Cristinas Handy in ihrem Schlafzimmer gefunden.«

Francesca Angelini erstarrte, und ihre Finger schlossen sich fester um die Hand ihres Mannes.

»Kennen Sie einen gewissen Andrew Brianson?«, ergriff Mancini nun zum ersten Mal das Wort.

»Nein«, antwortete der Tenor.

»Nie gehört«, pflichtete seine Frau ihm bei.

»Ihre Tochter hat eine SMS von ihm erhalten, kurz bevor ...« Walter zögerte, es fiel ihm nicht leicht, die Tatsache auszusprechen, auch wenn die Eltern bereits Bescheid wussten. »Bevor sie ermordet wurde.«

»Es war eine Abschiedsnachricht, kurz und bündig. Sie lautete: ›Es ist vorbei‹«, fügte Mancini hinzu.

»Darüber wissen wir nichts, und wir möchten, dass so wenig wie möglich über solche Dinge gesprochen wird, wenn Sie verstehen, was ich meine.«

Der Commissario und der Ispettore nickten, beide bemüht, sich ihren Unmut nicht anmerken zu lassen. Einen Moment herrschte betretenes Schweigen, dann fragte Walter: »Gab es in letzter Zeit irgendwelche auffälligen Verhaltensweisen?«

»Meine Tochter war ein gutes Mädchen, trotz ihrer starken Stimmungsschwankungen. Leider hat sie sich mir nie so anvertraut wie andere Töchter ihren Müttern. Ich war eben all die Jahre immer unterwegs, und sie blieb bei den Haushälterinnen. Auf einem gewissen Niveau zu singen, ist eine enorm anspruchsvolle Tätigkeit, müssen Sie wissen, und während Cristinas Kindheit waren wir gerade auf dem Höhepunkt unserer Laufbahn.«

»Hatte sie ein Facebook-Profil, wissen Sie das?«, erkundigte sich der Commissario.

»Ja, sicher«, bestätigte Mario Angelini eilig, während er sich die Augen tupfte.

»Wissen Sie auch, dass sie Kontakt zu einem illegalen Händler von Antidepressiva aufgenommen hatte?«

»Kann er es gewesen sein, der ...?«

Mancini und Comello verrieten ihnen nicht, dass die junge Frau vermutlich in die Fänge desselben Täters geraten war, der die menschliche Kopie der Laokoon-Gruppe geschaffen hatte, und auch nicht, dass Andrew Brianson, der Absender der SMS, bereits mehrere Stunden auf der Wache in Salario-Parioli vernommen worden war. Brianson stammte aus einer römischen Juweliersfamilie und hatte ein wasserdichtes Alibi, weil er sich zur mutmaßlichen Todeszeit von Cristina Angelini mit Freunden in einem Restaurant aufgehalten hatte. Im Moment verfolgten sie verschiedene Spuren und waren dabei, die Indizien dieser Untersuchung mit dem Wissen über den Laokoon-Fall abzugleichen. Comello hatte erfahren, dass der Gärtner fünfzig Jahre alt war, seit dreißig Jahren im Park der Villa Borghese arbeitete und seit fünf Jahren verwitwet war, und dass seine Söhne eine Schule in der Umgebung besucht hatten. Keine Vorstrafen, keine Einträge in der Personalakte des städtischen Gartenbauamts, bei dem er angestellt war. Der Nachtwächter dagegen arbeitete erst seit Kurzem im Museum Galleria Borghese und befand sich noch in der Probezeit.

Comello beschränkte sich auf die übliche Hinhaltefloskel als Antwort. »Über den Händler der Psychopharmaka können wir noch keine Angaben machen, Signora. Die Kollegen von der Abteilung für Computer- und Internetkriminalität ermitteln noch.«

»Wir müssen Sie bitten, die Stadt für ein paar Tage nicht zu verlassen, für den Fall, dass wir noch weitere Angaben benötigen«, fügte Mancini hinzu und stand auf.

»Commissario ...« Die Sängerin wirkte bedrückt, ihre Stimme klang unsicher. »Zuerst wollten wir unser Mädchen einfach nur lebend wiedersehen, aber jetzt, da wir wissen, dass sie ... Jetzt wollen wir nur noch eins.«

Ihr Mann beendete ihre Ausführungen: »Wir wollen die Wahrheit. Bitte.«

14

Im Biopark, zweihundert Meter südwestlich vom Becken der Sirene, beherbergt eine große Grube fünfzig Japanmakaken. Dort, im Dorf der Affen, bleiben die Zoologiestudenten stehen, um die Beziehungen zwischen den Mitgliedern der Gemeinschaft zu beobachten, und ebendort wird gerade ein brutales Strafgericht abgehalten.

Der Beton des Grabens sowie die unausgewogene Ernährung haben das Gehege dieser Säugetiere in eine Affenhölle verwandelt. Die konische Form der Grube verstärkt noch den Eindruck eines bestialischen Hades, in dem gerade eine Gruppe von Männchen einen jungen Japanmakaken verfolgt, der sich schuldig gemacht hat, ein fruchtbares Weibchen zu decken. Die vier drängen ihn gegen die Wand. Das Jungtier, das sich von seinem Trieb hat überwältigen lassen, hört das schreckliche Zischen seiner Henker und weiß, dass es sein Tun teuer bezahlen wird.

Der erste Biss gräbt sich in seine Vorderpfote, dann hagelt es Schläge mit vom Boden aufgelesenen Holzstücken. Die Männchen fallen gemeinsam über ihren Artgenossen her, verletzen ihn mit ihren kleinen Vampirzähnen, schneiden, reißen, verschlingen Stücke, ohne auf den Tod zu warten. Sie fressen ihn bei lebendigem Leib auf, während der Blick des Verurteilten sich im Himmel verliert, der so grau ist wie der umgebende Beton.

Neben diesem klaffenden Maul des Todes liegt eine Grünfläche, achtundneunzig Quadratmeter voll kleiner Palmen und Magnolien, umgeben von einer zwei Meter hohen immergrünen Hecke: ein kleiner, für Besucher nicht zugänglicher Bereich, den sogar die dienstältesten Wärter inzwischen vergessen haben. Viele von ihnen wissen gar nichts über die Existenz der aufgegebenen Zis-

terne in der Mitte unter einer kleinen Gruppe von Judasbäumen, wo sie kaum zu sehen ist. Sie ist mit einer Metallplatte und einem rostigen Vorhängeschloss gesichert. Unter der Platte, vier Meter tief im Boden, befindet sich ein etruskisches Grab, das seit seiner Entdeckung in den Siebzigerjahren nie mehr geöffnet worden ist. Die Chiaroscuro-Fresken sind in irgendeinem Museum gelandet, darunter Wasserlandschaften, Gruppen von Enten, die in einer Allegorie des Jenseits die Seelen der Toten verkörpern. Ansonsten gab es keinerlei Restaurierung, keinerlei Konservierungsarbeiten oder Absicherungen.

Wenige wissen davon. Keiner spricht darüber.

Einer bewohnt es.

Die nackte Decke schwankt im Licht einer einzelnen Kerzenflamme, das die Ecken der Kammer nicht erhellen kann. Eine kleine Mauer aus Tuffsteinblöcken dient als Ablagebord, darauf hat der Jäger einen zusammengerollten und mit einem Bändchen befestigten Lederlappen platziert, in dem sich seine kostbaren Werkzeuge befinden. Neben der Mauer befinden sich vier Grabstätten, in denen er schläft oder mit offenen Augen einen kleinen Freskenmond betrachtet.

Nach dem Abschlachten und Zurichten der Sirene ruht der Jäger sich aus. Er ruht und bereitet sich vor. Wartet auf die nächste Beute. Er muss weiterziehen, die Zeit in dieser Höhle ist vorbei, er wird sie noch heute Abend verlassen. Seit Jahren schon wohnt er unter der Erde. Der Lockruf des Steins, der Geruch der Erde, das genügt ihm, um sich zu Hause zu fühlen.

Die Luft wird knapp, in Kürze wird die Flamme erlöschen. Bald muss er die Eisenplatte öffnen. In einem plötzlichen Krampf verzieht sich sein Mund zu einem Bogen, nimmt dann wieder die normale Form an. Es wird bald wieder passieren, er wird sich verwandeln. Seine Augen blitzen in der abgestandenen Luft auf, bevor alles in Dunkelheit versinkt. Er muss hier raus, auch wenn es noch nicht der richtige Zeitpunkt ist. Er atmet langsam, um den Sauerstoff nicht zu schnell zu verbrauchen. Nach einigen Sekunden steht er auf und steigt die vier Stufen zur Eisenplatte hinauf.

Stemmt seine Handflächen dagegen. Sie ist kalt. Er nähert die Nase dem Spalt und atmet tief ein.

Der Geruch der Nacht. So ähnlich und doch ganz anders als der nächtliche Geruch im Kloster, wenn er sich zu seinem kleinen Fenster hinaufreckte und nach der sich wandelnden Form des Mondes suchte. Er kennt diese feuchte Kühle der Erde, den Duft des Laubs, der Bäume, der Rinde. Das unverwechselbare Aroma von Harz. Er stellt sich vor, die Astknoten des Ahorns und des Birnbaums zu liebkosen, doch er weiß, dass dort oben, über der Eisenplatte, nicht der Nutzgarten des Klosters liegt. Und auch nicht der Ziergarten. Denn dies ist eine andere Welt.

ZWEITER TEIL
Die Ungeheuer

15

Umbrien, drei Jahre zuvor

Die letzten Sonnenstrahlen des Tages drangen durch die Wolkendecke über dem Kloster. Das Fenster war nicht mehr als eine rechteckige Öffnung von einem halben Meter Höhe in der Mauer aus grobem Stein. In einer Nische unter der Fensteröffnung, vor zwei Büchern, brannten zwanzig orangefarbene Kerzen. Darunter, neben dem Bett, kniete der Junge, den Oberkörper tief gebeugt, sodass sein Kopf den Boden streifte. Er verharrte in dieser unbequemen Haltung und flüsterte, damit der vor der Tür wachende Mönch ihn nicht hörte.

»Psst, komm raus.«

Die Aufforderung zielte in eine Mauerritze. Tief darin gab es eine flinke Bewegung. Dann waren die beiden roten Punkte der Augen zu sehen, gefolgt von dem grauen schmalen Körper. Er beeilte sich, ein Stück trockenes Brot vor den Spalt zu halten, und wartete zuversichtlich. Der Nager kam ein Stück hervor und quiekte, zeigte seine kleinen Zähnchen. Eine Hausmaus, nicht größer als zehn Zentimeter. Seit zehn Tagen überließ der Junge seinem kleinen Gefährten jeden Abend einen Teil seines Mahls. Die Maus sollte lernen, ihm zu vertrauen. Am Vortag war es ihm gelungen, ihr kurz über den Rücken zu streichen.

Auf der rauen Wolldecke seines Bettes lag aufgeschlagen ein Skizzenbuch. Ein Geschenk des Pater Superior, das er ihm gegeben hatte, bevor er ihn hier eingesperrt hatte. Schon seit zwei Wochen durfte er nicht raus, nicht einmal, um im Kreuzgang auf und ab zu gehen. Die Zeit wird dir sehr lang werden, mein Sohn, hatte der Pater zu ihm gesagt. Es hatte wie ein Urteilsspruch geklungen, und der Gefangene hatte schon da in seinem Herzen beschlossen, diese Mauern bald hinter sich zu lassen.

Diese Nacht nun würde als die Nacht der Flucht in Erinnerung bleiben. Er malte sich seine Reise in die Freiheit aus und genoss den Geschmack der kalten Luft schon im Voraus. Er würde ein bisschen umherstreifen, würde sich verstecken und dann einen Platz finden, an dem er bleiben konnte, jedoch nicht allzu lange. Er hatte dort draußen eine Mission zu erfüllen und wusste, dass er seiner *wahren* Berufung folgen musste.

Der des Jägers.

Im Hof streichelte ein Windstoß die Weide, ihr Rauschen war wie der Atem eines großen asthmatischen Tieres oder eines betrunkenen Riesen. Hört, wie er schnarcht.

»Komm schon, na los«, lockte er das Tierchen, das daraufhin noch näher kam.

Die spitze Schnauze war nun ganz draußen. Der Junge legte das Brot vor dem Eingang der Miniaturhöhle ab und zog sich zurück. Der Nager stürzte sich auf den Happen, schnappte ihn sich mit den Vorderpfoten und wollte, begleitet vom Lächeln seines Freundes, in seinem Loch verschwinden.

Die Messerklinge blitzte auf, ehe die Maus mit ihrer Mahlzeit beginnen konnte. Draußen schwieg der Wind erwartungsvoll. Drinnen erklommen die Schatten die Wände, schwankten im Flackern der erlöschenden Flammen.

Etwas stach in seinen Eingeweiden. War es die Aufregung? Wie vor ein paar Wochen, als der Bruder in seine Zelle gekommen war, um mit ihm zu beten, und die Tür wie immer hinter sich abgeschlossen hatte. Zu spät hatte er bemerkt, dass er dabei war, sich zu *verwandeln*, dass die schwelende Wut ihn plötzlich, innerhalb eines Augenblicks, in seine chaotische Welt gestürzt hatte. Und mit ihm hatte sich alles um ihn herum verändert. Sobald der Bruder sich vor ihn hingekniet hatte, war seine Hand auf dessen Kehle zugeschossen, und seine Finger, hart wie Eichenholz, hatten die Luftröhre so fest zugedrückt, dass seine Fingernägel die Haut geritzt hatten. Als er das Blut bemerkt hatte, das unter dem langen braunen Bart hervorrann, war es längst zu spät. Die entsetzte Grimasse des Mönchs hatte den Rausch der Gewalt ins Unermessliche gesteigert. Ohne jegliche mimische Regung, die Finger immer noch in seine Kehle gegraben, hatte er sie mit bloßen Händen aufgerissen. Die Schreie hatten die Mitbrüder an seine Zellentür mit dem vergitterten Fenster gerufen. Und während der Mönch sich noch wand und zu wehren versuchte, hatte er sich auf ihn geworfen und ihm die Knie auf die Brust gedrückt. Dann hatte er das Werkzeug unter seiner Kutte hervorgeholt. Sein bevorzugtes. Und begonnen, ihn in Stücke zu schneiden.

So hatte der Pater Superior es ihm erzählt.

Doch jetzt war es anders, weil er allmählich lernte, diese Momente rechtzeitig zu erkennen, zu kontrollieren, sogar herbeizurufen. Wenn es passierte, schlug sein Herz schneller, als wäre er bereits auf der Jagd. Er spürte, wie sein Blick sich schärfte und die Dunkelheit erforschte, wie sein Gaumen trocken wurde, während draußen, um ihn herum, alles sich veränderte, alles die Form seiner inneren Welt anzunehmen schien.

Der Welt, in der sich die Ungeheuer verbargen.

Das Maul der Maus war um die Brotkruste geschlossen, doch ihr Grinsen wurde zu einem fast menschlichen Ausdruck des Grauens. Der warme Bauch des Tierchens war aufgeschlitzt, die kleinen Gedärme nur noch von der Klammer aus Zeigefinger und Daumen des Jungen zusammengehalten.

»Komm her.«

Dieses Mal klang seine Stimme wie ein Kratzen, und vor der Zelle entstand Bewegung. Es war der Mönch, der sein Ohr an die Tür gedrückt hatte und lauschte. Bald würde auch Bruder Tobia Teil seiner großen Jagd geworden sein. Sehr bald.

Der junge Mann zerquetschte das Tierchen in der Hand und reduzierte es auf eine graue Masse, aus der es rot und violett troff, die Eingeweide aufgeplatzt, die Augen ungläubig verdreht unter dem eiskalten Blick, der es beobachtete.

»Wir haben noch was vor, du und ich.«

Er stand auf und drehte sich zu der von außen verriegelten Tür um. Sein Rausch erblühte in einem Lächeln, das die Lippen eroberte, zu den Wangenknochen aufstieg und das Stahlblau der

Iris zum Leuchten brachte. Draußen fing der Wind wieder an zu blasen, und als die Zähne des Gefangenen sich in das Tierfleisch senkten, begann im Herzen des Turms die Vesperglocke zu singen.

16

Rom, Universität La Sapienza

»Es ist ungefähr ein Jahr vor Ende des zweiten Weltkriegs. Es sind dunkle, schwere Zeiten für die Bewohner einer Großstadt wie Rom, aber noch schlimmer für die der Dörfer und ländlichen Gegenden im Umland.«
Auf dem Podium verlagerte Mancini sein Gewicht von einem Fuß auf den anderen. Alle rund sechzig Köpfe im Hörsaal waren auf ihn gerichtet, einschließlich Carlo Bigas. Der Professor hatte sich einen Platz weit oben gesucht, weil er nicht gesehen werden wollte, Caterina und Walter hingegen saßen in der vierten Reihe inmitten der Studierenden.

Mancini, ganz in Schwarz gekleidet, fixierte einen Punkt neben seinen Füßen und fuhr fort. »Wir befinden uns bei Kilometer 47 der Via Salaria, einer der zehn antiken römischen Konsularstraßen. Es ist Sommer, der 6. Juli 1944, und heiß. Pietro Monni, ein Rechtsanwalt aus Rom, ist mit seinem Fahrrad unterwegs und hat genau an diesem Straßenabschnitt einen Platten. Er steigt ab und bemerkt in der Nähe ein altes verfallenes Bauernhaus, aus dem ein Mann tritt, der ihm seine Hilfe anbietet. Der Mann bittet ihn herein und gibt ihm Werkzeug und Kleber zum Flicken des Schlauchs. Dieses Haus wird Pietro Monni nur noch als Leiche verlassen. Denn der hilfsbereite Bauer wartet, bis Pietro abgelenkt ist, schlägt ihn dann mit einem Knüppel nieder und erschießt ihn mit einer Doppelflinte.«

Die Hörer im Saal lauschten aufmerksam, die Stille wurde nur von dem leisen Kratzen der Stifte auf Notizblättern und dem Klacken der Laptoptastaturen unterbrochen.

»Denn in dem Bauern, in diesem abgelegenen Haus, zwischen den Feldern, die ihn, seine Frau und die vier Kinder nicht ernähren können, steckt der Mörder, der als ›Monster von Nerola‹ in die Geschichte eingegangen ist. Was also tut dieser temporäre Bauer – denn auch das Land und den Hof hat er sich widerrechtlich angeeignet –, um über die Runden zu kommen und seine Familie satt zu kriegen?«

Die rhetorische Frage hallte einige Sekunden im Hörsaal nach, bevor sie im allgemeinen Schweigen versank. Biga rutschte auf seinem Holzsitz hin und her, und Rocchi, der nicht saß, sondern hinter der letzten Reihe an der Wand lehnte, überprüfte, wie viel Zeit ihm noch bis zu seinem eigenen Vortrag blieb. Wenige Minuten. Er war immer nervös, wenn er vor Publikum sprechen sollte.

»Er tut das hier«, sagte Mancini und zeigte auf die an die weiße Wand projizierte Folie mit einem Foto von einem Haufen Zimmermannsnägeln. »Am Kilometerpunkt 47 der Salaria steht heute kein Kilometerstein mehr, weil er von den Bewohnern des nahegelegenen Orts entfernt wurde, die es satthatten, dass Neugierige dort anhielten, um die Ruine des verfluchten Hauses zu besichtigen. Doch genau an dieser Stelle säte Ernesto Picchioni als guter Bauer seine Nägel.«

Wieder legte er eine Pause ein, plötzlich benommen. Versuchte, seine Gedanken zu sammeln, den Faden seiner Rede wiederaufzunehmen und nicht auf diese andere Stimme zu hören, die ihn peinigte. Doch vergebens, die dunkle Stimme hämmerte in diesem Augenblick in ihm. Höhlte ihn aus wie ein Wurm. Ihm war jetzt klar, dass seine Trauer dahinwelkte, sie wurde Tag für Tag weniger, und er schämte sich deswegen, empfand Gewissensbisse gegenüber Marisa. In was verwandelte sich sein Schmerz?

Er riss sich zusammen und fuhr fort. Der Wurm verschwand, wie er heraufgekrochen war, um sich in den Windungen seiner Eingeweide einzunisten und auf den richtigen Moment zu warten.

»Gehen wir nun ins Jahr 1947. Es ist der 3. Mai, als Picchioni einen Angestellten namens Alessandro Daddi anlockt und tötet, um ihm die Cucciolo zu stehlen, ein Motorfahrrad von Ducati, sowie das Bargeld, das er bei sich hat. Dabei geht er genauso vor wie bei Pietro Monni, dessen Fahrrad er ebenfalls an sich gebracht hatte.«

Rocchi entdeckte einen freien Platz in der Nähe des Professors und bewegte sich durch die stickige Wärme in dem überfüllten Saal darauf zu. Die alten gusseisernen Heizkörper glühten und machten die Luft so trocken, dass man kaum atmen konnte. Während Mancini weiter vortrug, erschienen auf der Projektionswand die Aufnahmen von den Tatorten, von den Waffen, den damals gesicherten Beweismitteln, dem Garten des Grauens. Eine Hemdmanschette, Fetzen eines Strickpullovers, das zusammengesetzte Skelett Monnis. Carabinieri, die mit dem Täter in Handschellen posierten. Teile von auseinandergenommenen Fahrrädern, Hundeknochen und Dutzende rostige Nägeln.

»All das sagt uns etwas. Es sagt uns, dass Ernesto Picchioni, das berüchtigte Monster von Nerola, ein zum Mörder gewordener gewalttätiger Mann war, der Frau und Kinder schlug und ihnen mit dem Tod drohte, ein Mann ohne irgendein Motiv über bloße Habgier hinaus. Und gerade deshalb fiel er aus dem üblichen Täterschema heraus. Er konnte gefasst werden, nachdem er nachweislich zwei Opfer ermordet hatte und mutmaßlich weitere, die nie gefunden wurden – seine Frau sprach damals von einem Dutzend –, weil er irgendwann anfing, in seinem Zweitausendseelendorf mit Daddis Motorfahrrad herumzufahren und das gestohlene Geld in der einzigen Osteria auszugeben.«

Mancini ließ den Blick über die Gesichter in den ersten Reihen schweifen. Er sah sie nicht bewusst, keines davon, es waren einfach nur Gesichter, doch er merkte, dass es Zeit für eine Abwechslung wurde. Die Folien an der Projektionswand wichen dem Bild der blauen Arbeitsoberfläche.

»Jetzt möchte ich von Ihnen wissen, weshalb es heute immer noch wichtig ist, den Fall Picchioni zu studieren. Welche beiden Aspekte haben ihm einen Platz in der italienischen Kriminalgeschichte eingebracht?«

In der Saalmitte wurde eine Hand emporgehoben. »Der Fall ist wichtig, weil er uns lehrt, dass nicht alle Serienmörder gut organisiert sind. Sondern dass ein einfacher, ungebildeter Mann mit gewalttätiger Veranlagung ebenso viele Opfer auf dem Gewissen haben kann wie einer seiner berühmt-berüchtigten amerikanischen Kollegen.«

Mancini kannte die Stimme. Was machte die denn hier? Auch Walter reckte den Hals, um zu sehen, ob der Tonfall dem Gesicht entsprach, das er im Kopf hatte.

»Aber Picchioni war kein Serienkiller«, mischte sich eine tiefe männliche Stimme, ebenfalls aus der Mitte, ein. »Es wurde nie bewiesen, dass er mehr als zwei Opfer getötet hat. Die Ermittler konnten die Leichen eines Jungen und eines Mannes mit dem Schnurrbart, die auch in der Nähe gefunden wurden, nie auf ihn zurückführen. Das Gleiche gilt für die anderen Skelette in den Feldern um das Haus herum. Was es rein fachlich verbietet, ihn als Serienmörder zu bezeichnen.«

Der stämmige junge Mann in Jackett und Krawatte lächelte selbstzufrieden und sah die Frau, die auf die Frage des Commissario geantwortet hatte, herausfordernd an.

»Das ist richtig«, erwiderte Mancini nüchtern, »aber Ihre Anmerkung ist für das Ziel dieser Erörterung nicht relevant.«

»Ich wollte ja nur ...«

Mancini hatte keine Lust, ihm weiter Gehör zu schenken, er wollte zum Schluss kommen und gehen. Also unterbrach er ihn mit einer knappen Geste und einem Blick, woraufhin sich von den letzten Reihen bis nach unten unwilliges Gemurmel ausbreitete. Caterina und Walter suchten Professor Bigas Blick, doch der war unverwandt auf seinen Schüler gerichtet.

»Zwei Aspekte, habe ich gesagt. Der erste: Die Vorgehensweise, der Modus operandi des sogenannten Monsters von Nerola war einfach, aber wirkungsvoll.« Mancini hob die rechte Hand und zählte an Daumen, Zeige- und Mittelfinger ab. »A: Die Beute geht ins Netz. B: Der Mörder tötet sie und nimmt alles an sich, Fahrrad, Geld und so weiter. C: Zum Schluss wird die Leiche im Nutzgarten des kleinen Bauernhofs vergraben. Daher können wir behaupten, auch wenn die Zahl der gesichert zugewiesenen Opfer nicht drei erreicht, dass Picchioni sich wie einer der Täter verhalten hat, die in der Kriminologie als organisierte Serienmörder definiert werden. Obwohl er letztlich nicht allzu gut organisiert war.«

Aus dem Publikum kam das eine oder andere gedämpfte Lachen, und auch Mancini deutete ein Lächeln an.

»Die Besonderheit seiner Strategie besteht in etwas, das man als ›Spinnentechnik‹ bezeichnen könnte: Der Killer sorgt dafür, dass die Beute sein Territorium betritt, auf dem er im Vorteil ist und nicht Gefahr läuft, von Zeugen gesehen oder gar aufgehalten zu werden. Er fängt seine Beute, indem er die Falle stellt und den Rest dem Zufall überlässt, wie eine Spinne, die ihr Netz webt und dann lauernd abwartet. Und er tut es einzig und allein, um sich die Besitztümer seiner Opfer anzueignen, nicht aus Rache und auch nicht mit sexuellen, fetischistischen oder sonstigen Absichten.«

»Folglich sind die Beuteobjekte, die ihm ins Netz gehen, allesamt Fremde, die nur eines verbindet: der Zufall, das Pech, dass gerade sie es sind, die mit dem Mörder, der Spinne, in Kontakt kommen. Er macht nicht Jagd auf sie, indem er sie verfolgt, sondern wartet ab, dass sie zu ihm kommen. Dann schnappt er sie sich, tötet sie und raubt sie aus, alles innerhalb seiner eigenen Höhle, sozusagen.«

In der Stimme der Rednerin schwang ein leichter ausländischer Akzent mit. Mancini, Comello und Biga starrten die Frau an, die ihrerseits den Commissario nicht aus den Augen ließ.

»Nur dass er schlimmer ist als eine Spinne, Dottoressa Nigro. Denn unsere Beuteobjekte hielten an, um ihn um Hilfe zu bitten. Picchioni erbot sich, ihnen beim Flicken der Reifen zu helfen, gab ihnen Wasser und etwas zu essen und versprach ihnen, sie bis zum nächsten Morgen bei sich zu beherbergen. Sie vertrauten ihm, waren ihm dankbar.«

Mancini strich sich über die Bartstoppeln am Kinn und ließ seinen Blick durch den Saal gleiten, während er auf weitere Bemerkungen oder Fragen wartete. Die jedoch ausblieben.

»Zweiter Aspekt: Entgegen all seiner Banalität müssen wir in der Geschichte dieses Falls einen wichtigen Faktor in Betracht ziehen – den historischen Kontext. Zur Zeit der Ereignisse existierten noch keine Spezialeinheiten wie die Sonderkommission Squadra Antimostro, kurz SAM, zur Ergreifung des Monsters von Florenz, koordiniert von Ruggero Perugini, einem der ersten italienischen Kriminalbeamten, die sich in *Criminal Profiling* in Quantico ausbilden ließen.«

Nun fühlte sich Carlo Biga angesprochen, der einer der engsten Mitarbeiter Peruginis gewesen war.

»Zu jener Zeit war es noch undenkbar, auch nur zwei Verbrechen miteinander in Beziehung zu setzen. Italien war Provinz und wollte es auch sein, das Böse kam von außen. Und Ernesto Picchioni war das erste berühmte Monster dieser Nation, die gerade den zweiten Weltkrieg überstanden hatte, der erste Mörder, der in die trauten Heime der Italiener eindrang, der Schwarze Mann, den die Mütter beschworen, um ihren Kindern Angst zu machen, wenn diese nicht ins Bett wollten. Das Monster von Nerola. Der Mörder mit dem Parteibuch des Partito Comunista Italiano, das perfekte Schreckgespenst im neurepublikanischen Italien am Vorabend der ersten echten politischen Wahlen im April 1948.«

Mancini senkte den Kopf, bis sein Kinn beinahe die Brust berührte, schloss kurz die Augen und versuchte, die zum Fortfahren nötige Energie aufzubringen. Dann blickte er gerade so weit auf, dass er die Gestalt des Professors dort oben ausmachen konnte.

»So kam es auch, dass die Abtragung des Erdreichs im sogenannten Garten des Grauens damals im Film dokumentiert wurden.« Mancini zeigte auf eine neue Folie. »In Schwarz-Weiß wohlgemerkt, aufgezeichnet von der Filmgesellschaft Istituto Luce. Hier sehen sie die Ortsansässigen, fassungslos, weil sie so lange neben einem Monster gelebt hatten. In jenen Wochen trafen Dutzende von Reisebussen aus Rom ein, und Nerola geriet zum ersten Mal in den Fokus der Öffentlichkeit, wahrgenommen durch Verbrechensreportagen der Wochenschau.«

Biga bohrte den Blick aus seinen kleinen Augen in die Enricos, und erst da bemerkte sein Schüler, dass der Blick seines Lehrers sich verändert hatte. Er war nicht bloß müde und gealtert, es lag auch eine neue unbekannte Härte darin. Und ein Hauch von Traurigkeit. Oder ein Vorwurf?

Mancini räusperte sich. »Dank dieser medialen Aufmerksamkeit erinnern sich die Leute auch heute noch an die Spinne...« Seine Stimme war tiefer geworden und klang distanziert. »An den Mann, der sein Stahlnetz spannte, indem er diese Nägel an Kilometer 47 der alten Via Salaria ausstreute.«

Er warf einen flüchtigen Blick auf die Zeiger der Wanduhr über der Tafel. Es war geschafft. Er legte die Handflächen aneinander und kam zum Schluss.

»Ich entlasse Sie mit einer Frage. Was hat sich heute, fast siebzig Jahre nach diesen Vorfällen, verändert? Könnte ein Mörder wie Picchioni mit seiner groben Technik heute noch genauso erfolgreich töten? Und mehr noch: Könnte er sich aus der Affäre ziehen und ungestraft davonkommen?«

Ein letzter Blick in den Hörsaal zeigte ihm eine Masse von wogenden Köpfen, verschwommen, dunkel, hier und da mit Blond durchsetzt. Wer waren all diese Leute?

»Danke, damit sind wir fertig.«

Er steuerte auf den Ausgang zu und verschwand aus dem Blickfeld von Caterina und Walter, die sich eigentlich zu ihm gesellen wollten. Carlo Biga und Rocchi wechselten einen kurzen Blick. Während der Professor versuchte, den Ispettore und die Fotografin einzuholen, legte Antonio sein Metallköfferchen aufs Pult und holte sein iPad heraus.

Jetzt würde er sie mal ordentlich aufmischen, diese verdammten Grünschnäbel.

17

Rom, Diokletiansthermen

Zwischen der Stazione Termini und dem Springbrunnen auf der Piazza della Repubblica erstreckt sich eine fünfhundert Meter lange Meile, an der ein Luxushotel, ein Fast-Food-Restaurant und ein Kino liegen. Eine Straßenzeile, die den Betonkasten des Bahnhofs mit der majestätischen Silhouette von Santa Maria degli Angeli e dei Martiri, die über den Diokletiansbädern wacht, verbindet.

Das Skelett eines Regenschirms ragte aus einem an einer Palme aufgetürmten Haufen von Pappkartons heraus. Nicht weit davon war ein Gitter in den Boden eingelassen. Es war hochgeklappt, und rings um das freigelegte Erdloch lagen zahlreiche kleine weiße Formen hingetupft. Die Nacht hing wie ein schwarzer Samtvorhang, der bis hinunter in die Versenkung fiel, zwischen Bäumen und Ruinen. Caterina näherte sich den Stufen, die ins Dunkel führten. Sie kramte in ihrer Jackentasche und zog den Schlüsselbund mit der Nottaschenlampe heraus, deren Strahl sie auf die weißen Flecken richtete.

Papiertaschentücher. Dutzende. Zerknüllt, schmutzig. Darum herum Pappbehälter von Hamburgern und Pommes frites. Niko konnte, nein *durfte* nicht dort unten gelandet sein. Caterina bewegte sich vorsichtig mit der kleinen Digitalkamera um den Hals. In einer Tasche lag das Handy, in der anderen das Pfefferspray. Ihre Dienstpistole hatte sie zu Hause gelassen, aus Angst, sie zu benutzen, obwohl sie die Ausbildung am Schießstand absolviert hatte. Sie war keine Polizistin, die ihre Waffe gebrauchte, sie schoss Fotos für den Erkennungsdienst. Auch wenn sie gerade einer Spur nachging wie ein Ermittler.

Vor einigen Wochen hatte eine Fernsehreportage über die vorwiegend aus Ägypten stammenden Kinder berichtet, die dort unten lebten. Diese kleinen Pharaonen der Kanalisations-Unterwelt verkauften sich meist an ältere Männer, die sich für fünfzig Euro eine halbe Stunde lang mit ihnen vergnügten. Drogen spielten keine Rolle, es waren vorwiegend Kriegs- und Elendsflüchtlinge, die ohne Obdach und Familie nach Rom gelangt waren. Die Flüchtlingsströme hatten sie in die Bahnhofsgegend gespült, und von dort war es nur noch ein kurzer Schritt gewesen. Erschöpft von Hunger und Kälte, hatten viele von ihnen dort unten Zuflucht gefunden.

Das Herz schlug ihr bis zum Hals. Sie fürchtete nicht so sehr die Gewalt, auf die sie möglicherweise in diesen unterirdischen Gängen stoßen würde, sie fürchtete vor allem, Niko dort anzutreffen.

Er war aus einem Romalager geflüchtet und hatte ihr beim Fall des Schattenkillers geholfen, und er hatte ihr seitdem unmissverständlich zu verstehen gegeben, nicht in die Barackensiedlung zurückkehren zu wollen. Seine Mutter war tot, seinen Vater kannte er nicht. Caterina hatte ihn unterstützt und vorgeschlagen, ihn einer Organisation anzuvertrauen, die sich um unbetreute, notleidende Waisen kümmerte. Doch dann war so viel passiert, das Ende ihrer Probezeit, die Aufnahmeprüfung für den Erkennungsdienst, die aufkeimende Beziehung mit Walter. Nun bereitete ihr Glück, das sie erst allmählich zu genießen lernte, ihr ein schlechtes Gewissen.

Falls Niko sich tatsächlich dort unten aufhielt, musste sie ihn herausholen, und zwar schnell. Ob er in Gefahr war? Die Antwort würde sie nur am Ende dieser Treppe finden.

Der Lichtkreis ihrer Taschenlampe zuckte durch die rechteckige Öffnung und über die Eisenstufen, die mit weiterem Papiermüll und Präservativen übersät waren. Sie presste die Lippen aufeinander und machte den ersten Schritt. Dann den zweiten. Die Stufen waren hoch und knarrten laut, während sie hinunterstieg. Acht Schritte, dann war sie unter die Haut der Stadt geschlüpft.

Unten fand sie sich in einer feuchten, quadratischen Kammer

wieder, von der drei Gänge abzweigten, einer vorn und zwei an den Seiten, hoch genug, um aufrecht darin gehen zu können. Vermutlich eine Art Sammelbecken. Sie senkte den Blick auf den Boden. Er war von einem feinen, glänzenden schwarzen Staub bedeckt, der sich in dem Gang fortsetzte, für den sie sich entschied. Den direkt vor ihr. Sie hielt sich die Hand vor Mund und Nase und trat entschlossen hinein.

18

Rom, Trastevere

Der Computerbildschirm leuchtete bläulich in dem dämmerigen Zimmer. Giulia verweilte seit einigen Minuten bei derselben Seite, immer wieder wanderten ihre Augen über die Zeilen. Die Jalousien waren ein Stück hochgezogen, ein erster Lichtstreif durchschnitt die Dämmerung. Nach einem Blick auf die Zeitanzeige ihres Mac erhob sie sich. In Pantoffeln glitt sie über das Parkett im Wohnzimmer in die Küche. Sie öffnete den Kühlschrank, holte die Milch heraus und erwärmte sie auf dem Herd. Die Haferflocken standen bereits zusammen mit dem Honig und einigen abgepackten Croissants auf dem Tisch. Dann ging sie in die Diele, von wo aus das hartnäckige, entnervende Klingeln des Weckers aus dem oberen Stockwerk zu hören war.

»Marco!«

Ihre Stimme hallte nörgelig durchs Haus, sie erkannte sie selbst kaum wieder. Giulia fuhr sich mit der Hand durch die dichten, ungekämmten Haare und wartete.

»Ja?«

»Es ist spät!«

Sie ging zurück zum Herd, um die Milch in die Tasse zu gießen, doch nach drei Schritten fühlte sie sich wie von einem unsichtbaren Magneten nach rechts gezogen. Der Computer beleuchtete immer noch die Büroecke, die sie sich im Wohn-Esszimmer eingerichtet hatte. Dort nahmen vier Papierstapel und ebenso viele Aktenordner die Stühle und einen Teil des Tischs ein. Schon seit Längerem aßen sie nicht mehr dort, sie war fast immer bei Gericht, und Marco aß in der Schulmensa zu Mittag. Abends nahmen sie einen schnellen Imbiss vor dem Fernseher in der Küche ein.

Behutsam wie ein Kind an Weihnachten, das nachsehen will, ob unterm Baum ein Geschenk liegt, schritt sie auf den Monitor zu. Dann die Enttäuschung: Er hatte wieder nicht geantwortet. Dabei hatte sie die Mail an ihn noch mehrmals durchgelesen, aber nichts gefunden, das ihn verschreckt haben könnte. Sie war aufrichtig gewesen und hatte ihn nur gebeten, sich ihr gegenüber auch so zu verhalten.

Ihr Sohn kam die Holztreppe heruntergesprungen und rief ihr atemlos »Guten Morgen« zu. Giulia folgte ihm in die Küche und gab Haferflocken, Milch und Honig in die große orangefarbene Tasse, auf der MARCO stand.

»Du hast heute Abend Karate«, erinnerte sie ihn.

»Weiß ich, Mama«, antwortete er, trank einen Schluck Milch und steckte ein Croissant in den Ranzen.

Giulia tat eine Kapsel in die Kaffeemaschine und stellte ihre Espressotasse mit dem Jungfrau-Zeichen unter die Düse. *Kritisch und resolut* stand darunter. Sie gab zwei Teelöffel Rohrzucker hinein und betätigte den On-Schalter. Marco wischte mit dem Ärmel seines blauen Schulkittels über seinen Mund. »Ich geh jetzt!«

»Erst Zähne putzen!«

»Och, Mama, ich komm zu spät!«, maulte er, lief aber in das kleine Gästebad und kam zwanzig Sekunden später mit einem weißen Bart wieder heraus.

Draußen hupte der Schulbus dreimal. Marco reckte sich, um seiner Mutter einen Kuss zu geben.

»Der Bus ist da!«

»Warte, wie siehst du denn aus!« Auf dem Weg zur Tür wischte sie ihm die Zahnpasta ab.

Eine Minute später war ihr Sohn zu seinem Tag voller Spiele, Malstunden und Beisammensein mit seinen Freunden entschwunden. Giulia schloss die Tür, schob die Gardine beiseite und sah ihn in den kleinen Schulbus springen. Sie lächelte, doch der glückliche Moment zerstob sogleich bei dem Gedanken an das, was sie erwartete: Ein Tag bei Gericht, doch ohne Kampfgeist, ohne die kühne Entschlossenheit, die sie zu dem gemacht hatte, was sie war.

Sie ging in den ersten Stock, um sich fertig zu machen. Im Bad stellte sie sich vor den ovalen Spiegel mit dem grünen Rahmen und den beiden Lämpchen. Sie schaltete sie ein und schminkte sich die vor Schlafmangel müden Augen. Ihr Blick hatte seinen mahagonifarbenen Glanz verloren, und auch an diesem Morgen, wie an so vielen zuvor, war sie mit einem Kloß im Hals aufgewacht.

Im Haus war es still, und nun, da der Kleine weg war, verspürte sie auch weniger Hektik. Ihr Alltag lief im Allgemeinen rund, und sie hatte ein paar wenige, aber unumstößliche Regeln aufgestellt: pünktlich um neun ins Bett und keine Comics in der Schule. Aber Marco war ein braves Kind, kein bisschen bockig oder verzogen, nur recht lebhaft. Besonders froh machte sie, dass er mit seinen knapp sechs Jahren schon gut zuhören konnte. Er war neugierig und interessiert, hatte nur Augen für sie, wenn sie mit ihm sprach, und diese bedingungslose Liebe gab ihr die Kraft, sich stark zu zeigen, sowohl zu Hause als auch draußen in der Welt.

Sein Vater hatte ihn seit Monaten nicht mehr besucht, aber Marco litt nicht darunter, weil sie ihm nie gesagt hatte, dass der Mann, der hin und wieder kam, um ihm einen Haufen Fragen zu stellen und mit der Mama zu streiten, derselbe war, der sie verlassen hatte, als er erfuhr, dass sie schwanger war. Und das kurz vor der Hochzeit, nach elf gemeinsamen Jahren. Ihr Ex war leitender Beamter im Innenministerium und hatte sich bald darauf mit einer seiner Sekretärinnen zusammengetan, einer, wie sie zugeben musste, umwerfenden Blondine, die zehn Jahre jünger war als sie. Er hatte nie ernsthaftes Interesse an seinem Sohn gezeigt und beruhigte sein Gewissen mit einem ansehnlichen monatlichen Scheck. Eines nicht allzu fernen Tages würde Marco sie jedoch nach seinem Vater fragen, und allein bei dem Gedanken daran musste sie schlucken.

Zum Abschluss zog sie den Eyeliner über das mit unsicheren Fingern straff gezogene Lid. Dann ging sie die Garderobe in ihrem Kleiderschrank durch, bis sie ihr Lieblingskostüm fand. Das perlgraue, das sie auch vor einem halben Jahr getragen hatte, an einem Tag Ende September. Seitdem schien eine Ewigkeit vergangen zu sein. Damals, der Tag war gerade angebrochen, war sie zu einer Tatortbesichtigung im ehemaligen Schlachthof von Testaccio gewesen. Und um die Ermittlungen zum Schattenkiller zu koordinieren. Das Opfer, ein Mönch, hatte kopfüber von einem Schlachterhaken gehangen.

Giulia verscheuchte das grausame Bild und gestattete sich einen Gedanken an den Mann, dem sie dort, bei dieser Gelegenheit, zum ersten Mal begegnet war. Und der ihr jetzt Kummer bereitete. Dabei hatte sie von Anfang an, schon an diesem regnerischen Tag, gespürt, wie sich in ihr etwas regte, dass etwas in Bewegung geriet, langsam, aber unaufhaltsam. Etwas, das sie aus einem langen Schlaf weckte. Jahrelang hatte sie die Kollegen auf Abstand gehalten und sich das Image einer starken und kühlen Frau gegeben. Hatte die Gerüchte genährt, denen zufolge sie es war, die ihren zukünftigen Bräutigam verlassen hatte, um sich mit Leib und Seele ihrer Karriere als Staatsanwältin zu widmen. An jenem Tag jedenfalls war das perlgraue zu ihrem Lieblingskostüm geworden.

Aber wo war er jetzt, dieser Mann? Warum hatte er ihr immer noch nicht geantwortet? Würde er es noch tun? Alles, was sie sich aus tiefsten Herzen wünschte, war jemand, der nur Augen für sie hatte. Jemand außer Marco. Ein richtiger Mann. Und dieser Mann hatte seit ihrer ersten Begegnung einen Namen.

Enrico Mancini.

19

Rom, Untergrund

Durch den fauligen Bauch der Stadt windet sich ein Gewirr von Gängen und Kanälen: die Eingeweide Roms, zweitausend Kilometer Kanalisation für Abwässer aus Haushalten und Industrie.

Unter den Diokletiansthermen, tief in dem geheimen Labyrinth und etwa dreißig Meter von dem Gang entfernt, durch den Caterina gerade ging, hob sich Nikos Gesicht bleich von seinem schwarzen Pullover ab. Seine feinen Lippen öffneten sich schnappend, und die Nasenlöcher blähten sich aus Luftmangel. Seine Arme waren geschwächt von der Anstrengung, sich dem Griff von vier Händen zu widersetzen. Die zwei, die ihn fortschleppten, waren Jungen wie er, vielleicht ein bisschen älter. Sie trugen ihn immer weiter in die unterirdische Welt hinein. Die Luft stank nach der alten Pisse der Sippen, die hier unten lebten.

Das war nicht gerade das, was er sich erträumt hatte, dabei war er einiges gewöhnt. Nachdem er seinen vertrauten Unterschlupf am Flusshafen verlassen hatte, war er wochenlang am Tiberufer entlangvagabundiert und zum Schlafen dort untergekrochen, wo es sich gerade anbot. Er war zur Via della Magliana gelangt und dort auf die Wellblechbaracke einer anderen Romafamilie gestoßen. Doch Roma gab es dort keine mehr. Seit die Stadt ihnen Sozialwohnungen zugewiesen hatte und das Lager an der Pontina vergrößert und saniert worden war, sah man sie selten. Ihm war das egal, er fühlte sich mittlerweile als ein Flussgeschöpf, ähnlich wie ein Frosch, halb im Wasser, halb an Land. Ein Zwischenwesen. Und dann war da sie gewesen, Caterina, die ihm Cheeseburger und Cola gekauft hatte. Er hatte sie noch öfter getroffen, doch als sie damit angefangen hatte, ihn zu irgend so einer

Organisation bringen zu wollen, war er auch vor ihr weggelaufen. Nicht, dass er sie nicht mochte, sie hatte ihm immer ein bisschen Geld gegeben und ihm auch den schwarzen Pullover gekauft, den er anhatte. Aber er durfte nicht riskieren, sich einsperren zu lassen, weder zwischen den Zäunen des Romalagers noch zwischen den unsichtbaren einer Organisation, die ihn und sein Leben nie verstehen würde. Sein Platz war dort gewesen am Ufer, in der Zwischenwelt.

Doch vor Kurzem, als er gerade zwölf geworden war, hatte Niko beschlossen, den kalten Tiber doch zu verlassen. Zwei Tage hatte er bis hierher gebraucht, zu Fuß, denn er hasste die öffentlichen Verkehrsmittel, konnte die verächtlichen Blicke der Leute nicht ertragen, wenn er in den 170er Bus stieg oder die U-Bahn nahm. Caterina war die Erste gewesen, die ihn nicht so angesehen hatte, doch jetzt gehörte auch sie der Vergangenheit an. Jetzt wollte er eine eigene Arbeit, und deshalb hatte er sich aufgemacht in Richtung Bahnhof, weil er gehört hatte, dass man dort leicht welche finden konnte.

Als er am Bahnhof angekommen war, hatte er nicht damit gerechnet, dass die Arbeit in dem bestehen würde, was diese beiden hier machten. Er hatte irgendwelche alten Typen vorbeigehen sehen, aber gedacht, dass sie zu dem Kino an der Ecke wollten. Bis einer von ihnen, einer mit einer Baseballkappe, zu ihm gekommen war und in der Hosentasche seines Jogginganzugs gekramt hatte. Da hatte Niko verstanden. Der Mann hatte eine kleine Rolle Euroscheine hervorgezogen und mit dem Kopf auf die Lücke zwischen zwei von den um diese Uhrzeit geschlossenen Bücherständen gedeutet.

In dem Moment hatten die beiden Jungen ihn gepackt und fortgezogen, und der Freier war eilig verschwunden. Auch wenn Niko nur sehr wenig von ihrer Sprache verstand, war ihm sofort klar gewesen, dass sie wütend waren, weil sie dachten, er würde ihnen die Kundschaft wegnehmen. Sie hatten ihn bis zu dem Loch geschubst, und der größere von ihnen hatte ihn hinuntergestoßen. Hinein in eine kleine unterirdische Stadt, bestehend aus Kammern, Gängen, Luken, Kanälen und Luftschächten. Die Plätze dieser Stadt, die Kanalerweiterungen und -kreuzungen, standen voller Wasser, das von oben hereinlief. Manchmal nur in Rinnsalen, manchmal in Kaskaden.

Die beiden mussten müde sein, denn nun trugen sie ihn nicht mehr, sondern zerrten ihn voran, sodass seine nackten und vom kalten, schlammigen Wasser tauben Füße über den Boden schleiften. Der linke sagte leise etwas, und der andere antwortete etwas lauter mit nur einem Wort. Arabisch. Niko hatte bei den Gelegenheitsarbeiten, die er auf den Märkten an der Via Ostiense zusammen mit marokkanischen Kindern erledigt hatte, ein paar Brocken dieser seltsamen Sprache aufgeschnappt. Doch was er zu verstehen glaubte, konnte er nicht richtig zusammenfügen: »Letzte Kammer«, »Mann mit den Himmelsaugen«. Und das, was dann verständlich klang, war beunruhigend: »Der endet wie der, den er gestern Nacht geschnappt hat.«

Wenige Meter vor ihnen tauchte ein Sammelbecken für die Abwässer der Gegend auf. Es war rund wie die Nabe eines Rads, die Kanäle liefen speichenförmig darauf zu. Oben, fünf Meter über ihren Köpfen, öffneten sich zwei Inspektionsschächte. Niko hob den Kopf, in der Hoffnung, einer von ihnen sei offen und er könnte ein wenig vom künstlichen Licht der Nacht sehen.

Der Geruch hatte sich verändert, jetzt war etwas Scharfes vorherrschend, ähnlich dem Gestank von Knoblauch. Sie kamen zu einem weiteren Wasserbecken, umgeben von einem kreisförmigen Eisengitter von etwa zwei Metern Durchmesser, das den Weg versperrte. Einer der beiden Jungen öffnete eine Tür darin, indem er fest gegen die Seite mit dem Schloss drückte, und nach zwei weiteren Gängen blieben sie vor einem riesigen Sperrgitter stehen.

Das den Blick freigab auf die letzte Kammer.

Von oben fiel das Licht einer Straßenlaterne durch einen Luftschacht herein und erzeugte ein Halbdunkel. Plötzlich ertönte von links das Geräusch sich nähernder Schritte. Die Wasseroberfläche kräuselte sich. Zu dritt standen sie vor dem Gitter und lugten durch die Stäbe. Es war ein bisschen, wie durch die Facettenaugen einer Fliege zu sehen – alles wirkte fragmentiert und gebrochen, eine Zeitlupenaufnahme.

Dann tauchte ein Mann aus dem Gewölbegang auf, jung und blond, und ging bis zur Mitte der Kammer. Er schien sie nicht zu bemerken, und sie blieben still und wie versteinert stehen. Seine Entführer hätten genauso wie er am liebsten die Flucht ergriffen, das spürte Niko, doch keiner rührte sich. Denn dort, vor ihren Augen, würde gleich etwas geschehen.

20

Als er den Zwitter von Stier und
Mann darinnen verschlossen...

Ovid, *Metamorphosen*

Hier ist die Höhle des Minotaurus. Bald wird sie sein Grab sein. Sein Mausoleum. Der junge Mann mit den Himmelsaugen hat ihn dort eingeschlossen, und heute ist die richtige Nacht. Diesmal hat er es vorher präpariert, sein Ungeheuer. Hat es verwandelt, nach und nach, angefangen bei den Füßen. Von den Stierhufen aufwärts bis zum Kopf. Die Kreatur liegt auf einer Treppenstufe auf dem Boden, auf der Seite. Die Hände sind mit einem Strick gefesselt, der an einem Haken an der Wand befestigt ist. Die Füße in das schmutzige Wasser getaucht.

Reglos wie eine Statue liegt sie da.

Ein schmaler orangefarbener Lichtstreif, der von oben hereindringt, bescheint dieses verunstaltete Ding. Es atmet schwer, die massige Brust hebt und senkt sich.

Der Jäger hat den Mann am Abend zuvor aufgestöbert, als dieser gerade seine Metzgerei abschloss. Der Jäger musste unter dem Rollgitter hindurchkriechen, und als der Mann in den Kühlraum ging, hat er ihn einmal, zweimal, dreimal mit einem spitzen Stein in den Nacken geschlagen. Dann hat er das Rollgitter ganz heruntergelassen und ihn in den Schacht für Schlachtabwässer hinuntergezerrt, dieses Relikt aus alter Zeit, das es in manchen römischen Metzgereien noch gibt. Den Rinderkopf hat er aus einem Kühlschrank mitgenommen, wo er, umgeben von Petersiliensträußchen, prangte. Nun sitzt er wie eine Maske auf dem Kopf von Marcello – dieser Name stand auf der Schürze des Metz-

gers. Marcellos Füße hat er bearbeitet, nachdem er ihn mit Zinkphosphid betäubt hatte, einem Mäuse- und Rattengift, von dem die Kanalisation voll ist. Gewiss, es war schwieriger als bei der Sirene, aber am Ende ist es ihm gelungen. Und hier liegt er nun, sein halber Stier, bereit für das Opfer.

Linkisch und behutsam wie ein Kind bückt er sich und schöpft mit hohlen Händen von dem schmutzigen Wasser. Er macht einen Schritt und lässt es zwischen die Hörner des Ungeheuers laufen.

»Aufwachen«, flüstert er. »Es ist so weit.«

Die Laute verklingen langsam in der feuchtigkeitsdurchtränkten Luft. Eine Weile passiert nichts, bis er durch das Schlammwasser watet und sich hinter die Kreatur stellt, wo er die Stricke an der Wand löst. Dann geht er wieder um den Minotaurus herum und stellt sich vor ihn.

Seine Pupillen weiten sich, und tief in seinem Bauch regt sich etwas. Er ist dabei, sich zu verwandeln. Langsam dreht er sich um sich selbst, die Augen nach oben verdreht, blind. Er hört sein eigenes Keuchen, atmet die winzigen Sauerstoffmoleküle ein, riecht den Gestank des Ungeheuers. Dann bleibt er stehen und reißt die Augen auf. Das Labyrinth aus Schatten dreht sich weiter um ihn herum, bis sich vor diesem schrecklichen geistigen Gewirr klar das Bild vom Körper des Untiers abzeichnet.

Er schlägt auf den Boden, sodass das Wasser überall hinspritzt. Die Spritzer verformen die dunkle Oberfläche, bilden Kreise, deuten Zeichen an. Ein Geflecht von Pfaden, ein Knäuel von Wegen.

Hier ist es, das Labyrinth.

Hier ist sie, die Höhle des Minotaurus.

21

Rom, Untergrund

Caterina folgte tastend dem Gang. Ihre kleine Taschenlampe hatte sie weggesteckt, denn von außen drang der Schein der Straßenlaternen um die Diokletiansthermen ausreichend stark bis hier herunter. Es war kalt, und die leichte Daunenjacke, die sie trug, schützte sie nicht vor der Feuchtigkeit. Mit der linken Hand strich sie an der Wand entlang, die nass und übersät mit Moosflecken war. Zwanzig Meter vor ihr tat sich eine Erweiterung auf. Sie beschleunigte ihre Schritte und fand sich vor einer sechseckigen Kammer wieder, einem weiteren Abwassersammelbecken. An jeder Seite gab es eine Eisentür, und an den Wänden daneben türmten sich pyramidenförmige Häufchen des schwarzen Pulvers auf, das sie schon bemerkt hatte. Zwei der Türen standen offen. Sie entschied sich für die rechte, die aber schnell in einer Sackgasse mündete. Gerade als sie die Kammer erneut erreichte, ertönte hinter ihr eine Reihe von dumpfen Schlägen.

Waren da Schritte am Ende des Ganges? Gleich darauf war das Geräusch keuchender, stoßweiser Atemzüge zu hören. Caterina wurde von einer Welle der Panik erfasst und rannte kopflos durch die linke Tür davon. In diesem Labyrinth zersplitterte, vervielfachte sich jedes Geräusch. Sie hastete vorwärts, in ihrer Wahrnehmung eingeschränkt auf das, was sie hinter sich zu hören glaubte.

Bis sie in die große Zisterne fiel.

Im Bruchteil einer Sekunde entwich alle Luft aus ihr, als wären ihre Lungenflügel zwei von einer Riesenhand ausgedrückte Schwämme. Während sie unterging, verschloss sich ihr Kehlkopf, und ihre Pupillen öffneten sich weit, gierig nach Licht.

Zappelnd tauchte sie wieder auf.

Schlimmer als der Sauerstoffmangel war der Schock. Die pechschwarze Grube hatte sie verschlungen, aber nicht die Angst, darin zu sterben, überfiel sie und stürzte sie mitten in einen alten Albtraum. Nein, es war ihr Gehirn, das, während sie panisch um sich schlug, blitzartig das schwarze Pulver und die Schemen miteinander in Verbindung brachte, die sie umgaben wie Treibgut. Denn was sie entlang der Gänge gesehen hatte, musste Zinkphosphid sein, ein starkes Rattengift.

Im Moment der Erkenntnis wurde sie vom Grauen überwältigt, welches durch das Quieken der Tiere noch verstärkt wurde. Mit einer widersinnigen Geste hielt sie sich die Ohren zu, um sich gegen dieses entsetzliche Geräusch zu wehren.

Und das Wasser zog sie mit eisigem Griff hinab.

22

*… und das Getier, zweimal mit aktäischem Blute gemästet,
lag von dem dritten gefällt neunjährlich erneuerter Lose …*

Ovid, *Metamorphosen, VIII, 169–175*

Das Ungeheuer regt sich, ein Klagelaut entfährt ihm, ein Stöhnen, eher ein Muhen, denn der Junge mit den Himmelsaugen hat ihm die Zunge der Länge nach eingeschnitten, sodass sie jetzt an die einer Schlange erinnert. Der Minotaurus setzt sich auf.

Der Junge mit den Himmelsaugen steht vor ihm, weicht nicht einmal zur Seite, als der Minotaurus versucht auszuschlagen. Der Schrei, der in dessen Kehle explodiert, rührt von der Arbeit des Jägers an den Füßen. Die Zehen sind abgehackt und in einem Loch verschwunden, als Mahlzeit für irgendeine Ratte. Die fünf Mittelfußknochen sind freigelegt, weiß, wunderschön. Die Hufe des Ungeheuers. Das jetzt verwirrt darauf starrt.

Der Junge mit den Himmelsaugen jedoch lächelt. »Nun steh auf«, befiehlt er mit ansteigendem Tonfall.

Der andere kann nicht sprechen. Sein blutunterlaufener Blick sprüht Funken. Die Wut verzehrt ihn mehr als die Angst. Er rappelt sich auf die Knie, grunzt vor Schmerz. Doch selbst in diesem Zustand, mit seinen gemarterten Füßen und aufgebeugten Knien, sein Rücken unter dem Gewicht des Rinderkopfs gekrümmt, ist der Minotaurus gewaltiger als der Jäger.

Und frei.

Er richtet sich zu voller Größe auf und brüllt. Macht schwankend ein paar Schritte, wie damals in jungen Jahren als Boxer. Wie sehr ihm diese Tage in der Boxhalle fehlen, die mit dem Bearbeiten des Sandsacks verbrachten Stunden, der Schweiß und das Blut im

Ring des Clubs von Testaccio. Seine Brüder, die ihn anfeuern, ihm zurufen, auf die Leber zu zielen, wieder aufzustehen.
Steh auf.
Und für einen Moment glaubt Marcello, wieder im Ring zu tänzeln, auf diese Bestie zu, die ihn unwiderruflich verstümmelt hat. Doch Marcello ist nicht mehr der Mittelgewichtler von einst. Und seine zerstörten Füße können ihn nicht tragen. Unsicher nähert er sich der Mitte der runden Kammer, wo der Junge steht und ihn beobachtet. Obwohl seine Hände nun frei sind, reißt Marcello sich nicht dieses eklige Ding vom Kopf. Seine Augen flackern durch die Öffnungen im Rinderkopf, wutentbrannt.
Der Junge mit den Himmelsaugen hat sich verwandelt. Doch er rührt sich nicht vom Fleck, während das Ungeheuer, das er selbst geschaffen hat, auf ihn zukommt.
Es ist rasend, das sieht er, und er riecht den Gestank, der es umgibt. Mächtig und furchteinflößend ist es, doch er hat sich wie Theseus zum Mittelpunkt des Labyrinths vorgewagt, um es zu vernichten. Um die Welt von dieser Scheußlichkeit zu befreien, um diesen Sohn des Chaos abzuschlachten. Der Minotaurus brüllt wieder und stürzt sich mit einem Sprung auf ihn. Einen Augenblick, bevor der schwere Körper ihn trifft, macht er einen Schritt zur Seite, jedoch nicht weit genug. Der Kopf der Kreatur stößt gegen seine Schulter und wirft ihn mit einem klatschenden Geräusch auf den nassen Boden. Die Kreatur knurrt heiser, höhnisch, und packt ihn mit den von Schnitten übersäten Händen an der Kehle. Drückt zu, während er einfach abwartet.
Der Junge fühlt, wie das Wasser um seine Haare am Hinterkopf spült. Der Minotaurus brüllt wie ein Besessener, er selbst jedoch gibt keinen Laut von sich. Als die gehäutete Schnauze sich schnaufend seinem Gesicht nähert, eine Sekunde, bevor das Monster ihm den Adamsapfel eindrückt, begegnen sich ihre Blicke.
Der hinter der Tierschnauze zuckt wie irrsinnig vor Grauen, während das schneidende Blau der Augen des anderen die Maske aus Haut, die Muskeln und Sehnen durchdringt.
Marcello verliert sich im Eis dieses Blicks und kehrt für einen

kurzen Moment in den Kühlraum des Ladens zurück, zu dem Geruch des tiefgefrorenen Fleischs, des geronnenen Bluts. Und spürt, wie die Eiseskälte dieser beiden blauen Punkte ihn verschlingt.

Marcello hat es noch nicht gemerkt, aber er ist dabei zu sterben. Das Blut rinnt warm über seinen Hals wie das Wachs einer Kerze, kurz bevor sie erlischt. Was ist passiert? Der Minotaurus versucht, sich wieder auf die Knie aufzurichten und den Blutfluss mit der Hand zu stoppen, die jedoch gegen etwas stößt. Ein schmales, längliches Stück Stahl, das dort steckt. In der Halsschlagader. Wie ist es dorthin gekommen?

Das Gesicht, in dem die Himmelsaugen blitzen, wird rot. Die Verwandlung ist vollendet, und der Zorn entfesselt. Mit dem Daumen, langsam, drückt der Junge die gezahnte Klinge tiefer hinein, durchtrennt das Fleisch und zerfetzt die Luftröhre des Minotaurus. Als der Stier zusammensackt, gleitet er unter ihm weg und steht auf. Dann macht er einen Schritt zurück und setzt sich, um zuzusehen, wie das Ungeheuer ausblutet. Fontänen von Blut vermischen sich mit dem schwarzen Wasser.

Marcello führt die Hände an den Kopf, packt das Tiergesicht, das auf seinem klebt, und schiebt, reißt, zieht daran. Während er damit ringt, nimmt er einen archaischen Geruch wahr, den von Blut und Salz. Beides rinnt ihm von der Stirn wie an dem Tag, als er den Endkampf der italienischen Meisterschaft im Mittelgewicht verlor. Zweiundsiebzig Kilo wog er damals. Jetzt, mit fast fünfzig, wiegt er über hundert. Und heute wie damals ist er dabei, seinen wichtigsten Kampf zu verlieren. Diesmal jedoch ist niemand dabei, der seine Niederlage miterlebt, und das tröstet ihn beinahe, bis der Gedanke daran, sein Leben hier unten auszuhauchen, in der Kanalisation, ganz allein, ohne die Anfeuerungsrufe seiner Brüder, ihn überwältigt. Er schreit und windet sich, er muss diese Rindermaske loswerden, muss mit seinem eigenen Mund atmen. Er will nicht mit diesem toten Ding an sich sterben.

Doch es ist zu spät. Das Ungeheuer verblutet. Theseus spürt, wie das Adrenalin abflaut und die Konturen der letzten Kammer wie-

der deutlich hervortreten, jetzt, da er gesiegt hat. Ein Schmerz in seiner Hand bringt ihn zu sich. Die Handfläche blutet, doch er schließt die Hand zur Faust. Sieht weiter zu.
Die letzten Lebensfunken weichen in einem rotspritzenden Husten aus dem Stier. Er steht immer noch auf den Knien, die breite Brust eingesunken, als sein Kopf in die zwei Finger hohe Wasserlache fällt und auf dem Zement auftrifft, wobei die Maske aus Fleisch endlich abgleitet.
Ohne dass Marcello es noch mitbekommt.

23

Rom, Untergrund

Die beiden Ägypter suchten das Weite, kurz nachdem der eine von ihnen sich noch in die Hose gepinkelt hatte. Niko stand wie festgewachsen und starrte auf das schwarze Wasser, in dem der Stiermann zu treiben schien. Dann hob er unwillkürlich den Blick zu dem Mann mit den Himmelsaugen. Der ihn beobachtete.
Niko riss sich aus seiner Erstarrung, ehe er in diesem Blau versinken würde, und ergriff panisch die Flucht. Der Mann folgte ihm mit dem Blick bis zum Ende des Ganges.
Im Augenblick danach begann die Jagd.
Oh Gott, die Szene, die er gerade miterlebt hatte, stammte direkt aus der Hölle. Auch wenn sie vielleicht nur ein paar Minuten gedauert hatte, würde er sie nie vergessen. Er konnte es einfach nicht fassen. Als der junge Mann – wenn es denn ein junger Mann war, was er aufgrund des Gitters nicht beschwören konnte – zu schwanken angefangen hatte, war er ihm wie ein besoffener Penner vorgekommen, mit seinem vor dem gefesselten Mann hin und her baumelnden Kopf. Wie ein Besessener hatte er sich von einer Seite auf die andere gewiegt, genau wie die im Romalager, die um das Feuer tanzten, um mit den Toten zu sprechen. Aber dieser Typ da, der Mörder, hatte sich schnell wieder gerade aufgerichtet. Und war nicht abgehauen, als der Stier ihn angegriffen hatte. Nein, er hatte abgewartet und ihm die Flanke dargeboten wie eine Zielscheibe. Das hatte Niko verstanden – er hatte sich verwundbar gemacht, um ihn in die Falle zu locken. Und als sie in das flache Wasser gefallen waren und der mit dem Stierkopf ihm die Kehle zugedrückt hatte, sicher überzeugt, ihn dadurch gleich zu töten, hatte der Junge mit diesen unglaublichen Augen ihm ein Messer in

den Hals gestochen, aus dem dann Ströme von Blut rausgesprudelt waren.

Niko wandte sich nach rechts, wo er die beiden ägyptischen Jungen irgendwo vor sich auf die Falltür zurennen hörte, die sie nach draußen und vielleicht sogar in die Wohnung irgendeines lüsternen Alten führen würde. An diese Sauereien wollte er nicht mal denken, selbst wenn er sich von dem Geld so viele Cheesburger kaufen könnte, wie er wollte. Beim Gedanken an die leckeren Gürkchen auf dem gegrillten Fleisch und dem Käse und vielleicht einer Cola dazu lief ihm das Wasser im Mund zusammen, doch dann sah er wieder den widerlichen Typen mit der Kappe vor sich, der mit ihm zwischen die Stände gehen wollte.

Plötzlich hörte er hinter sich ein lautes Platschen. Niko drückte sich rasch in eine kleine Mauernische und machte sich so dünn wie möglich. Er bemühte sich, in der stickigen Luft so wenig wie möglich zu keuchen und stattdessen langsam ein- und auszuatmen, während er lauschte. Das Getrappel von Schritten durch Wasser ertönte, rhythmisch begleitet von den Tropfen, die von der Decke in die Pfütze vor seinen Füßen fielen.

Kam die Person näher?

Das Bild des Stiermannes erschien vor seinem inneren Auge, die durchtrennte Halsader, die Blutströme. Wie bei dem getöteten Zicklein, seinem Zicklein. Tot, mit dem Kopf nach unten aufgehängt, geschlachtet für das Essen zur Feier seines letzten Geburtstags im Romalager. Er stellte sich seinen eigenen Körper so vor, dass er auch so hing und ausblutete wie dieses arme kleine Tier. Ihm würde es sicher genauso ergehen, oder?

Im Gang ertönte ein Husten.

Nikos Atem ging schneller, und er zwang sich mit aller Kraft zur Ruhe, um sein Versteck nicht preiszugeben. Die Gedanken wirbelten durch seinen Kopf und ließen sein Herz immer schneller schlagen. Wenn sein Verfolger ihm jetzt den Weg abschnitt – wie sollte er dann entkommen? Verzweifelt suchte er die Wasserlachen auf dem Tunnelboden nach einer Spiegelung ab, die ihm die Position des Mannes verraten könnte. Ein weiterer Tropfen platschte in die Stille, und der wässerige Spiegel, der ihm eine Hilfe hätte sein können, zerbrach.

Vorsichtig schob er ein Bein aus der Nische. In diesem Moment drang der Hall eines weiteren Schrittes an sein Ohr. Panisch stürzte Niko sich in den Gang, wo das Wasser heftig aufwühlte. Die Spritzer, die ihn trafen, fühlten sich an wie die Finger des Mörders, die ihn zu greifen versuchten.

Lauf, dachte Niko. Lauf so schnell du kannst.

Und er lief los.

Seine Beine flogen und flogen, bis er einen anderen Gang erreichte, der offenbar in eine große, schummerig beleuchtete Kammer mündete. Er hielt an, um zu überlegen, was er tun sollte, als aus einem der beiden bogenförmigen Durchgänge vor ihm eine Explosion zu hören war. Oder etwas Ähnliches. Sein Instinkt riet ihm kehrtzumachen, während sein Verstand ihm sagte, dass hinter ihm immer noch der Killer war. Oder erwartete der ihn jenseits der Bogentüren?

Ratlos trat Niko von einem Fuß auf den anderen. Er war gefangen zwischen zwei Übeln.

Dann vernahm er verschiedene Geräusche: das helle Klatschen von Wasser und, etwas dumpfer, das Schlagen von Wasser wie in einem Kampf, als kämpfte jemand darum, nicht unterzugehen. Ein drittes war ein vielstimmiges Gequieke, das er sofort zuordnen konnte. Das alles schien hinter der linken Tür zu liegen, der er sich jetzt auf Zehenspitzen näherte. Ein Schauder lief ihm über den Rücken, als ihm aufging, dass er mit seiner Vermutung richtiglag. Mit pochendem Herzen ließ er sich auf alle viere nieder und kroch bis zum Rand von etwas, das wie eine große Wanne randvoll mit Erdöl aussah.

Inmitten des schwarzen Kreises tauchte immer wieder ein Kopf auf und dann wieder ab. Arme fuhren windmühlenartig und sichtlich erschöpft durch das Wasser, wo sie eine Gruppe von Ratten auf Abstand hielten, die um die Frau herumschwammen.

Im Becken kämpfte Caterina gegen die Überzeugung an, dass das hier nur tödlich enden konnte. Zappelnd und nach Luft ringend tauchte sie wieder auf, ohne die Kraft, noch um Hilfe zu rufen. Bald würden ihre Kräfte sie ganz verlassen, und dann würde ihr Kopf endgültig unter den Wasserspiegel sinken. Sie würde versuchen, die Luft anzuhalten, bis zu den maximalen achtzig Sekunden, und schließlich hustend und spuckend anfangen, dieses grässliche Wasser zu schlucken. Die Flüssigkeit würde ihre Lunge füllen, sodass sie keinen Sauerstoff mehr aufnehmen konnte. Ein Kehlkopfkrampf würde eintreten, ihre Augen würden durch das heftige Brennen in der Brust zu tränen beginnen, und allmählich würde die Todesangst der Ruhe weichen, die dem Bewusstseinsverlust vorausgeht. Sie hoffte, schnell zum Herzstillstand zu gelangen, und malte sich aus, wie ihr Körper unterging und sie dem endgültigen Hirntod überließ.

Als die Frau mit den roten Haaren wieder versank, stürzte Niko sich mit geschlossenen Beinen in die Zisterne, so wie er immer von dem Ponte di Ferro in den Tiber gesprungen war. Er tauchte direkt neben ihr ein, und das kleine Seebeben spülte die Nager hinfort.

Niko umfasste ihr Kinn. »Schwimm!«, befahl er, während er sich mit seiner schmalen Gestalt abmühte, sie über Wasser zu halten. Der Rand der Zisterne war nur zwei Meter entfernt.

Doch sie hörte nichts als das Quieken, das jeden Winkel ihres Schädels ausfüllte. Sie hielt die Augen geschlossen, als sie spürte, wie eine Hand ihr Kinn anhob, damit sie atmen konnte, und sie in Richtung Rand geleitete. Prustend strampelte sie mit den Beinen, wie damals als Kind im Schwimmbad, damals noch mit ihren rosa Schwimmflügeln an den Armen, angespornt von dem Ehrgeiz, es bis zum Rand zu schaffen. Und kurz bevor sie die Ellbogen auf die Betoneinfassung stemmte, überkam sie auch dieselbe bleierne Müdigkeit wie damals.

Niko hievte sich auf den Rand und spähte in das Dunkel hinter der Tür, durch die er gekommen war. Er horchte in die Stille, die durch das Keuchen von der Frau neben ihm unterbrochen wurde, bis er überzeugt war, niemand anderen zu hören.

Dann drehte er sich um und registrierte erstaunt, dass er sich seiner Freundin gegenübersah.

»Caterina?«

24

Rom, Poliklinikum Umberto I, Gerichtsmedizin

Rocchi entfernte die Klammer, mit der er einen Hautlappen am Brustkorb der Sirene festgeklemmt hatte, und legte sie in die Schale mit den Nadeln und Haken für die Muskeln. Er dachte an den enormen Umfang, den die Arbeit zur Wiederherstellung der Leiche für die Aufbahrung und das Abschiednehmen der Angehörigen annehmen würde. An den Anblick, dem der Bestatter bei der Reinigung und Konservierung des Leichnams ausgesetzt sein würde. Er würde die unvermeidliche Verwesung nicht stoppen können, musste aber versuchen, sie zumindest hinauszuzögern.

Der Gerichtsmediziner legte das Seziermesser neben den Knorpelschneider auf den Edelstahltisch und wischte sich den Schweiß mit dem Hemdsärmel ab. Plötzlich schien sich der Leichnam zu bewegen. Rocchi rieb sich die Augen. Ein Wispern ging durch den Autopsiesaal. Er drehte sich um. Nein, er war allein, abgesehen von der sterblichen Hülle Cristina Angelinis. Gedankenverloren betrachtete er den massigen Körper der Fischfrau. Sie war übel zugerichtet, auch von ihm. Die weniger invasiven Untersuchungen wie die toxikologischen hinterließen nur geringe Spuren an den Toten, doch die Öffnungen und Einschnitte, zugefügt mit Messern und kleinen Sägen, mussten wieder geschlossen werden. Er verspürte selbst das Bedürfnis, die Leichname nach dem umfangreichen Forschen und Graben wieder herzurichten, er hatte sie noch nie einfach als totes Fleisch behandeln können. Fleisch, ach ja.

Als er sich für das Medizinstudium eingeschrieben hatte, hatten sie zu Hause gefeiert. Er stammte vom Land, und die letzten drei Generationen von Rocchis hatten den familieneigenen Schlachtereibetrieb geführt. Nun würde sich endlich einer von ihnen auszeichnen, würde aus dieser blutbespritzten Umgebung herauskommen, die vom Gebrüll der Tiere durchtränkte Atmosphäre verlassen, vielleicht sogar den Geruch der Angst vergessen.

Als er ein paar Jahre später seinen Eltern erklärte, auf welche Fachrichtung er sich spezialisieren wollte, hatten sie das nicht nachvollziehen können. Sie hatten sich angesehen und schüchtern gefragt: »Schon wieder das?« Es war ihnen vollkommen unverständlich, dass all die Jahre des Studiums und der Opfer nichts weiter als eine Art Leichenbestatter aus Antonio machen sollten. Ein Leichenwäscher, wie sein Großvater es sogar genannt hatte. Doch er, Antonio, hatte sich für die Gerichtsmedizin entschieden. Für ihn war sie nicht etwas Unreines, Schmutziges, sondern ein Weg, den toten Menschen, denen Gewalt angetan worden war, Gerechtigkeit widerfahren zu lassen und ihnen ein wenig Würde zurückzugeben. Darüber hinaus hatte er nach all den Jahren immer noch der Drang, etwas zu säubern, in Ordnung zu bringen, zusammenzuflicken, das in seiner Kindheit vor seinen Augen so oft zerstört worden war.

In dem kleinen Ort in der Garfagnana, aus dem er kam, hatten zwar alle das Fleisch des Schlachtermeisters gegessen, aber keines der Kinder hatte mit Antonio spielen wollen. Ihre Mitbürger hatten seinen Eltern so etwas wie argwöhnischen Respekt entgegengebracht. Was arbeiten deine Mama und dein Papa? Sie sind Henker für Tiere, hatte er in der Grundschule gescherzt, aber keiner hatte je darüber gelacht. Trotzdem kamen sie alle in den Laden, kauften, verlangten Rabatte, ließen anschreiben und beglichen die Rechnung erst am Monatsende. Doch es half alles nichts, die Leute setzten das Schlachthaus mit dem Friedhof gleich, und im Grunde konnte er sie sogar verstehen.

Rocchi griff nach einer feinen Nadel und nähte die Kehle der Sirene zu. Fünf, zehn, zwanzig Stiche, dann war der durchsichtige Faden nicht mehr zu erkennen. Vom ersten Tag seines Berufslebens an hatte ihm niemand sagen müssen, wie er sich im Autopsiesaal zu verhalten hatte, er wusste, was zu tun war. Er fand es viel einfacher, mit regungslosen, kalten Körpern umzugehen als mit den vor Angst wahnsinnigen Tieren im Schlachthaus. Viel lieber war ihm das Geräusch des anatomischen Skalpells beim Aufschneiden der Leichen als das der mechanischen Klemmbacken, mit denen die Knochen der Hühner zertrümmert wurden.

In seiner Eigenschaft als Sachverständiger für das Polizeipräsidium in Rom war er ständig mit Gewalt in Berührung gekommen, und mit der Zeit war ihm bewusst geworden, dass er, um den Bezug zur sogenannten Realität zu wahren und vielleicht sogar ein Leben neben dem Beruf zu haben, lockerer werden musste. Das Gras und die Musik hatten ihm dabei geholfen.

Er richtete Cristina Angelinis mit Draht malträtierte Beine gerade aus und besprühte sie mit Desinfektionsmittel. Da er bereits den Mundschutz abgenommen hatte, stieg ihm der säuerliche Nebel sofort zu Kopf. Hatte sich der Schwanz der Fischfrau gerade bewegt? Er fuhr sich mit der Hand über den Mund und spürte seinen Dreitagebart kratzig unter seinen Fingerkuppen. Er war müde, brauchte eine Pause. Schon vor einer Weile hatte er festgestellt, dass das sonst lebhafte Erdbraun seiner Mandelaugen matt geworden war. Seufzend stellte er sich an die Seite der Sirene, um ihren Mund zu schließen. Als er die Haare in ihrem Nacken anhob, bemerkte er dort ein Zeichen, das ihm zuvor nicht aufgefallen war. Es konnte ein von der Frau selbst mit den Fingernägeln verursachter Kratzer sein – oder etwas anderes.

Unter dem offenen Hängeregal an der Wand neben dem Autopsietisch standen ein Ablagebord und ein Schubladenschrank. Rocchi reckte sich hinüber und zog eine große Lupe heraus. Er hielt sie über den kleinen Schnitt zwischen den Haaren und knipste das integrierte Lämpchen an, während er mit Daumen und Zeigefinger den zarten Flaum darum herum auseinanderschob. Die kleine Wunde erwies sich als feiner, aber tiefer Schnitt. Zweieinhalb Zentimeter lang, maß er mit dem Messschieber, aber nicht glatt, sondern unregelmäßig. Die Klingenspitze, die diese Einkerbung verursacht hatte, war U-förmig. Er griff zu einer Digitalkamera und machte zwei Fotos, eines mit gespreizter Haut und eines im Normalzustand.

Dieses Zeichen, das wusste er sofort, entsprach dem L-förmigen im Nacken des Gärtners aus der Laokoongruppe. Ein nützlicher Hinweis für Enrico, dachte er, den er genauso zu schätzen wissen wird wie die Erkenntnisse über das Messer, mit dem Cristina Angelini getötet wurde.

Seine Arbeit war getan. Erschöpft ging er in das Nebenzimmer, löste seinen Pferdeschwanz und zog seinen V-Pulli aus. Er schnupperte daran – ein paar Tage würde der noch gehen, doch als er ihn auf die Liege warf, beschloss er, dass es an der Zeit war, einen neuen zu kaufen.

Den hier hatte ihm Stefania geschenkt, die letzte Frau, mit der er eine länger als einen Monat dauernde Beziehung gehabt hatte. Fast einen Sommer lang war es gut zwischen ihnen gelaufen, bis sie ihn eines Morgens abserviert hatte, mit einem Zettel auf dem Kopfkissen. *Ich verlasse dich, weil du sie mehr liebst als mich.* Offenbar meinte sie seine Toten. Na ja, vielleicht war es besser so, er hatte es sich jedenfalls nicht übermäßig zu Herzen genommen, nicht mehr als gewöhnlich. Außerdem war er der Typ Mann, der sich auf den ersten Blick in eine Frau verliebt, was oft geschah. Und es würde wieder passieren. Eigentlich war es sogar schon passiert, denn er hatte sie sich genau angesehen, diese Alexandra. Dieses Mal allerdings schien noch etwas anderes im Spiel zu sein, denn er fühlte sich ihr irgendwie nahe. Vielleicht wegen ihrer zerstreuten und zugleich hellwachen Art. Und schön war sie natürlich auch.

Er selbst war nie besonders gut aussehend gewesen, wenn auch nicht gerade zum Davonlaufen. Jedenfalls glaubte er, eine gewisse Affinität zwischen ihnen auszumachen, irgendwelche Gemeinsamkeiten zwischen seinen Untersuchungen an leblosen Körpern und Alexandras Tätigkeit. Immerhin, sie studierte ihre Marmorfiguren, er die eisgekühlten Gliedmaßen seiner Leichen. Beide auf der Suche nach Zeichen und Ausformungen von Gewalt, er bezogen auf die Hand des Mörders, sie auf den Meißel des Bildhauers.

Beide auf der Suche nach Geschichten, eingeschrieben auf toten Körpern oder im Dunstkreis klassischer Mythen.

Er seufzte. Hirngespinste. Er wusste nicht genau, was Walter und Enrico von ihr hielten. Walter gefiel sie bestimmt, er hatte gesehen, wie er sie im Hörsaal gemustert hatte, aber Walter hatte jetzt Caterina. Cate. In sie hätte Rocchi sich beinahe auch verknallt, hatte schon gedacht, dass da was gehen könnte, aber einen Rückzieher gemacht, als er gemerkt hatte, dass sich etwas zwischen ihr und Comello anbahnte.

Er stand auf und öffnete seinen Minikühlschrank. Das Weiß der Innenwände überstrahlte die beiden Dosen Thunfisch, das Glas Mayonnaise und die Packung extragroße Sandwichscheiben.

»Ist ja wie im Eisbärgehege«, flapste er laut, ohne jedoch zu lachen.

Er nahm alles Essbare und starrte in das perfekte Weiß, gebannt von dem sahnefarbenen Widerschein des Lichts hinten, von dem Geruch der Leere. So musste die Hölle sein. Er hatte eigentlich kein Verhältnis zum Jenseits, und als er seinen Beruf gewählt hatte, hatte er sein Survivalkit mit einer ordentlichen Dosis Zynismus und Ironie bestückt. Bisher war er damit immer gut gefahren, doch an diesem Abend, so viele Jahre nach dem ersten Betreten eines Autopsiesaals, kamen ihm plötzlich Zweifel, ob seine Strategien noch ausreichten, um genug Abstand zwischen sich und die Toten zu bringen.

Ein nie dagewesener Schauder überlief ihn. Es war kalt hier zwischen diesen farblosen Wänden, und er wollte zu der Liege hinübergehen, um seinen Pullover wieder überzuziehen. Doch schon nach dem ersten Schritt blieb er stehen. Geistesabwesend, die Augen ins Leere gerichtet, Schweißperlen auf der Stirn. Etwas Dunkles und Unangenehmes hatte ihn gepackt und schnürte ihm die Kehle zu, bis er kaum noch Luft bekam. Er versuchte, das Gefühl abzuschütteln, doch es breitete sich vom Hals bis zur Lunge aus, während sein Gehirn ungeordnete Bilder projizierte. Hände, Gliedmaßen, Organe, Zähne tanzten vor seinen Augen wie die Figuren eines makabren Puppentheaters. Mühsam schluckend, warf er sich auf die Couch. Zangen, Skalpelle, Quirls, Schnüre und Fäden, Herzen, Lebern, gerissene Haut. Er nahm den Pullover und trocknete sich damit Stirn und Hals ab. Dann legte er ihn sich um die Schultern. Er zitterte.

Doch zum ersten Mal in seinem Leben nicht vor Kälte.

25

Rom, Diokletiansthermen

Caterina De Marchis Blick irrte zwischen den McDonald's-Kartons und den durch die starke Kälte der letzten Tage gelb gewordenen Grasbüscheln hin und her. Die Luft war stechend. Die Beamten hatten eine Decke um sie gelegt, einen Krankenwagen hatte sie jedoch abgelehnt. Auch wenn die Furcht, inmitten der Masse von Ratten in diesem Becken zu ertrinken, sie immer noch schüttelte, wollte sie doch lieber hierbleiben, und außerdem hatten die Kollegen schon Ispettore Comello verständigt. Ihr Handy, das Pfefferspray und die Digitalkamera waren auf dem schlammigen Grund dieser Zisterne zurückgeblieben, das aber kümmerte sie im Moment nicht.

Sie konnte nicht aufhören, an Niko zu denken. Dem Jungen war es mit seinen dünnen Ärmchen gelungen, sie aus diesem Becken herauszuziehen. Gleich im Anschluss hatte er darauf bestanden, gemeinsam von dort wegzulaufen.

»Ich kann nicht«, hatte sie erschöpft und noch unter Schock geantwortet.

»Doch, komm. Bitte«, hatte Niko gedrängt, und in seinen dunklen Augen war etwas aufgeschimmert, das sie sofort erkannt hatte: Angst und Hilflosigkeit, die sie von ihrem eigenen Horror vor den Ratten kannte.

Niko hatte auf den Tunnel vor ihnen gezeigt und flehentlich wiederholt: »Los, komm.«

»Warum so eilig?«

»Da ist ein böser Mann.«

»Was für einer?«

»Er, er hat... Er hat den Stier getötet.«

»Wen? Wo?«

»Dort hinten. Und er ist immer noch da.« Mit diesen Worten hatte Niko sich umgedreht und war in den dunklen Gang gegangen. Caterina hatte sich aufgerappelt, die brennenden Schmerzen in ihren Waden und ihrer Lunge ignoriert, und war dem Geräusch seiner sich entfernenden Schritte gefolgt. Wenige Augenblicke später hatte sie gemerkt, dass Niko schon weit weg war. Er war getürmt und rannte nun, dem platschenden Echo in den Gängen nach zu urteilen, ziemlich schnell. Jeder Laut wurde vom Hall verstärkt, sodass es unmöglich war festzustellen, wie viele Personen sich hier unten aufhielten. War wirklich jemand hinter Niko her? Sie verfluchte sich selbst, weil sie ihre Pistole nicht mitgenommen hatte, und versuchte, schneller zu gehen, aber dazu fehlte ihr Kraft. Allmählich waren die Schritte nach und nach in der Dunkelheit verklungen.

Irgendwann war sie unter der geöffneten Gitterluke angelangt und unter Zuhilfenahme ihrer Hände die schmale Eisentreppe hinaufgeklettert. Oben angekommen, hatte sich in der klaren, kalten Luft das erste Licht der Morgendämmerung angekündigt. Sie war durchnässt und zitterte heftig, und so hatte sie sich auf einen Marmorsockel gesetzt und sich umgesehen. Von Niko keine Spur. Einer der Bücherverkäufer, die alle sehr früh mit der Arbeit begannen, hatte sie von seinem Stand aus gesehen, und zehn Minuten später war ein Streifenwagen gekommen. Sie war nicht in der Lage gewesen zu erklären, wo genau sie unter der Erde gewesen war oder wo sich der Mann aufhielt, von dem der Junge gesprochen hatte, falls es ihn wirklich gab. Einer der Polizeibeamten war hinuntergestiegen und mit kreidebleichem Gesicht wieder heraufgekommen. Eine halbe Stunde später waren die Spurensicherungsleute vor Ort, und die Zahl der Blaulichter hatte sich deutlich erhöht.

Die Männer in Weiß waren ebenfalls hinabgestiegen und nun schon eine ganze Weile dort unten. Schließlich tauchte ein Kollege mit einer dicken Canon um den Hals wieder auf. Er rang nach Luft, und Caterina stellte erstaunt fest, dass er genauso mitgenommen aussah wie ihr Kollege vorhin. Was *war* dorthinten in diesem Gewirr aus Gängen? Was hatte Niko gesehen? Der Mann sprach jetzt mit einem anderen, der den Bereich mittlerweile abgesperrt hatte und den Zugang sicherte.

Das Kreischen von Bremsen auf der Straße vor den Thermen kündigte die Ankunft Comellos an. Er sprang aus dem Auto, rannte auf sie zu und nahm sie in die Arme. Sie rührte sich zunächst nicht, ließ sich einfach von seiner Körperwärme einnehmen. Dann streichelte sie seine Hand und schloss die Augen, um das Weinen zu unterdrücken. Der Gegensatz zwischen der äußeren Kälte und Walters Wärme ließ sie erschauern, und mit einem Mal verflüchtigte sich das wohlige Gefühl und gab sie wieder dem Frieren preis. Sie zitterte, die Kälte kroch ihr bis ins Mark, obwohl sie sich noch nicht aus der Umarmung gelöst hatte.

»Bist du wegen Niko hergekommen?«

Caterina nickte. »Ich habe dein Armband verloren«, murmelte sie niedergeschlagen. Er hatte es ihr erst vor ein paar Tagen geschenkt, beim Frühstück hatte sie es unter ihrer Serviette gefunden. Mit einem goldenen Herzanhänger, sie hatte es sofort angezogen. Wahrscheinlich war es auch auf dem Grund dieser verdammten Zisterne gelandet.

»Ich hätte dir diese Fotos nicht zeigen dürfen.«

Walter löste sich mit einem Ruck von ihr. Caterina sah ihn fragend an, aber er ging eilig zum Abdeckgitter und sprach leise mit einem uniformierten Beamten und dem Mann mit der Canon, der den Kopf schüttelte, gestikulierte und auf die Luke zeigte. Offenbar erklärte er den Weg, den er unter der Erde zurückgelegt hatte. Um wohin zu gelangen?, überlegte Caterina. Zwei weiße Overalls waren hinuntergeklettert – warum war nur einer von ihnen wieder hinaufgekommen?

Caterina stützte sich an dem Marmorbrocken ab und stand auf. Dabei glitt die Decke von ihren Schultern, die sie sogleich mit großen Wadenschmerzen aufhob. Mit der steifen Anmut einer alten Dame legte sie die Decke wieder um und machte sich taumelnd wie eine Betrunkene daran, die Distanz, die sie von den drei Männern trennte, zu überwinden. Ihr Blick flackerte, ihre Augen brannten. Als Walter sie bemerkte, sprang er auf sie zu, um sie zu stützen.

»Cate!«

»Was ist hier los?«, verlangte sie zu wissen.

Comello gab dem Mann in Weiß ein Zeichen, der ihm daraufhin seine Canon reichte. Er blickte prüfend auf das Display, dann in Caterinas müdes Gesicht, und hielt ihr schließlich die Kamera hin.

Das erste Bild zeigte ein Gitter vor einem runden Raum. Eine Art Sammelbecken wie das, in dem sie gelandet war, nur ohne Grube. Auf dem zweiten waren der überflutete Boden und die schwärzliche Farbe des Wassers zu sehen. Caterina blickte Walter fragend an. Das letzte Foto war schärfer, weil der Autofokus eine Art Gesicht ausgemacht hatte.

Auf drei Treppenstufen saß mit gekreuzten Beinen die massige Gestalt eines Mannes. Er thronte regelrecht über diesem stinkenden Labyrinth, seine Augen waren riesig hinter einer Maske aus Fleisch und Hörnern. Die zermalmten Füße sollten offenbar die Hufe eines mächtigen Stiers darstellen.

»War das wieder dieser Wahnsinnige?«

»Ja«, sagte Walter.

Panik durchzuckte Caterinas abgekämpftes Bewusstsein. Dann war Niko also wirklich in Gefahr. Ob er entkommen war?

»Wo ist er?«

»Der Bildhauer? Mancini wird ihn kriegen.«

Sie spürte einen heftigen Stich in der Seite. Diese irrationale Furcht, diese Angst, die das Leben des kleinen Romajungen anscheinend unauflöslich mit ihrem eigenen verband, war wieder da, war wieder hier.

»Wo ist Niko?«

26

Rom, Polizeipräsidium

»Im Moment kann ich Ihnen nur sagen, dass sämtliche Polizisten des gesamten Stadtgebietes in Alarmbereitschaft versetzt werden müssen.«

»Machen Sie keine Witze, Commissario!«, polterte Gugliotti. Mancini nahm die Tageszeitung und faltete sie auf. Die Schlagzeile lautete: »Neues Opfer des Bildhauers in der Kanalisation!«

»Commissario, die Leichenfunde betrafen die Galleria Borghese, den Biopark und die Abwasserkanäle unter den Diokletiansthermen. Zwischen dem Zoo und der Galleria liegen rund fünfhundert Meter, zwischen der Galleria und den Thermen etwa das Doppelte«, tobte Gugliotti weiter. »Das ist der Sektor, der unter besondere Beobachtung gestellt werden muss. Wir werden die Wache in Salario-Parioli verständigen und basta.«

Mancini fixierte seinen Vorgesetzten mit dem Blick. »Auch die in Castro Pretorio in der Nähe der Stazione Termini wegen des Minotaurus«, beharrte er.

»Wir dürfen jetzt nicht Öl ins Feuer gießen, Mancini. Die Panikstimmung nicht anheizen. Wenn er noch in der Stadt ist, hält der Killer sich hier auf«, erklärte der Polizeipräsident und tippte auf den Stadtplan von Rom an der Wand. »Sein Versteck muss sich zwischen diesen drei Punkten befinden.«

»Machen Sie, was Sie wollen, aber ich wiederhole, dass jede Vermisstenanzeige sofort an uns weitergeleitet werden muss. Auch die Polizeiwachen der jeweiligen Bezirke müssen dann in Alarmbereitschaft versetzt werden.«

»Mancini, Sie wissen genau, dass wir weder die personellen noch die finanziellen Ressourcen haben, um ein derart großes Gebiet abzudecken, abgesehen davon, dass ich das für völlig unangebracht halte.«

»Sagen Sie das den Angehörigen des Gärtners, des Wachmanns, den Angelinis und der Familie von Marcello Licata, dem von diesem sogenannten Bildhauer zu Tode gemarterten Metzger!«, erwiderte Mancini laut.

»Ich bitte Sie, Commissario!« Gugliotti schlug mit der flachen Hand auf seinen Schreibtisch. »Dieses letzte Opfer ist nur siebenhundert Meter von hier und dem Innenministerium aufgefunden worden! Ist Ihnen klar, was für ein schlechtes Bild wir hier abgeben?« Er war jetzt hochrot im Gesicht.

»Was wollen Sie damit sagen, Gugliotti? Dass es meine Schuld ist, dass er noch nicht gefasst wurde?«

Der Questore gab keine Antwort.

»Ich sage es Ihnen noch einmal: Stellen Sie sofort jemanden ab, der sämtliche Vermisstenanzeigen durchgeht.«

Gugliotti ging zum Gegenangriff über. Er sah den Commissario mit gerunzelter Stirn abschätzig an. »Wissen Sie, wie viele Leute jeden Tag in Italien verschwinden?«

»Sagen Sie es mir, Dottore.«

»Alle vierundzwanzig Stunden verschwinden im gesamten Land achtundzwanzig Personen. Jeden verdammten Tag, Mancini. *Puff*, vom Erdboden verschluckt. In den Ermittlungsprotokollen steht dann ›unauffindbar‹ oder ›keine Spur‹. *Missing*, wie Ihre amerikanischen Freunde sagen.«

Die letzte Bemerkung hallte blechern und grausam nach, doch der Questore war noch nicht fertig. »Seit 1974, also seit der Einrichtung einer Polizeidatenbank, sind fast dreißigtausend unaufgeklärte Vermisstenfälle gespeichert worden. Zwölftausend italienische Bürger und achtzehntausend Ausländer. Zwanzigtausend Erwachsene und zehntausend Minderjährige. Das sind die Fakten, Commissario.«

Mancini verspürte jäh und stark das Bedürfnis, ihn an die Wand zu drücken und zu würgen. Zu sehen, wie seine Augen vor Angst hervortraten. Die Hitze der Wut verglühte allerdings schnell, und schließlich sah er dem Questore ruhig ins Gesicht. »Machen Sie doch, was Sie wollen«, stieß er hervor und verließ das Büro.

Zwei Stockwerke tiefer betrat er die Abteilung für Vermisstenfälle. Es war Mittagszeit, doch trotz der erbärmlichen Kälte draußen herrschte hier gähnende Leere. Das war Mancini ganz recht, denn er wusste, dass er zumindest einen Kollegen auf jeden Fall antreffen würde. Und tatsächlich: Hinter der Lehne eines Bürodrehstuhls ragten die breiten Schultern von Domenico Tomei, genannt Mimmo, hervor.

»Wer is 'n da?«, nuschelte er. Als er sich halb umdrehte, hingen aus seinem Mund zwei Spaghetti voller Tomatensoße.

»Mimmo, du musst mir einen Gefallen tun«, sagte Mancini.

Der kahlrasierte bullige Mann musterte ihn blinzelnd aus seinen kurzsichtigen Augen. Seine Nase hing seit einem Bruch schief über den schmalen Lippen. »Willst du nicht erst mal Guten Tag sagen?«

Er war Anfang sechzig. Ein nach Rom verpflanzter Neapolitaner, der jahrelang als Beamter der Spezialeinsatztruppe NOCS, der Zentralen Operativen Sicherheitseinheit, angehört hatte. Einer von denen mit militärgrüner Sturmhaube und nichts als seinem Auftrag vor Augen. Er war ein Faschist, aber Enrico hielt ihn für harmlos, auch wegen der Verwundung, die er bei einer Geiselbefreiung Ende der Achtzigerjahre erlitten hatte. Nach seiner Genesung war er in den Innendienst versetzt worden.

Mit merklicher Anstrengung wuchtete Tomei seine über hundert Kilo, die er nur auf den linken Oberschenkel stützte, aus dem Sessel und streckte seine schrundige Hand aus.

»Bleib sitzen«, sagte Mancini.

Das linke Knie knirschte in Tomeis Diensthose, während die Gliedmaßen rechts nur noch künstlich waren, nachdem er sie am 29. Juli 1989 auf der Autobahn A1 nördlich von Rom zwischen Fiano und San Cesareo verloren hatte. Bei einer Schießerei mit einer der kriminellen Banden der Anonima Sarda, die einen reichen Kaffeeunternehmer entführt hatte. Hunderte von Schüssen innerhalb weniger Sekunden. Die Leichen der Banditen auf der

Straße, die Geisel noch am Leben und vier schwer verletzte Polizeibeamte.

»Ich mag ein Krüppel sein, aber ich bin immer noch hart im Nehmen. Ich wette, du mit deinen zwei gesunden Beinen schaffst es noch nicht mal, mich wegzuschubsen...« Er machte Anstalten, um seinen Schreibtisch herumzukommen.

»Ich habe es eilig«, hielt Mancini ihn zurück.

Tomei taxierte ihn unschlüssig. Sollte er sich durch diese Weigerung beleidigt fühlen? Er entschied sich dagegen und ließ sich lächelnd zurück auf seinen Stuhl fallen, der laut ächzte. »Was brauchst du?«

»Landen die Vermisstenanzeigen aus dem gesamten Stadtgebiet immer noch auf deinem Tisch?«

»Es werden immer mehr«, sagte Tomei und deutete auf den Papierstapel hinter sich.

»Auch die von den Carabinieristationen?«

»Ja, ich koordiniere alles von hier aus. Aber ich halte sie getrennt, ihre und unsere.«

»Gut. Dann hätte ich eine Bitte: Geh doch mal die Vermisstenanzeigen der letzten vierundzwanzig Stunden aus diesem Gebiet hier für mich durch.« Mancini beschrieb mit dem Finger auf dem Stadtplan an der Wand ein Vieleck, das den Zoo, die Galleria Borghese und die Diokletiansthermen umfasste.

»Klar. Aber setz dich doch.«

»Nein, lieber nicht. Ich halte mich am besten nur so kurz wie möglich hier auf.«

»Verstehe. Ich erledige das.«

»Sag mir bitte auch Bescheid, wenn in den nächsten vierundzwanzig Stunden etwas aus den Revieren und einzelnen Polizeiwachen bei dir eingeht, die an diesen Bereich angrenzen, okay?«

»Worum geht's? Um diese scheußliche Geschichte? Die mit dem Bildhauer, oder wie die Presse ihn nennt?«

Mancini nickte.

»Hast du eine konkrete Spur? Es ist so einer wie die, die du in Amerika gejagt hast, oder? Ein Serienmörder, stimmt's?«, fragte

Tomei mit einem aufgeregten Funkeln in den Augen. »Zu meiner Zeit war mit den Terroristen und Entführern auch nicht zu spaßen!«, rief er und schlug sich auf den Oberschenkelstumpf.

Er hatte die Sache besser überstanden als die anderen Verletzten, aber alle auf dieser Etage wussten, und nicht nur auf dieser, Mimmo Tomei würde die wenigen Augenblicke, die sein Leben so grundlegend verändert hatten, nie vergessen. Der Moment, als aus dem Heckfenster des Lancia Delta zwei Gewehrsalven auf den Alfa der NOCS abgegeben wurden, war im ganzen Polizeipräsidium zur Legende geworden. Das blendend helle Mündungsfeuer in der Nacht und die achtzehn Kugeln Kaliber 12. Eins von diesen verdammten Mistviechern, wie Mimmo zu fluchen pflegte, hatte ihn ins Schienbein getroffen und es zertrümmert, ihm die Wade zerfetzt, während ein zweites sein Knie gestreift und vollkommen zersplittert hatte.

Tomei seufzte und musterte Mancini. Für diesen scheuen Mann, der unter einem ganz anderen Schmerz litt als er selbst, empfand er Respekt. Einen Respekt, der an Ehrfurcht grenzte, denn wer über einem derartigen Kummer fast den Verstand verliert, hat irgendwann vor nichts mehr Angst.

»Mach dich bitte gleich an die Arbeit. Du hast was gut bei mir.« Mancini nickte ihm zu und verschwand.

27

Dort an der Höhle fraß sie das Ungeheuer,
und schreiend streckten jene nach mir,
in der grausamsten Marter, die Händ' aus.

Homer, *Odyssee*

Hunderte von sumpfigen Stellen durchziehen den Parco dell'Aniene. Sechshundert Hektar am nordöstlichen Stadtrand von Rom, bewachsen mit Eichen, Weiden und Pappeln. Am grünen Flussufer leben Beutelmeisen in ihren flaschenförmigen Nestern, verborgen von Röhricht und Schilf graben Stachelschweine und Sumpfmaulwürfe ihre Höhlen.

Weiter südlich, nur einige Hundert Meter vom Zentrum Monte Sacros entfernt, trifft man auf eine Oase von idyllischer Schönheit. Unter dem Bogen des Ponte Nomentano fließt ruhig der Aniene dahin, in dessen reinem klarem Wasser sich Papyrusschöpfe und Holunderblüten spiegeln. Auf seinem Grund wohnen Flusskrebse mit ihren graugrünen und leuchtend gelb gezeichneten Schalen und den magentaroten Scheren. Der Witterung der Füchse entzogen, ernähren sie sich von Regenwürmern und winzigen Fischen.

Über ihnen ragt trutzig die Brücke auf. Mit ihren Tuffsteinblöcken und Zinnen sieht sie aus wie eine kleine Festung, eine Burg, deren Turm über das linke Flussufer wacht. Mitsamt Pechnasen, Falltüren und verborgenen Zugängen.

Die Frau, die vier Meter unter der Erde lebendig begraben ist, in einem Keller für die alten Wasserpumpen, hat Angst zu sterben. An ein Ablaufrohr gefesselt, weiß sie, dass der Moment bald kommen wird, kann aber nicht sagen, wie lange sie schon hier unten ist. Sie war wieder im Park umhergelaufen auf der Suche nach ihren

»Kindern«, wie sie ihre Hündchen nennt, die vor ein paar Tagen weggelaufen waren, während sie mit einer Freundin plauderte. Sie hatte die Zeit vergessen, und als sie merkte, dass sie nicht mehr um sie herumtollten, waren sie längst fort. Sie hatte in der Ruine weiter hinten im Park gesucht, bewaffnet mit der Notleuchte ihres Handys und einer durchweg aufgesetzten Courage. Dann hatte sich auf einmal ihr Kopf abgeschaltet, sie erinnert sich nicht, wie, fast so, als wäre einfach die notwendige Elektrizität ausgeknipst worden. Und dann war sie hier drin aufgewacht. Sie gibt einen Klagelaut von sich, doch statt der Stimme einer alten Frau verlässt nur ein Winseln ihren geknebelten Mund.

Auf das gleich darauf ein anderes Winseln folgt.

Sie dreht sich in die Richtung und nimmt ungläubig eines von ihren Kleinen wahr, die sie verloren glaubte. Sie erkennt Lola an ihrem rosa Halsband. Das Hündchen kommt herbei und reibt sich an ihrem Knie, wedelt mit dem Schwanz, glücklich, sein Frauchen wiederzusehen. Auch die Frau freut sich, doch das frohe Leuchten in ihrem Gesicht erlischt gleich wieder.

Was ist mit den anderen?

In der Ecke, aus der Lola gekommen ist, türmt sich ein Haufen von etwas, das wie Lumpen aussieht. Sie kann es nicht richtig erkennen. Das einzige Licht in dem Loch fällt durch das Schloss der verschlossenen Luke oben herein, aber es ist nicht mehr als ein dünner Strahl.

Die vier Meter unter der Erde gefangene Frau hat schon versucht, sich zu befreien, aber das Seil, mit dem sie an das Rohr gebunden ist, gibt nicht nach. Vielleicht, weil es so fest ist, vielleicht aber auch, weil sie nicht mehr genug Kraft hat. Ihre schöne dunkelblaue Hose ist zerrissen, und von der weißen Seidenbluse haben sich die kostbaren Perlenknöpfe gelöst.

Die Leere hier um sie herum gleicht der Leere, die ihre Tage schon seit langer, viel zu langer Zeit beherrscht. Seit anderthalb Jahren. Seit Anna nicht mehr ist. Seit dem Nachmittag, an dem ihre Tochter in den Himmel flog und ihr, als einziges Zeugnis ihres irdischen Daseins, ihre Enkelin hinterließ. Von da an ist ihre Liebe *zu diesen Hündchen immer größer geworden, hat sich in ihnen verwurzelt, ist zu einer Zuflucht geworden. Denn die bittere Wahrheit ist, dass es ihr nicht gelingt, ihre Enkelin so zu lieben, wie sie sollte, als die Tochter ihrer Tochter. So hat sie immer weitere Exemplare dieser sympathischen Hunderasse angeschafft und sich mit außerordentlicher Hingabe um sie gekümmert. Sie schämt sich beinahe deswegen, schämt sich ihres Spleens, denn sie weiß, dass er vor allem dazu dient, sie von den schmerzlichen Gedanken an die letzten Tage mit Anna abzulenken. Und ihrer Enkelin aus dem Weg zu gehen, die sie zu sehr an sie erinnert.*

Mit einem Mal ist sie todmüde. Möchte sich ihrer Dumpfheit und der feuchten Hohlheit dieses Raums überlassen. Lola merkt das und kuschelt sich still an sie. Gleich darauf jedoch steht sie wieder auf und kehrt in die Nähe des Lumpenhaufens zurück. Mit erhobenem Kopf beginnt sie zu knurren, stellt sich dann auf die Hinterbeine und bellt die Falltür an, die dabei ist, sich zu öffnen.

Ein Klirren, dann steht sie vollständig auf.

Statt diese Sekunden, in denen sich dieser schmale Durchgang zwischen der Oberwelt und der Unterwelt öffnet, durch einen Schrei zu nutzen, regt sich die Frau nicht und bleibt stumm. Auch Lola hört auf zu bellen, ihre feuchten Augen blicken leer. Eine Gestalt klettert die Eisenleiter hinunter, schließt die Luke und springt herunter, landet neben dem Lumpenhaufen. Die Frau bringt sich mühsam in eine sitzende Position.

Sie und das Hündchen sind Statuen aus Eis, während die Stille jeden Quadratzentimeter dieses Verlieses erobert. Der Junge mit den Himmelsaugen sieht sie nicht einmal an, er bückt sich neben dem Haufen und hantiert dort herum. Die Frau kann nicht sehen, was er macht, aber etwas an seinen ruckartigen Bewegungen lässt sie vor Angst erzittern. Ein merkwürdiges Rascheln, ein Geräusch, das ihr nicht ganz unbekannt vorkommt, einmal, zweimal, dreimal, langsam und rhythmisch. Dann dreht der Mann sich um und starrt sie mit abwesendem Blick an, beleuchtet von dem langen, schmalen Lichtkegel, der durch das Schlüsselloch oben fällt.

So verharrt er eine Minute, fast ohne zu atmen. Er mustert ihre Bluse, und sie spürt, wie diese stahlblauen Augen ihren Bauchnabel durchbohren. Sie blicken von links nach rechts, als würde er ... etwas abmessen. Dann senkt er den Kopf auf Lola herab, die vor Furcht wie ausgestopft wirkt.

Der junge Mann geht auf die Frau zu und nimmt ihr den Knebel aus dem Mund. Sie ist starr vor Angst, sie wird nicht schreien. Und sie muss perfekt hergerichtet sein. Er bückt sich und hebt das Hündchen hoch, packt die Schnauze zwischen Zeigefinger und Daumen und arbeitet wieder raschelnd hinter den Lumpen.

Die Zeit vergeht, getaktet vom Blut, das in den Schläfen der alten Dame pocht. Es pocht bis zum Explodieren, als ein Schrei, ein Winseln, die Stille durchbricht.

Der Mann mit den Eisaugen erhebt sich aus der Ecke.

Er hält etwas in der Hand, dass die Frau kaum erkennen kann, weil ihre Tränen alles verschwimmen lassen. Er wirft es vor sich auf den Boden, dieses Ding, und sie merkt, dass der Lumpenhaufen dorthinten verschwunden ist.

Er liegt jetzt hier, direkt vor ihr.

Der Junge mit den Himmelsaugen hat die Arme gehoben und hält eine Schnur zwischen den Fäusten, an dem sechs Gegenstände aufgereiht sind, wie Perlen an einer überdimensionalen Halskette. Aus der letzten Perle tropft eine dicke Flüssigkeit.

Als die ermatteten Augen der Frau die selbst gemachte Kette fokussieren können und an ihr entlangwandern, ist es so weit.

Die Verwandlung hat begonnen.

Und die Welt verändert sich erneut.

Dort unten, in der Wohnung der Wasserpumpen, werden die Rohrleitungen, die vom Boden aufsteigen und durch die Decke verlaufen, zu den Stalagtiten und Stalagmiten der Grotte von Szylla. Alles ist dunkel darin, und er geht langsam vor, beherrscht seine Furcht, bringt sie mit der mörderischen Wut zum Schweigen, welche die Ordnung wiederherstellen wird. Er schließt die Augen, und sein Geruchssinn übernimmt die Führung. Das herbe Aroma der Moose und Algen auf dem Eisen verwandelt sich in den stren-

gen Duft von Salzgischt. Sein verstörtes Gehirn übersetzt den süßlichen Modergeruch ringsum in den des Blutes der von der verfluchten Nymphe zerfleischten Seeleute. Die Geruchsmischung steigt in seine Nasenhöhlen und füllt seine Lunge aus. Ein plötzliches Brummen erschüttert sein Trommelfell. Der Motor der alten Pumpe, der sich regelmäßig abschaltet und wieder anspringt, ist nichts anderes als die endlose Meeresbrandung. Und siehe da, er hebt den Vorhang seiner Lider und enthüllt die Augen des Jägers. Kalt blicken sie zwischen den Wellen hindurch und brechen sich an den Felskanten, der Dampf aus den Hydraulikventilen ist eine Gischtwand vor der Küste. Endlich erspäht er sie: Im blinden Winkel der Höhle, mit den irre blitzenden Augen einer Meeresfurie, hockt Szylla. Auf der Lauer. Sie ist hungrig, lechzt nach Menschenfleisch. Der Jäger setzt sich in Bewegung und zückt sein kleines, aber scharfes Schwert. Zwei Schritte nach rechts, dann schnellt er nach vorn.

Das aufgerissene Maul des Ungeheuers erbricht das Blut seiner Opfer. Die zwölf Schlangen, die dem Untier als Beine dienen, erlauben ihm, sich blitzschnell fortzubewegen, doch der Jäger ist schneller. Geschickt umgeht er die spitzen Felsblöcke, und seine Rechte senkt sich auf die Bestie herab, doch er muss vor den Mäulern um die Mitte der Szylla zurückweichen. Sechs fuchsteufelswilde Hundeköpfe. Der Jäger führt einen neuen Hieb aus, etwas tiefer, und das Schwert streicht über den Bauch der Kreatur.

Die Bauchdecke der Frau öffnet sich wie die Blüten der Wunderblume und bringt zuerst eine Schicht helles Fleisch zum Vorschein, dann die hervorquellende Masse der Gedärme. Der Gestank ihrer eigenen Eingeweide trifft sie wie eine Offenbarung, die ein letztes Licht vor ihren Augen aufscheinen lässt. Anna ist hier, sie wartet dort in der Ecke zwischen den Rohren. Sie wartet auf sie, um sie mit sich zu nehmen. Endlich. Doch ein Gedanke erschreckt sie, kurz bevor die Finger von Annas Geist sie berühren.

Ihre Tochter würde ihr nie verzeihen.

Der Jäger versetzt ihr einen Hieb in den Rachen. Und gleich noch einen. Die Zunge der Szylla, in Fetzen jetzt, senkt sich zu einem Schrei. Niemand wird sie hören, das weiß der Jäger. Denn dieser stumme Schrei ist nichts als das letzte Lebenszucken des Ungeheuers.

28

Rom, Ponte Nomentano, Monte Sacro

Draußen vor dem Präsidium war die Luft trocken und kalt. Altes braunes Laub lag auf dem Gehweg, und an der Ecke zur Via Nazionale erbrachen zwei Container zentnerweise Müll. Die Wagen der Müllabfuhr fuhren wegen eines Streiks seit drei Tagen nicht. Mancini schob die Hand in die Manteltasche, wo seine Fingerspitzen auf kaltes Metall trafen. Er beendete das nervöse Schlüsselklirren erst, als er seinen alten Mini auf dem Parkplatz der Questura erreichte.

Zwanzig Minuten später, er war gerade auf dem Rückweg zur Dienststelle, klingelte sein kleines Nokia. In der Leitung war Tomei, der ihm von einer Vermisstenanzeige berichtete, die am Vortag auf der Polizeiwache von Monte Sacro aufgegeben worden war. Von der Enkelin einer Frau, welche am Abend zuvor aus dem Haus gegangen war, um nach ihren im Park verschwundenen Hunden zu suchen, und nicht zurückgekehrt war.

Nach dem Ende des Gesprächs suchte der Commissario nach Comellos Nummer. Er wollte den Ispettore bitten, mit der jungen Frau zu sprechen, während er selbst sich ein bisschen in dem Park umsehen wollte, der ohnehin auf seinem Weg lag.

Doch schon kündigte das aufleuchtende Handydisplay einen neuen Anruf Tomeis an.

Diesmal ging es um eine Information, die ein Bürger, seines Zeichens pensionierter Stadtpolizist, wie er offenbar mehrfach betont hatte, telefonisch direkt beim Polizeipräsidium gemeldet hatte. Er war am Morgen in dem Pinienwäldchen, das den Straßenabschnitt vor der Piazza Sempione säumt, joggen gewesen. Nach dem Überqueren des Ponte Nomentano hatte er am Flussufer eine Verschnaufpause eingelegt und zum Zeitvertreib nach

Flusskrebsen gesucht, die dort trotz der kalten Jahreszeit zu finden waren und von denen er sich manchmal einen Beutel voll zum Frühstück bereitete. Er hatte gebückt eine kleine Schleife des Aniene abgesucht, und dabei war ihm nur wenige Meter entfernt das Spiegelbild des Brückenbogens ins Auge gefallen. Doch statt des gewohnten lichten Halbmonds zwischen der Wölbung aus Tuffsteinen und der Wasseroberfläche hatte der Spiegel ihm einen *gefüllten* Halbkreis gezeigt. Erst da hatte er aufgeblickt und gesehen, was dort hing. Und war vor Entsetzen gestolpert und in das kalte Wasser gefallen.

Comello saß auf dem Bordstein der Kopfsteinpflasterstraße, die über die kleine Brückenburg führte, und lauschte zum wiederholten Male der Schilderung des ehemaligen Polizisten. Mancini hatte ihn sofort hierher anstatt zur Befragung der Enkelin der verschwundenen Frau bestellt. Das Gebiet war mit zwei konzentrischen Kreisen aus weißem Absperrband mit der schwarzen Aufschrift POLIZEI-SPURENSICHERUNG begrenzt. Einer verlief um die Brücke, und der andere, größere versperrte die Zufahrt von dem Wäldchen sowie der Hauptstraße der Gartenstadt. Innerhalb der Absperrung fotografierten Beamte in Overalls die beiden Zufahrtswege und suchten sie nach Beweismitteln ab.

Mancini und Alexandra liefen entlang des linken Ufers auf eine große, von der Brücke herabhängende Plane zu. Sie verdeckte die gesamte Spannweite des Bogens, der das jüngste Werk ihres Täters umrahmte.

»Sind Sie bereit?«

»Ja«, antwortete sie und kniff, auf das Schlimmste gefasst, die Lippen zusammen.

Doch das Schlimmste, wie Professor Biga zu sagen pflegte, kennt keine Grenze. Mancini hob die Plane an einem Zipfel an.

»Halten Sie den fest«, sagte er zu ihr, hob die an der anderen Seite angebrachte Schnur vom Boden auf und zog daran.

»Mein Gott«, entfuhr es Alexandra, bevor Mancini ihr die

Augen zuhielt. Sie drehte sich um und ließ ihren Blick auf einen Punkt irgendwo im Schilf fallen, den Mund jetzt wieder weit geöffnet und nach Luft ringend.

Mancini packte sie fest am Arm. »Nicht noch mal hinsehen. Antworten Sie, ohne nachzudenken. Wer ist das?«

Sie brauchte nicht nachzudenken. Das Bild hatte sich als Schwarz-Weiß-Kopie auf ihrer mentalen Leinwand eingebrannt. Eine Frau war unter der Brücke aufgehängt, mit zwei am Brückenbogen angebrachten Schlingen, die unter ihren Achseln verliefen und ihren nackten Körper knapp über der Wasseroberfläche schweben ließen. Ihre lockigen Haare waren weiß, ebenso die nach oben verdrehten Augäpfel und die schüttere Schambehaarung. Unterhalb derer die Beine von der Leiste an abgetrennt waren. An ihrer Stelle baumelte dort ein fauliger, dunkelgrüner Klumpen, große Wassernattern, am Schwanzende mit Nägeln befestigt. Sie baumelten von den beiden triefenden Stümpfen wie die Fangarme einer monströsen Krake.

»Szylla.«

»Die Szylla? Von ›Szylla und Charybdis‹? Aus Homer?«

»Ja, die aus dem zwölften Buch der *Odyssee*. Sowie aus dem dritten Buch der *Änäis* von Vergil, dem achten und neunten von Ovids *Metamorphosen* und den *Mythen* von Hyginus«, sagte Alexandra mechanisch, als könnte sie durch das Herunterrasseln dieser Kenntnisse das Grauen von sich fernhalten. »Die zum Monster gewordene Nymphe.«

»Weiter, Alexandra«, forderte Mancini sie auf, während er fortwährend die von der Brücke hängende Leiche musterte.

Dottoressa Nigro hielt sich eine Hand vor den Mund und drehte sich wieder um, deutete mit dem Zeigefinger der anderen Hand auf die Taille der Frau. »Das sind die sechs Hundeköpfe der Szylla. Und das dort ihre durch Circes Fluch in Schlangen verwandelten Beine. Sie ist es, kein Zweifel.«

Mancini ließ die beiden Zipfel der Plane los, die sich dicht über die Kreatur legte wie ein Leichentuch. Er hatte sich den Ekel vor dieser Abscheulichkeit nicht anmerken lassen, doch das blutdurchtränkte Schlangenknäuel hatte ihm Übelkeit verursacht. Alexandra und er gingen zu Ispettore Comello hinüber, der gerade mit der Befragung des Expolizisten fertig geworden war.

»Wissen wir schon, wer das Opfer ist?«, fragte der Commissario.

Walter nahm sein Notizbuch zur Hand. »Eine Bewohnerin des Viertels, hatte hier einen kleinen Antiquitätenladen. Siebenundsechzig Jahre alt, seit zwanzig Jahren geschieden. Hat vor Kurzem ihr einziges Kind, eine Tochter, verloren. Ihre einzige Gesellschaft, ihre Hunde, sind vor ein paar Tagen verschwunden. Sie hatte den Verlust angezeigt, deshalb konnten wir sie so schnell identifizieren.«

»Das waren also ihre eigenen«, sagte Alexandra schaudernd und deutete auf die Chihuahuaköpfe am Gürtel der Frau.

»Ihr Name?«

Walter fuhr mit dem Finger die Seite hinauf. »Priscilla Grimaldi.«

Die von ihrer Enkelin als vermisst gemeldete Frau, stellte Mancini fest. Er hatte schnell reagiert, war aber trotzdem zu spät gekommen.

»Gehen wir?«, fragte Walter nach einem Blick auf seine schwere Armbanduhr.

»Ja. Ruf Antonio an, sobald du im Präsidium bist, und sag ihm, dass ich die Befunde aller Opfer brauche. Der Täter verstümmelt sie zu symbolischen Zwecken, deshalb will ich die genauen Zeitabläufe von allem, was er mit ihnen angestellt hat, vor und nach ihrem Tod. Und eine Beschreibung jedes Details. Das ist sein viertes ›Werk‹, es gibt insgesamt sechs Opfer, damit habe ich genügend Hinweise, um ein psychologisches Profil zu erstellen. Aber zuerst will ich einen vergleichenden Bericht über die Befunde.«

»Alles klar. Gehen wir, Dottoressa.«

»Kommen Sie nicht mit?«, fragte Alexandra den Commissario schüchtern.

»Nein.« Mit Unbehagen dachte er an die E-Mail, die im Büro

immer noch unbeantwortet auf ihn wartete. »Ich bleibe noch.« Er deutete auf die weißen Gestalten der Spurensicherung, die sich über die Brücke bewegten und zu denen er sich auf der Suche nach Hinweisen gleich gesellen wollte. Gerade machten sie Aufnahmen mit einer kleinen Fernsehkamera. Einer filmte einen 360-Grad-Schwenk von einer der beiden Zufahrten, während ein anderer die Umgebung aus dem Blickwinkel des Opfers aufnahm und das Objektiv auf die Kardinalpunkte richtete.

Der Tag war kühl, und nun war auch noch Wind aufgekommen. Der Commissario überquerte die Brücke zum anderen Ufer des Aniene. Er nahm Handschuhe und Überschuhe aus der Tasche seines Trenchcoats und ging auf die Techniker zu.

»Spuren?«

»Die gleichen Fußabdrücke wie bei den anderen Fällen.«

Der Beamte zeigte Mancini seine Aufnahmen von den Abdrücken und dann die Stellen, wo sie gefunden worden waren.

»Von wo kommen sie?«

»Sie fangen auf der Wiese in dem Wäldchen dort an.«

Die dichten Wipfel der Pinien bildeten ein dunkelgrünes Dach, das von der Via Nomentana bis in den wenige Meter hinter der Brücke beginnenden Anienepark hinüberreichte.

»In Anbetracht der Tiefe der Spuren muss er sie auf den Armen bis zur Brücke getragen haben, um sie dort anzubringen ...«, fuhr der Techniker fort.

»Aber?«, hakte Mancini nach.

»Aber wir wissen nicht, von wo er ursprünglich gekommen ist. Die Spuren beginnen abrupt, als wäre er vom Himmel gefallen oder von den Bäumen herabgestiegen.«

»Verstehe«, sagte Mancini und nickte nachdenklich. »Blut?«, fügte er automatisch als Frage hinzu.

»Bis jetzt haben wir weder um die Brücke noch auf der nahe gelegenen Wiese Blutspuren gefunden.«

Mancinis Miene verfinsterte sich. Er wandte sich ab und schritt auf eine Seekiefer an der Uferböschung zu. Dort legte er eine Hand an die Rinde und spürte sogleich die weiche Konsistenz des

Harzes an seinen von Latex umhüllten Fingerkuppen. Langsam ging er in die Hocke nieder. Seine von Latex umhüllten Fingerkuppen spürten die weiche Konsistenz des Harzes. Die Kollegen von der Spurensicherung hatten gute Arbeit geleistet und das gesamte Areal durchkämmt, doch jetzt war er dran. Für gewöhnlich gelang es ihm, eine Art Verbindung zu den Plätzen und Gegenständen herstellen, zu den Personen, die sich am Tatort aufgehalten hatten. Er konnte die Hinweise befragen, sie zum Sprechen bringen. Konnte die Essenz der Spuren herausfiltern, ihr einen Namen geben und die Dynamik der Ereignisse rekonstruieren. Manchmal, wenn auch immer seltener, führte dieses Einfühlungsvermögen zu einem verblüffenden Ergebnis. Seine Empathie mündete in eine flüchtige, fast gespenstische Vision von der Anwesenheit des Killers und seines Opfers an einem Ort.

Er musterte die zum Ufer abfallende, intensiv grüne Wiese auf Unregelmäßigkeiten hin: das blassere Grün eines Grasbüschels, nach der falschen Seite geneigte oder geknickte Halme. Er stand auf und ließ den Stamm los. Ein bernsteinfarbener, klebriger Faden, von dem ein süßliches Aroma ausging, zog sich von der Baumrinde zu seiner Hand.

Die Fußabdrücke des Täters auf der Wiese setzten, wie der Techniker gesagt hatte, abrupt unter dem Baldachin einer großen Pinie ein. Mancini hob den Kopf und ging langsam um ihren Stamm herum. Die Rinde war, soweit er hinaufsehen konnte, unbeschädigt. Es war unmöglich, dass der Täter mit dem Gewicht, das er trug, von oben gekommen war.

Er begann, spiralförmig um den Baum herumzugehen, wobei er fest auftrat. Die Experten von der Spurensicherung beobachteten ihn von der Brücke aus, sie befürchteten eine mögliche Vernichtung von Spuren, sagten jedoch nichts.

Eine Minute später zerriss ein lauter Pfiff die Stille. Etwa zehn Meter von der großen Pinie entfernt verschwand der untere Teil von Mancini gerade unter der Erdoberfläche, während der obere mit den Armen wedelte, um die Kollegen in Weiß auf sich aufmerksam zu machen.

DRITTER TEIL
Das Chaos

29

Umbrien, drei Jahre zuvor

Diese Nacht war die richtige.

Er wusste es, und nun wusste es auch sein kleiner, zu Brei gewordener Freund. Er ließ den toten Nager fallen und ging zu der hölzernen Zellentür, die von außen mit einem Riegel verschlossen war. Davor wachte stets ein Mönch. Früher hatte er geglaubt, dieser sei ein vom Pater Superior abgestellter Wächter, der ihn verteidigen, der sein Zimmer vor den Ungeheuern schützen sollte, die außerhalb der geheiligten Mauern lebten. Jetzt aber war das Kloster nur noch ein Gefängnis und der Mann vor der Tür das einzige Hindernis zwischen ihm und der Freiheit der Jagd.

Er hockte sich auf die Stufen zur Tür und klopfte fest mit den Fingerknöcheln daran, den Mund noch blutverschmiert.

»Hilfe«, gurgelte er.

Der Bruder öffnete die Fensterklappe und lugte hinein, konnte aber nicht viel sehen. Fast alle Kerzen in der Zelle waren heruntergebrannt, und er kauerte stöhnend unten auf den Steinstufen.

»Wo bist du?«, rief der Mönch laut, um die Wand aus Klagelauten zu durchbrechen.

»Hilfe«, wiederholte der Junge mit tränenerstickter Stimme und rutschte ein Stück zurück, die Augen geschlossen, die Hände vorm Gesicht.

Jetzt konnte der Wächter die goldblonden Haare und das rot verfärbte Gesicht erkennen. Die Stirn, die gesenkten Lider, den Mund.

»Was ist los? Hast du Nasenbluten?«

Er hantierte eine Weile mit den langen Schlüsseln, schob aber schließlich den Riegel zurück und trat ein. Der Junge war voller

Blut, da er sich inzwischen auch einen Schnitt am Kinn zugefügt hatte. Die Inszenierung musste perfekt sein.

»Bist du auf den Stufen gestolpert? Gütiger Gott.« Der Bruder trat mit zwei weiteren Schritten zu dem klagenden Bündel. In der einen Hand hielt er einen Stock, denn obwohl er erst seit zwei Monaten in diesem Kloster lebte, hatte er schon einiges über den Jungen gehört.

In der Zelle, beleuchtet vom Schein der Lampen im Gang, funkelten die stahlblauen Augen wie nie zuvor. Das Blitzen überraschte den Wächter, und gleich darauf blendete ihn ein zweiter Widerschein, der von den Händen dieses Dämons ausging.

Eine Sekunde vor seinem letzten Wimpernzucken erahnte Bruder Francesco die von unten kommende Bewegung der Bestie. Schnell war die eine Hand aus dem Kuttenärmel hervorgeschossen und hatte sich um die Luftröhre des Mönchs geschlossen, doch es war die andere, die den sauberen, horizontalen Schnitt ausführte. Es dauerte nur einen Augenblick, dann legte sich vollkommene Stille über die Klosterzelle, in welcher der Tod seine Aufgabe erfüllte. Francesco hatte sogar noch Zeit zu bemerken, dass dieser Friede auch das Gesicht, das ihn da anlächelte, erfasst hatte.

Die Bestie hatte sich zurückgezogen, hatte sich wieder irgendwo zwischen das Herz und die Hirnschale des Jungen verkrochen, die einen wutrasenden Geist umschloss. Er nahm die mörderische Hand von der Kehle des Mitbruders und wischte sie an dessen Kutte ab. Stieg über die Leiche hinweg und drehte sich noch einmal um, betrachtete sein Bett, die Nische mit seinen wenigen Besitztümern. Die Bücher, die Kerzen, die Lederhülle und das Geschenk des Pater Superior.

War das sein Zuhause? Musste das nicht für immer sein Zuhause bleiben? Wie sollte er dort draußen ohne diese Sachen, seine Freunde, zurechtkommen? Ohne den Geruch dieser feuchten Wände?

Er trat zurück in den Raum, löschte eine der noch brennenden Kerze mit den Fingern und ließ sie in die tiefe Tasche seiner Kutte fallen. Kurz überlegte er, ob er auch die beiden Bücher mitnehmen sollte. Nein, sie würden ihn nur behindern, so dick wie sie waren.

Er nahm das kleine Geschenk und den zusammengerollten Lappen, zog die Schlüssel aus der Kutte des Bruders und verließ die Zelle.

Leise eilte er durch den Gang bis zu einer breiten Flügeltür. Links davon öffnete sich ein Gewölbebogen zu einem großen Raum, der als Lager und Speisekammer genutzt wurde. Darin standen Gartengeräte sowie Kisten voller Äpfel, Rüben und Kartoffeln. Mit immer noch blutbesudelten Händen nahm er zwei Äpfel und von einer Holzstange an der Wand ein Stück gepökeltes Bauchfleisch. Er strich mit den Fingern über die Weinschläuche hinten im Raum, die Fingernägel wie Mondsicheln. Er zögerte, gebannt vom verführerischen Duft des Mostes.

Auf der anderen Seite des Ganges befand sich eine verschlossene Tür. Ihr glattes Holz war von den Astknoten des Walnussbaums durchsetzt, dem sie entstammte. In die obere Hälfte war eine der Regeln des heiligen Franziskus' geschnitzt:»Sie dürfen die für ihr Handwerk nötigen Werkzeuge und Geräte besitzen.«

»Man muss den Müßiggang von sich fernhalten, mein Sohn«, hatte der Pater Superior zu ihm gesagt, als er den Verstand verloren und den ersten Bruder massakriert hatte.»Denn der Müßiggang ist der Feind des Menschen und seiner Seele und eine Ursache für Widernatürlichkeit.« Dann hatte er ihm den Spruch an der Tür gezeigt.»Hier wirst du von nun an deine Zeit verbringen, hier wirst du arbeiten. Es ist wichtig, dass du deine Bestimmung auf dieser Erde findest, und hier drin wirst du danach suchen, mit Andacht und Frömmigkeit. Das wird dir helfen, dich besser zu fühlen, du wirst beschäftigt sein, und so Gott will, kannst du den dunklen Fantasien, die dich peinigen, hier eine Form geben.«

Der Junge strich mit der Hand über die Tür, seine Finger folgten den eingeschnittenen Vertiefungen, den mit dem Stechbeitel geformten Worten des Heiligen. Damit hatte der Pater Superior ihn zu einem Schattendasein in der Zelle verurteilt, aber er liebte ihn trotzdem, so wie ein Hund die Hand seines Herrn liebt, die ihn ernährt und schlägt, ihn erzieht und straft. Dieser Mann übte eine unwiderstehliche Faszination auf ihn aus. Aber da war noch mehr. Er spürte deutlich eine Art Passion des Klostervorstehers für ihn, ein Gefühl, das mit Zuneigung und mit Stolz zu tun hatte.

Er ging zu der Flügeltür und steckte den Schlüssel ins Schloss, das bei jeder Umdrehung laut schnappte. Nach vier Umdrehungen öffnete sich der rechte Flügel, und sogleich ertönte der Lockruf der Nacht. Der süße Duft der Glyzine erfüllte das feuchtfrische Dunkel. Seine Ohren vernahmen das Gluckern des Bachs, der den Nutzgarten im hinteren Teil der Klosteranlage durchschnitt. Der Jäger war bereit für die Flucht, und die Nacht würde ihn ausnahmsweise schützen. Dieselbe Nacht, die jahrelang hinter seiner Zellentür gelauert hatte, die unter seinem Bett hervorgekrochen war und die Innenseite seiner Lider besetzt hatte, stets bereit, ihn zu verschlingen.

Ausgerechnet sie würde ihn nun verbergen.

Die Zeiger der Kirchturmuhr waren kurz davor, sich zur Mitternacht zu begegnen. Die Mitbrüder würden noch fünf Stunden lang nichts vom Tod des Wächters ahnen. Er blickte ein letztes Mal zum Eingang seines Gefängnisses zurück, drückte das Geschenk des Pater Superior an sich und ließ seine Beine in einen wilden Lauf ausbrechen.

Als die Glocke den ersten der zwölf Schläge schlug, war der Jäger schon zwischen den dicht stehenden Apfelbäumen des Obstgartens verschwunden und flog auf den Bach zu.

30

Rom, Via Nomentana

Auf dem Piazzale Porta Pia, direkt vor dem Ministerium für Infrastruktur und Verkehr, fand eine Demonstration der Angestellten der städtischen Transportgesellschaft ATAC statt. Comello zog die Kelle hinter der Sonnenblende hervor, ließ das Fenster herab und schwenkte sie, wobei er gleichzeitig hupte, um sich einen Weg zu bahnen.

»Warum macht er das?« Alexandra hatte die Beine übereinandergeschlagen und hielt den Blick starr nach vorn gerichtet.

»Was?«, fragte Comello.

»Sich so abzusondern. Als wollte er uns aus dem Weg gehen. Liegt es an mir?«

»Der Commissario? Glaube ich nicht. Auch wenn wir im Team an einem Fall arbeiten, hat er immer Momente, in denen er allein sein muss. Ich schätze, das hilft ihm, sich besser zu konzentrieren.«

»Stimmt das, was im Seminar der UACV über ihn erzählt wird?«

Ispettore Comello schaltete einen Gang höher und erwiderte mit einem Anflug von Neugier: »Apropos ... was machst du eigentlich in dem Seminar? Bist du nicht Wissenschaftlerin oder Dozentin für klassisches Zeug – Kunst, Mythologie und so?«

»Ich nehme an dem Kurs teil, um einen Abschluss in Kriminologie zu machen und mich weiter zu qualifizieren, weil ich auch zukünftig gern als Beraterin tätig sein möchte. Die beiden Berufe beziehungsweise Interessen ergänzen sich sehr gut, finde ich. Deshalb hat Dottor Gugliotti mich auch ausgewählt, um euch ... na ja, euch unter die Arme zu greifen.«

Comello nickte. Insgeheim überlegte er, dass der Questore sie möglicherweise nicht nur aus rein fachlichen Gründen ausgesucht hatte.

»Und ich dachte, du kommst aus einer Intellektuellenfamilie und willst dir bei uns mal die Hände schmutzig machen«, versuchte er zu scherzen.

»Ehrlich gesagt habe ich mich dafür entschieden, Kriminologie zu studieren, um einen Schlussstrich unter meine Vergangenheit zu ziehen. Um neu anzufangen, in gewisser Weise, und mit mir ins Reine zu kommen, nach einigen ... einigen familiären Problemen.«

Comello nickte, als würde er verstehen, und wandte sich wieder dem eigentlichen Thema zu, das ihm weniger heikel zu sein schien. »Und was erzählt man sich in deinem Kurs so über Mancini?«

Alexandra musterte Walters Profil, den fingerlangen blonden Bart, die hellen klaren Augen, die den Verkehrsfluss aufmerksam beobachteten. Dann atmete sie tief durch, als koste sie die Antwort Überwindung. »Dass es ihm nicht gut geht, dass er nicht ... mehr ganz auf der Höhe ist. Aber zu den Besten gehört. Oder gehörte.«

Die Giulietta hielt vor einer roten Ampel, und Walter wandte sich Alexandra zu, die ihn immer noch forschend ansah. Dieser ockerfarbene Blick war das Unglaublichste, was er je gesehen hatte. Ihre Augen waren zwei kleine Bernsteinmagneten, und dessen war sie sich durchaus bewusst, nach dem Anhänger zu urteilen, den sie um den Hals trug.

»Er war der Größte, ja.«

»Und was ist passiert?«

»Er hat den Glauben verloren.«

»War er religiös?«

Walter schüttelte lächelnd den Kopf. »Nein. Er hat den Glauben an sich selbst verloren, und an das, was er tut. Er hat sich gehen lassen. Hat sozusagen eine Pause vom Leben eingelegt. Vor einigen Monaten ging es ihm richtig dreckig, nach dem Tod seiner Frau Marisa. Sie war eine tolle Frau, wirklich.«

Alexandra sah ihn mit großen Augen und halb offenem Mund an, als hätte diese Eröffnung in irgendeiner Weise mit ihr zu tun. »Zwischendurch haben wir uns echt Sorgen um ihn gemacht. Er fing an, wirres Zeug über ballistische Theorien zu reden, eine eigene Philosophie draus zu machen. Und dann trug er immer die Handschuhe seiner Frau. Tag und Nacht.«
Walter starrte gedankenverloren über das Armaturenbrett hinweg, ohne gleich zu merken, dass die Ampel auf Grün gesprungen war. Schließlich fuhr er los.
Alexandra senkte betreten den Kopf. »Wie ist sie gestorben?«, fragte sie.
»An einer tückischen Krankheit«, antwortete Comello schnell, als wäre es ein einziges Wort. »Und er war nicht da, als es passierte, weil er beruflich im Ausland war. Die Schuldgefühle haben ihn fertiggemacht. Aber inzwischen geht es ihm deutlich besser. Ich würde sogar sagen, er ist bald wieder der Alte.« Er lächelte erneut mit diesem wohlwollenden Ausdruck in den Augen, und Alexandra erhielt eine Ahnung von der Verbundenheit, die zwischen ihm und seinem Vorgesetzten existierte.

Vier Kilometer weiter die Via Nomentana hinauf atmete Enrico Mancini den Schlammgeruch in dem alten Pumpenkeller des Aniene ein. Ein paar Meter unter der Grasfläche des Parks lagen die Rohrleitungen in das Licht getaucht, das durch die aufgeklappte Falltür hereinfiel. Bei seiner Ankunft hier unten hatte er sofort begriffen, dass dies die Höhle der Szylla war, ihr Gefängnis, bevor der Bildhauer sie bearbeitet und in diesem Rahmen des Ponte Nomentano ausgestellt hatte. Als er die Eisenleiter umklammert hatte, war deren Eiseskälte von seinen Händen bis zu den Ellbogen hinaufgeschossen, und dieses Gefühl hatte zusammen mit dem Geruch von Moder, Schlamm und noch etwas anderem ein Unwohlsein hervorgerufen, aus dem ein lästiges Pochen in den Schläfen geworden war.
Links von ihm stieg ein Gewirr aus Leitungen und Rohrschlan-

gen samt Hähnen und Thermostaten vom Boden zur Decke hinauf, wo es in der Wand verschwand. Rechts wachte ein lebloser Haufen aus weißem Fell über zwei menschliche Beine. An der Schnittstelle waren die Arterien, Nervenenden, Oberschenkelköpfe und weißen Sehnen in dem rosa Fleisch des dünnen vierköpfigen Schenkelstreckers freigelegt.

Von oben drangen die Stimmen der Mitarbeiter der Spurensicherung zu ihm herunter, die den Bereich abriegelten, während er noch näher an die Überreste des Opfers heranging. Mit seinen von Latexhandschuhen bedeckten Fingern hob er einen kleinen Hundekörper an, legte ihn zur Seite und besah sich die abgetrennten Gliedmaßen genauer. Die Schnittwunden schienen von einer schmalen, unebenen Klinge verursacht worden zu sein, genau wie die, die Rocchi an der Sirene ausgemacht hatte.

Einem der beiden Beamten, die inzwischen zu Mancini heruntergekommen waren, entfuhr ein Fluch des Entsetzens, bevor er begann, Fotos zu schießen. Als das Blitzlicht den Raum erhellte, entdeckte der Commissario rechts unten in der Ecke etwas, an dem sich der helle Schein brach. Er bückte sich, um es näher in Augenschein zu nehmen. In der Ecke, halb verborgen vom Geflecht der Leitungen, lag ein rotes Rechteck aus Papier, offensichtlich ein Flyer. Mit den Fingerspitzen zog er ihn heraus.

Es war die Werbebroschüre eines Einkaufszentrums der Gegend, nicht weit von seiner Wohnung entfernt. Vier Seiten mit Anzeigen der verschiedenen Geschäfte, kurzen Beschreibungen ihres Angebots und der Inhaber sowie Hinweisen auf die Sonderangebote des Monats Februar. Er wollte es schon den Kollegen zum Eintüten als Beweisstück geben, da stutzte er. Noch einmal schlug er die zweite Seite auf. Dort stand oben in auffälliger Goldschrift: SCHÖNE DINGE und darunter ANTIQUITÄTENHANDLUNG SCILLA GRIMALDI.

Und begleitet vom Klicken der Kameras der Kollegen um ihn herum rastete etwas im Kopf des Commissario ein. Möglicherweise eine erste echte Intuition seit Beginn dieser Mordserie. Ein entscheidender Hinweis? Er spürte, dass sich mit dieser

Abkürzung des Vornamens ein winziges Steinchen irgendwo in diesem noch unsichtbaren Mosaik eingefügt hatte, das sein Gehirn nach und nach zusammensetzte und das von einem Moment auf den anderen aus dem Dunst des Unterbewussten auftauchen würde.

Aber wann?, fragte er sich bedrückt.

31

Rom, Poliklinikum Umberto I, Gerichtsmedizin

Die Gedanken an diese Frau ließen ihn nicht los, fast wie ein Gegenmittel gegen die Kälte, die ihm zusetzte. Sobald er mit dieser Aufgabe hier im Institut fertig war, würde er zu Hause ein schönes heißes Bad nehmen und sich eine ordentliche Dosis seines biologischen Entspannungsmittels gönnen. Rocchi hatte keinen Hunger, aber er würde sein alltägliches Thunfisch-Tramezzino herunterwürgen, weil er in den letzten Wochen so abgenommen hatte. Seine Wangen waren eingefallen, und die Augenringe hinter seiner Brille waren dunkler und tiefer als gewöhnlich. Wenn die Obduktionen, die dieser Bildhauer-Fall mit sich brachte, abgeschlossen waren, würde er sich den turnusgemäßen ärztlichen Checks unterziehen und dann für ein paar Wochen verschwinden, wie immer. Diesmal allerdings keine norwegischen Fjorde und keine Nordlichter, er verspürte das Bedürfnis nach einem wärmeren Klima.

Bei einem dreimaligen Klopfen an der Milchglasscheibe der Tür zuckte er zusammen. Der Einzige, der nie an der Sprechanlage läutete, war der Commissario.

Er ließ Szylla, oder das, was von ihr übrig war, auf dem Obduktionstisch zurück. Bisher hatte er sie noch nicht angerührt, und zwar wegen dieser an den Beinstümpfen angebrachten Wassernattern. Reptilien waren seine Achillesferse, er konnte ihren Anblick nicht ertragen, geschweige denn sie anfassen. Er zog die Handschuhe aus und öffnete die Tür.

»Da sind wir«, sagte Mancini zur Begrüßung und schloss die Tür hinter der Frau in seiner Begleitung.

Rocchi wurde blass, als hätte er ein Gespenst gesehen. Alexandra gab ihm die Hand, er drückte sie kurz und ging dann sofort, noch ungelenker als sonst, zu seinem Schreibtisch, um den er schon fünf Stühle aufgestellt hatte.

Es läutete zwei Mal, woraufhin Mancini Ispettore Comello samt Professor Biga hereinließ, den dieser zu Hause abgeholt hatte.

»Professore.«

»Enrico«, antwortete der alte Herr mit gesenktem Blick. Unter der Tweedkappe, die auf seinem runden, kahlen Kopf saß, lugten spärliche, zerzauste weiße Haarbüschel hervor.

Mancini legte Walter eine Hand auf die Schulter. »Wie geht es Caterina?«

»Besser. Sie ist zu Hause, ich habe sie überredet, eine Woche Auszeit zu nehmen. Sie war nach diesem Chaos in der Kanalisation ziemlich fertig, und ich mache mir Sorgen, dass sie einen Rückfall in ihre Rattenphobie erleidet.«

»Das mit der Auszeit war gut. Kommt, setzen wir uns.«

Ohne andere Kollegen oder seine Vorgesetzten darüber zu informieren, hatte Mancini entschieden, dass hier und heute das Team wieder auferstehen würde, das schon im Fall des Schattenkillers zusammengearbeitet hatte. Die Einzige, die fehlte, war Staatsanwältin Giulia Foderà. Aber das war ein Thema, mit dem er sich zu einem anderen Zeitpunkt befassen würde.

Der Commissario war sicher, dass der kriminelle Geist, der dieses Museum der Toten erdacht und errichtet hatte, wieder töten würde, und zwar bald in Anbetracht der bisherigen Zeitabstände zwischen seinen Taten. Sechs Morde waren es nun, aber bei Szylla hatte Mancini endlich die Gegenwart des Mörders gespürt, oder war zumindest nahe dran gewesen. Leider war er für diese arme Frau zu spät gekommen. Seine Schulden bei Domenico Tomei hatte er mit einem großen Tablett neapolitanischen Gebäcks beglichen und ihn gebeten, weiterhin die Vermisstenfälle der letzten Tage sowie auch die neu hereinkommenden im Auge zu behalten.

Es wurde höchste Zeit, alle Informationen zusammenzutragen und dem Bildhauer zuvorzukommen.

»Warum haben Sie uns hierherbestellt, Commissario? Das ist... ekelhaft. Entschuldige, dass ich das so sage, Antonio«, sagte Walter achselzuckend.

»Schon gut.«

»Wir müssen den aktuellen Stand feststellen, und dazu brauche ich euch. Es sind bereits sechs Menschen gestorben. Ich... ich muss die verschiedenen Aspekte der Ermittlungen von allen Seiten beleuchten. Die Untersuchungen der an den Tatorten gesammelten Spuren haben keine ausreichenden Hinweise für neue Ermittlungshypothesen ergeben. Also, beginnen wir mit den Fakten. Antonio.«

Rocchi nahm seine Brille ab und rieb sich mit den Fingerknöcheln die Augen. Dann setzte er die Brille wieder auf und öffnete das PDF der vergleichenden Obduktionen auf seinem Laptop, wobei er sich bemühte, den Kopf möglichst hinter dem aufgeklappten Bildschirm zu versenken, um Alexandra nicht ansehen zu müssen, die sich ihm gegenüber gesetzt hatte.

»Was den zeitlichen Ablauf angeht, kann ich sagen, dass unser Täter seine Inszenierungen in allen Fällen innerhalb einer Stunde nach Eintritt des Todes vorgenommen hat. Später wäre das wegen der Totenstarre nicht möglich gewesen. Die ersten drei Mordfälle mit insgesamt fünf Opfern habe ich sinnigerweise ›Laokoon‹, ›Sirene‹ und ›Minotaurus‹ genannt.«

Rocchi scrollte abwärts.

»Die Obduktionsergebnisse bestätigen, dass der Gärtner und seine Söhne nacheinander einen Schlag auf den Kopf erhalten haben und ihnen anschließend, an Ort und Stelle, die Kehle durchgeschnitten wurde. Die Tochter des Tenors, unsere Sirene, ist ebenfalls an ihren Halswunden gestorben, auch wenn ich reichlich Wasser und Seife in ihrer Lunge gefunden habe. Dem Metzger-Minotaurus wurden noch bei lebendigem Leib durch Abtrennen der Zehen schwere Verstümmelungen an den Füßen zugefügt, er ist anschließend aufgrund einer Verletzung der Halsschlagader verblutet.«

»Und Szylla?«, fragte Mancini.

»Sie konnte ich noch nicht obduzieren«, antwortete Rocchi verlegen. Er konzentrierte sich wieder auf die Informationen auf seinem Bildschirm. »Ein gemeinsames Merkmal aller Leichen sind die Nägel. Die hat der Täter auch bei Szylla verwendet, um diese Nattern am Rumpf zu befestigen.«

»Das sind die Schlangen, die ihr in manchen Versionen des Mythos anstelle der Beine wuchsen, nachdem Circe – aus Eifersucht, weil der Meeresgott Glaukos die junge Nymphe ihr vorzog – das Meer dort vergiftet hatte, wo sie gern badete«, erklärte Alexandra.

Rocchi nickte, ohne sie anzusehen. »Die Nägel stellen also eine Verbindung zwischen allen Opfern dar, abgesehen vom Minotaurus, der, nach dem, was ich auf den Fotos der Spurensicherung gesehen habe, einfach auf einer Treppenstufe abgelegt wurde.« Er räusperte sich kurz. »Dann haben wir die Spuren auf der Haut der Leichen. Darunter die Hämatome. Den mineralischen Analysen zufolge wurden sie den dreien der Laokoon-Gruppe und dem Minotaurus mit einem Pflasterstein zugefügt. Damit hat der Täter sie betäubt beziehungsweise bewusstlos geschlagen, bevor er sie getötet und an den Ablegeort der Zurschaustellung gebracht hat.«

»Und bei Cristina Angelini?«, erkundigte sich der Professor, während er in dem schwarzen Büchlein blätterte, in dem er sich Notizen machte.

»Bei ihr ist er etwas anders vorgegangen. Nach den Malen am Hals zu urteilen, muss er sie von hinten überrascht und in den Schwitzkasten genommen haben, bis er sie fast erstickte. Aber es gibt auch zwei große Blutergüsse am Nacken. Die junge Frau hatte die Lungen voller Schaum, wie gesagt, aber den Tod herbeigeführt haben die beiden Schnitte von den Ohren bis zur Halsmitte, die symbolischen Kiemen. Gleich darauf hat er ihr die Stimmlippen herausgerissen...«

»Und Marcello Licata, der Metzger von der Piazza Vittorio?«, unterbrach ihn Walter.

»Der Minotaurus ist das interessanteste seiner Werke, denn

nur hier wurden die Verstümmelungen ante mortem ausgeführt.«

»Wieso das?«, fragte Biga perplex.

»Keine Ahnung. Wir haben gerade gesagt, dass dieser Bildhauer tötet und mit den Toten anschließend eine Inszenierung vornimmt. So geschehen bei der ›Laokoongruppe‹, der ›Sirene‹ und vermutlich auch bei ›Szylla‹«, antwortete Rocchi.

»In dem angesprochenen Fall des Minotaurus hingegen«, ergänzte Biga mit seiner sanften Stimme, »hat er sein Werk hergerichtet, bevor er das Opfer tötete?«

»Genau, Professore«, bestätigte Antonio.

»Dann ist das Bild, das ich mir gemacht hatte, nicht stimmig«, schlussfolgerte Biga und strich mit einem dicken Krakel aus, was er in sein Büchlein geschrieben hatte.

Auch Mancini wirkte aus dem Konzept gebracht, als ergäbe etwas plötzlich keinen Sinn mehr.

»Ein weiteres interessantes Element bezieht sich auf das, was wir die Geschichte der Körper nennen, ihre faktische Erzählung.« Rocchi lächelte, ohne dass es erwidert wurde. »Diese Leichen scheinen uns zu sagen, dass sie von zwei verschiedenen Händen malträtiert wurden.«

»Was meinst du damit?«, hakte Mancini nach.

»Die obduzierten Leichen weisen zwei Kategorien von Spuren auf. Solche von heftiger Aggression und wütender Grausamkeit beim Überfallen und Töten der Opfer, und solche, die überlegt wirken, kunstvoll herbeigeführt, zur Präsentation auf der Bühne dienend. Auf der einen Seite also ein blinder Zorn, was ich aus der Art schließe, wie die Kehlen durchtrennt wurden, aus den tiefen Schnitten und ausgeleierten Wundrändern und aus den Faustschlägen, mit denen er die Sirene traktiert hat, ehe er ihr in der Wanne den Garaus machte. Auf der anderen Seite die beherrschte Präzision der Verstümmelungen ante oder post mortem.«

Alexandra schwieg, beeindruckt vom Hin und Her der Argumente um diesen Schreibtisch. Sie betrachtete die Fotos von den

Opfern an den jeweiligen Fundorten, ließ ihren Blick ständig von einem zum anderen wandern.

»Genau das ist es, was mich auf die falsche Fährte geführt hat«, sagte Biga. »Wir haben eine umfängliche Kasuistik von Serientätern, die ihre Impulse unkontrolliert und brutal abreagieren, und die sich dann beruhigen und den Tatort herrichten, nachdem sie ihre Fantasie ausgelebt haben. Dagegen ist es geradezu ein Unikum, wenn es, wie im Fall des Minotaurus, umgekehrt abläuft.«

»Genau. In dem Fall hat er sein Opfer mit diesem Stierkopf vermummt und ihm die Füße verstümmelt, damit sie Rinderhufen ähneln. Erst dann hat er es ermordet, als wäre er von einer unbändigen Wut gepackt.«

»Entschuldigen Sie, Commissario«, meldete Alexandra sich jetzt entschieden zu Wort. »Es gibt ein wichtiges Element, das mir beim Betrachten der Fotos aufgefallen ist. Ich möchte Ihnen gerne meine Analyse unterbreiten, ehe wir fortfahren.«

»Wir hören.«

»Ich habe versucht, die Werke dieses sogenannten Bildhauers in Relation zueinander zu setzen.«

Sie sprach wie eine Studentin, hatte aber die Aufmerksamkeit der gesamten Runde für sich gewonnen. Comello zog eine Augenbraue hoch, während Rocchi sich gespannt vorbeugte. Biga und Mancini warteten mit skeptischen Mienen.

»Anfangs dachte ich, dass die Bühne, die er für die Darstellung seines Laokoon ausgewählt hat, die Galleria Borghese, eine direkte, wenn auch verborgene Verbindung zu der Geschichte des Werks oder den mythologischen Figuren haben könnte.«

»Stattdessen?«, warf Carlo Biga ein.

»Verzeihen Sie, Professore, ich möchte erst einmal zu Ende reden. Die Laokoon-Skulptur steht in den Vatikanischen Museen, es gibt jedoch Kopien in etwa einem Dutzend Museen rund um die Welt. Das Werk, egal in welcher Version, hat keinen vorgeschichtlichen Bezug zur Galleria Borghese. Ich habe eine intramuseale Recherche über Leihgaben und sämtliche Ausstellungen in den letzten fünfzig Jahren angestellt: nichts. Das Gleiche gilt für die Gestalt des Laokoon selbst, wie aus den klassischen Quellen hervorgeht, die ich konsultiert habe.«

»Aber die Sirene wurde auf diesem Eisberg für die Bären im Zoo gefunden«, sagte Walter, mit dem Finger auf das Foto von Cristina Angelini tippend.

»Ja, auch wenn dieser Berg aus Pappmaschee nicht gerade dem mediterranen Aufenthaltsort der mythologischen Sirenen ähnelt.«

»Und der Minotaurus? Warum in der Kanalisation?«

»Ich denke, dass das Kanalnetz dort unten für den Bildhauer ein Labyrinth darstellt, vergleichbar mit dem im Palast von Knossos auf Kreta, in das König Minos den Minotauros eingesperrt hatte«, antwortete Alexandra. »Die gleiche Denk- und Handelsweise können wir bezüglich der jüngsten Tat beobachten: Szylla war die Tochter der Nymphe Krataiis, ein Ungeheuer mit zwölf Beinen und einem Gürtel aus Hundeköpfen. Er hat es originalgetreu, ich würde sogar sagen wortgetreu, reproduziert und an dieser Flussbiegung des Aniene angebracht, als wäre das der kalabrische Felsen an der Straße von Messina der Sage.«

Wortgetreu.

Der Ausdruck verschob etwas in Mancinis mentalem Puzzle, aus dem er bisher noch kein Gesamtbild hatte gewinnen können.

»Worauf ich hinauswill, ist, dass es so aussieht, als hätte der Täter ein *Theaterstück* inszeniert, ein Drama, in dem er sein als Minotaurus gedachtes Opfer in aller Ruhe vorbereitete, das heißt verunstaltete, und dann tötete. Das ist für mich der rote Faden«, fuhr Alexandra fort und fixierte weiter das Foto des stilisierten Ungeheuers.

»Wir wollen uns jetzt nicht in Hypothesen verstricken, Dottoressa Nigro«, bremste Mancini sie und stand auf.

Auch sie erhob sich. »Der Mann, den die Presse ›den Bildhauer‹ getauft hat, ist auf der Suche nach einem Museum, in dem er seine Werke ausstellen und seine Geschichte erzählen kann. Einem symbolischen Museum selbstverständlich. Und dieses Museum ist Rom. Bislang kennen wir sein Motiv nicht, aber ich habe den

Eindruck, dass er in gewissem Sinne sein persönliches Meisterwerk schaffen will«, beharrte sie.

»Zumindest ist er auf der Suche nach einer großen Bühne«, warf Rocchi ein.

»Aber warum sollte er dann von der Galleria Borghese zur Kanalisation übergehen?«, fragte Biga kopfschüttelnd. »Nein, dahinter steckt keine Botschaft, er ist nicht auf ein Publikum aus. Er macht das alles nur für sich.«

Mancini begann umherzugehen. Er war unruhig und musste Klarheit in seine Gedanken bringen. »Die Frage ist«, dachte er laut, »haben wir es mit einem organisierten oder einem desorganisierten Killer zu tun? Sowohl als auch, wie Antonio eben dargelegt hat. Er ist gut organisiert, was sein Vorgehen betrifft, die Wachsamkeit, mit der er sich versteckt, und die Art und Weise, wie er seinen Opfern auflauert – das sind geplante, überlegte Angriffe. Und er sucht sie sehr gezielt aus, obwohl es, wie Walters Nachforschungen ergeben haben, durchweg Fremde für ihn zu sein scheinen.«

»Unseren Ermittlungen vor Ort und den Zeugenbefragungen zufolge kannten sie sich auch nicht untereinander«, fügte Comello hinzu.

»Organisiert ist vor allem auch die Art und Weise, wie er die Leichen herrichtet: durchdacht und auf jedes Detail achtend, unter Einsatz von Werkzeugen und logischen Fähigkeiten, wobei er seine Emotionen offenbar gut im Griff hat«, fuhr der Commissario fort.

Biga machte sich weiter Notizen, Rocchi krempelte seine Ärmel auf, und Comello und Alexandra folgten Mancini mit den Augen durchs Zimmer.

»Dann wieder scheint er das Gegenteil zu sein, nach der Heftigkeit zu urteilen, mit der er seine Opfer niederschlägt, diese abrupten Gewaltausbrüche, mit denen er sich an ihnen austobt.«

»Ein desorganisierter Killer«, bemerkte Alexandra.

»Genau«, sagte Mancini, den Blick gedankenverloren in eine Zimmerecke gerichtet.

»Enrico, was hast du im Sinn?«, wollte Biga wissen.
»Wir haben Interpretationshypothesen für ein psychologisches Profil, Tatortspuren, einige objektive Anhaltspunkte. Und eine Reihe von Opfern, die zweifellos noch länger wird.«
»In welche Richtung ermitteln wir?«, fragte Alexandra.
»Ja, Commissario, wie gehen wir vor? Ich halte es nicht aus, hier drinnen herumzusitzen«, platzte Comello heraus.
»Gehen wir von den konkreten Fakten aus, den Opfern. Heute wird die Trauerfeier für Priscilla Grimaldi in der Kirche Santi Angeli Custodi in Monte Sacro abgehalten.«

Die Zeremonie würde ohne die Leiche der alten Dame stattfinden, die aufgrund der noch anstehenden Autopsie nicht freigegeben war und wegen des Zustands, in dem sie sich befand, ohnehin nicht aufgebahrt werden konnte.

»Nimm zwei Leute mit und seht euch dort um«, sagte Mancini zum Ispettore. »Überprüft alle, die allein dort auftauchen. Wir können nicht ausschließen, dass der Täter dabei sein will, wenn eins seiner Opfer der Ewigkeit überantwortet wird.«

»Nach welchem Typ suchen wir?«

»Männlich, weiß, Einzelgänger.«

»Und was machen wir anderen?«, fragte Alexandra.

»Sie machen mit Ihren Recherchen über die Symbolik der Inszenierungen weiter. Du, Antonio, obduzierst Szylla, und zwar rasch. Wir treffen uns später zu einer weiteren Besprechung. Jetzt habe ich zu tun«, sagte Mancini mit einem Blick auf seine Armbanduhr.

32

Rom, Monte Sacro

Der Spezialist von der Abteilung für Tatortbegehung und Spurensicherung, kurz ERT, betrat die Polizeiwache von Monte Sacro mit einer Aktentasche aus dunkelbraunem Leder unterm Arm, nachdem er sein Auto wie angewiesen ein Stück vom Mitarbeiterparkplatz entfernt abgestellt hatte. Er ging bis zum Ende des Flurs, klopfte an die Tür dort und trat ein.

Im Büro des Commissario herrschte Chaos. Der Schreibtisch, der Couchtisch auf der anderen Seite des Zimmers, die Nische mit der Kaffeemaschine und das Ledersofa waren allesamt mit Papieren bedeckt. Mancini, der den Besucher noch nicht bemerkt hatte, lief von einer Ecke zur anderen und murmelte dabei Unverständliches. Als der Beamte die Tür hinter sich schloss, drehte der Commissario sich ruckartig um. Sein Gesicht war blass und hager, hatte einen Bartschatten und einen undeutbaren Ausdruck, der mit einem seltsamen Leuchten einherging.

»Hat dich auch niemand gesehen?«

Obwohl die Heizung an war, hielt sich im Raum hartnäckig ein feuchter Geruch. Er kam aus den vergilbten Wänden und machte zusammen mit der Heizungswärme die Luft unerträglich. Der Commissario hatte seine Krawatte abgelegt und auch die obersten beiden Knöpfe seines schwarzen Hemds geöffnet.

»Mich hat niemand gesehen, Dottore. Ich habe Ihnen die Fotos mitgebracht«, antwortete der Mann und ging auf den Schreibtisch zu, aber Mancini hielt ihn mit erhobener Hand zurück.

»Warte, wir setzen uns besser hierhin«, sagte er und zeigte auf die einzige freie Ecke.

Der Experte, ein Mann in den Fünfzigern mit Schnurrbart und einem hellblauen gestreiften Hemd über einer beigen Hose, zog eine Mappe aus seiner Tasche. Einer von diesen Typen, dachte Mancini, die ohne ihren Bart ein Allerweltsgesicht hätten, so aber die jovialen Züge eines mexikanischen Drogenhändlers annehmen.

»Dottore, ich habe eine Kopie für Sie gemacht und werde die Weiterleitung der Bilder an die zuständigen Stellen hinauszögern«, sagte er augenzwinkernd.

»Kein Wort zu niemandem, bitte.«

»Sie können ganz beruhigt sein. Dottor Gugliotti hat mich schon zweimal vom Dienst suspendiert, da verstehen Sie sicher, dass diese kleine Sache unter uns mir Genugtuung bereitet.«

»Okay. Was haben wir?«

»Ich wollte Ihnen diesen Ausschnitt hier zeigen. Er stammt aus den Aufnahmen in der Pumpenstation am Aniene.«

Er zog ein Foto heraus, das etwas größer als eine Ansichtskarte war und den dunklen Hintergrund der Wände und des Fußbodens zeigte, vor dem sich das glänzende Leitungssystem abhob.

»Es ist nicht sehr deutlich, aber ich dachte, es könnte Sie interessieren.«

Der Commissario nahm das Foto und hielt es sich dicht vor die Augen. Auf den ersten Blick konnte er nichts Ungewöhnliches erkennen, also betrachtete er es noch einmal systematisch von oben nach unten, angefangen bei der linken oberen Ecke. Fast eine Minute verstrich schweigend. An der unteren rechten Ecke angekommen, legte er das Bild ab und stand auf.

»Mein Gott. Was ist das?«

Vierzig Minuten später stieg Mancini zum zweiten Mal die Leiter in den Pumpenkeller hinunter. Er hatte die Taschenlampe nicht finden können, die normalerweise in seiner Schreibtischschublade lag, und musste sich nun mit dem Licht von seinem Handy behelfen. Den Lukendeckel oben hatte er offen gelassen, und so tastete er sich nun in dem Gewirr der Rohre vorwärts. Was er auf dem

Foto gesehen hatte, konnte auch einfach ein Schattenspiel oder ein Rostfleck sein, aber er musste sichergehen. Er kletterte über drei nebeneinanderliegende Rohrleitungen hinweg und stieß auf eine ebenfalls horizontal verlaufende Leitung in Brusthöhe, deren Durchmesser etwa das Dreifache der anderen betrug.

Mancini führte den angeschalteten Handybildschirm von links nach rechts über die drei Meter lange Röhre, die in der Wand verschwand. Dreißig Zentimeter vor der Einmündung hielt er inne und näherte seine Hand der gewölbten Oberfläche.

In diesem Moment dröhnten die ersten Töne von Beethovens Fünfter durch den engen Raum wie Donner. Mancini zuckte zusammen, ging aber nicht ran, sondern hielt das Licht noch näher an das Rohr. Auf der metallischen Krümmung war ein etwas hellerer, regelmäßig geformter Belag zu erkennen. Er stellte sich als ein rechteckiges Stück Papier heraus, das durch die Feuchtigkeit dort kleben geblieben war.

Das Handy hörte auf zu klingeln, und die Beleuchtung wurde schwächer. Er aktivierte sie hastig wieder und hielt das Gerät so, dass der Schein von rechts auf das Blatt fiel.

Ein erneutes Klingeln riss ihn aus seinem Tun, und dieses Mal meldete er sich.

»Ja?«, schnauzte er.

»Wo sind Sie, Commissario?« Die Stimme am anderen Ende klang wie ein fernes Echo.

»Ist nicht wichtig, Walter. Was gibt's?«

»Die Jungs von der Spurensicherung haben mich gerade angerufen. Sie haben an den in dem Pumpenkeller gesammelten Beweisstücken neben Blut von Priscilla Grimaldi und Hundehaaren auch Spuren von frischem Kerzenwachs gefunden.«

Mancini leuchtete mit dem auf Lautsprecher gestellten Handy um sich herum. Herrgott. Also war das nicht bloß das Gefängnis von Szylla gewesen...

»Dottore, hören Sie mich?«

»Sprich weiter, Walter.«

»Und sie haben noch etwas festgestellt: Bei der Untersuchung einer Probe von Erde und Schlamm wurden Moleküle von gelatinierter Stärke ermittelt. Brot, Commissario. Haben Sie verstanden?«, sagte Comello, bevor die Verbindung zusammenbrach.

Der Akku des alten Handys war leer, aber Mancini hatte die Nachricht noch gehört. Von einem plötzlichen Unbehagen befallen, kroch er aus dem Stahlgeflecht heraus und trocknete sich die Stirn mit dem Ärmel. Er hatte verstanden, ja, aber jetzt wollte er es auch mit seinem geistigen Auge *sehen*. Er musste bei den Fakten anfangen, den wissenschaftlichen Daten, den gesicherten Beweismitteln, den Obduktionsergebnissen, den Ermittlungen im Umfeld, und dann zu einer Rekonstruktion der Vorgehensweise übergehen. Etappen einer Strecke, die ihn zu einer endgültigen Vorstellung führen würde. Doch zuvor musste er die Erde am Tatort unter seinen Füßen spüren, die Luft schnuppern, sie fühlen. Das war sein erster Kontakt mit dem Mörder. Eine indirekte Verbindung, die ihm dazu diente, sich auf das Geschehen einzustellen, die Stimme des Verbrechens zu hören, die Schritte des Killers wahrzunehmen, bis die phantomhafte Präsenz sich in seinem Bewusstsein manifestierte. Als ein Abbild. Das alles erforderte absolute Konzentration und Ruhe am Tatort, weshalb er stets versuchte, ihn als Erster und allein zu betreten. Unglücklicherweise waren die Todesorte bisher für ihn stumm geblieben.

Er lehnte sich mit dem Rücken an die Leiter und schloss die Augen. Die Opfer, die Tatorte, die Blitzlichter, die weißen Overalls, alles fügte sich zu einem Wirbel von Bildern zusammen, bis er die Augen plötzlich wieder aufschlug. Er spürte eine vertraute Wärme von seinen Fingerspitzen bis hinunter zu den Füßen ausstrahlen, durchlief eine Art Verwandlung, durch die er zu einem Teil der Umgebung, dieses Orts wurde, als wäre er ein Gegenstand. Nur so konnte er *sehen*, als ein Ding, das die Tat bezeugt hatte.

Und er sah ihn.

Er sah ihn hereinkommen, er war es, sein Täter. Es gelang ihm nicht, das Gesicht zu erkennen, aber er wusste, dass nur er es sein konnte. Er kam durch die Luke herunter, und Mancini folgte dieser Vision, die umherging, die Kerzen anzündete, in das Brot biss, von dem Krümel herunterfielen, und sich zu der Ecke umdrehte, in der Priscilla Grimaldi gefesselt lag.

Mancini ließ den Blick zwischen den Leitungen umherwandern, einen abwesenden, blinden Blick. Er erahnte die behutsame, fast zärtliche Geste, mit der dieser Mann das Blatt an dem Rohr hatte anhaften lassen. Diese Zeichnung von Szylla, den Hundeköpfen und den Schlangen. Das Bild verschwand, und Mancini schüttelte sich. Er lehnte nicht mehr an der Leiter, sondern saß auf der Erde, nahe bei der breiten quer verlaufenden Röhre. Endlich hatte ihn wieder eine empathische Vision überkommen, doch die Fragen vervielfachten sich dadurch nur. Warum hatte der Bildhauer dieses Blatt dort abgelegt? Hatte er die Skizze selbst angefertigt? Und wenn ja, wozu?

33

Gordischer Knoten, blendend und belebt,
Zinnober, golden, grün und blau gefleckt.

John Keats, *Lamia*

Gegen Ende des neunzehnten Jahrhunderts stand im Park Villa Torlonia die Capanna Svizzera, ein Schweizer Chalet. Im Laufe der Jahrzehnte erfuhr das rustikale Haus viele An- und Umbauten, sodass es heute ein kurioses Gebäude mit überdachten Balkons, Erkern, Bogengängen, Säulchen und Türmchen ist. Die prächtigen Jugendstilfenster, die Schieferdächer und die bunten Majoliken haben nicht nur für eine Änderung des Aussehens, sondern auch des Namens gesorgt: Casina delle Civette, Eulenhäuschen.

Über einem Nebeneingang prangt das Motto des Fürsten Alessandro Torlonia: SAPIENZA E SOLITUDINE, Gelehrsamkeit und Einsamkeit. Hinter dieser Tür vervielfachen sich die Nischen und Flure zu einem Irrgang ineinander verschachtelter Räume, und es stellt sich unmittelbar das Gefühl ein, sich in einer Theaterkulisse zu befinden, die einen spektakulären Effekt von Täuschung und Unwirklichkeit erzeugt. Hier wird das Künstliche, das Unnatürliche gefeiert. Die Atmosphäre, welche die von April bis Oktober kommenden Besucher umgibt, wird von Magie und Symbolkraft bestimmt. Eine fast erdrückende Aufeinanderfolge von esoterischen Themen in der Innengestaltung, auf Möbeln und Fensterscheiben, umfasst sowohl geometrische Motive als auch eine endlose Zahl von Pflanzen, Früchten, Blumen, Schwänen, Schwalben, Pfauen. Und überall sind Eulen zu sehen. In den Wandfresken, auf den Säulen, an den Fenstern. In dem großen Buntglasfenster im Erdgeschoss sind zwei stilisierte Exemplare zwischen Efeuranken dargestellt. Diese beiden scharfsichtigen Raubvögel haben gelbe strenge Augen mit einem vieldeutigen Kristallblick, der nach innen die Geheimnisse der Casina delle Civette durchschaut und nach außen das Dunkel der Nacht durchdringt.

Draußen im Park hat Mussolini drei Luftschutzkeller bauen lassen, und hinter dem Eulenhäuschen gibt es zusätzlich eine unterirdische Notunterkunft, gebaut für die damalige Dienerschaft. Die Tür ist mit einem Vorhängeschloss gesichert, doch es ist weniger eine Tür als ein durchlässiges Eisengitter, dessen Stäbe dreißig Zentimeter auseinanderliegen. Katzen und streunende Hunde finden dort Unterschlupf, und hin und wieder auch ein Obdachloser.

Seit einigen Nächten wohnt dort der Jäger.

Denn es besteht kein Zweifel daran, dass das Eulenhäuschen die Wohnstatt der Kreatur ist, die schon seinen Schlaf im Kloster störte. Die ihn in der Kälte zittern ließ und auch die Flämmchen in seiner kargen Zelle schüttelte. Dieses nächtliche Ungeheuer, das von jeher auf ihn wartet.

Er hat sich auf die Lauer gelegt, und eines Abends hat er sie gesehen. Lamia, die auszog, um Neugeborene aus ihren Wiegen zu rauben. Er erinnert sich an ihr grauenerregendes Gesicht und die schrecklichen Raubvogelflügel. Zwei Abende lang hat er ihre Bewegungen in dem burgähnlichen Haus verfolgt, das sie bewohnt. Hat im Kopf die Zeit bemessen. Fünfmal hat er bis hundert gezählt, dann ist die Tür mit den gelben und roten Rosen in den Glasscheiben wieder aufgegangen, und sie hat das Dickicht der Palmen durchquert, um sich auf die Jagd nach Kindern zu machen.

Während sie draußen war, ist er in das Haus eingedrungen und hat sich jede dunkle Ecke angesehen, und nun, da sie wieder drin ist, kann er sich zu ihr wagen. Er muss sie dort oben richten, in dem Türmchen, im Salon der Satyrn, wo die Schnecken aus Gips die Wände hinaufkriechen, auf den Stuck zu, der die kleine Glaskuppel umrahmt.

34

Rom, Polizeiwache Monte Sacro

»Ich bin's«, flüsterte die Stimme.
»Ja?«
»Schrei nicht so! Ich hab mich im Klo der Zentrale eingeschlossen.«

Mancini hatte Mimmo gebeten, ihm jede Vermisstenanzeige im Bereich zwischen der Porta Pia bis Monte Sacro zu nennen, also in einem weitaus größeren Gebiet als das, welches zuvor überwacht worden war. Und nun war wie erwartet eine Anzeige eingegangen, was er sich gleich gedacht hatte, als das Telefon geklingelt und Domenico Tomeis Name angezeigt hatte. Der Kollege handhabe alles wie versprochen »streng vertraulich«.

»Okay, schieß los.«

Die angstvolle Unruhe war wie üblich der Preis, den man in seinem Beruf bezahlte, aber dass sie ihn nun wieder begleitete, dass er geradezu auf sie gehofft hatte wie auf eine notwendige, nervöse Energie war ein Zeichen dafür, dass sich etwas verändert hatte. Außerdem wusste er, dass auch wenige Minuten entscheidend sein und ein Leben retten konnten.

»Ich habe vorhin eine Anzeige aus der Einsatzzentrale reinbekommen, wo ein alter Freund von mir sitzt. Es geht um eine neununddreißigjährige Frau. Sie wurde zuletzt von ihrem Mann gesehen, der auch den Notruf verständigt hat. Er sagt, sie ist gestern Abend um achtzehn Uhr aus dem Haus gegangen und noch nicht zurückgekommen.«

»Könnte alles Mögliche sein, ein Unfall, mit einem Liebhaber durchgebrannt, was auch immer, aber im Moment muss ich jedem Anhaltspunkt nachgehen«, dachte Mancini laut.

»Sicher. Außerdem sind seit der Meldung schon einige Stunden vergangen.«

Mancini wusste, worauf Tomei anspielte: Die Anzeige würde innerhalb von zweiundsiebzig Stunden nach dem ersten Anruf des Ehemannes von der Koordinierungsstelle der Polizeiwache in Nomentano an alle Dienststellen weitergeleitet werden. Dann würde der Tanz sofort losgehen und Mancini nicht mehr in Ruhe arbeiten können.

»Verstehe. Wie heißt die verschwundene Frau? Was macht sie beruflich?«

»Maria Taddei. Der Mann hat angegeben, dass sie im Winterhalbjahr den Gebäudekomplex im Park Villa Torlonia als Hausmeisterin betreut.«

Ein weiteres Puzzleteil fügte sich ein. »Gut. Danke, Mimmo«, sagte Mancini gedankenverloren, doch der andere hatte schon aufgelegt.

Seit zwei Stunden regnete es stark, und es wurde bereits dunkel.

Walter betrat mit einem lauten Niesen das Büro und schniefte.

»Entschuldigung.«

Mancini beachtete ihn nicht, sondern kramte in seiner Schreibtischschublade. »Wir treffen uns in fünf Minuten am Auto.«

»Wohin fahren wir, Commissario?«

»Zur Casina delle Civette.«

»Aber der Park schließt in einer halben Stunde.«

»Eben.« Mancini schob etwas unter seinen Trenchcoat und schloss die Schublade wieder ab.

Zwanzig Minuten später hatten die beiden Polizisten den Parkwächter gefunden, der im Besitz der Schlüssel zum Eingangstor war.

»Das andere Paar hat die Hausmeisterin der Casina delle Civette. Aber sie muss krank sein, denn gestern Abend ist sie nicht aufgetaucht«, sagte der Mann achselzuckend.

»Geben Sie mir die Schlüssel«, erwiderte Comello. »Heute Abend schließen wir ab.«

Sie steuerten sofort auf den hinteren Teil des Parks zu, Mancini unter seinem schwarzen Schirm voran und Comello zwei Schritte dahinter, die Kapuze seines dunkelblauen Anoraks über dem Kopf. Der Commissario sah sich nach rechts und links um, als suchte er nach etwas. Sie passierten den Außenzugang zum Luftschutzbunker unter dem Casino Nobile, Mussolinis ehemaliger Residenz, ein aus dem neunzehnten Jahrhundert stammender tempelartiger Monumentalbau aus weißem Marmor mit dorischen Säulen und antiken Statuen. Die Stahltür des Bunkers war verriegelt.

Als sie das Eulenhäuschen erreichten, hatte es aufgehört zu regnen. Feine Nebeltröpfchen schwebten zwischen den beiden Straßenlaternen vor dem Haus, das in der Dunkelheit einen bizarren und uralten Eindruck machte – viktorianisch, dachte Mancini, Hexenhaus aus Hänsel und Gretel, bemerkte Comello.

»Geh links herum und behalt das Haus und den Park im Auge«, sagte der Commissario.

Der Ispettore machte sich mit schnellen Schritten auf den Weg, und Mancini tat es ihm in die andere Richtung nach. An der Rückseite angekommen, blieb er stehen und betrachtete die Buntglasfenster im oberen Teil, von deren Sims ihn Vögel argwöhnisch musterten. Etwa zwanzig Meter entfernt, unterhalb eines Erdwalls mit einer Gruppe von Bäumen darauf, sah er eine mit einem Eisengitter versperrte Öffnung. Er ging hin und warf sich mit der Schulter dagegen, bemüht darum, möglichst wenig Lärm zu machen. Das Schloss gab sofort nach.

Walter hatte die Rückseite fast erreicht, als er von oben den Schrei eines Vogels hörte, vermutlich den eines Raben. Er ließ den Blick über die Dächer und Fialen aus Schiefer wandern und versuchte, durch die mit Farben und Symbolen überladenen Fenster des Erdgeschosses hindurchzuspähen. Dann drang erneut dieser Schrei zu ihm herab, und er suchte hastig, getrieben von einem dumpfen Panikgefühl, die Konturen des Hauses nach der für den Vogel typischen schwarzen Silhouette ab.

Der Commissario begutachtete unterdessen die Tuffsteintreppe, deren Stufen in der Dunkelheit des Bunkers verschwanden. Langsam stieg er fünfzehn Tritte hinunter, wo er die gassichere Tür offen vorfand. Dahinter lag ein drei mal zwei Meter großer, in den Fels gehauener Raum mit niedriger Gewölbedecke. Er bemerkte ein paar Pappkartons, die einem Obdachlosen als Bett gedient hatten, sowie mehrere leere Tetrapaks Wein, von denen noch immer der scharfe Geruch der Sulfite in die modrige Luft aufstieg. Die Luftfiltersysteme waren ausgeschaltet, die dicken Aluminiumröhren stumm. In einer angrenzenden Kammer gab es ein kleines Klosett, das nach Urin stank. Wieder musste sein Handy als Taschenlampe herhalten. Er leuchtete nach oben, über die Steindecke, und unten über den Boden. Auf einem Wandvorsprung in der Toilette erschienen im Lichtstrahl die Stummel von fünf weißen Kerzen. Er befühlte sie mit dem Daumen, sie waren kalt.

Er sah sich weiter um, auf der Suche nach dem, was er zu finden hoffte oder fürchtete. Nichts. In einem Gang weiter hinten führte eine Eisenleiter meterhoch durch einen Schacht, in den der schwache Schein einer Straßenlaterne fiel. Er steckte das Handy ein, umfasste mit einer Hand eine Sprosse und mit der anderen den Rahmen der Leiter und stieg hinauf, bis ihm plötzlich ein Gedanke kam. So schnell er konnte stieg er wieder hinab, riskierte sogar zu fallen. Er ging zurück in den Hauptraum und richtete das Nokia mit ausgestrecktem Arm nach oben. Dann stellte er sich auf die Zehenspitzen, sodass er fast bis an das Belüftungsrohr reichte, das er nun ableuchten konnte. Und auf das stieß, was er vermutet hatte.

Beim dritten Mal war der krächzende Schrei noch lauter, aber da hatte Walter schon beschlossen, ins Haus zu gehen. Der Hauptschlüssel des Wächters öffnete die Tür mit einem metallischen Klicken, das einige Sekunden lang in dem holzgetäfelten Vorraum nachhallte. Er ließ die Tür offen und ging direkt auf die große Treppe zu. Die Taschenlampe machte er nicht an, um seine Anwesenheit nicht zu verraten. Doch die Gummisohlen seiner Turnschuhe schmatzten ein paarmal auf den Stufen, ehe er den Treppenabsatz erreichte. Von dort gingen drei kleinere Treppen ab, die in leicht ansteigende Korridore mündeten.

Unter der Erde starrte Mancini auf ein weißes Blatt oder vielmehr auf die Zeichnung darauf: eine Frau mit großen, auf dem Rücken zusammengefalteten Flügeln. Sie kniete vor einer Wiege, ihr Mund war zu einem bösartigen Ausdruck verkniffen. Als das letzte Mosaiksteinchen an seinen Platz fiel, wusste Mancini, dass keine Zeit zum Überlegen blieb, und rannte los. Die Tür an der Rückseite des Eulenhäuschens stand offen, und er stürzte hindurch, wobei die Schöße seines Trenchs um seine Beine flatterten und die Absätze seiner Stiefeletten auf den Boden hämmerten.

Comello war derweil die mittlere Treppe hinaufgestiegen, die in das runde Turmzimmer führte. Dort war es trotz der kleinen Buntglaskugel dunkel, und in dem Moment, in dem der Ispettore einen Fuß hineinsetzte, hörte er drei verschiedene Geräusche. Einen gutturalen, halb erstickten Schrei irgendwo vor sich. Laute Tritte aus dem unteren Stockwerk. Und zuletzt ein Rascheln. Das ihm keine Zeit ließ, die Waffe aus dem Holster zu ziehen.

Mancini nahm den Aufgang, aus dem er etwas gehört hatte. Er stürmte hinein, zog den Colt M1911 aus dem Oberschenkelholster und schoss ohne zu zögern nach oben. Das grünliche Licht des Mündungsfeuers ließ die Szene zu einem Stillleben gefrieren.

Walter lag auf dem Boden und wehrte sich mit erhobenen Armen gegen die Schläge eines Mannes, der auf seiner Brust kniete. Der aschblonde Kopf des Killers schimmerte, und seine Augen reflektierten den Blitz der Explosion wie die einer Katze, die von Autoscheinwerfern überrascht wird.

Der erste Schuss zeigte nicht die erhoffte Wirkung, nämlich das Gleichgewicht der Kräfte dort auf dem Boden aufzuheben. Doch Mancini konnte nicht noch einmal feuern, er hätte Comello treffen können oder die Gestalt, die er flüchtig hinter den Kämpfenden gesehen hatte. Auf einem Stuhl saß eine Frau mit langen blonden Haaren, ihre Hände waren mit einem Seil, das auch durch ihren Mund lief, auf den Rücken gefesselt. Sie zerrte daran und schien die Augen vor Angst geschlossen zu haben.

»Halt!«, brüllte Mancini.

Er konzentrierte sich darauf, nicht die Glaskuppel zu treffen, und gab einen weiteren Schuss in die Luft ab. Der zweite Blitz belichtete eine fast identische Szene.

Fast.

Die Frau auf dem Stuhl hatte den Kopf nach hinten geworfen, und ihr Mund war wie zum Schrei weit aufgerissen. Comello lag noch in der gleichen Position wie vor ein paar Sekunden auf dem Boden, jedoch reglos und mit geschlossenen Augen. Er hatte aufgehört zu kämpfen.

Weniger als zwei Meter vom Commissario entfernt setzte der katzenartige Schemen zum Sprung an die Kehle seiner Beute an. Und die Beute war diesmal er.

35

Er hatte sie gepackt, bevor sie auch nur einen Mucks machen konnte.
Sie kam noch nicht einmal dazu, ihn zu bemerken, diese verdorbene Frau. Er hatte ihr nur mit seinem Stein in den Nacken schlagen müssen. Jetzt sitzt sie dort auf dem Stuhl, an den er sie gefesselt hat. So, wie man es ihm im Kloster bei der Vorbereitung des Lamms für das Ostermahl beigebracht hat.
Bevor sich alles veränderte.
Seit er draußen ist, also schon seit drei Jahren, hat er gelernt, stark zu sein. Zumindest vor der Stadt hat er jetzt keine Furcht mehr. Rom, die Stadt der Toten, hätschelt ihn in ihrem Schoß aus unterirdischen Gängen und Kammern und Katakomben. Er hat gelernt, sie zu lieben. Als wäre sie seine große Zelle. Es ist ihm gelungen, sich ein Netz aus Orten und Personen zu schaffen, die ihm geholfen und ihn verpflegt haben. Doch niemand weiß von seiner Mission, niemand würde sie verstehen. Niemand würde dem Verfolger der Ungeheuer vergeben, falls bekannt würde, was er nachts treibt, wenn er mehr Angst hat denn je. Wenn er sich aufmacht, um seine monströse Beute aufzuspüren.
Die Erinnerung an das Buch der Mythen im Kloster ist sehr klar, und er weiß, dass er ausgeführt hat, was dort geschrieben steht, dass er sein Werk beinahe vollendet hat. Auch das von heute Nacht hat er deutlich vor Augen, denn wie jedes Mal hat er das Geschenk des Pater Superior, das Heft mit den weißen Seiten, dazu benutzt, die Jagd vorzubereiten. Er ist gerade dabei, seine Lamia fertig zu skizzieren. Die Zeichnung gleicht der Abbildung von der hellenischen Skulptur in seinem alten Buch, auf der die Kreatur ein Kind in den Armen hält, ihre Flügel halb ausgebreitet und die wild-

zerzausten Haare mit einer Knochenspange in Form eines Totenschädels zurückgebunden.

Auch für diesen armen Kleinen wird sie bezahlen, sagt sich der Jäger erneut, während er spürt, wie die Wut in seinen Eingeweiden rumort. Sie war bewusstlos, und ihr Kopf hing baumelnd herab, als er ihr die langen Haare nach hinten gestrichen und die Fingernägel seiner rechten Hand in ihre Augenhöhle drückte. Den Augapfel zwischen Daumen und Zeigefinger hielt. Da hat er ihn gehört, den furchtbaren Schrei der Lamia, entsetzlich wie die Hölle, der sie entstammt, gebrochen von dem Strick um ihren Mund.

Hiernach werden die letzten drei drankommen. Noch drei weitere Ungeheuer, dann wird er nach Hause zurückkehren. In sein Zuhause im Kloster, zum Pater Superior, dem einzigen Menschen, der ihn immer geliebt hat. Er schließt die Augen und gibt sich der Wärme seiner Arme hin, die er spürte, wenn er ihm als kleinem Jungen aus der Bibel und dem Buch der Mythen vorlas, mit seiner sanften, leicht heiseren Stimme, die ihn in den Schlaf wog. Er sieht sich unter der Decke liegen, die Kerzen gelöscht, und meint, wieder die Worte des Paters zu hören: »Hab keine Angst, sei brav, die Geschichte von heute Abend erzähle ich dir ganz leise.« Dann das Lächeln des Paters, mit vorgeschobener Unterlippe. »Wir wollen doch nicht die Dinge wecken, die im Dunkeln leben, stimmt's?«

Da, das Zittern stellt sich ein, das erste Zeichen der Verwandlung.

Er steht auf und macht sich bereit. Die Frau auf dem Stuhl windet sich, versucht, sich zu befreien und zu schreien, und das beschleunigt den Prozess, befeuert seine Wut. Er blinzelt, seine Lider fangen an zu flattern.

Die gefesselte Frau verschwindet.

Sie macht Lamia Platz, der Vogelfrau, der Vampirfrau. Von oben sind ihre Raben zu hören, sie schlagen mit den Flügeln gegen die Glaskuppel, es sind Dutzende, glänzend schwarz wie der Tod. Sie sind hier, um ihn aufzuhalten.

Lamia sitzt auf ihrem Thron, der Blick ruht in ihrem Schoß. Die

Laute, die sie von sich gibt, sind die eines tiefen, blinden Schlafs. Der Jäger wird sich das zunutze machen.

Er setzt sich in Bewegung, als ihn ein Geräusch von hinten herumfahren lässt. Ein riesiges dunkles Wesen, wie eine enorme Fledermaus, starrt ihn an. Es kommt auf ihn zu, um ihn zu stoppen, und da duckt sich der Jäger wie eine Katze, bevor sie die Taube anspringt, und stürzt sich auf das Untier. Er muss ihm die Brust aufschlitzen. Doch als seine bewaffnete Hand zustoßen will, um das Fleisch zu zerfetzen, macht es einen Satz rückwärts. Das Riesenwesen fällt, und er wirft sich darauf, packt den Stein und schlägt damit auf den Kopf, während es sich mit den Händen zu schützen versucht.

Da schlägt er ihm die Schläfe ein, und gleich wird er ihm sein altes Messer in die verfluchte Kehle stoßen.

Doch er kommt nicht dazu. Ein grüner Blitz erhellt das runde Zimmer, und ein nie gehörter Donner zerreißt sein Trommelfell.

Noch einer von Lamias Wachen ist gekommen, um sie zu retten. Wer ist es diesmal?

Er darf nicht unterliegen. In seinen Ohren pfeift es – ist er dabei, wieder zu sich selbst zu werden? Die Verwandlung kehrt sich um. Das darf nicht sein, er muss zuerst Lamia töten. Da lässt der schwarze Mann an der Schwelle einen neuen Donner los, und die Wut schüttelt den Jäger wie nie zuvor, sodass er in diesen Albtraum zurückstürzt. Inmitten der Schemen seines verzerrenden Blicks ist nur eines klar: Er muss das neue Ungeheuer, das er da vor sich hat, überwinden.

Den Herrscher des Chaos.

36

Rom, Poliklinikum Umberto I, Gerichtsmedizin

»Woher wusstest du, dass er in der Casina delle Civette zuschlagen würde?«

Mancini stand am Fenster, die Hände auf das Sims gestützt und den Blick auf den zunehmenden Verkehr unten gerichtet. »Ich wusste es nicht, Antonio. Ich habe zwei Hinweise und eine Ahnung zusammengefügt, mehr hatte ich nicht. Doch das hat nicht gereicht. Dieser Scheißkerl ist entkommen.«

»Du hast die Frau gerettet«, betonte Rocchi und deutete mit dem Kopf auf das Zimmer mit der Nummer 6 hinter ihnen.

»Das war Walter«, erwiderte Mancini und drehte sich zu Comello um. Der Ispettore hatte eine Platzwunde an der Augenbraue, die gerade in der Notaufnahme drei Etagen tiefer genäht worden war.

»Commissario, wenn Sie nicht gekommen wären, hätte der mir mit seinem Stein den Schädel eingeschlagen.«

Sie befanden sich im Poliklinikum Umberto I, wenige Hundert Meter vom Park Villa Torlonia entfernt. Auch Alexandra war gekommen. Auf dem Treppenabsatz erschien nun der Ehemann der eingelieferten Frau, der verwirrt wirkte. Er trat zu Comello und den Commissario, um sich bei ihnen zu bedanken. Sie gaben sich die Hände, aber als der Mann Mancini dankbar anblickte, wich dieser ihm aus. Immerhin fand er die Kraft, aufrichtig zu sein. »Ihre Frau ist sediert worden«, sagte er. »Sie hat einen schweren Schock erlitten, der sich schädlich auf ihre seelisch-geistige Gesundheit auswirken könnte. Das Krankenhaus stellt einen Psychologen zur Verfügung.«

»Einen Psychologen? Warum?«, fragte der Mann laut.

Mancini warf den anderen einen Blick zu, bevor er fortfuhr.

»Der Psychologe ist auch für Sie da. Sie müssen wissen, dass der behandelnde Arzt uns darüber informiert hat, dass Ihre Frau recht schwere Verletzungen davongetragen hat, und leider ...« Mancini fuhr sich mit der Hand über Mund und Kinn. »Vielleicht ist es besser, wenn Sie selbst mit ihm sprechen.«

Der Mann war blass geworden, und seine Stimme klang brüchig. »Was meinen Sie?«

Der Kopf des Commissario war plötzlich wie leergefegt. Es lag ihm nicht, die Angehörigen der Opfer zu informieren, und auch wenn es diesmal kein tödliches Ende genommen hatte – Maria Taddei war nicht unbeschadet aus der Begegnung mit dem Bildhauer herausgekommen.

Ihr Mann sah sich verloren um, als sei er auf der Suche nach den Worten, die dem Polizisten mit dem Trenchcoat im Hals stecken geblieben waren.

Rocchi beschloss, dem Rumgedrucke auf die ihm eigene Art ein Ende zu bereiten. »Ihre Frau hat Abschürfungen an den Handgelenken und am Mund erlitten, verursacht von dem Strick, mit dem sie gefesselt war«, sagte er sachlich und ohne Zögern. »Aber unglücklicherweise hatte der Entführer es auf ihre Augen abgesehen.«

Alexandra schlug entsetzt die Hand vor den Mund, während der Ehemann aufgelöst in Tränen ausbrach. »Ich bring ihn um! Herrgott noch mal, was hat er ihr angetan?«, schrie er. »Was hat er ihr angetan? Ich bring dieses verdammte Dreckschwein um!«

Rocchi zuckte angesichts des Ausbruchs unwillkürlich zurück. Comello nahm den verzweifelten Mann sanft am Arm und führte ihn weg. Er übergab ihn dem Arzt, der in diesem Moment aus einem anderen Zimmer kam, und kehrte dann zu ihnen zurück.

Die Tür des Zimmers, in dem die Frau lag, war angelehnt, nachdem die Krankenschwester ihre Arbeit getan hatte.

Mancini wandte sich an Alexandra. »Dottoressa Nigro, wen stellt Maria Taddei dar?« Er nahm sie sachte am Arm und führte sie die fünf Schritte bis zu dem Zimmer mit sich, während die anderen ihnen gespannt nachsahen. Mancini öffnete die Tür etwas weiter und zeigte hinein.

»Keine Sorge, es besteht keine Gefahr, dass Sie sie aufwecken, und selbst wenn, könnte sie Sie nicht sehen.« Alexandra beugte sich ein Stück vor, während er sie abwartend musterte. Ihre Augen wurden feucht, als sie Maria Taddeis Gesicht sah.

»Ich denke, sie soll Lamia sein.«

»Woraus schließen Sie das?«

»In der griechischen Mythologie ist Lamia eine Geliebte des Zeus. Die Liebe der beiden entfesselt die Eifersucht von Zeus' Frau Hera, die sich rächt, indem sie all deren gemeinsame Kinder tötet und Lamia verflucht: Sie soll nie wieder ...«

Sie stockte, und aus ihren Tränen wurden kleine Schluchzer, die sie zu unterdrücken versuchte.

»Sie soll nie wieder die Augen schließen können. Lamia wird durch den Schmerz über den Verlust ihrer Kinder wahnsinnig und sieht sie überall. Zeus versucht, seiner Geliebten zu helfen, indem er es ihr ermöglicht, sich die Augäpfel aus den Höhlen zu nehmen, damit sie Ruhe finden kann.«

Sie stockte, und Mancini fasste ihren Arm und schob sie sanft vorwärts. Ein, zwei Schritte in das Zimmer von Maria Taddei hinein, von Lamia, der Frau, der der Bildhauer die Augäpfel herausgerissen hatte.

»Sieh sie dir an, Alexandra«, sagte er sanft. »Warum hat er gerade sie ausgesucht? Sag es mir. Sieh sie dir an und sag es mir.«

Die Verletztheit der jungen Frau überraschte und rührte ihn, und so war er unwillkürlich zum Du übergegangen.

Alexandras Arm zitterte wie auch ihre Unterlippe. Sie brachte kein Wort hervor.

Nein, dachte Mancini, sie ist für diese Arbeit nicht geschaffen.

»Schon gut, Alexandra. Das genügt.«

Die anderen hatten die Szene schweigend verfolgt. Mancini wandte sich an Rocchi: »Wir fahren zum Professore. Du kommst mit, Alexandra. Walter, ruf Caterina an, falls du der Meinung bist, dass sie wieder auf dem Damm ist. Ich bräuchte sie.«

In der Entscheidung, den Professor zu besuchen, wurde Mancini über die Ermittlungen hinaus noch von einem anderen, privaten Wunsch geleitet: Er wollte sich seinem alten Lehrer wieder annähern. In den vergangenen Wochen war er ihm mehr oder weniger aus dem Weg gegangen. Seit dem letzten größeren Fall hatte er sich nicht mehr bei ihm gemeldet, und als sich ihre Wege bei dem Vorlesungstag der UACV gekreuzt hatten, hatte er ihn nicht einmal begrüßt. Auch jetzt war das Bedürfnis, sich ihm wieder zuzuwenden, von starken Bedenken durchsetzt, von dem Zweifel, ob der alte Professor nicht inzwischen zu betagt war, den Stress eines solchen Falls verkraften zu können. Dazu gesellten sich Zweifel, ob seine Methoden der heutigen ermittlungstechnischen Realität noch angemessen waren oder ob sie nicht vielmehr langsam, aber unabwendbar den Bezug zu ihr verloren.

Wie auch immer, er fühlte sich schuldig. Wegen des hohen Alters des Professors und wegen all dem, was dieser Mann ihm nach dem Tod seines Vaters bedeutet hatte. Er war nicht mehr der Mentor von einst, konnte es ihm nicht mehr sein, aber Mancini hatte ihn sehr gern und verdankte ihm ungeheuer viel. Er würde die Kraft finden, mit ihm zu sprechen und seine Funkstille zu erklären, denn er brauchte seine Zustimmung, jetzt, da er langsam aus dem schwarzen Loch herauskam, in das er nach Marisas Tod gefallen war.

Er würde ihn wieder besuchen, ihn mit seinem alten Mini abholen, nun, da er wieder Auto fuhr. Sie würden sich in ihrem Pub verkriechen, ganze Tage mit Reden verbringen, dunkles Bier und Cider trinken und Erinnerungen auffrischen. Auch wenn einige davon mit Kummer und Leid verbunden waren, denn Biga war auch das für ihn: eine Art Gedächtnis. Er verfügte über einzigartige, kostbare Erinnerungen an seinen Vater, der ein Jugendfreund von ihm gewesen war. Auch an ihn als Jungen und wissbegierigen Studenten, an Marisa und an tausend andere Dinge, die er selbst wie mit einem Schwammstrich ausgelöscht hatte. Er würde den unsichtbaren Riss kitten und versuchen, den Professor ein letztes Mal dazu zu bringen, eine polizeiliche Ermittlung zu begleiten. Alexandra erwies sich im Fall des Bildhauers nicht als die fähige Stütze, die Gugliotti sich wohl erhofft hatte. Ihr Blickwinkel konnte für einen mythologisch-literarischen Ansatz nützlich sein, aber Mancini brauchte nun die Sichtweise eines Fachmannes mit jahrelanger Erfahrung und einem anderen Blick. Auch anders als sein eigener.

37

Rom, Untergrund

Caterina sah auf ihr Handy, das vibrierend eine SMS von Walter vermeldete. »Kommst du zum Professore? Der Commissario hat mich gebeten, dir Bescheid zu sagen. In einer Stunde dort!« Dem waren zwei Smileys und ein Herz hinzugefügt. Ohne eine Antwort zu senden, steckte Caterina das Handy wieder ein und folgte zum zweiten Mal innerhalb weniger Tage dem Gang in der Kanalisation. Diesmal allerdings trug sie ihre Pistole im Halfter bei sich. Nicht aus Angst vor dem Monster, das die Stadt terrorisierte, sondern in der Gewissheit, in diesem unterirdischen Albtraum auf ihre eigenen kleinen Monster zu treffen.

Sie hatte sich zwar krankschreiben lassen, hielt es aber in ihrer Wohnung nicht aus, und bei Walter fühlte sie sich nicht zu Hause. Sie war rastlos und zerstreut, und es drängte sie, den Jungen wiederzufinden, dem sie durch eine gleichermaßen unerklärliche wie innige Zuneigung verbunden war.

Walters Nachricht zeigte, dass er sie dabeihaben wollte. Sie musste ihm antworten, damit er sich keine Sorgen machte, aber erst hinterher. Nein, am besten fuhr sie direkt zum Professor, sobald sie hier fertig war. Sie hatte beschlossen, es auf der Suche nach Niko allein mit der Angst vor diesen Gängen und den widerlichen Kreaturen, die sie bewohnten, aufzunehmen. Sie hatte den Jungen verloren, er war spurlos verschwunden. In den letzten Tagen hatte sie versucht, sein Bewegungsmuster zu rekonstruieren, aber niemand schien ihn gesehen zu haben, nicht einmal die Kinder, die sich zwischen den Bücherständen verkauften. Letztlich war ihr nur eine Möglichkeit geblieben: in das Labyrinth der Kanalisation zurückzukehren in der Hoffnung, irgendeinen Hinweis zu finden. An der Sammelgrube angekommen, in die sie gefallen war, hatte sie hineingestarrt und sich wieder zwischen den Ratten herumzappeln sehen wie in einem Horrorfilm. Auf dem Grund lagen all ihre Sachen. Am Rand, dort, wo sie sich mit Nikos Hilfe hochgezogen hatte, waren immer noch die Abdrücke ihrer Finger zu sehen.

Jetzt betrat sie den Gang, der zu der großen Gittertür vor dem Tatort führte. Das rotweiße Absperrband der Spurensicherung, das den Zugang zur Höhle des Minotaurus verwehrte, durchbrach die düstere Monochromie der Umgebung. Sie hatte eine Teleskop-LED-Lampe mitgebracht, die die Umgebung beinahe taghell erleuchtete, was sie zumindest ansatzweise beruhigte. In der Kammer, in der das Opfer gefunden worden war, lagen meterweise Vermessungsband sowie die gelben, nummerierten Schilder, die von der Arbeit der weißen Overalls zeugten. Sie ging einmal herum und untersuchte die Wände und den mit nun getrocknetem Schlamm überzogenen Boden. Dann kehrte sie zum Eingang der Kammer zurück. Von dort wollte sie einem anderen Tunnel folgen, der dem Kompass ihrer Sportuhr nach zu urteilen geradewegs nach Süden verlief, und so lang war, dass der Schein ihrer Lampe nicht bis ans Ende reichte. Als sie den Strahl der Lampe auf den Boden richtete, um sich zu vergewissern, dass dort nichts herumhuschte, erspähte sie eine Reihe von Blutstropfen, getrocknet und von leicht länglicher Form. Wer auch immer sie verloren hatte, war gerannt, vielleicht geflohen.

Die Angst, dass es sich um Nikos Blut handeln könnte, trieb sie zur Eile an. Die Abstände zwischen den roten Flecken wurden nach und nach größer. Eine Viertelstunde lang lief sie durch diesen Tunnel, der sich bis auf drei Meter Breite erweitert hatte und wieder einmal in ein Abwassersammelbecken mündete. Am Ende lag dieses Mal eine Art Loch. Sie kniete nieder, schob sich durch das Loch, das gerade groß genug war, und kroch auf die Ellbogen gestützt vorwärts. Wenige Sekunden später kam sie auf der anderen Seite heraus. Der Gestank, der ihr entgegenschlug, zwang sie, sich den Ärmel vor die Nase zu halten. Der Lichtkegel ihrer Lampe offenbarte einen kreisförmigen Raum mit einer Kuppeldecke, in deren Mitte sich eine kreisrunde, durch einen Kanaldeckel verschlossene Öffnung von etwa einem Meter Durchmesser befand. Eine Reihe von in die Wand gehauenen Stufen führte hinauf. Im Boden gab es eine Grube von derselben Größe wie das Deckenloch, aus der dieser faulige Abwassergeruch aufstieg.

Sie richtete den Strahl der Lampe auf den Rand zwischen Mauer und Grube und ging einmal darum herum. Ein Stück neben dem kleinen Tunnel, durch den sie gekrochen war, stieß sie auf eine Art weiße Kruste, etwa tellergroß und ein, zwei Zentimeter dick. Sie berührte sie mit dem Zeigefinger – sie war hart und undurchsichtig, aber als sie mit dem Nagel daran kratzte, löste sich ein Stück. Wachs, dachte Caterina. In der erhärteten Oberfläche saßen zahllose kleine schwarze Rußtupfen von den Dochten.

Sie richtete sich wieder auf und ließ das Licht der Lampe über die Umgebung leuchten. War Niko hier gewesen? Waren das seine Kerzen? Das würde sie hier nicht herausfinden können, also nahm sie ihr Allzwecktaschenmesser und einen Beweismittelbeutel aus der Tasche, löste die Wachsschicht als Ganzes ab und tütete sie ein. Dann ging sie zu der Treppe an der Wand. Sie war steil und rutschig. Vorsichtig kletterte sie hinauf, und obwohl sie nicht im Training war, arbeiteten ihre Arm- und Beinmuskeln gut mit.

Oben angekommen steckte sie die Finger durch die Ritzen des Kanaldeckels und drückte fest, konnte ihn aber nicht anheben. Sie griff wieder zu ihrem Taschenmesser, stützte sich mit einer Hand an der Treppe ab und grub mit der Messerspitze um das gusseiserne Rund herum. Ihr Arm schmerzte und sie schwitzte, aber nach einigen Versuchen bewegte sich der Deckel.

Mit einer letzten Kraftanstrengung drückte sie ihn hoch und zur Seite und steckte ohne zu überlegen den Kopf durch die Öffnung. Sofort wurde sie vom Tageslicht geblendet. Als ihre Augen sich daran gewöhnt hatten, stieg sie noch eine Stufe hinauf und fand sich, mit dem Oberkörper auf Straßenebene, vor einem umzäunten Garten wieder. Sie kletterte ganz hinaus und stand auf einer kleinen Seitenstraße mit Kopfsteinpflaster. Rasch schob sie den Kanaldeckel an seinen Platz zurück, klopfte sich so gut es ging den Staub ab und ging auf die Tür in dem Gitterzaun zu.

Am Zaun prangte ein Schild: KLAUSURKLOSTER SANTA LUCIA IN SELCI. Hinter dem Durchgang setzten sich die Blutspuren fort. Caterina legte die Hände an die Tür und drückte dagegen: Sie war nur angelehnt. Dann sah sie sich um, aber es war niemand in der Nähe. Langsam schob sie die schwere Pforte auf, erleichtert, dass sie nicht quietschte, und trat ein.

Die Wedel einer Palme beschatteten einen Garten mit einem kleinen Gewächshaus. Eine Madonna blickte auf einen Thron, auf dem eine andere Frau saß, vermutlich die Heilige Lucia, rot gewandet und mit einem Palmzweig und einem Tellerchen in der Hand. Im Garten herrschte eine fast unwirkliche Stille, vor allem in Anbetracht der nahegelegenen stark befahrenen Verkehrsadern Via Cavour und Via Merulana. Caterina folgte langsam den Blutstropfen, die vor drei kleinen Treppenstufen und einem schmalen Holztor endeten. Es war nicht mehr als einen Meter breit, aber fast drei Meter hoch.

Sie trat einen Schritt zurück und bemerkte, dass in eines der dunklen Paneele über einem dicken Eisenring eine Figur eingeschnitzt war, die nur aus der Nähe zu sehen war. Fremd und bekannt zugleich.

Unpassend und erschreckend.

Neben ihr schwang ein Palmwedel in einem plötzlichen Windstoß aus, gefolgt vom Brummen ihres Handys. Eine neue SMS von Walter. »Du musst unbedingt kommen!«

Der Aufschub war beendet. Sie steckte das Telefon ein und ging zu der Gittertür hinaus, die sie offen ließ.

38

Rom, Monte Sacro

Nach Mancinis zweitem Schuss hatte der Mann, ziemlich jung, blond, nicht näher erkennbare Statur aufgrund seiner kauernden Haltung, sich auf ihn gestürzt. Innerhalb eines Sekundenbruchteils hatte er entscheiden müssen, was zu tun war. Dieser Augenblick des Zögerns hatte ihm den Zusammenprall mit dem Täter eingetragen, der ihm die Schulter in den Solarplexus gerammt hatte. Er war auf dem Boden gelandet und hatte sich dabei den Kopf am Türrahmen angeschlagen, zwar ohne das Bewusstsein zu verlieren, aber auch ohne in der Lage zu sein, den Killer zu verfolgen, dessen Schritte bald außerhalb des Eulenhäuschens verklungen waren.

Walter war es, der schließlich den Lichtschalter gefunden hatte, obwohl das aus seiner rechten Augenbraue laufende Blut ihm die Sicht trübte. Daraufhin war an der lackierten Wand eine Jugendstilleuchte angegangen, deren farbige Glaselemente das Rad eines Pfaus nachahmten. Benommen hatte Mancini sich aufgesetzt und auf die Frau gezeigt. Comello hatte sie sanft angesprochen und ihr erzählt, sie sei in Sicherheit, sie seien von der Polizei, und dass der Wahnsinnige, der sie entführt hatte, geflüchtet sei. Die Frau hatte mit einem gutturalen Laut aus ihrem mit zwei Seilumwickelungen versperrten Mund geantwortet.

»Ich binde Sie jetzt los, bleiben Sie ganz ruhig«, hatte er angekündigt, während der Commissario an die Wand gestützt aufstand.

Nachdem Walter die an die Stuhllehne gefesselten Hände und damit auch den Unterkiefer von Maria Taddei befreit hatte und vor ihr in die Hocke gegangen war, hatte sie nur das Kinn auf die Brust sinken lassen. Sie ist erschöpft vom Kämpfen, Schreien und

Weinen, hatte Mancini gedacht, bis er das sah, was Maria Taddei nicht mehr sehen konnte.

Im Schoß ihres schwarzen Kleides lagen zwei helle Murmeln.

Das Monster hatte ihr die Augen ausgerissen.

Damit endete der Bericht des Commissario, auf den der des Ispettore folgte, während in Bigas Haus das Klappern des Geschirrs widerhallte, mit dem »die Frau«, wie Biga sie nannte, den Tisch deckte. Sie war eine Art Haushälterin, die bei ihm aufräumte und saubermachte und ihm zweimal die Woche etwas zu essen bereitete.

Walter erzählte von der Trauerfeier der Antiquitätenhändlerin Priscilla Grimaldi. Der Sarg war leer und die Angelegenheit trostlos gewesen. Insgesamt acht Personen, einschließlich der Enkelin, die er allesamt kurz befragt hatte, ohne etwas von Belang zu erfahren. Kein verdächtiger Teilnehmer. Danach hatte er den Hintergrund des Wächters beleuchtet, der immer noch im Koma lag, und sich den Typ vorgenommen, der mit Cristina Angelini zusammen gewesen war, aber auch dabei keine neuen Erkenntnisse gewonnen. Das Gleiche galt für die Angehörigen der anderen Opfer. Über die Familie der drei von der Laokoongruppe hatte er schon berichtet, also ging er kurz auf die des Metzgers von der Piazza Vittorio und die Maria Taddeis ein.

Der Lamia, über deren Figur die Dottoressa Nigro anschließend referierte.

»In den aus griechischen und lateinischen Quellen stammenden tradierten Legenden sind die Lamien böse Zauberwesen, die in die Häuser der Menschen eindringen, um deren Kinder zu rauben, zu zerfleischen und sich an ihnen zu laben. Die Etymologie des Namens geht auf das lateinische Verb ›laniare‹, das heißt ›zerfleischen, zerreißen‹ zurück. Die Beschreibungen, die wir den Quellen entnehmen können, variieren stark. Im Verlauf der Zeit haben die Lamien die Form eines Doppelwesens angenommen, das zur Hälfte Mensch, zur Hälfte Tier ist, Fisch oder Wolf, am häufigsten aber Vogel. Diese Ungeheuer verführten die Männer, raubten aber vor allem Kinder, wie gesagt, die sie verschlangen oder deren Blut sie tranken.«

»Die Vampire der Antike«, bemerkte Comello.

»So etwas in der Art. Anderen Quellen zufolge«, fuhr Alexandra fort, »hatte Lamia den Körper einer Frau und die Schnauze eines Tieres, eines Wolfs, einer Hyäne – oder umgekehrt, einen Tierkörper und das Gesicht einer Frau. So auch im Fall von Maria Taddei.«

»Woher weißt du das?«

»Der Täter hat sie entführt und im Eulenhäuschen so zugerichtet. Eine der häufigsten Darstellungen der Lamia ist die als Eule.«

»Kannst du uns sagen, warum er unter so vielen Darstellungen gerade diese gewählt hat und nicht, was weiß ich, die als Wolf?«, fragte Rocchi, während er seinen Blick auf ihren Rollkragenpullover heftete.

»Alexandra hat das gerade schon angedeutet«, mischte sich der Professor ein. »Der Mörder muss ein bestimmtes Vorbild haben. Aus einer bestimmten Quelle. Das gilt auch für die anderen mythologischen Wesen.«

Alexandra ließ ihren Blick von Carlo Biga zu den Bücherwänden seiner großen Bibliothek schweifen. »Das sehe ich genauso. Alle Opfer sind Nachbildungen eines konkreten Modells. Unglücklicherweise können sie uns, mit Ausnahme vielleicht von Maria Taddei, nichts mehr erzählen.«

»So zu denken ist ein gewaltiger Fehler«, entgegnete Biga kopfschüttelnd.

»Die Toten sind nie stumm. Sie sprechen ihre eigene Sprache«, erklärte Mancini.

Biga war aufgestanden und in die Mitte des Raumes gegangen, wo eine große Magnettafel voller Markierfähnchen und runder Magnete aufgestellt worden war. Links hing eine Karte mit den eingezeichneten Tatorten, in der Mitte die Fotos der Opfer – vor und nach der Inszenierung durch den Bildhauer – und rechts die Obduktionsberichte sowie die der Spurensicherung.

Mit seinem dicken Zeigefinger beschrieb der Professor einen

Kreis um die Fotos von den Leichen. »Der Nachhall ihrer Worte erreicht uns aus dem Reich der Toten. Ihre Vergangenheit, ihre Biografie und das, was der Killer auf ihre Haut eingeschrieben hat, erzählen uns ihre Geschichte.«

»Sowie die des Killers«, fügte der Commissario hinzu. »Wir sollten uns auf ihn konzentrieren, denn ich bin sicher, dass unser Auftritt in der Casina delle Civette ihn verärgert hat und er bald wieder zuschlagen wird, um uns zu beweisen, dass er sich nicht einschüchtern lässt. Aber jetzt will ich euch mal etwas zeigen.«

Der Professor setzte sich wieder und rieb sich nervös die Hände. Derweil zog Mancini mit spitzen Fingern zwei Blätter aus der Mappe, die er auf dem Esstisch abgelegt hatte. Er ging damit zur Tafel und brachte sie dort mit Magneten an.

»Zeichnungen?«, wunderte sich Rocchi.

»Was sind das für Zeichnungen?«, fragte Walter.

»Kommt bitte her und seht sie euch an.«

Einer nach dem anderen stand auf und näherte sich der Tafel. Auf den beiden Blättern waren sehr detailgenau Szylla und Lamia dargestellt, von dem Hundekopfgürtel und den Schlangenbeinen der ersten bis zu dem augenlosen Gesicht der zweiten. Alexandra war hinter den anderen zurückgeblieben, doch Mancini winkte sie heran.

Nachdem alle sich wieder gesetzt hatten, wischte er sich mit der Hand über die Stirn und zeigte dann auf die Tafel. »Die habe ich in den Verstecken des Mörders gefunden.«

»Wie? Wo?«, fragte Rocchi.

»Die erste bei meiner letzten Tatortbegehung in dem Pumpenraum am Aniene, in dem der Bildhauer Priscilla Grimaldi gefangen gehalten hatte. Die zweite in einem der Bunker im Park Villa Torlonia, nahe bei der Casina delle Civette, wo er sich versteckt hatte, um Maria Taddei zu überfallen.«

Alexandras Blick folgte zum wiederholten Male einer imaginären Linie zwischen den Bücherborden des Professors, bevor er sich herausfordernd in die Augen des Commissario bohrte.

»Wenn Sie daraus eine Systematik ableiten wollen, wo sind dann die anderen Zeichnungen?«

»Leider kennen wir die Höhle nicht, aus der er hervorgekommen ist, um die Laokoon-Gruppe und die Sirene zu gestalten. Aber ich bin sicher, dass sie sich irgendwo zwischen dem Zoo und der Galleria Borghese befindet. Und die Vermutung liegt nahe, dass er diese Hinweise auch dort zurückgelassen hat.«

Ein Klingeln an der Tür unterbrach sie, und nachdem »die Frau« geöffnet hatte, erschien Caterina an der Schwelle zur Bibliothek, schmutzig, verschwitzt und zitternd.

Walter lief ihr entgegen. »Was ist passiert? Alles in Ordnung mit dir?«

Sie umarmte ihn kurz, dann zog sie ihre nassen Schuhe aus und ging sofort zu der Tafel. Ihre roten Haare waren schlammverkrustet.

»Caterina...«, sagte der Commissario erstaunt.

Sie nickte kurz in die Runde zur Begrüßung und richtete dann ihr Augenmerk auf die Beweismittel an der Tafel.

»Bist du wieder dort unten gewesen?«, fragte Comello. Er hörte selbst, wie vorwurfsvoll seine Stimme klang. Sofort beschlich ihn ein schlechtes Gewissen, nicht zuletzt, weil er ihr den Zusammenstoß mit dem Killer im Eulenhäuschen bisher verschwiegen hatte. Aber er sorgte sich um ihr Wohlergehen, sowohl was ihren neuerlichen Ausflug in die Unterwelt als auch die Belastbarkeit ihrer Psyche betraf.

Doch Caterina nickte nur und sah sich die beiden Zeichnungen näher an. Dann fischte sie den Beutel mit der Wachsscheibe aus ihrem Dienstblouson, öffnete ihn und reichte Mancini die Scheibe. Sie war in der Mitte entzweigebrochen und gab nun das Geheimnis preis, das sie in sich barg. Die schwarzen Tüpfelchen waren kein Ruß, keine abgebrannten Kerzendochte. Nein, aus der Bruchstelle ragte ein Blatt mit einer Kulizeichnung heraus, die einen Stierkopf auf dem Körper eines Mannes darstellte.

Der Commissario legte Caterina eine Hand auf den Arm. »Ich wusste doch, dass du uns eine Hilfe sein würdest.«

Caterina sah ihm ins Gesicht. »Commissario, bei Ihrem Vortrag über das Monster von Nerola neulich haben Sie den Täter mit einer Spinne verglichen. Als ich dort unten war, kam mir plötzlich die Erkenntnis, dass die Kanalisation wie ein Spinnennetz für unseren Täter ist. Dort versteckt er sich. Und dort versteckt er auch seine Beute, so wie die Spinne die Fliegen, die sie später fressen will.«

»Richtig, Caterina. Aber nicht nur in der Kanalisation.« Mancini drehte sich zum Sofa um. »Ich hatte gerade die These aufgestellt, dass seine Verstecke alle unterirdisch sind, so auch im Fall von Szylla und Lamia. Und um auf deine Frage einzugehen, Alexandra: Diese Zeichnung ist eine weitere Bestätigung.«

»Aber warum lässt er sie dort zurück, seine Zeichnungen? Sollen das Botschaften sein?«, verteidigte sich Dottoressa Nigro. Ihre Wangen standen in Flammen, und auch die bernsteinfarbenen Augen loderten im Lampenlicht.

»Nein«, widersprach Biga laut. »Wie ich schon sagte: Dann hätte er sie neben seinen Werken deponiert, als eine Art Visitenkarte. Nein. Das ist etwas, das er nur für sich tut.«

»Er fertigt also eine Zeichnung von dem Fabelwesen an, das er töten will, quasi als eine Art Gedächtnisstütze, eine Anleitung«, folgerte Rocchi.

»Es ist eine Obsession.« Alexandra schien mit einem Mal in ihrer Welt aus Mythen und Legenden versunken. Sie schloss die Augen, als befürchtete sie, dass ihr etwas entschlüpfen könnte. »Er bereitet sich vor auf … ja, auf das, was er tut, er umreißt seine Beute scharf, zeichnet sie, weil er von ihr besessen ist.«

Sie hielt nachdenklich inne, aber Mancini war dagegen, dass sie ihren vielversprechenden Gedankenfluss unterbrach. »Sprich weiter.«

»Er zeichnet sie auf ein Blatt Papier, um seiner Obsession eine Form zu geben, um sich diese Form einzuprägen. Wenn er die Vorlage nicht mehr braucht, lässt er sie in seinem Versteck zurück, genau wie Sie gesagt haben. Und geht dazu über, sein Werk zu formen.«

»Woran orientiert er sich, was hat ihn inspiriert, Alexandra?«, drängte der Commissario.

»Ich glaube...« Sie kniff die Augen zusammen. »Ich glaube, dass unser Täter so genau arbeitet, weil seine Obsession ebenso genau und detailverliebt ist. Weil er ein Vorbild hat, wie wir vorhin schon sagten. Da waren wir schon auf der richtigen Spur. Und dieses bestimmte Vorbild existiert meiner Ansicht nach in der Realität, ist ein ganz konkretes. Nur dass es natürlich mehrere sind, eines für jedes Werk, das er ausgeführt hat.«

»Und was könnte für jedes von ihnen eine Vorlage sein?«

»Ein Monster-Almanach«, sagte Rocchi lachend.

»Lach nicht«, tadelte ihn Mancini, und Antonio verstummte.

»Aber das ist gar nicht so falsch, du denkst an einen bestimmten Text mit Abbildungen, oder, Enrico?«, fragte Biga.

Mancini nickte, doch Dottoressa Nigro schüttelte den Kopf.

»Es gibt Hunderte von Büchern über klassische Mythologie, Commissario.«

»Ja, aber ich bin überzeugt, dass er ein bestimmtes im Sinn hat.«

»Und wie sollen wir das finden?«

»Genau das müssen wir herausfinden, und zwar schnell.«

Mancini hatte nun die volle Aufmerksamkeit des ganzen Teams. Sie konnten es kaum erwarten, loszulegen und betrachteten ihn gleichermaßen begierig wie besorgt.

»Er wird wieder töten. Bald. Und diesmal wird er nicht denselben Fehler begehen wie bei Lamia. Er wird schneller und entschiedener handeln, weil er jetzt von uns weiß«, schloss er.

»Wie gehen wir vor, Enrico?«, fragte Biga heiser.

»Ich beschäftige mich weiter mit den an den Tatorten sichergestellten Spuren und Beweismitteln. Ich habe außerdem jemanden darauf angesetzt, sämtliche Vermisstenmeldungen zu überwachen und direkt an uns weiterzuleiten. Der Professor wird sich auf die analytische Arbeit konzentrieren, die Ideen neu ordnen, alles rekapitulieren und zusammenfassen. Antonio, ich brauche immer noch die Obduktion von Szylla. Ich muss jetzt mal kurz nach Hause, aber mein Stützpunkt wird hier sein.«

»Und ich?«, wollte Alexandra wissen.

»Ich brauche eine vergleichende Untersuchung dieser mythologischen Figuren, einschließlich Lamias. Und eine Bibliografie der wichtigsten Sammlungen griechischer Mythologie. Ihr beiden«, fügte er hinzu, während er auf Caterina und Walter zeigte, »macht euch auf die Suche nach den anderen Verstecken. Die, die er für Laokoon und die Sirene benutzt hat. Geht direkt zum Staatsarchiv im EUR-Viertel und fragt nach dieser Person hier.« Er reichte ihnen eine Visitenkarte. »Lasst euch dort alle Pläne von unterirdischen Anlagen, Katakomben und so weiter im Zentrum von Rom geben, insbesondere im Gebiet der Leichenfunde.«

»Okay, Commissario. Wir fahren gleich los.«

»Ja«, stimmte Caterina knapp zu, die insgeheim hoffte, dass sie bei der Suche nach den Schlupfwinkeln dieses Mannes irgendwie auch den kleinen Niko wiederfinden würden.

39

Unbarmherzig durchschneidet der Milan den Himmel, die Gier nach Fleisch im Blick. Er ist ausgehungert und hält Ausschau nach den flinken Bewegungen der Mäuse oder dem schwerfälligen Flug der Tauben. Der Räuber hat sein Revier gewechselt, die Wälder und Lichtungen von einst sind nur noch eine Erinnerung, gespeichert in seinem uralten genetischen Code und längst ersetzt durch die Häuser- und Straßenschluchten der Hauptstadt. In kleiner werdenden Kreisen gleitet er auf die dunklen Wipfel der Zypressen um das Wohnhaus herab, in denen er sein Nest gebaut hat.

Achtzig Meter weiter unten belauert ein anderer Jäger seine Beute. Ein anderer Räuber, der witternd die Luft schnuppert und in die Dunkelheit späht. Der Geruch der feuchten Erde erregt ihn, aber diesmal muss er sich gedulden. Er ist hierher gelangt, indem er dem Herrscher des Chaos folgte, diesem Dämon, der Lamia gerettet hat. Er darf ihm nicht erlauben, alles zu verderben. Die Jagd neigt sich dem Ende zu, und niemand darf sie unterbrechen. Doch nun, nur dieses eine Mal, wird er seinen großen Plan abwandeln. Wie die Götter des Olymp wird auch er denjenigen bestrafen, der sich ihm in den Weg gestellt hat.

Das Chaos darf nicht siegen.

Er muss die mannigfaltige und monströse Materie dieser Welt bändigen. Die Ungeheuer entstammen dem Chaos, das der Schöpfung Gottes vorausging. Des einzigen Gottes, der in den Glyzinen des Klostergartens flüsterte und auch in seinem Herzen wohnt.

Von seinem grünen Unterschlupf aus kann er ins Haus hinein sehen. Der Herrscher des Chaos hält sich bei Bacchus auf. Die üppige, gedrungene Gestalt, die Weinblätter-Locken an den Schläfen, der schlingernde Gang. Genau wie der in seinem Buch. Er ist es. Der Jäger hört eine Tür an der Hinterseite zufallen und taucht in die Büsche hinein. Nach wenigen Augenblicken erscheint der Herrscher des Chaos, hochgewachsen und mit schwarzen Höllenaugen. Er geht zum Holzschuppen und holt einen Arm voll Scheite heraus. Die Stirn, der Hals, der Nacken des Jägers erkalten vor Furcht. Warum hat er Angst? Wenn es kein Ungeheuer ist, warum erfüllt er ihn dann mit solchem Schrecken?

Er möchte den wilden Drang nutzen, der in seinen Eingeweiden brodelt, will hervorspringen und ihn von hinten angreifen. In einem Augenblick wäre alles erledigt. Doch er ist wie gelähmt in seiner Zelle aus Laub, zwischen den stechenden Zweigen. Alles ist reglos, starr und zugleich flimmernd und unbestimmt in den tiefen Schatten, in denen er auf den rechten Moment wartet.

Einen Augenblick später verschwindet der Herrscher, beladen mit Holzbündeln und mehreren Pinienzapfen, wieder im Haus.

Das zerkratzte Gesicht des Jägers lugt ausdruckslos wie eine Totenmaske aus dem Gebüsch hervor. Er tritt heraus und schleicht zu der zweiten Terrassentür, aus der ein Geruch nach Essen strömt. Von dort sieht er die beiden ins Gespräch vertieft sitzen.

Er ist kurz davor, die Kontrolle zu verlieren, aber das darf jetzt nicht sein, er kann ihm jetzt nicht gegenübertreten. Er muss der aufkommenden Vision widerstehen! Sein Kopf schwirrt, und er presst die Hände an die Schläfen, um die Verwandlung aufzuhalten.

Noch nicht, ich bitte dich, Herr.

Er spürt, wie seine Augen hervortreten und anfangen zu tränen. Das fließende Grau löst die Konturen der Bilder auf, so wie sich die Ränder eines Blatt Papiers vor einem brennenden Streichholz kräuseln. Doch dann, als er schon beinahe durchdreht, ist das Glück ihm wieder hold. Der Mann, der ihm eine solche Furcht einjagt, steht auf und verschwindet. Eine ins Schloss fallende Tür, das zuschlagende Gartentor.

Er wartet noch. Zwei, drei Minuten. Bis er ganz sicher ist. Sicher, dass es ihm auch diesmal gelingt. Weil der Herrscher des Chaos gegangen ist.

Und Bacchus allein geblieben ist.

40

Rom, Landgericht

Vor dem Eingang zum Gericht drängten sich mehr Leute als gewöhnlich. Zahlreiche Anwälte, in graue Anzüge und Krawatte gekleidet, besprachen sich mit ihren Mandanten, telefonierten mithilfe von Headsets oder rauchten, während sie auf ihre Verhandlungen warteten.

Dottoressa Foderà schritt auf klappernden, zehn Zentimeter hohen Absätzen über den unebenen Bürgersteig auf das Gebäude zu. Die kalte Luft und die nassen Straßen erforderten Jeans und eine warme Jacke als Schutz, aber sie hatte die Herausforderung angenommen und mit ihrem schönen grauen Kostüm gekontert. Damit wollte sie ein Zeichen setzen – für den Tag, der sie erwartete, und für sich selbst. Sie würde stark und unbeugsam sein wie immer.

An der Portiersloge in der Eingangshalle fiel ihr Blick auf ihr Spiegelbild in der Plexiglasscheibe. Sie hielt kurz an und betrachtete die müde, matte Frau darin. Wer war das? Diese stark getuschten Wimpern, der blutrote Mund. Alles, was sie wiedererkannte, war das Kostüm, und mit einem Mal begriff sie, klar und deutlich, dass sie es nicht angezogen hatte, um ihre Stärke hervorzukehren und den alltäglichen Kämpfen mutig und entschlossen entgegenzutreten. Sondern weil sie Enrico wiedersehen wollte. Weil sie wissen, weil sie verstehen musste, was da passiert war.

Am Morgen hatte sie alle Bedenken über Bord geworfen, ihr Smartphone genommen und eine Nachricht getippt. Etwa ein Dutzend Mal, weil sie den Text beim kleinsten Zögern und jedem Hauch von Angst und Schüchternheit wieder gelöscht hatte. Erst den letzten Entwurf hatte sie schließlich abgeschickt, nach Tagen des Schweigens und nach dieser Mail an Enrico, auf die er nicht hatte antworten wollen – oder können, wie sie im Stillen hoffte. Vielleicht war es ein Wagnis, aber sie konnte nicht so tun, als wäre nichts gewesen.

Sie warf einen letzten Blick in die Scheibe und tat dann das, worauf sie sich, wie ihr nun klar war, unterbewusst vorbereitet hatte. War sie nicht, auch wenn sie ihre Pflicht bisher vernachlässigt hatte, immer noch die zuständige Staatsanwältin im Fall des Bildhauers? Sie machte kehrt und ging auf ihr Auto zu, um zur Polizeiwache Monte Sacro zu fahren.

Mancini und der Professor hatten eine Stunde debattiert und dann eine Pause eingelegt. Enrico hatte ein bisschen Feuerholz aus dem Schuppen im Garten geholt, und zündete nun den Kamin an. Im warmen Licht der Bogenlampe wartete Biga in seinem treuen grünen Samtsessel. Auf einem runden Beistelltisch neben der Penduluhr lagen seine Notizen und Bücher bereit. Enrico gesellte sich wieder zu ihm. Er wartete auf die Laborergebnisse für die zwei Beweisstücke, die er in den Verstecken des Täters gefunden hatte, aber der eigentliche Grund, aus dem er noch beim Professor geblieben war, war ein anderer.

Biga war der Einzige, mit dem er über das sprechen konnte, was ihm im Kopf herumging.

»Also, Enrico …«

»Ja, hier bin ich.«

»Hol mir bitte zuerst einen Whisky, okay?«

Das Knistern der Pinienzapfen brachte einen würzigen Duft mit sich, der bald das ganze Zimmer erfüllte. Als der Commissario mit einem halb gefüllten Whiskyglas zurückkam, sah der Professor ihn fragend an, als wolle er sagen: Und du? Enrico schüttelte den Kopf und setzte sich wieder.

»Gib mir mal die Sachen dort. Alles, meine Notizen und die Bücher.«

Biga setzte seine schmale Lesebrille auf, die an einem roten Band um seinen Hals hing, beleckte Daumen und Zeigefinger und blätterte in seinem Notizblock. »So, hier! Lass uns mal sehen, was wir über unseren Täter haben«, sagte er schniefend. »Wir wissen, dass er unter der Erde lebt und diese Kugelschreiberskizzen von seinen Opfern beziehungsweise seinen Projekten, nennen wir es mal so, zurücklässt. Wenn wir unseren Betrachtungen die Standardkategorien zur Katalogisierung von Serienmördern zugrundelegen, zeigt er ein mehrdeutiges Verhalten.«

Ihm war deutlich anzusehen, dass er diesen Moment genauso genoss wie seinen Whisky. Es war ihre erste Zusammenkunft seit Monaten, ein Moment vertrauter Zusammenarbeit so wie früher.

»Ich lese Ihnen mal das Profil vor, das ich entworfen habe«, erwiderte Mancini. »Aufgrund der Merkmale, die wir herausgearbeitet haben, und aufgrund der Tatortanalysen bin ich zu der Überzeugung gelangt, dass wir es mit einer Person zu tun haben, die ein geringes bis gar kein Sozialleben hat. Offensichtlich psychopathologische Züge, eine frustrationsbeladene Sozialisation. Seine Taten weisen keine manifesten sexuellen Aspekte auf, doch er scheint auf Allmachtsgefühle durch Machtausübung aus zu sein, wenn auch auf eine komplizierte, ambivalente Art: Er vergeht sich sowohl ante mortem an seinen Opfern, quasi in Form von Folter wie bei dem Minotaurus, als auch post mortem wie in den anderen Fällen.«

»Warte mal, ich habe mir auch etwas über ihn notiert. Ich habe mich vor allem auf die Beziehung zwischen Mythologie und krimineller Psyche konzentriert. Dabei habe ich mich auf diese Fachbücher gestützt, die ich dir gleich zeige, und auf einige meiner eigenen Veröffentlichungen zum Thema. Also: Es erscheint mir offenkundig, dass es im Fall dieses Bildhauers einen Interpretationsschlüssel gibt, nämlich den Mythos, der die Absichten des Mörders bestimmt. Seinen Willen, die Welt nach spezifischen Regeln zu gestalten, die eine mit angestauter libidinöser Energie aufgeladene Symbolkraft haben.«

Er unterbrach sich und führte den Zeigefinger an die Lippen, die er mit einem Schluck Whisky benetzt hatte. »Will sagen, wir haben es mit einem Mann zu tun, den nicht ein kontemplativer, sondern ein aktiver Blick antreibt. Er betrachtet die Welt, um sie zu *verwandeln*, und seine Handlungen zeitigen Ergebnisse in der Realität, sie *schaffen* Realität. Was uns vorgesetzt wird, ist eine von ihm gestaltete Wirklichkeit.«

Das alte Pendel ließ das Hämmerchen neunmal auf den Klangkörper aus Messing niedergehen. Da ist er wieder, mein Lehrer, dachte Mancini. Er, der mir vor vielen Jahren beigebracht hat, dass es bei der Erstellung des psychologischen Profils eines Serienmörders einer verständnisvollen Herangehensweise bedarf. Nur so war der Kern seines Wahns zu erkennen und zu beschreiben, die symbolische Dynamik, welche die psychischen Regungen des Kriminellen auf Gewalt hinlenkt und durch die all seine Handlungen sich in einem Universum aus Zeichen zusammenfügen, das wie ein geometrischer Satz organisiert ist.

»Es ist, als sei seine Sicht auf die Welt ein Werkzeug seines Willens, die äußere Unordnung gemäß dieser inneren symbolischen Komponente zu beheben. Eine Sicht, die gestalten will, so wie die Codes des Mythos seine Beziehung zu einer Abwesenheit geformt haben, das heißt zu der abwesenden Welt.«

»Wenn der Killer also seine innere Welt auf die äußere Realität projiziert, kann das auf einen Mann hinweisen, der eine Existenz führt oder geführt hat, bei der ihm reale soziale Erfahrungen vorenthalten wurden.«

»Genau. Wir müssen herausfinden, von welcher pathologischen Störung dieser Blick getrübt ist, den er auf die Welt wirft, denn sein mangelnder Kontakt mit der Wirklichkeit kann als alleinige Erklärung nicht genügen. Entschuldige mich einen Moment.«

Carlo Biga zwinkerte ihm zu und ging hinaus. Zwei Minuten später kam er zurück, begleitet vom Rauschen der Klosettspülung und einem wundersam aufgefüllten Whiskyglas.

»Professore, es gibt da etwas, das ich vorhin, als die anderen noch da waren, nicht angesprochen habe, obwohl es mir die ganze Zeit im Kopf herumgeht.«

Biga nickte lächelnd, denn er hatte schon so etwas geahnt.

Enrico hatte seine Trümpfe in der Hand behalten und zeigte ihm nun sein Blatt.

»Als dieser Mann mich in der Casina delle Civette angegriffen hat, ist mir etwas aufgefallen, das ich mir allerdings nicht sofort bewusst gemacht habe. Etwas in seinen Augen, im Gesicht. Es war ja nur ein kurzer Moment, und ich konnte ihn nicht genau sehen. Er hatte blonde Haare, das war das Markanteste, aber es ist noch etwas anderes hängen geblieben, das ständig an mir nagt.«

»Hmm...«, machte der Professor und nippte an seinem Drink.

»Also, zuerst war ich überzeugt, dass mir sonst nichts an ihm aufgefallen ist, aber heute Abend habe ich mich an ein paar kleine Details erinnert. Die Gesichtsform, die ausgeprägten Wangenknochen. Das ist auch schon alles, als hätte ich von diesem Augenblick nur ein Röntgenbild von seinem Kopf zurückbehalten.«

»Und, hilft das weiter?«

»Leider nein. Aber da ist irgendetwas, das ich noch nicht richtig benennen kann oder vielmehr... Ich bin nicht sicher, ob ich dieses Gesicht im Eulenhäuschen wirklich zum ersten Mal gesehen habe.«

Beethovens Fünfte schepperte los. Mancini nahm Comellos Anruf an, auch wenn es unwahrscheinlich war, dass der Ispettore schon Neuigkeiten hatte.

»Commissario, Dottoressa Foderà war gerade auf der Dienststelle und hat nach Ihnen gefragt. Ganz ehrlich... entschuldigen Sie, ich will niemandem zu nahe treten, aber sie wirkte ziemlich durcheinander.«

»Was hast du ihr gesagt?«

»Dass Sie nicht da sind und dass sie Sie wahrscheinlich zu Hause antreffen wird.«

»Na, bravo«, erwiderte Mancini sarkastisch. »Und was hat sie gesagt?«

»Sie meinte, sie würde bei Ihnen zu Hause vorbeifahren.«

Jetzt war es so weit. Er hatte die Sache immer wieder hinaus-

geschoben und feige darauf gehofft, dass sie sich von selbst erledigte.
»Verstehe. Wann ist sie losgefahren?«
»Vor etwa zehn Minuten.«
»Und du rufst mich erst jetzt an?«
»Entschuldigung.«
»Schon gut.« Mancini legte auf.
Der Professor sah ihn neugierig an.
»Professore ... Es geht um Giulia. Ich muss los.«
Auf einen Schlag begriff Biga all das, was sie sich in den letzten Wochen nicht gesagt hatten.
»Geh nur. Du musst mit deinem Leben weitermachen.«
Mancini sah ihm kurz in die Augen und klammerte sich an dieses positive Gefühl, um nicht in die Ungewissheit dessen abzurutschen, was ihn erwartete.

41

Heute Abend friert der Professor. Er ist müde und erschöpft, findet aber die Kraft, sich aus dem Sessel zu hieven, indem er den Oberkörper ein wenig nach vorn schiebt und Schwung holt. Die Miniskusse schnarren. Er steckt die dickliche Hand in die Tasche seiner Strickjacke und kramt darin herum, bis seine Finger etwas Metallenes umschließen. Enrico ist eben gegangen, und er ist wieder in seine Depression verfallen. Er weiß, dass er deprimiert ist, es gibt kein anderes Wort dafür, und er schämt sich auch nicht deswegen. Er arbeitet nicht mehr, seine Kollegen von der Universität rufen ihn nicht mehr an, und von seinen Studenten besuchen ihn nur noch wenige. Die leeren Abendstunden füllt er mit Lesen und Trinken, bis er ins Bett fällt, wo er für ein paar Stunden das elende Bewusstsein von seiner Nichtigkeit beiseiteschiebt.

Es sind zwei identische Schlüssel, die dasselbe Schloss öffnen. Schon längst hätte er den einen von dem Ring abmachen und ihn irgendwo sicher deponieren sollen, aber er hat keine Lust dazu, und auch das betrübt ihn. Er stellt die schwarze Tüte von der Weinhandlung vor einem der Nussbaumpaneele seiner Bibliothek ab und nähert den einen Schlüssel dem Schloss, das in dem Fresko einer Jagdszene verborgen ist. Der eigentliche Mechanismus ist in dem Abzug eines auf eine Gruppe aufgescheuchter Enten gerichteten Gewehrs verborgen. Der schneidige Entenjäger mustert sie mit dem triumphierenden Blick dessen, der weiß, dass er im Vorteil ist.

Irgendwo im Haus platzt eine Glühbirne, und ein weiterer düsterer Gedanke stellt sich ein. Nicht einmal das kann er mehr. Die Frau hat diese neuen LED-Birnen gekauft, aber er schafft es nicht mehr, auf die Leiter zu steigen, und die Frau reicht nicht bis hinauf, weil die Decken so hoch sind. Folglich ist es nicht einmal mehr möglich, eine Glühbirne auszuwechseln. Kopfschüttelnd ertastet er das Schloss mit dem Mittelfinger. Seine Hand zittert ein wenig, doch er findet es. Der Schlüssel dreht sich viermal, dann öffnen sich die beiden Flügel des Wandschranks und geben den Blick auf Dutzende von kostbaren Flaschen frei: Das ist seine Versicherung, sein geheimer Schatz. Heute fügt er zwei teure schottische Whiskys hinzu. Seine Pension gibt er nach Lust und Laune aus, schließlich hat er weder Kinder noch Enkel, denen er unnütze Geschenke machen muss. Er kauft Wein, Hochprozentiges und Bücher. Nachdem er die bernsteinfarbenen Hälse seiner neuen Gefährtinnen gestreichelt hat, schließt er sein Kabinett für Hochgeistiges wieder ab.

Vielleicht hat er Fieber bekommen, weil er heute Morgen in den Regen geraten und nass geworden ist. Mit langsamen Schritten geht er zum Kamin, in dem die Flammen dahinsiechen. Er lobt Enrico in Gedanken fürs Holzholzen und wirft ein Scheit und einen trockenen Pinienzapfen hinein, die knackend Feuer fangen. Dann schlurft er zu dem Globus aus Kirschholz hinüber, in dem er die geöffneten Flaschen aufbewahrt, und schenkt sein Glas noch einmal halb voll. Er lässt sich aufs Sofa sinken, verliert dabei einen Pantoffel. Brummelnd schaltet er den alten Phonola-Schwarzweißfernseher mit drei Sendern an, den zu ersetzen er sich immer noch nicht aufraffen konnte. Der Apparat lässt sein mattes Licht von seinem Platz im Bücherschrank bis zu Bigas Füßen strömen.

Es ist zwar immer noch Winter, aber Carlo Biga erinnert sich nicht, jemals so gefroren zu haben. Was bedeutet, dass er sich heute Abend noch ein paar Reisen rund um seinen Globus genehmigen wird, scherzt er im Stillen. Er hat die fünfundsiebzig überschritten, und sein Gewicht hat sich in den letzten Jahren zusammen mit seinem Blutdruck kontinuierlich erhöht. Kurzum, der Alkohol tut ihm eigentlich nicht gut, aber das ist ihm egal. Er kratzt sich die beiden Büschel, die über seinen Ohren sprießen. Früher ist er einmal die Woche zum Frisör gegangen und hat sich ordentlich herrichten lassen. Doch seit einem Monat verlässt er das Haus nur

noch, um zu der Weinhandlung zu gehen und zu dem kleinen Wurstwarenladen an der Ecke, wo er Speck und Mixed Pickles kauft, denn er hat auch aufgehört, seine schmackhaften Pastasoßen zu kochen, die Enrico immer so mochte.
Seufzend lehnt er sich zurück, die Nostalgie treibt ihm die Tränen in die Augen. Immerhin ist er zu den Vorlesungen und dem Briefing im Autopsiesaal gegangen, hat seine Trägheit überwunden, weil er ihn hören wollte, weil er genießen wollte, was er zum Teil als sein eigenes Verdienst betrachtete: den Erfolg von Commissario Mancini. Schließlich hat er ihn in gewissem Sinne mit aufgezogen. Nicht wie einen eigenen Sohn, dazu wäre er nicht in der Lage, aber als Sohn seines Freundes Franco Mancini. Und als seinen vielversprechendsten und einfühlsamsten Schüler. Denn diesen Beruf, davon ist er überzeugt, kann man nicht nur mit dem Kopf ausüben. Nun scheint ihm, dass der Junge – denn für ihn wird er immer ein Junge bleiben – auf dem rechten Weg ist, um den Abgrund des Schmerzes, in den er gefallen war, wenn schon nicht zu vergessen, dann doch zumindest langsam zu verlassen, aus ihm hinaufzusteigen, um in der Gegenwart zu leben. Die Stimmen seiner Gespenster hinter sich zu lassen. Ulkig, dass ausgerechnet er das denkt, der mit seinen eigenen Gespenstern schon seit vielen, zu vielen Jahren regelmäßige Dialoge führt.
   Der Professor nimmt einen ordentlichen Schluck, der den Gaumen wärmt, den Rachen, die Speiseröhre und schließlich im Magen zur Ruhe kommt. In dem Weidenkorb neben dem Kamin liegt Sampa. Die Katze schnarcht genüsslich, während draußen der Garten schweigt, eingehüllt in kalte Nebelfeuchte. Die Zypressen und die Efeuranken wirken wie aus Stein gemeißelt, und nach der Düngung mit Aluminiumsulfat sind die Hortensien bereit, sich im Frühling blau zu färben. Der Kakibaum trägt noch die letzten Früchte, und der Rasen ist mit einem Reifteppich bedeckt.
   Die Hecken um das Haus spucken eine lebendige Gestalt aus.
   Die des Monsterjägers.

42

Rom, Monte Sacro

Alexandra und Antonio erreichten bei Starkregen und ohne Schirm die Piazza Sempione. Dort wollten sie ein Taxi nehmen, doch wegen des Regens waren alle besetzt, und als sie unter dem Schutzdach des Taxistands ankamen, mussten sie sich dort in die Schlange der Wartenden einreihen.

Zwei Minuten waren vergangen, und trotz der lärmenden Gesellschaft der anderen fühlte Antonio sich befangen neben ihr.

»Hast du Lust, einen Happen zu essen?«, fragte sie und zeigte auf eine Straßenpizzeria auf der anderen Seite.

Die Verlegenheit färbte Antonios Wangen. Um sich nicht zu verraten, antwortete er so knapp, dass es schon unhöflich war: »Ja. Ich hab Hunger. Gehen wir rüber.«

Im Dauerlauf überquerten sie den Corso Sempione, bemüht, den Autos und dem Regen zu entgehen. Die kleine Pizzeria war innen weiß gekachelt, vor dem Tresen standen vier Hocker, und genauso viele Bleche lagen in der Vitrine. Das Lokal war leer, obwohl der Pizzaduft bis zur anderen Straßenseite hinüberwehte.

»Eine Reiskrokette«, bestellte Antonio, ohne Alexandra zu fragen, was sie wollte.

»Für mich auch, danke.«

Der alte Ägypter musterte sie und antwortete mit der üblichen Frage: »Zu trinken?«

Es hörte langsam auf zu schütten, und auch der Verkehr ließ nach, aber die Schlange am Taxistand wurde nicht kürzer, und die Wagen ließen immer noch auf sich warten. Ein 36er Bus hielt schnaufend weniger Meter hinter der Ampel, vollgestopft mit

Menschen, die sich aneinanderdrängten, um beim Öffnen der Türen nicht herauszufallen.

»Lebst du allein?«, fragte sie und biss in einen der Feuerbälle, die der Mann ihnen zusammen mit zwei eiskalten Bieren hingestellt hatte.

Antonio schluckte und blickte in die Ferne, zur Pfarrei von Santi Angeli Custodi hinüber. Dann nickte er zerstreut. Seine Beine fühlten sich wie gelähmt an.

»Und wohnst du in der Nähe?«

»Fünf Minuten von hier.«

Er starrte immer noch auf Kirche und sagte sich, wie so oft schon, dass nichts von dem passieren würde, was er sich erträumte. In diesem Moment heimlicher Hoffnung wurde ihm die Last der Einsamkeit bewusst, die er schon seit langer Zeit mit sich herumtrug. Er drehte sich um und sah sie an. Die Angst war verflogen, und auch die Beine konnte er wieder bewegen. Er betrachtete ihr schönes, markantes Gesicht unter den nassen Haaren, die feine Nase und die vereinzelten Sommersprossen. Verlor sich in dem brüchigen, magnetischen Licht ihrer Augen.

Schweigend aßen sie zu Ende, er zahlte, und gemeinsam verließen sie die Bar.

Draußen stützte Alexandra sich auf seine Schulter und zog nacheinander ihre dunkelblauen Ballerinas mit den Glitzersteinen an der Spitze aus. Sie ließ sie über dem schmutzigen Pflaster abtropfen und zog sie mit zufriedener Miene wieder an.

»Gehen wir?«, sagte sie schließlich, wobei sie sich eine dunkle Haarsträhne aus den Augen strich.

»Ehrlich gesagt...« Antonio schämte sich wie ein Hund. Seine Wohnung hatte seit zwei Wochen keinen Putzlappen mehr gesehen und war vollgemüllt, ganz zu schweigen von den Pizzakartons, die sich draußen auf dem kleinen Balkon stapelten.

»Was ist?«

Plötzlich kam ihm die rettende Idee. »Meine Schwester ist gerade zu Besuch. Sie ist gestern gekommen und reist in zwei Tagen wieder ab.« Sollte sich die Chance wieder ergeben, würde er

bestimmt die Zeit finden, vorher aufzuräumen, oder er beauftragte einfach eine Firma damit. »Tut mir leid.«
Alexandra lächelte ihn an, knöpfte ihre durchnässte Strickjacke zu und ging einfach los.
»Wohin gehen wir?«, fragte er verdutzt.
Sie nahm seine Hand und antwortete schlicht: »Zu mir.«

Walter und Caterina waren zur Polizeiwache in Monte Sacro gefahren. Er, um sich umzuziehen und seine Pistole zu deponieren, sie, um sich ein wenig zu waschen. Sie würde zu Hause, auf der anderen Seite von Rom, eine ausgiebige Dusche nehmen. Als Comello das Büro betrat, merkte er, dass dort jemand auf ihn wartete. Noch ehe er das Licht anmachte, erkannte er die Besucherin an ihrem Parfüm. Diesen lieblichen, zarten Duft hatte er schon öfter gerochen.

»Hallo, Walter«, begrüßte ihn ihre wohltönende Stimme von dem Schreibtisch ganz hinten.

»Dottoressa Foderà, Sie müssen doch nicht im Dunkeln sitzen«, sagte er und reichte ihr die Hand zur Begrüßung.

»Wie geht es Ihnen? Wie kommt's, dass Sie um diese Uhrzeit hier sind?«

»Ich bin auf der Suche nach Commissario Mancini.«

»Im Fall des Bildhauers?«, fragte Walter.

»Na ja, ich bin schließlich die zuständige Staatsanwältin ...«

Comello ließ sich nicht zweimal bitten und berichtete ihr in groben Zügen vom Fortgang der Ermittlungen, wobei er feststellte, dass sie durchaus an dem Fall interessiert war, und wie. Inmitten der Namen der Opfer, der Details und Hinweise traten nicht nur die Spuren des Mannes zutage, den sie alle suchten, sondern auch desjenigen, den Giulia eigentlich finden wollte.

»Ich denke, das ist im Moment alles«, schloss Comello.

Sie schüttelte den Kopf und senkte kurz den Blick, der unsicher flackerte, als sie ihn wieder ansah. »In Wahrheit bin ich vor allem aus einem Grund hier, Walter.«

»Aber der Commissario ist nicht da. Und ich glaube nicht, dass er heute noch mal kommt.« Er warf einen Blick auf die Wanduhr. »Wir waren beim Professore, und inzwischen wird er wohl zu Hause sein.«

Giulia Foderà stand auf. Auf dem Weg zur Tür bat sie ihn: »Tu mir einen Gefallen, Walter, sag ihm nichts davon.«

Als sie gegangen war, überlegte der Ispettore, was wohl so dringend oder persönlich war, dass sie um diese Zeit hierherkam, und warum er Stillschweigen darüber bewahren sollte. Er trat zum Fenster und schob die Jalousie beiseite. Es regnete, und der rote Schirm der Foderà verdeckte sie fast vollständig, als sie zu ihrem Auto ging, das neben seiner Giulietta geparkt war.

»Da bin ich.«

Walter drehte sich zu Caterina um. Sie hatte sich frisch gemacht und eine helle Jeans und eine Bluse von demselben Grün wie die Farbe ihrer Augen angezogen, dazu den Korallenanhänger, der den Farbton ihrer Haare aufnahm. Sie lächelten sich an, und in dem Moment verstand Walter den Sinn von Giulia Foderàs Besuch und auch den ihres grauen Kostüms.

43

Die zahlreichen Geräusche in einem alten Haus ähneln den Gebrechen eines alten Mannes. Es sind immer die gleichen, man erkennt sie schon beim ersten Ton. Dem Alten, der in diesem Haus wohnt, sind sie sehr vertraut, die Zipperlein des Mauerwerks, der abblätternde Putz unter dem Balkon, die Mäuse, die hinter der Wandvertäfelung im Erdgeschoss herumhuschen. Und er würde es augenblicklich merken, trotz seines Alters und einer gewissen Schwerhörigkeit, wenn etwas anders wäre als sonst. Er kennt jedes Ticken der Heizkörper, die sich spätnachts abkühlen, jedes Knarren der Holztreppe oder der Dielenbretter in der Küche und könnte es vom Geräusch von Schritten unterscheiden.

Carlo Biga würde jedes noch so leise Geräusch wahrnehmen, wenn er nicht eingeschlafen wäre. Erst das sachte, aber hartnäckige Treten der Katze auf seinem Plaid weckt ihn. Er schlägt die Augen auf, um sie zu verscheuchen und wieder einzunicken. Derweil qualmt der Kamin, das Holz ist heruntergebrannt und das Zimmer in einen dichten Rauch getaucht, als hätte er das Feuer mit Wasser gelöscht. Er überlegt, es wieder anzuzünden, aber seine armen Knie sind nicht damit einverstanden.

Von links fährt ein Luftzug in den Rauch und weht ein bisschen davon hinaus. Es ist die Verandatür. Er kann sich nicht erinnern, sie offen gelassen zu haben, das muss Enrico gewesen sein, als er das Holz geholt hat, oder Sampa, wie üblich. Gut so. Er legt sich wieder hin. Die Alkoholdösigkeit und der Fernseher wiegen ihn in den Schlaf.

Der Jäger ist auf den Verandastufen stehen geblieben, um in der Stille der Nacht zu warten. Dieser Abend war nicht geplant, und er muss sich für seine Inszenierung mit dem zufriedengeben, was er *vorfindet.* Er konzentriert sich, bis er den Schwindel spürt, der ihm den Kopf schwirren und die Augen tränen lässt. Von der Zypresse an der Ecke ertönt der Schrei eines Milans, die Klauen fest in den Hals einer Krähe gegraben.

Als er hineingeht, riecht es nach Rauch. Er sieht sich um. Bacchus schläft auf dem Sofa, der beleibte Gott mit seinem offenen Mund, dem ein säuerlicher Geruch entströmt. Das Zimmer, das sich in seinen Augen dottergelb gefärbt hat, dreht sich, und auch die Farbe verschwimmt. Orange jetzt. Das Summen in seinem Kopf ist zu einem scharfen Zischen geworden. Er muss sich beeilen, bevor alles in Rot übergeht. Die wirren Stimmen aus dem Fernseher sind nichts als der Widerhall des Gegröles und Gezeches um den Diwan-Wagen des Bacchus herum.

Er stellt sich hinter das Sofa, nimmt das Stück Seil, das er mitgebracht hat, und legt es an die Kehle des Bacchus, dessen Kopf auf der Armlehne ruht. Hält es an beiden Enden und lässt es nach oben gleiten, bis es über den Ohren und dem offenen Mund liegt. Dann zieht er ruckartig daran. Das Seil spannt sich über der Mundhöhle und reißt die Mundwinkel ein. Der Schrei erstirbt in der Kehle, der Oberkörper fliegt gerade nach oben und verstärkt noch die Zugwirkung.

»Au!«, klagt die erstickte Stimme. Die Füße schlagen auf dem Boden auf, und aus einer Zimmerecke flitzt die Katze in den Garten hinaus.

»Ahh, ahh«, macht Bacchus, das bisschen Luft, das er noch hat, kratzt an seinen Stimmbändern.

Mit einer weiteren Seilwicklung fesselt der Monsterjäger ihm die Arme und schlägt ihn dann mit den Fingerknöcheln in den Nacken, zwei feste Hiebe. Danach wehrt sich Bacchus nicht mehr. Als er vor ihn tritt, sieht er, dass seine geöffneten Augen glänzen, sie verfolgen seine Bewegungen. Es ist das erste Mal, dass der Jäger auf den Blick einer Beute ohne Furcht trifft.

Der Professor taxiert ihn, während sein Verstand die erlittenen Schäden bewertet und die verbleibende Energie berechnet. Das Ergebnis: Er wird es nicht schaffen. Sein Blick jagt herum und *bleibt am Telefon hängen. Was ist mit dem Handy, wo hat er es gelassen?*

Der Eindringling hockt sich vor seine Knie und betrachtet ihn, indem er den Kopf von rechts nach links neigt. Dann steht er wieder auf und verschwindet. Biga hört, dass er sich auf der Veranda zu schaffen macht, und nimmt mit einem Mal den Geruch von nasser Erde im Haus wahr. Ein Druck an seiner rechten Hüfte und dann an der anderen sagt ihm, dass der Bildhauer dort etwas abgestellt hat. Seine Hortensien, seine wunderschönen Pflanzen. So soll also seine Grabstätte aussehen.

Er empfindet keine Angst, empfindet gar nichts in diesen letzten bewussten Momenten. Nur die Ironie der Tatsache, dass er durch die Hand eines Serienmörders sterben wird. Gewiss, er kann sich nicht mehr von Enrico und dem Team verabschieden. Und auch nicht den Anruf machen, den er seit Jahren immer wieder aufschiebt, die Stimme der Frau hören, die seine Frau hätte werden sollen.

Als der Bildhauer ihm die kalte Spitze seines Messers an den Hals setzt, ist Biga mit einem Mal alles klar. In diesem Augenblick hat er das ganze Bild vor sich, sieht die Kleidung und die Schuhe, die der Jäger trägt, die unnatürlich blonden Haare.

Und die Augen der Bestie, des Aliens, des Monsters. In diesen Augen erkennt der Professor das fehlende Element, es ist ein Moment der Offenbarung, während der andere die Klinge einsticht und die ersten roten Tropfen aus der rauen Haut am Hals hervorquellen. Der Eindringling greift zu den durchsichtigen Strohhalmen, die er mitgebracht hat, und dann zu den vier Flaschen, die er, wie Biga weiß, im Garten gefunden hat. Er nimmt eine davon, während der Professor ihn reglos beobachtet. Der Schmerz an der Halsader ist unmittelbar und hört gleich wieder auf. Der Killer hat einen Strohhalm in sie eingeführt, dessen anderes Ende er nun in den Hals der Glasflasche steckt.

Das rubinrote Blut von Bacchus ergießt sich in die smaragdgrüne Flasche, ein dünner Strahl sickert von einem Hals zum anderen.

Die Kälte, die seine Finger taub gemacht hatte, breitet sich nun in dem schlaffen, zur Kapitulation bereiten Körper des Professors aus. Obwohl seine Arme gefesselt sind, rutscht seine rechte Hand vom Bein auf das Sofa herunter. Ein Ausdruck der Überraschung huscht über sein blasses Gesicht.

Er kann gerade noch die Taste mit der Ziffer 1 auf dem Handy drücken, bevor der Killer sich über ihn beugt und ihm etwas ins Ohr flüstert.

»Gute Nacht.«

VIERTER TEIL
Die Ordnung

44

Rom, drei Jahre nach der Flucht

Der Jäger kommt nur nachts heraus. Er taucht aus seinen Schlupflöchern unter der Haut der Stadt auf. Bei Tag lugt er durch die Ritzen der rostigen Gullydeckel, ruht in den Grabnischen der Katakomben, geistert durch die Irrgänge der Kanalisation. Still wartet er auf den Sonnenuntergang, in den Lagerschuppen unter den Gehwegen entlang des Tibers, in den Kellergeschossen baufälliger Häuser. Er hat seine Höhlen so unter dem Zentrum verteilt, dass er bequem von einem Punkt zum anderen gelangen kann. Unterirdisch, solange die Sonne scheint, überirdisch, wenn es dunkel ist. Viele dieser Orte sind seit Jahrzehnten verlassen – eine geringe Zeitspanne im Verhältnis zur Geschichte Roms, eine große für das Gedächtnis der Menschen auf der Oberfläche. Er hat Vorhängeschlösser, Riegel und Schlösser ausgetauscht und die Schlüssel in der Nähe des jeweiligen Unterschlupfs versteckt. Ausgesucht hat er sich diese Plätze, weil sie ihn an seine Zelle im Kloster erinnern.

Nach drei Jahren fehlt sie ihm, ob nun Zimmer oder Gefängniszelle.

Hin und wieder, wenn die Stadt schläft, klettert er hinauf und streckt sich auf dem Boden aus, blickt nach oben auf der Suche nach Zeichen. Er atmet tief, und in seinen Augen spiegeln sich die vom schwarzen Nachthimmel eingefassten Gestirne. Dann sieht er sie, dort oben, die Tiere und Personen der antiken Geschichten, gestaltet aus einem Licht, das ihn nicht erschreckt, sondern ihn vielmehr anzieht. Dem Licht des Kosmos, der himmlischen Ordnung, die dem Chaos und seinen Fabelwesen Form gibt.

Manchmal kehrt er dann in seine Höhle zurück und zeichnet das, was er am Himmel gesehen hat, in das kleine Skizzenbuch

vom Pater. Oder er verbessert und korrigiert seine Skizzen und bereitet sich so auf eine seiner *Messen vor.* Dann, wenn die Nacht am dunkelsten ist, taucht er aus dem Bauch der Stadt auf und streift durch die Parks und Viertel, beobachtet die Menschen durch die Fenster, sammelt Zeichen, Spuren und Hinweise, die ihm zum Aufspüren seiner Beute dienen.
Seiner Ungeheuer.
Drei fehlen ihm noch. Ja, dies ist die ideale Nacht, und die neue Höhle liegt nahe an der Wohnung der nächsten Kreatur. Etwas sagt ihm, dass die Zeit drängt. Bald wird der Herrscher des Chaos sich auf seine Spur setzen und erneut versuchen, ihn aufzuhalten. Sich für das zu rächen, was er mit Bacchus gemacht hat. Doch das darf nicht passieren. Er ist nahe dran, seine Mission auf dieser Erde zu vollenden, ihr das Siegel des einzigen Gottes aufzudrücken und das Chaos zu bezwingen, das seiner Schöpfung vorausging, diese schillernde und fürchterliche Substanz, die Ungeheuer.
Das Siegel der ewigen Stille.
Danach kann er ins Kloster zurückkehren. In sein Gefängnis, in sein Zuhause. Zum Pater Superior. Ein Schauder überläuft ihn. Nein, er will ihn nicht mehr enttäuschen, und wenn alles vorbei ist und er sich besser fühlt, wird alles wieder so wie vorher. Er schließt die Augen und versinkt im Traum eines Kindes.
»Komm her, braver Junge«, sagte der Pater Superior. Und aus seinem Mund keimte ein Flüstern, das die Form von Geschichten annahm. Er trug sie in einem halblauten Singsang vor, um die Dinge nicht zu wecken, die im Dunkeln schlafen. Dabei hielt er seine Hand. Und wenn er schließlich einschlief, erschien ihm die Nacht weniger beängstigend.
Deshalb beeilt sich der Jäger nun, im Schutz der Kellermauern eines aufgegebenen Lagerraums im Stadtteil Pigneto, seine Zeichnung fertigzustellen. Es fehlen nur noch wenige Einzelheiten. Er erinnert sich genau an diese Abbildung, sieht sie mit den Augen des Gedächtnisses, während seine Hand sich wie von selbst bewegt und die Umrisse dieser Erinnerung nachfährt.
So, fertig.

Er hält das Blatt an den oberen Ecken, ohne die Figur darauf anzusehen, und geht zur Tür, die von außen, aber nur von dort, vielen anderen gleicht. *Befestigt die Zeichnung mit einem Nagel daran.* Dann holt er aus einem Stoffbeutel einige weiße Kerzenstummel und eine Schachtel Streichhölzer, zündet die Kerzen an und stellt sie zu Füßen der Figur auf. Er kniet davor nieder und wispert mit geschlossenen Augen das Schuldbekenntnis, dreimal zu Beginn und dreimal am Schluss. Dazwischen beichtet er Gott die kleinen Sünden, die er in seinem Namen begangen hat.
 Und er betet. Er betet um die nötige Kraft und den Mut, seinen Auftrag erfüllen zu können. Ihn zu Ende führen zu können. Nicht zu zaudern. Er betet, und als er die Augen wieder öffnet, hat das Wunder des Gebets *gewirkt.*
 Die Zeichnung ist dabei, sich zu verändern.
 Die Augenlider der Gorgone haben gezuckt. Eine nach der anderen bewegen sich die Schlangen, als müssten sie sich nach langer Lethargie strecken. Das Papier bläht sich, und die Adern am Hals der Medusa treten hervor. Das ist das Zeichen, auf das er gewartet hat. Die Vorlage ist fertig.
 Das Ungeheuer lebt.
 Und nun ist er gefragt.

45

Rom, Parioli

Alexandras Haare dufteten immer noch intensiv, obwohl der Regen und der römische Smog sie in einen nassen Lappen verwandelt hatten. Als die Tür zu ihrer Wohnung im obersten Stock des Apartmenthauses sich öffnete, gingen automatisch die Lichter an und erhellten einen großen weißen Raum. Der Fußboden, die Wände und die beiden ornamentalen Säulen in der Mitte waren sämtlich aus Marmor.

»$CaCo_3$!«

»Was soll das sein, ein Droide aus *Star Wars*?«, fragte Antonio grinsend.

»Aber nein«, sagte sie und zog sich die Schuhe aus. »Das ist die chemische Formel von Calciumcarbonat, also auch von Marmor. Ich habe gemerkt, wie du dich umgeguckt hast, diese Wirkung hat es auf alle. Du solltest mal sehen, wie schön es bei Tag ist.«

»Ehrlich, ich hätte nie gedacht, dass du so wohnst.«

»Ich weiß. Wie ich mich anziehe, mein Job an der Uni... Dachtest du, ich wohne in San Lorenzo?«

Alexandras Lachen hallte in dem Raum wider wie in einer Grotte. Antonio sah sie fasziniert an: Das Weiß des Marmors ließ ihre ockerfarbenen Augen in einem noch nie gesehenen Licht erstrahlen.

Sie ging zu dem hellen, modernen Sofa und ließ sich in die Kissen darauf fallen. Aufgefangen von den Daunen irgendeines armen Federviehs, dachte Rocchi. Statt sich zu ihr zu setzen, durchquerte er das Zimmer zu der breiten Fensterfront, die eine ganze Wand einnahm. Draußen war es dunkel, und kleine Lampions erhellten die Dachterrasse.

»Wunderbar!«, entfuhr es ihm. »Man sieht ganz Rom.« Er

klang wie ein kleiner Junge vor dem neuesten Modell einer Spielkonsole. Nein, so hatte er sich Alexandras Zuhause weiß Gott nicht vorgestellt. Die Deckenlampe war eine enorme Kristallkrone, und nach der Flügeltür auf der anderen Zimmerseite zu urteilen, musste die Attikawohnung ziemlich groß sein. Doch was am meisten Eindruck auf ihn machte, waren die merkwürdigen Figuren.

»Findest du sie erschreckend?«, fragte sie belustigt.

Ringsum standen verschiedene Marmorskulpturen, die Antonio als abstrakt bezeichnet hätte, wenn sie bei näherem Hinsehen nicht auch etwas figürlich Absurdes gehabt hätten. Etwas, dass diese Formen zugleich widersinnig und vertraut erscheinen ließ, als wären sie aus einer uralten kollektiven Erinnerung ausgegraben worden.

»Was ... was sind das?«, fragte er, während er auf das Sofa zuging.

»Metaphysische Skulpturen!«, antwortete sie lachend. »Komm, ich zeig dir den Rest.« Sie stand auf und nahm seine Hand.

Antonio verspürte diesen Schauder großer Momente, die Erschütterung vibrierender Ungewissheit, die ihnen vorausgeht.

Alexandra zeigte ihm ihr Bad mit Sauna und die karge Kochnische. Die beiden übrigen Türen am Ende des kurzen Flurs standen offen. Er sah zu der rechten hinein, und sie beeilte sich, das Licht anzumachen, das hier im Unterschied zum Rest der Wohnung sehr gedämpft war. Auf einem langen Schreibtisch aus Stahl und Glas stand ein großer Mac, umgeben von unordentlich aufgestapelten Büchern über antike Kunst. Ein umlaufendes Bücherregal bedeckte sämtliche Wände, unterbrochen nur von einem Fenster und einer kleinen Nische voller vergilbter Ausschnitte aus Kunstzeitschriften und Tageszeitungen. Antonio erkannte das Foto von der menschlichen Laokoon-Gruppe wieder, das die Presse gleich nach der Auffindung in der Galleria Borghese veröffentlicht hatte. Daneben gab es noch weitere Artikel über den Bildhauer-Fall. Sehr gut. Die Frau kniete sich hinein. Doch als er sich ihrem Arbeitsplatz nähern wollte, ging plötzlich das Licht aus. »Was ...?«

Alexandras Antwort war der Hauch ihrer feuchten Lippen auf seinem Mund.

46

Rom, Monte Sacro

Zum dritten Mal hörte Giulia den Ton der Türglocke im Haus verebben, ohne dass etwas geschah. Sie hatte die Tür angelehnt vorgefunden und stieß sie nun zögerlich auf, verbunden mit der Bitte um Erlaubnis, eintreten zu dürfen. Obwohl keinerlei Reaktion erfolgte, beschloss sie, hineinzugehen. Sie war auf direktem Weg zum Professor und gar nicht erst bei Mancini zu Hause vorbeigefahren, weil sie wusste, dass er noch hier sein würde, um den Bildhauer-Fall gemeinsam mit seinem alten Lehrer zu analysieren.

Aus dem Wohnzimmer sah sie das Fernsehbild zucken, doch der alte Phonola lief ohne Ton. Irgendwo tropfte es, wahrscheinlich die Küchenspüle. Langsam, beharrlich. Sie kündigte sich erneut an, doch mit dem Betreten des Zimmers wandelte sich ihre Verlegenheit in Beunruhigung. Im Helldunkel des Fernsehbildschirms konnte sie eine schwere Gestalt auf dem Sofa ausmachen, umgeben von etwas, das wie ein Pflanzenaltar aussah.

»Ist hier jemand?«

Ihre Stimme zitterte von einer bangen Vorahnung, die mit jeder weiteren Sekunde in Gewissheit überging.

»Professore?«, fragte sie vorsichtig, dann lauter und entschiedener: »Commissario Mancini?«

Beim Sofa angekommen, starrte sie auf eine bleiche, rundliche Masse, die wie eine übergroße Porzellanpuppe wirkte. Das Gesicht weiß, die Wangen rot, wie für ein Fest geschminkt. Kurz bevor das Entsetzen sie überwältigte, registrierte Giulia noch die Szene als Ganzes: die Pflanzen ringsherum und unten, am Unterbau des Sofas zwei Fahrradreifen, einer rechts und einer links.

Sie streckte die Hand aus und berührte den kalten Leib. Er war steif, sodass ihre Finger schaudernd zurückzuckten.

»Professore!«, schrie sie unwillkürlich.

In den im Schoß ruhenden Armen hielt Carlo Biga zwei grüne Glasflaschen. Die Etiketten darauf bezeichneten zwei friaulische Rotweine, doch der Geruch, der ihnen entströmte, als Giulia sich darüber neigte, sprach traurig von etwas anderem. In diesem Moment war das Tröpfeln wieder zu hören. Doch es kam nicht aus der Küche.

Es geschah direkt vor ihr.

Ein weiterer Tropfen fiel aus dem in Bigas Hals steckenden Röhrchen in die linke Flasche. Sein Gesichtsausdruck war eine heitere Maske, er hatte die Augen geschlossen und die Lippen zu einem Lächeln verzogen, das mit zwei in den Wangen steckenden Klammern befestigt war.

Plötzlich schüttelte ein Brechreiz oder ein Husten den Körper des Professors. Das Röhrchen löste sich und fiel auf das Sofa.

Die Lider öffneten sich wie salzverkrustete Muscheln an einem Meeresgestade. Der wächserne Blick wandte sich der Morgendämmerung einer Nacht zu, die bis zu diesem Moment ewig erschienen war. Giulia nahm ihr Handy aus der Tasche und wählte eine gespeicherte Nummer, die sie ansonsten nur zögernd gebrauchte. Während sie wartete, erklangen draußen an der Haustür die ersten Töne von Beethovens Fünfter.

Überrascht, aber erleichtert drehte Giulia sich um und lief dem Mann entgegen, der gerade hereinkam.

»Enrico!«

Der Commissario zog sie automatisch an sich, als sie ihm die Arme um den Hals warf, bekleidet mit dem grauen Kostüm, in dem er sie kennengelernt hatte. Seine Verwunderung wich jedoch schnell dem Eindruck von Gefahr, der die Atmosphäre im Haus bestimmte.

»Der Professore...«, schluchzte sie, das Gesicht in seinem schwarzen Pullover vergraben. Sie löste sich aus seiner kalten Umarmung und deutete auf das Sofa.

Er ließ sie los und näherte sich fassungslos dem Arrangement auf dem Sofa. Sie aber blieb, wo sie war.

»Ich glaube, er lebt noch«, sagte sie schwach.

»Ruf den Krankenwagen«, sagte der Commissario matt und hoffnungslos, doch dann schien ihn die Wut zu übermannen, und er brüllte: »Schnell!«

Giulia wählte die Nummer und lief zur Tür.

Mancini beugte sich über Biga. »Professore, hören Sie mich?«

Der Alte blinzelte, ohne die groteske Miene zu verändern, die der Bildhauer ihm aufgezwungen hatte. Der Commissario nahm die Klammern von seinen Wangen, und das zweifache Klicken, das dabei entstand, riss einen Schlund in ihm auf, einen Abgrund, aus dem die Stimmen der Vergangenheit aufstiegen. Reue überwältigte ihn. Kurz bevor er ins Haus gekommen war, noch vor Giulias Anruf, hatte er einen Blick auf den kleinen Bildschirm seines Telefons geworfen. Und jetzt, in diesem Moment, wurde ihm klar, dass ihn bis ans Lebensende quälen würde, was er da gelesen hatte.

Während das Sirenengeheul des Krankenwagens sich näherte, starrte er erneut auf das Display, in der vergeblichen Hoffnung, sich getäuscht zu haben.

1 VERPASSTER ANRUF
VON: PROFESSORE
UHRZEIT: 18.23 XKAP

47

Rundherum Dunkelheit.
Innen Leere.
Alle Lichter erloschen, die Luft verbraucht.
Enrico steht irgendwo allein in seinem Traum, verwirrt und verstört. Direkt vor sich ahnt er etwas, das ihm den Weg versperrt, er streckt die Arme aus und stößt auf ein festes Hindernis. Es ist eine Mauer. Glatt und glitschig, doch seine Hände tasten sie begierig ab, folgen ihr.
Wo ist er?
Er versucht, seine Schritte zu zählen, aber in dieser Finsternis, in dieser Leere, gelingt es ihm nicht. Seine Finger fliegen über die Wand, bis sie eine Ritze fühlen. Sie fahren ihr nach und entdecken noch weitere. Es sind nicht die Fugen zwischen Backsteinen, denn sie sind gebogen, rund. Er folgt ihnen mit beiden Händen, und es entsteht das mentale Bild von einem Kreis, in dem sich eine Art Lageplan aus weiteren konzentrischen Kreisformen abzeichnet.
Ein Labyrinth?
Enrico löst sich von der Wand. Dahinter muss es noch einen anderen Raum geben. Er ringt nach Atem, bekommt kaum Luft. Dann findet er einen Durchgang, tritt über die unsichtbare Schwelle und steht unerwartet in einem Halbschatten, erzeugt von einem hellen Schein von oben. Er blickt hinauf. Über ihm befindet sich ein Rechteck aus starkem Licht, und er kann den Anblick dieser eingerahmten Sonne nicht ertragen.
Er senkt den Kopf, doch ein Rest des Lichts überschwemmt seine Retina, und er kneift die Augen zusammen, um die hektisch tanzenden gelben Punkte zu vertreiben. Endlich schneidet sein Blick ein Stück Raum aus dem Zwielicht heraus, das ihn einhüllt wie ein

Leichentuch und ihn zum Schwitzen bringt. Brust, Beine, Rücken, er ist schweißgebadet. Er wird ersticken hier unten.

Aber wo ist »hier unten«?

Aus der Öffnung oben kriechen tentakelartige Strahlen herein, die von seinen Pupillen aufgenommen werden wie eine rettende Vision. Ein schwefelgelbes Leuchten, das es ihm gerade so ermöglicht, den quadratischen Grundriss der Kammer zu erahnen, in der er steht. Sie ist groß und kahl, die Wände nackt und tropfnass, überzogen von Algen, die einen widerwärtigen Gestank ausströmen.

In seinen Ohren das Sirren der Finsternis.

Enrico macht einen Schritt auf die Mitte des Raums zu. Dann geht er weiter, bis sich zwei schattenhafte Umrisse in dem Dämmerlicht abzeichnen. Zwei schräge Polygone.

Er bleibt stehen. Seine Knie geben nach, als der Geruch des morschen Holzes ihm in die Nase steigt und sein Blick sich scharf einstellt. Er kennt diesen Geruch, weiß, dass er ihn schon einmal irgendwo wahrgenommen hat, aber nicht mehr, wo und wann. Sein Herzschlag verlangsamt sich, seine Kehle wird eng, und eine tödliche Übelkeit überfällt ihn. Dann reißt eine unbekannte Kraft ihn vom Boden hoch. Er bewegt sich, fortgezerrt von dieser schwarzen Energie. Rechter Fuß, linker Fuß. Wieder und wieder. Vier, fünf Schritte, und da sind sie. Einen Meter vor ihm stehen, wie düstere Wächter einer unsichtbaren Schwelle, zwei schwere Eichensärge.

Sie sind offen.

Enrico kann sich nicht beherrschen, obwohl er weiß, dass er es nicht tun darf, dass er nicht hineinsehen darf. Er stellt sich an den einen und blickt nach unten, wohl wissend, was ihn erwartet. Eine einbalsamierte Leiche, die Hände über der Brust gefaltet. Die Augen stehen offen, sind leblos und farblos, der tote Blick jedoch von einer gespenstischen Intensität. Die dunklen Haare, die hier und da durch die Binden quellen, die kaum erkennbare Wölbung des Busens. Nichts deutet darauf hin, aber er weiß, wer es ist. Er wird davon angezogen, krankhaft, gestört, unwirklich. Dann

bemerkt er, dass ein Stück Stoff über dem Bauch verrutscht ist und den Blick frei gibt auf die Haut darunter. Die schwarz ist. Er will es nicht tun, will sich nicht darüber beugen, doch auch diesmal gibt er der Versuchung nach. Sein Auge nähert sich unwillkürlich, gebannt von der Bewegung vor ihm.
Ist noch Leben dort drin? Oder ist es nur das Gewimmel seiner Erinnerungslarven?
Plötzlich spult sich von diesem Punkt eine Spirale aus Verbandsstreifen ab. Sie schraubt sich durch das Innere des Körpers, durchbohrt den Sarg und verschwindet in der Schwärze dort unten. Er will schreien, schlägt die Hände vors Gesicht und zwingt sich, den Blick abzuwenden, der hinübergleitet auf den anderen Sarg. Der leer ist. Gleich darauf aber zeichnet sich etwas darin ab. Zwei Mulden und zwei Erhebungen, die Augenhöhlen und die Wangenknochen. Ein menschliches Gesicht. Ein männliches. Er kennt es.
 Ein furchtbarer Gedanke bricht sich bahn. Das rechteckige Lichtfenster dort oben ist der Zugang zu dieser Gruft. Und er ist irgendwie in sie hineingeraten. Eine plötzliche Müdigkeit befällt seine Beine, da ist eine Hitze, die in ihm aufsteigt und ihn langsam auflöst. Das Gefühl eines luftleeren Raums, während sich in der Mitte des Sargs etwas regt.
 Ein Strudel aus schwarzem Staub, der sich erhebt, um ihn zu verschlingen. Sein Schock über dieses bizarre Ereignis vermengt sich mit der Furcht vor der Grube, die ihn zu sich ruft, ihn in diesen Taumel hineinsaugt. Enrico beginnt hinabzurutschen, klammert sich an den Holzkanten fest, leistet Widerstand. Er stemmt die Füße auf den Boden, doch die Kräfte verlassen ihn, und er stürzt.
 Dort hinunter, wo sich die Schatten nicht von anderen Schatten unterscheiden. Wo selbst der Tod auf den Tod wartet. Er gibt den Widerstand auf, während der Gedanke an ewige Ruhe ihn allmählich einnimmt. Während die unterirdische Nacht herabsinkt.
 Regungslos, lautlos. Zeitlos.

48

Rom, Polizeipräsidium

IL MESSAGGERO

»Der Bildhauer« versetzt Polizei in Angst und Schrecken

Gestern Abend hat der Serienmörder, der als »der Bildhauer« bekannt ist, im Viertel Monte Sacro zugeschlagen. Das Opfer ist Professore Carlo Biga, ein bekannter Kriminologe und Mitarbeiter der Staatspolizei. Bislang sind keine Einzelheiten bekannt, auch nicht, in welcher Beziehung der Fall zu den vorigen Taten des Killers steht. Die zuständigen Ermittler wollten keine Erklärung abgeben, und der Polizeipräsident hat noch keine Maßnahmen getroffen, seit diese Bestie die Hauptstadt terrorisiert.

»Ruf ihn noch mal an! Er meldet sich nicht«, herrschte Gugliotti den armen Messina an, der erschrocken zusammenzuckte. Wie zu erwarten, hatten nun auch die überregionalen Nachrichtensender den Fall aufgegriffen, was den Questore in Bedrängnis brachte.

Diesmal würde er seinen Hut nehmen müssen, das war ihm klar, aber Mancini würde mit ihm untergehen, und der Gedanke tröstete ihn ein wenig. Vor Schreck über das, was da um ihn herum geschah, war er nicht einmal zum Tatort gefahren, um sich dort fotografieren zu lassen. Er war wie gelähmt.

Messina wählte erneut die Nummer von Mancinis Festnetzanschluss und gleich danach die des Handys, jeweils mit dem gleichen Ergebnis: keine Antwort.

Inmitten all dieser Scherereien schwebte Carlo Biga zwischen Leben und Tod. Er hatte drei Bluttransfusionen erhalten, und die erste Spende stammte von Mancini, wie Gugliotti zu Ohren gekommen war. Der Mörder hatte den Professor verbluten lassen wollen. Was ihn davor bewahrt hatte, war die improvisierte Kanüle, deren Innenwände sich verklebt hatten, sodass das Blut nicht schnell hatte abfließen können, und der nur oberflächliche Schnitt in seiner Halsschlagader. Das Herz hatte trotz der Bewusstlosigkeit des alten Kriminologen langsam weitergepumpt, und in die beiden 750 cl fassenden Flaschen war insgesamt nur ein Liter Blut gelaufen.

Gugliotti hatte nie große Sympathie für Biga empfunden, aber wenn er überlebte, würde das die öffentliche Meinung beschwichtigen, und er könnte die Situation als halben Erfolg ausgeben. Starb der Alte dagegen, würde er das dazu benutzen, Mancini aus dem Dienst zu entlassen. Dieses Mal endgültig.

Auch Alexandra Nigro, die er als Beraterin für Mancini und Comello engagiert hatte, hatte ihn enttäuscht. Die steile Karriere der Wissenschaftlerin und ihre Auffassungsgabe hatten ihn beeindruckt, und er war überzeugt gewesen, dass der Fall schnell gelöst würde, wenn er sie dem Commissario zur Seite stellte. Doch mit der Zahl der monströsen »Kunstwerke« wuchs auch der Skandal, der ihn nun endgültig überrollte und seine Fehleinschätzungen mehr als deutlich offenbarte.

»Nichts zu machen, Dottore.« Messina zuckte bedauernd die Achseln und legte auf.

Der Commissario war die ganze Nacht im Krankenhaus geblieben. Nach der Bluttransfusion hatte man ihn auf einer Liege ruhen lassen und ihm etwas zu essen und Tütchen mit Glukosesirup angeboten. Beides hatte er abgelehnt und war einfach in dem dunklen Raum mit den zwei Metallregalen sowie zahlreichen Besen und Eimern liegen geblieben, um seine Müdigkeit und Niedergeschlagenheit zu überwinden.

Giulia hatte angeboten zu bleiben, aber er hatte sie weggeschickt, bemüht darum, dabei nicht zu unfreundlich zu klingen. Er wollte mit sich und seinen Gedanken allein sein. Der erste Gedanke, der feigste und gemeinste, betraf sie, Giulia Foderà, die Frau, der er nach langer Zeit ein kleines Stück seines Herzens überlassen hatte, beseelt von der Hoffnung auf einen Neuanfang. Er schämte sich dafür, aber das Gefühl war stark und schneidend wie eine Messerklinge: Es war Giulias Schuld. Wenn sie nicht auf der Wache aufgetaucht wäre, so dachte er, und Walter ihn nicht dazu bewogen hätte, nach Hause zu fahren, um sie zu treffen, hätte er den Professor nicht allein gelassen.

Gleich darauf meldete sich jedoch eine andere Stimme, die ihm vorhielt, es sei ganz allein seine Schuld, weil er nicht auf ihre Mail reagiert hatte. Er hatte seine Antwort hinausgezögert, unschlüssig, was er tun sollte, denn genau so weit war es mit ihm gekommen: Er war ständig geplagt von Zweifeln und Unsicherheiten. Er hatte Angst gehabt, ihr zu antworten, weil er ihr keine falschen Hoffnungen machen wollte, sich selbst aber auch nicht. Denn diese Frau, darüber durfte er sich nicht täuschen, hatte sich tatsächlich in seinen innersten Regungen und Gedanken eingenistet. Sie hatte sich auf Zehenspitzen hereingeschlichen und sich eine Nische in den harten Stein seines Herzens gehauen, der offenbar doch brüchiger war, als er geglaubt hatte. Als es passiert war, war es wunderschön gewesen, und er hatte sich nicht einmal groß Gedanken darüber gemacht. Nie hätte er geglaubt, dass er wieder mit einer Frau zusammen sein könnte, ohne das drückende Gefühl des Verrats, ohne den unwillkürlichen Vergleich mit Marisas Duft, ihrem Geschmack. Hinterher jedoch war er in eine Schattenzone abgeglitten, in ein ungewisses Zwischenreich, in dem er tagelang herumgetrieben war. Oder vielmehr in eine Art Spiegelkabinett, das ihm immer wieder dieselbe Frage zurückgeworfen hatte: Welches Gewicht hatte diese Frau in seinem Leben, seinem neuen Leben?

Der Gedanke an seine Schuld, der ihn nicht einmal während seines halbstündigen Nickerchens in Ruhe gelassen, sondern in Form eines Albtraums verfolgt hatte, beherrschte alles. Irgendwie war es Biga gelungen, ihn anzurufen, während der Bildhauer ihn folterte, mit diesem Röhrchen im Hals und dem Lebenssaft, der aus ihm heraus in die erste Flasche floss. Aber er war nicht rangegangen, das tat er fast nie. Als er sich auf den Weg gemacht hatte, um die Angelegenheit mit Giulia zu klären, hatte das Handy in seiner Jeanstasche vibriert, aber er hatte gedacht, es sei vermutlich Walter oder sonst jemand mit einer neuen Information. Und dass die nicht so wichtig sein konnte wie das, was er Giulia zu sagen hatte und wozu er nun endlich den Mut aufbringen würde: dass es aus war.

Auch dieses Mal war er zu spät gekommen. Am 15. Mai des vergangenen Jahres hatte er den letzten Blick von Marisa verpasst, ihren letzten Kuss, hatte nicht mal mehr zu ihr sagen können: »Adieu, meine Liebste.« Nun erlebte er eine ähnliche Situation mit dem Mann, der ihn aufgezogen hatte, der ihm alles beigebracht hatte, was er wusste, der ihn in die Welt der Kriminologie eingeführt hatte, ihm wie ein Vater war.

Er hatte ihn lange angesehen, als die Krankenschwestern sie beide für die Transfusion vorbereitet hatte. Unter ihren Händen hatte der Professor wie ein toter Gegenstand gewirkt, unbeseelt und ohne Wärme. Doch irgendwo in diesem erschöpften Körper wohnte noch der Kampfgeist seines alten Freundes, auch wenn die Anzeige des Elektrokardiografen, an den er angeschlossen war, ebenso schwach blinkte wie die Hoffnung, ihn je wieder auf den Beinen zu sehen.

Wieder vibrierte sein Handy. Er nahm es und überraschte sich bei dem absurden Gedanken, damit würde jetzt eine glücklichere Version des Films laufen, der vor wenigen Stunden an der Tür von Bigas Haus begonnen hatte.

Doch es war nur der Mistkerl von Gugliotti. Er lehnte den Anruf ab und schloss die Augen auf der Suche nach Antworten auf die Fragen, die ihm im Kopf herumschwirrten. Doch noch bevor er wieder in sein Meer der Bitterkeit abtauchen konnte, klopfte es an der Tür. Er setzte sich auf und erkannte blinzelnd Comellos hünenhafte Gestalt. Hinter ihm standen Rocchi und Alexandra.

»Caterina hat etwas gefunden, Commissario. Unten im Staatsarchiv, es geht um die Karten vom unterirdischen Rom«, legte der Ispettore sofort los.

Mancini starrte durch ihn hindurch, als wäre er Luft, und wandte den Kopf ab.

»Geht bitte wieder.«

»Commissario«, mischte sich Alexandra ein, »ich weiß, ich bin die Letzte, die etwas sagen darf, aber wir müssen der Sache auf den Grund gehen. Wir sind ganz nah dran.«

Der Blick des Commissario wurde hart. Diese Bernsteinaugen brachten ihn nicht mehr in Verlegenheit, und er stand kurz vor einer bissigen Bemerkung, beherrschte sich aber.

»Geh bitte. Geht alle.«

Rocchi schob Walter beiseite, trat zu der Liege und legte ihm eine Hand auf den Arm. »Enrico, Caterina hat den Beweis, dass der Bildhauer sich unterirdisch fortbewegt, sie hat seine Verstecke ausfindig gemacht, und nicht nur das. Er streift nachts umher. Sie ist Blutspuren gefolgt, dort in der alten Kanalisation unter den Diokletiansthermen, die sie zu ...«

»Seid ihr taub? Verpisst euch, lasst mich in Ruhe!«

»Commissario ...«, wagte Walter sich noch einmal vor.

»Raus!« Er war laut geworden, um die Einwände der anderen, die Geräusche des EKG-Apparats nebenan und das Auflodern seiner Wut zu übertönen. Einer Wut, die viel älter war als der Schmerz der vergangenen Stunden. Eines wilden Hasses, dem er bis dahin keinen Ausdruck hatte geben können. Mühsam stand er auf, das Kinn auf die Brust gedrückt und mit wackeligen Beinen. Dann hob er den Blick und bohrte ihn in das Gesicht des Gerichtsmediziners. Blitzschnell, mit einem halben Schritt vorwärts, packte er Rocchi am Kragen seines alten Pullovers. Packte ihn fest und schüttelte ihn, als wäre er ein Teppich.

Antonio reagierte weder überrascht noch erschrocken. »Es ist nicht deine Schuld, Enrico. Erhol dich von der Transfusion, und dann machen wir sofort weiter. Ohne daran zu denken.«

»Ohne an was zu denken?«, fragte Mancini und ließ ihn los.

Rocchi antwortete nicht, und der Commissario fixierte ihn weiter, doch sein Blick war matt geworden und der Zorn schon verraucht.

»Ohne daran zu denken, dass du nicht bei ihm warst, als der Mörder ... als er kam, um ihm das anzutun.« Rocchi deutete auf das Zimmer, in dem Biga lag. »Du darfst dich nicht dafür geißeln, dass du nicht auf seinen Anruf reagiert hast. Hör auf, dich ständig wegen allem schuldig zu fühlen.«

»Du weißt nicht, wovon du redest.«

»Doch, das weiß ich sehr gut. Ich rede von dir. Seit du Marisa verloren hast, bist du nicht mehr du selbst.«

Mancini sah sich um, plötzlich verlegen, weil die anderen dabei waren.

»Du konntest damals nicht rechtzeitig zurückkommen, und das quält dich immer noch. Jetzt laste dir nicht auch noch das hier an.«

Die Ohrfeige kam blitzartig und so hart, dass Rocchis Brille herunterfiel.

»Commissario!« Alexandra schüttelte schockiert den Kopf.

Antonio hob schweigend seine Brille auf und setzte sie wieder auf. Seine linke Wange brannte. Mancini war rückwärts getaumelt und auf der Liege gelandet. Mit hängendem Kopf und feuchten Augen. Antonio schob sich an den anderen beiden vorbei und verließ das Zimmer. Enrico hatte ihn vor Alexandras Augen geschlagen, und die Demütigung reichte tiefer als bis zu seiner anschwellenden Wange.

»Ich habe zweimal danebengeschossen. Ich hätte ihn treffen müssen«, murmelte Mancini.

Alexandra erschauerte.

Walter war enttäuscht von seiner Mutlosigkeit, ließ aber nicht locker. »Commissario, ich erlaube mir kein Urteil, schon gar nicht über Ihren Kummer. Aber eins muss ich Ihnen jetzt sagen, von Polizist zu Polizist. Es ist der Staatsdiener in mir, der zu Ihnen spricht.«

Hinter dem Ispettore rahmte das große Fenster den Hintergrund der Nacht ein, vor dem sich der schmale Umriss einer ausgeschalteten Straßenlaterne abzeichnete. Von unten stieg weißlicher Dampf von einem Behälter zur Kühlung von Flüssigsauerstoff auf.

»Wenn wir diesen Mann nicht fassen, wenn wir es nicht schaffen, ihn aufzuhalten, werden weitere Menschen sterben, und dann, ja, dann allerdings ist es auch Ihre Schuld.«

Mancini hielt den Kopf in die Hände gestützt. Antonios und Walters Worte hallten in ihm nach, unterbrochen vom Piepen des EKG-Apparats nebenan, bis ein anderes fernes Geräusch sich daruntermischte: Franco Mancini auf seinem Fahrrad, mit dem er immer zur Arbeit fuhr, das leise Rauschen der Speichen in der kühlen Morgenluft. Das Fahrrad seines in den Schatten der Vergangenheit verlorenen Vaters, Marisas lila Kleid, Professor Bigas schönes großes Haus. Das Fahrrad rostete nun in seinem Keller vor sich hin, das Kleid seiner Frau hing in dem Schrank, in den sie es vor ihrem letzten Krankenhausaufenthalt gehängt hatte, und das Haus des Alten würde bleiben, wie es war, auch nach dessen Tod. Die Dinge überlebten die Menschen, die sie besessen und geliebt hatten und die samt ihren Hoffnungen, Bindungen, Gefühlen verschwunden waren, zu Staub zermahlen vom Zahn der Zeit. Erfasst von dem, was er als ein Beben der Ewigkeit wahrnahm, fühlte Enrico Mancini sich plötzlich einsam.

»Bitte geht jetzt.«

Diesmal widersetzte sich niemand. Alexandra und Walter wechselten einen bekümmerten Blick und verließen die Kammer ohne ein weiteres Wort. Auch auf der Treppe sagten sie nichts, und draußen verabschiedeten sie sich nur mit einem Winken.

Drei Stockwerke über ihnen machte Mancini sich eilig bereit. Wenn er nicht zu einem Schatten mutieren wollte, bevor auch sein Körper zu Staub wurde, musste er die Kraft aufbringen, sich in seinem eigenen Kummer zu spiegeln.

Noch einmal.

Ein letztes Mal.

49

Das Pigneto-Viertel, ein schmales Dreieck zwischen den großen Wohn- und Geschäftshäusern an der Via Prenestina und den Bahngleisen der Casilina-Linie, besteht aus einer Ansammlung kleiner unverbundener Gassen und begnadigter Einfamilienhäuschen, die in Wohnungen für Studenten, Pseudokünstler und Kleindealer umgewandelt wurden. Die Entwicklung von der erbärmlichen Armseligkeit der Fünfzigerjahre hin zu der wohlgenährten Existenz eines Aperitif-Viertels ist abgeschlossen, und an diesem Abend drängen sich zwei Generationen von Radical-Chic-Hipstern in den kleinen Lokalen der Hauptstraße und diskutieren über Kleinverlage, Fotografie, gerechte und solidarische Wirtschaft.

Überall ist der Asphalt mit Schriftzügen und Zeichnungen überschminkt. An einer Ecke quillt ein Müllcontainer von gelben Säcken über, eine große grellfarbige Blume umgeben von bunten Abfall-Blütenblättern. Auf der anderen Seite gibt es eine Nostalgie-Bar mit einem Klavier und Wänden voller Vinyl. Etwas weiter unten beherbergt die melancholische Silhouette eines Citroen Dyane, vor irgendeinem Abwracker gerettet und wieder zum Leben erweckt, vier Jugendliche und eine dichte Qualmwolke. Sie hören peinlichen Italorap, rollen sich ein paar Joints und lachen wie Hyänen.

Zwei Kreuzungen weiter zweigt rechts ein kleines isoliertes Sträßchen ab. Es ist eine Sackgasse, und am Ende, hinter einem Metallgitterzaun, wächst hohes Unkrautgestrüpp. Die knapp hundert Meter lange Linie eines Häuserblocks wird von der Einfahrt zu einem Innenhof unterbrochen, der als Lagerplatz genutzt wird. Gleich daneben steht ein etwas zurückgesetztes zweistöcki-

ges Gebäude ohne Fenster, über dessen einziger Tür sich nur die ausgeblichene Fassade erhebt. Der trostlose Winkel ist in das Dunkel der Nacht und der Vernachlässigung getaucht. Auf dem Gehweg davor, an der Bordsteinkante, liegen nur Bierdosen und ein paar Spritzen.

An der Tür befindet sich weder eine Klingel noch ein Griff oder eine Art von Klopfer. Eine glatte Oberfläche, abgesehen von den Rissen im Lack. Niemand hat je auf sie geachtet, vielleicht auch, weil die nächste Straßenlampe nach einem Steinwurf erblindet ist. Niemand hat diese Tür je als einen Durchgang zu einem anderen Ort, einem Innenraum, einer Wohnung betrachtet. Nicht einmal die Maghrebiner, die abends ihre Streichhölzer an ihrem Rahmen anreißen.

Niemand weiß, was dahinter ist.

Oder wer.

Ein kleiner Raum von fünfzehn Quadratmetern. Ohne Fenster, ohne Möbel, nur ein paar Kartons auf dem Boden. Und viele, viele Kerzen. Dort drin bereitet ein Mann sich vor. Er hat einen Jogginganzug aus dem gelben Container der Kleidersammlung gezogen, denn die Wirklichkeit dort draußen ist gefährlich. Heute Abend ist sie dran, die Frau, die einen versteinern lässt. Die Zeichnung ist lebendig geworden, und er hat sie an der Tür befestigt. An dieser Tür. Jeder Krampf in seinen Gedärmen, jeder Schweißtropfen treibt ihn an hinauszugehen. Der Furcht mit der Verwandlung zu begegnen.

Er legt ein Ohr an die Tür und lauscht eine volle Minute lang, ohne draußen irgendein Geräusch wahrzunehmen. Sein ultrascharfes Gehör empfängt kein Signal. Er verlässt seine Höhle und schließt rasch die Tür wieder hinter sich. Dann beginnt er, auf der Stelle zu hüpfen. Das hat er bei einem alten Kerl gesehen, bevor der an der Eisenbahn entlangtrabte, und nun läuft auch er in gemächlichem Tempo los. Irgendwann bleibt er stehen, wischt sich die Stirn, den einzigen freiliegenden Teil seines Körpers, trinkt an einem Brunnen und läuft weiter.

Er läuft durch die Straßen von Pigneto. Es ist kalt, und es sind *nicht viele Leute unterwegs. Was den Schauer der Angst nur verstärkt, die Erregung der Jagd. Wenn er sich beeilt, wird er sie finden, seine Beute. Er lässt die Kneipengegend hinter sich und trabt in das Labyrinth der kleinen Gassen hinein. Es stinkt vor Dreck in diesem Viertel. Er biegt zweimal nach links ab und findet an einer roten Mauer, auf halber Höhe einer Straße ohne Ausgang, das, was er gesucht hat.*

Eine Frau mit einem Kind an der Hand geht auf den Kiosk zu, an dem ein alter Mann gerade einen Corriere della Sera kauft. Der Jogger stellt sich an. Das Kind verlangt von seiner Mutter zehn Päckchen mit Fußballerbildchen und schmollt, als sie ihm nur fünf kauft. Doch die Frau sieht den Kleinen streng an, woraufhin er ein schönes, braves Lächeln aufsetzt. Die kleinen Zähnchen, das Leuchten der Kindheit in den blauen Augen.

Als der Mann in dem Trainingsanzug an der Reihe ist, winkt ihn das Mädchen mit den Dreadlocks heran, doch er steht wie versteinert da, kalter Schweiß bricht ihm aus. Er wendet sich ab, um zu gehen, und sie zuckt lächelnd die Achseln und sagt: »Auf Wiedersehen.«

Während er sich von der Höhle der Medusa entfernt, antwortet der Monsterjäger unhörbar und ohne sich zu ihr umzudrehen: »Bis bald.«

50

Provinz Latina

Die Straße schlängelte sich den Hügel hinauf. Oberhalb des bewaldeten Kamms ragte eine herrschaftliche Villa im Kolonialstil auf: drei Etagen weißer Stuck auf hellgelbem Putz, ein überhängender Mittelteil, ein großer achteckiger Erker und ein mit Zinnen besetztes Türmchen. Zwei Kilometer weiter westlich flimmerte ein schmaler Streifen Meer.

Mancini bremste den Mini ab, dass der Kies knirschte. Er stieg aus und schlug die Wagentür mit einem Knall zu, der durch den parkartigen Garten hallte. Niemand war zu sehen, und vom Rasen stiegen kleine Nebelfetzen auf. Der Commissario schlug den Kragen seines Trenchs hoch und ging zum Eingang. Als der Pförtner seine Marke sah, ließ er ihn nickend passieren.

Mancini stieg rasch die Prunktreppe in der Eingangshalle hinauf, hinter der sich der Aufzugschacht verbarg. Er brauchte Antworten, er hatte die Orientierung verloren und musste seinem Bauchgefühl folgen. Beim Anblick des großen Kreuzes mit dem toten Christus daran und der Blumensträuße darunter empfand er einen Verdruss, der sich zu dem Bewusstsein von einer übermächtigen Leere in ihm wandelte.

Franco Mancini hatte schon vor Längerem das Zeitliche gesegnet, und das Leben seines Sohnes, vom Studium bis zum ausgeübten Beruf, beinhaltete eine ständige Auseinandersetzung mit dem Vorbild dieses Mannes, den seine Mutter, die so ganz anders war, geliebt hatte. So sehr, dass sie ihm ein halbes Jahr später ins Grab gefolgt war. Jetzt ruhten sie beide auf dem Friedhof Prima Porta, und Enrico brachte einmal im Jahr, an ihrem Hochzeitstag, einen Strauß Calla dorthin. Als Einzelkind hatte er sich den Wünschen und Hoffnungen seiner Eltern stets wie einem Vermächtnis verpflichtet gefühlt. Er glaubte, keinen von beiden enttäuscht zu haben, war sowohl ihrem Wunsch nachgekommen, dass er studierte, als auch seinem, zur Polizei zu gehen. Seit Marisa aus dem Leben geschieden war, fragte er sich häufig und ohne Furcht, ob es ihm genauso ergehen würde. Ob auch er ihr bald folgen würde wie seine Mutter seinem Vater. Doch das Ende schien noch nicht zu kommen, und er musste weitermachen. Und dafür gab es nur einen Weg: Er musste den Mut aufbringen, sich im Spiegel zu betrachten. Im Spiegel der Angst. Und den konnte ihm nur einer vorhalten.

Die Villa Cesira war ein besonderes Krankenhaus, denn die Patienten hier waren besonders. Die Einrichtung hatte nichts mehr gemein mit den Irrenanstalten für Kriminelle früherer Zeiten, die in der euphemistischen Beamtensprache zuerst »Psychiatrische Krankenhäuser des Justizvollzugs« hießen und später »Geschlossene Heilanstalten zur Durchführung gesundheitsbedingter Sicherheitsmaßnahmen«. Davon gab es noch sieben in ganz Italien, doch in den letzten Jahren hatte die Privatwirtschaft in diesem Bereich ein Geschäft gewittert, und so hatte auch die Villa Cesira die Züge eines Pflegeheims angenommen. Das Personal war das gleiche geblieben wie unter der vorherigen Verwaltung, wurde jetzt aber je zur Hälfte von der örtlichen Gesundheitsbehörde und aus Privatkapital finanziert.

Jede Etage beherbergte eine andere Abteilung mit jeweils sieben Zimmern. Die erste hatte grün gestrichene Wände, darin der Geruch nach Desinfektionsmitteln vermischt mit dem von Pinienduft-Raumspray. Hier befanden sich die Insassen in Präventivhaft oder zeitweiliger Sicherheitsverwahrung, die der psychiatrischen Begutachtung und Beobachtung unterlagen. Die zweite war die blaue Etage und beherbergte Männer und Frauen, die an psychischen Krankheiten litten oder geistig behindert waren und als gemeingefährlich galten. Der sie umgebende Raumduft hatte eine Note von Meersalz.

Nach vierundsiebzig Stufen erreichte Mancini außer Atem und mit leicht schmerzenden Waden die dritte Etage. Im Gegensatz zu den hell beleuchteten anderen beiden Stockwerken lag der Korridor im Halbdunkel. Er erstreckte sich zu beiden Seiten etwa dreißig Meter lang. Die sieben Zimmer hatten einbruchs- beziehungsweise ausbruchssichere Türen. Die Farbe Lila war vorherrschend, und ein zarter Lavendelduft verbreitete sich in den Unterkünften der Patienten: allesamt gefährliche Psychopathen, die schwere Gewalttaten gegen Personen begangen hatten. Mancini blickte in das Zimmer der Stationsleiterin, das leer war, und ging dann nach links weiter, wo er vor der dritten Tür mit der Zimmernummer 5 stehen blieb. Er spähte durch das kleine Sichtfenster hinein. Direkt gegenüber ließ ein halb heruntergezogener Rollladen nur gedämpft Licht herein. Rechts stand ein Bett, in dem eine Krankenpflegerin gerade einen Patienten umzog, von dem Mancini nur den wirren Haarschopf sah. Er löste den Blick und lehnte sich mit dem Rücken an die Wand neben der Tür, um durchzuatmen. Die Stationsleiterin kam aus der Toilette am Ende des Ganges und kehrte nach einem prüfenden Blick in ihr Zimmer zurück. Mancini wischte sich den Schweiß von der Stirn, den er sich als Folge des Treppensteigens einzureden versuchte.

Die Tür ging auf, er wich ein Stück vor der Pflegerin zurück, die mit einer Urinflasche aus dem Zimmer trat. Er zog seinen Ausweis hervor und deutete in das Zimmer. Die Frau nickte und ließ die selbstschließende Tür offen. Der Commissario hielt sie mit der Hand fest, in der er noch den Ausweis hatte, und rieb sich mit der anderen über den feuchten Nacken.

Dann trat er ein.

Der Rollstuhl stand vor dem weit geöffneten Fenster. Der Mann saß mit dem Rücken zu ihm und blickte hinaus. Im Park unten verwandelte sich der Rasen durch den Reifdunst in einen geisterhaften Teppich.

»Erinnert Sie das an was, Commissario?«

Mancini schloss die Tür hinter sich und machte einen weiteren Schritt in den Raum hinein. Hier drinnen gab es keinen Stuhl, also offenbar auch nie Besucher. Er blickte zum Bett: Auf dem Nachttisch standen zwei Bücher, eine Plastikflasche ohne Verschluss und eine Spieluhr mit einer kleinen Tänzerin darauf.

»Der Nebel, meine ich«, fügte der Gefangene hinzu.
Seine Hände lagen so reglos auf den Armlehnen, dass sie unecht wirkten. Nur die Brandnarben darauf verrieten, dass sie aus Fleisch und Blut waren.
Der Mann im Rollstuhl schien die Augen halb geschlossen zu haben, und Mancini glaubte, das Geräusch der über den feuchten Schleier der Hornhaut gleitenden Lider zu hören.
Er knöpfte den Hemdkragen auf. Er schwitzte immer noch.
»Wie geht's, Oscar?«

51

Rom, Monteverde

Giulia Foderà stand in einem dämmerigen Zimmer im ersten Stock einer kleinen Villa in Monteverde. Es war das Haus ihrer Mutter, in das sie sich hin und wieder zurückzog, wenn diese auf einer ihrer langen Reisen um die Welt war. Nach der Scheidung hatten ihre Eltern sich aus den Augen verloren. Giulia hatte sich zunächst gefragt, warum ein Ehepaar, das so lange zusammen gewesen war, am Ende doch aufgegeben hatte. Immerhin hatten sie nicht nur eine gemeinsame Tochter aufgezogen und waren beide beruflich erfolgreich – er als im Landgerichtsbezirk Rom zugelassener Strafverteidiger, sie Inhaberin einer Designerboutique im Viertel. Und nicht zuletzt hatten sie diverse beiderseitige Seitensprünge überstanden. Doch dann begriff sie, dass es die Langeweile war, die Angst vor der Leere, die ihre Eltern überfallen hatte, als sie in den Ruhestand gegangen waren. Ihr Vater lebte schon seit Jahren im nahegelegenen Golfparadies Olgiata, und ihre Mutter hatte das Haus hier in der Via Ugo Bassi in Monteverde behalten, einem Viertel, das Giulia lieber mochte als Trastevere, wo sie selbst mit ihrem Sohn wohnte. Marco hatte jetzt gerade Musikunterricht und würde am späten Nachmittag vom Kindermädchen abgeholt werden.

Sie hatte die Fensterläden halb geschlossen, um ihren geschwollenen Augen etwas Erholung zu gönnen und zu versuchen, nicht mehr an das Geschehene zu denken. Doch der Wirbel von Bildern in ihrem Kopf ließ ihr keine Ruhe, und so machte sie sich daran, die Eindrücke voneinander zu trennen und jedes Problem einzeln zu analysieren, wie es ihre Gewohnheit war. Trauer und Reue setzten ihr zu und schoben sich in den Vordergrund. War sie schuld daran, dass Carlo Biga in einem Krankenhausbett mit dem

Tod rang, mit wenig Hoffnung für ihn? Weil Enrico ihn den grausamen Händen des Bildhauers überlassen hatte, um sich mit ihr zu treffen? Und dann die schmerzlichste Frage: Lag es an ihr, dass Enrico verschwunden und unauffindbar zu sein schien?

Sie war unter anderem, nein *vor allem* hierhergekommen, weil sie etwas suchte, das ihr jetzt selbst ziemlich albern vorkam: Ihr fehlte der Geruch. Der spezielle Geruch ihres Elternhauses, der über die Jahre immer der gleiche geblieben war, wie ein alter Bewohner. Sicher, in letzter Zeit war der Duft von Mottenkugeln im Schrank für die Wintergarderobe hinzugekommen, außerdem ein Raumduft aus indischem Jasmin, den ihre Mutter seit ihrer letzten Reise liebte. Doch in ihrem Mädchenzimmer, das sich im Laufe von Kindheit und Jugend mit ihr zusammen verändert hatte – von rosaroten zu weißen Wänden, vom Stockbett, auf dem sie allein gespielt hatte, auf ein Geschwisterchen wartend, das nie kam, zu einem Einzelbett mit bestickter Tagesdecke –, herrschte immer noch dieser Geruch aus der Kindheit vor, der Waschmittelduft der Bettwäsche und der von Süßigkeiten in dem hellen Teppichboden und den Haaren ihrer Puppe.

In diesen vier Wänden konnte sie ihre intimsten Gefühle, die ältesten Erinnerungen wecken und eine angenehm nostalgische Sehnsucht hervorrufen, der sie sich gern hingab. Ihre Wachsmalkreiden, die Filzstifte und ihre bunt bekleksten Hände auf dem Küchentisch, während ihre Mutter ihr kulinarisches »Bravourstück« zubereitete, in der Pfanne kross gebratenes Schnitzel. Das Erdbeeraroma ihres Lieblingshefts und der Geruch der neuen Bücher am ersten Schultag. Diesmal jedoch stellten sich die leise Melancholie, die sie hier suchte, und die Erinnerungen, die sie wiederbeleben wollte, nicht ein wie sonst. Sie atmete tief durch im Verlangen nach der Unbeschwertheit ihrer Kindheit, dieser verblichenen Jahre, aber es war zwecklos. Diese Unbeschwertheit gab es nicht, hatte es nie gegeben, außer in der sentimentalen Rückschau.

Die alte Gefühle auslösenden Aromen wurden nach und nach durch den schärferen Geruch zweier erwachsener Körper überlagert. Sie drehte den Kopf auf dem Kissen ihres Mädchenbetts und grub die Nase in den Bezug. Sah ihn wieder, wie er sie umschlang, voller Begierde und wunderbar zärtlich zugleich wie keiner vor ihm. Der Gedanke, dass dieses Zusammensein das letzte dieser Art gewesen sein könnte, raubte ihr den Atem, und ihre Wangen hoben sich unwillkürlich, um die zigsten Tränen dieser Tage aufzufangen. Die noch frische Erinnerung an seine Augen, die sich in ihren eigenen verloren, verletzte Augen, Augen eines verstörten Kindes und manchmal eines wütenden Mannes. Sie wollte zwischen diesen beiden Kohlestücken versinken, ihre milde Wärme ganz auskosten. Diese dunklen Iris, schwarz glänzend wie Onyx, eingefasst von den beiden Schlitzen, die von der geraden Nase zu den Schläfen anstiegen, ähnlich denen einer Katze, nur größer. Sein Mund hatte sie gebissen, verschlungen und ihr Worte eindringlich wie Nadeln zugeflüstert, die ihr unter die Haut gegangen waren.

Die plötzliche Kälte, die sie im Schlaf überrascht hatte, nur noch in der Umarmung der Daunendecke geborgen, nachdem er sie allein gelassen hatte, war dieselbe wie die, die sie bei ihrer Begegnung im Haus des Professors gespürt hatte. Als sie ihn vor Bigas beinahe leblosem Körper umarmt hatte, hatte sie eine kühle Distanz wahrgenommen, von der sie gehofft hatte, dass sie inzwischen verschwunden wäre. Ein dünner, aber unauflöslicher Film hatte sie bei dieser Umarmung getrennt, eine für das Auge unsichtbare, feine Eisschicht. Zuerst hatte sie seine Verlegenheit bemerkt, dann den unausgesprochenen Vorwurf. Doch natürlich hatte Enrico nie laut gesagt: *Du hast mich von ihm weggerufen. Es ist deine Schuld.*

Wo war die lebensspendende Wärme jener Nacht geblieben, die pulsierende Energie, die sie aus ihrer Abgestumpftheit aufgerüttelt hatte, zu der sie sich selbst verurteilt hatte? Sie wollte nicht glauben, dass er sie nur benutzt hatte, nicht nach dem, was er durchgemacht hatte. Nein, so war er nicht. All das, was in diesen Monaten passiert war – die vor den Kollegen verheimlichten abendlichen Rendezvous, der erste Kuss, zu dem Enrico sich in seiner ernsten Beherrschtheit hatte hinreißen lassen, auf einer Bank vor genau diesem Haus, wie zwei Teenager, der Irish Pub in Monte Sacro, in den sie notgedrungen gegangen war, um ihm dort stundenlang beim Trinken zuzusehen –, all das konnte kein Zufall gewesen sein. Aber wo war dann jetzt dieser Mann, in den sie sich verliebt hatte und dessen Aura sie sich nicht entziehen konnte?

Auf einmal kam ihr ihr vorheriges Leben flach vor, eine von nicht sehr bedeutsamen Punkten markierte gerade Linie, Schule, Studium, juristische Laufbahn, der Exverlobte. Eigentlich alles nur ein großer Bluff, alles außer Marco. Und sie? Sie hatte sich stets verstellt, hatte für die anderen gelebt, für deren Erwartungen, um Mama und Papa nicht zu enttäuschen, um es dem Mann recht zu machen, der sie verlassen hatte, um mit den Kollegen mithalten zu können, um es ihrem Sohn an nichts fehlen zu lassen. Jetzt, auf dem Bett hier in ihrem alten Zimmer, fühlte sie sich müde und schwer, als würde sie in diesen staubigen Decken versinken, niedergedrückt vom Gewicht der Erwartungen, der Pflichten, der Vergangenheit.

Alles schien sich in einem Nebel von Erinnerungen aufzulösen, dem wirr die Düfte einer zusammen mit ihrer Jugend vergangenen Welt entstiegen. Bald würden selbst diese Erinnerungen zu nichts werden.

Sie setzte sich auf und drückte das Kissen an sich, als Wehr gegen dieses Gefühl von Verlorenheit. Dann stand sie auf und ging zu dem roten Regal über dem Schülerinnenschreibtisch von derselben Farbe neben dem Fenster. Als sie mit ihrer schmalen Hand in das Körbchen darauf griff, fand sie sofort, wonach sie suchte.

Mit einem zärtlichen Lächeln auf den Lippen zog Giulia ihr Tagebuch aus der fünften Klasse hervor. Es war rosafarben, als letzter Hauch der zu Ende gehenden Kindheit, mit einem herzförmigen Spiegel vorn auf dem Einband. Sie setzte sich auf den Schreibtischstuhl und knipste die blumenförmige Lampe an. Ihr war klar, warum sie es herausgeholt hatte, aber sie wollte die Bestätigung. Sie schlug die erste Seite mit den persönlichen Angaben der Besitzerin auf und musste wieder lächeln beim Anblick der zögerlichen Schrift, noch auf der Suche nach der richtigen Neigung, dem flüssigen, runden Schriftzug, den sie erst lange nach dem Gymnasium perfektioniert hatte.

Auf dem freien Platz unter den Zeilen für die Adresse, den Namen des Haustiers – Zanna, ihre Katze – und das Hobby – Schreiben – sah sie die Unterschrift ihres Vaters: Marco Foderà. Hier stand sie einmal nicht unter einer offiziellen Mitteilung an ihre Lehrer oder den Direktor, sondern unter den Worten, nach denen sie gesucht hatte.

Lies, studiere, lerne. Sei stark und frei.
Und halte dein Leben immer in den eigenen Händen,
mein Liebling.

Sie hatte sich an den Rat ihres Vaters gehalten, war immer stark und frei gewesen und hatte die Zügel ihres Lebens fest in der Hand gehalten. Und so würde es wieder sein. Sie hasste diesen schwachen, zerbrechlichen Teil von sich, den sie angenommen und viel zu lange behalten hatte. Sie würde keinen einzigen Moment der Mutlosigkeit mehr dulden.

Und sie würde sich zurückholen, was ihr rechtmäßig zustand.

52

Provinz Latina, Villa Cesira

Der Mann, der vor einem halben Jahr sechs Menschen auf brutalste Weise umgebracht hatte, hob seine verhutzelte Hand. »Ich möchte nur, dass es schnell vorbeigeht.«
»Die Schmerzen?«
»Nein. Dagegen gibt es Medikamente.« Er deutete mit dem Kopf zum Bett, wo ein Tropf mit Analgetika auf ihn wartete, eine Behandlung, die ihn zeit seines restlichen Lebens begleiten würde.
»Wenn du die Zeit meinst... du wirst für immer hierbleiben.«
»Ich möchte nur, dass dieses Leben schnell vorbeigeht.«
Ihre Blicke fixierten denselben Punkt draußen vorm Fenster. Wind war aufgekommen, und die Wipfel der Eukalyptusbäume beugten sich unter starken Böen. Dahinter erhob sich das gezackte Profil der Apenninen wie die verblasste Zeichnung eines Landschaftsarchitekten, und im Vordergrund segelte ein großer Raubvogel auf den Luftströmungen. Hin und wieder warf er einen Blick nach unten, bewegte ruckartig den Kopf, als schraube der sich vom Körper ab. Plötzlich legte er die Flügel an und stieß hinab, angezogen von der unvorsichtigen Bewegung eines Beutetiers.

Als er zwischen den Ästen einer Pinie verschwand, fügte Oscar mit brüchiger Stimme hinzu: »Mein Leben.«

Mancini stellte sich neben den Rollstuhl und betrachtete den Mann im Profil. Der Kopf war mit kahlen Stellen übersät, die von den langen Haaren nicht ganz verdeckt wurden. Die Nase war kaum noch vorhanden und die Gesichtshaut leuchtend rosa und fleckig.

»Sie haben mich verraten, Commissario Mancini. Ich hatte Sie auserwählt, aber Sie haben mich verraten. Mein Zeuge hat meine große Gerechtigkeitstat verraten.«

Endlich wandte er ihm das Gesicht zu, und die Augen unter den wimpernlosen Lidern blickten zu ihm auf. Die Augenbrauen waren nur noch zwei spärliche Büschel. Mit einem Mal sah Mancini ihn wieder so kahl rasiert vor sich, wie er damals war. Oscar schien seine Gedanken zu lesen. »Das ist nicht dasselbe.«

Der Mörder bewegte die Lippen, die an Walnussschalen erinnerten. Seine Hände waren wie vergilbtes, vertrocknetes Laub, das Gesicht glich einem enormen schrumpeligen Weichtier. Zum ersten Mal seit dem Geschehen damals empfand Mancini einen belastenden Stich der Verantwortung. Er war verantwortlich dafür, ihn aus diesem verdammten brennenden Keller gerettet zu haben, und nun fühlte er sich auf paradoxe Weise schuldig, weil er ihm zwar einen schrecklichen Tod erspart, ihn aber zugleich zu dieser Existenz verdammt hatte, ihn zu diesem mit Brandwunden übersäten Ding gemacht hatte, das Gott weiß was für Qualen litt.

Dieser Mann hatte damals sechs Menschen getötet und ihre Leichen geschändet, um seinem persönlichen Gerechtigkeitsgefühl Genüge zu tun, und nun war er, Enrico, hier. Warum? Es war schier unglaublich, aber es gab eine unterschwellige Verbindung zwischen ihnen. Oscar, der Serienmörder, der als der »Schattenkiller von Rom« zu trauriger Berühmtheit gelangt war, hatte all diese Menschen umgebracht, um den Tod seiner Mutter zu rächen. Diese Frau hatte sämtliche Widrigkeiten ihrer Erkrankung und deren Behandlung durchlitten und den Kampf gegen den Krebs am Ende doch verloren. Doch es waren die Gleichgültigkeit und gedankenlose Unmenschlichkeit derjenigen, die sie behandelt und betreut hatten, die ihn zu einem Rächer gemacht hatten.

Herrgott, warum war er hier?

Wieder schien Oscar seine Gedanken zu lesen. »Sagen Sie mir, warum Sie hier sind, Commissario.«

Die Antwort entfuhr ihm wie ein Seufzer und überraschte sie beide. »Weil ich Angst habe.«

Die Sonne versank träge zwischen den Baumkronen und dem fernen Bergmassiv. Ihr Gelb verdunkelte sich zu Orange. Der Raubvogel war in seinen Felsenhorst zurückgekehrt.

»Das habe ich mir gedacht.«

Mancini lächelte schwach. »Wieso?«

Der Blick des Serienmörders senkte sich langsam nach links unten. Wie ein bei einer Missetat ertappter Schüler verbarg der Commissario rasch seine Hände hinter dem Rücken, eine ebenso unwillkürliche wie beschämende Reaktion. Er trug wieder Marisas Handschuhe.

»Ich weiß, dass die Gespräche mit den Psychiatern Fortschritte bringen«, wich er aus. Er war hin und her gerissen zwischen dem Wunsch, ausgerechnet diesem Mann zu beweisen, dass er sich verändert hatte, und dem Wissen, dass der erneute Kontakt mit der toten Haut der Handschuhe ihm ein gutes Gefühl, ihm Schutz bot.

»Stimmt, sieht so aus, als würden sie erwägen, mich in eins der unteren Stockwerke zu verlegen. Zu den Insassen, die für die Allgemeinheit ungefährlich sind.«

»Die Psychiaterin sagt, dass ein Serienmörder, der mit deinem psychologischen Sachverstand über sich spricht und sich seiner Taten so deutlich bewusst ist, keine Lockerung der Haftbedingungen verlangen wird.«

»Werde ich auch nicht, Commissario.«

»Du weißt, dass man dich hier weiter behandeln wird.«

»Ich weiß, dass Zeit und Raum für mich hier beginnen und enden. Aber das ist mir egal, ich will nicht in die Welt zurückkehren. Vielleicht lassen sie mich irgendwann unter Bewachung draußen spazieren fahren. Ja, es würde mir gefallen, dorthinunter zu fahren.« Er zeigte auf einen Punkt jenseits des Gartens.

Dort kreuzte ein Kanal die Schotterstraße und verschwand in dem dichten Wald dahinter außer Sicht. Irgendwo in der Ferne mündete dieser schmutzige Wasserlauf in das Dunkelblau des Tyrrhenischen Meers. Auch Oscars Haus stand nahe der Küste, und Mancini tat es zu seiner eigenen Verwunderung fast leid, dass dieser Mörder nie mehr dorthin zurückkehren konnte, um das Meer zu sehen, oder vielleicht eine Blume auf das Urnengrab seiner Mutter im Garten zu legen.

»Hören Sie sie noch?«

Mancini riss sich aus seinen Gedanken. »Was?«

»Ihre Stimme.«

Der Commissario starrte auf den Mörder herab. Seine Gestalt schien mit dem Rollstuhl zu verschmelzen.

»Hören Sie sie noch?«, fragte Oscar erneut.

»Ich habe sie vergessen.«

»Sie also auch.«

Die Narbe fing wieder an zu brennen und zu eitern, ein bewusst wahrgenommener, aber bislang nicht eingestehbarer Schmerz. Da ist er, dachte Enrico, der Spiegeleffekt, wegen dem ich gekommen bin. Hier stand er, von Angesicht zu Angesicht mit der Angst. Er ließ seinen Worten freien Lauf. »Ich will nicht … ich will sie nicht gehen lassen, ich kann nicht, ich darf nichts von ihr vergessen.«

Doch genau das passierte, das Leben war stärker, und wie ein Hund mit einem an den Schwanz gebundenen Besen verwischte es die Spuren der gemachten Schritte. »Ich suche nach ihr auf dem Grund meiner Erinnerung, aber sie ist nur noch ein fernes Echo, ein vager Eindruck, dessen ich mir noch nicht einmal sicher bin.«

Oscar befeuchtete seine trockenen Lippen und hustete. »Das Erste, was aus dem Gedächtnis verschwindet, ist die Stimme, das Timbre, das man nicht mehr richtig hört. Es bleiben die Gerüche, die Gesten, aber wenn ich ein Foto von ihr betrachte, ist es, als hätte die Frau in meiner Erinnerung, in meinem Herzen, nichts mit diesem Bild gemein.«

Eine Reihe von niedrigen, kugelförmigen Lampen ging unten im Park an. In einer Stunde würden alle Insassen des Gebäudes das Licht in ihren Zimmern löschen müssen. Der Himmel war noch nicht ganz dunkel, und der Wind hatte aufgehört, das üppige Blattwerk der Eukalyptusbäume zu schütteln.

»Es heißt, dass die Verstorbenen bei uns bleiben und in einer anderen Dimension, die an unsere angrenzt, weiterleben, unsichtbar, aber gegenwärtig. An diesem sinnlosen Ort hier habe ich immerhin die Möglichkeit gehabt festzustellen, dass es nicht so ist. Die Wahrheit sieht so aus: Wenn jemand stirbt, wenn wir einen geliebten Menschen für immer verlieren, ob durch den schlimmsten aller Tode oder einen ganz banalen Unfall, entsteht hier drinnen« – er schlug sich mit der Faust ans Brustbein – »eine Leere. Mit der Zeit breitet sich diese Leere aus, und dann füllt sie sich wieder.« Oscar führte auch die andere Hand an die Brust und ahmte eine sich ausdehnende Blase nach. »Mit Geistern. Mit Geistern, die in uns wohnen. Und mit uns reden, Commissario, über eine Vergangenheit, in der sie noch aus Fleisch und Blut waren. Sie reden mit uns, und ihre Worte hallen endlos in uns wider.«

Nun füllten Tränen die Leere in seinen Augen, und er fuhr fort: »Wir alle, Commissario, leben unser Leben als eine Antwort auf diese Worte, wir leben, um uns von diesen Geistern zu entfernen, von ihren ewigen Stimmen. Oder um den Erinnerungen an sie nachzujagen.«

Unversehens brach er in lautes Gelächter aus, und Mancini erkannte darin die in Wahnsinn umgeschlagene Stimme der Trauer.

Dann wurde es wieder still.

Oscar rollte seinen Stuhl herum, um das gerahmte Foto auf seinem Nachttisch zu betrachten. Es kostete ihn große Mühe, begleitet von einem starken Hustenanfall. Auf dem Bild konnte Mancini vor einem weißen Hintergrund das Gesicht einer Frau in den Dreißigern erkennen. Sie lächelte. Weiche Züge unter einer Kaskade von kastanienbraunen Locken, braune Augen mit grünen Einsprengseln darin.

»Ich habe nichts als dieses Foto, Commissario.«

Er blickte hinaus zu dem Streifen von Meer, und in seinen Augen spiegelte sich der letzte Seufzer der untergehenden Sonne, ein ins Malvenfarbene zerfließendes Orange. Dann löste sich eine Träne und ergoss sich lautlos in einem Rinnsal über seinen Handrücken.

Er hustete erneut, stieß dann einen Seufzer aus und wischte sich über die schweißnasse Stirn. Mit einer Geste bat er Mancini, ihn zum Bett zu schieben, was dieser tat. Oscar nahm ein Medikamentenfläschchen aus dem Nachttisch und schluckte zwei Kapseln ohne Wasser.

»Wie ich sehe, habt ihr ein Problem«, bemerkte er anschließend und zeigte auf den Fernseher oben an der Wand.

Über den kleinen Bildschirm liefen Außenaufnahmen von Professor Bigas Haus. Der Commissario starrte auf das vertraute Gartentor und las dann den Nachrichtentext der Laufschrift. Er meldete das neueste Werk des Bildhauers, während ein Porträtfoto des Professors unten links eingeblendet wurde.

»Ist er tot?«

»Noch nicht«, antwortete Mancini nüchtern.

»Sie müssen ihn schnappen, Commissario. So wie mich.«

»Bei dir lag der Fall anders.«

»Warum sind Sie gekommen? Warum sind Sie nicht dort draußen hinter ihm her?«

»Das habe ich dir schon beantwortet, Oscar.«

Die Angst hatte ihn gehemmt. Die Angst zu versagen, nicht mehr er selbst zu sein. Das Unwägbare der Situation verunsicherte ihn, weil es ihm die Maßstäbe entzog, die Bezugspunkte, an denen er sich orientieren konnte, um zu erkennen, wer er war und zu was er noch in der Lage war. Im Leben, als Mann, und in seinem Beruf, um Menschen zu retten und Verbrecher der Justiz zu überantworten. Das war nun das zweite Mal, dass so etwas passierte, dass er alles verlor, worauf er seine Gewissheiten gegründet hatte. Gerade als er dabei gewesen war, sich von der ersten schweren Niederlage zu erholen, war der zweite Schlag gekommen.

»Bei dir habe ich versagt. Ich will nicht, dass das noch einmal passiert.«

»Sie müssen sie retten.«

»Es steht dir nicht zu, mir so etwas zu sagen.«

Oscar stützte die Ellbogen auf die Armlehnen und beugte sich zu ihm vor. Seine Stimme war eindringlich, als er sagte: »Ich war nie auf Rache aus, Commissario. Ich wollte, dass meiner Mutter Gerechtigkeit widerfährt, und Sie, Commissario haben den Lauf der Gerechtigkeit aufgehalten, indem Sie mir das Leben gerettet und mich...« Er betrachtete seine Handflächen, die vom Feuer zerstörten Linien.»... zu dem hier verurteilt haben. Ich hätte sterben sollen! Und Sie hätten der richtige Mann dafür sein sollen. Jetzt müssen Sie die anderen retten.«

Im Fernsehen wurden Fotos von den Opfern der ersten drei Ritualmorde gezeigt. Die in ihren skulpturalen Posen fixierten Leichen. Die Medien waren zum Kern der Ermittlungen vorgedrungen, und nun würden sie die Polizei in der Luft zerreißen, angefangen beim Questore.

»Halten Sie diesen Mann auf. Er ist nicht wie ich. Er sucht keine Gerechtigkeit. Nicht einmal Rache.«

»Auch er erzählt, wie du damals, eine Geschichte. Seine Geschichte.«

Oscar sah ihn an und schüttelte den scheckigen Kopf, deutete ein Lächeln an, das sogleich zu einer Grimasse wurde.

»Nein, Commissario. Er erzählt nicht seine Geschichte, er erzählt einen Mythos. Er jagt seine Ängste. Und tötet seine Schreckgespenster.«

53

Rom, Gefängnis Regina Coeli

Im Jahr 1880 wandelte die Stadt ein altes Nonnenkloster in ein Gefängnis um, Regina Coeli. Das Gefängnistor liegt gegenüber dem Ponte Mazzini, etwas unterhalb der Tiber-Uferstraße, an der Hausnummer 29 der Via della Lungara. Um hineinzugelangen, muss man drei Marmorstufen hinaufsteigen. Es gab eine Zeit, da sich nur diejenigen rühmen durften, echte Römer zu sein, die diese Stufen einmal als Häftlinge hinaufgegangen waren.

Auf dem Gianicolo-Hügel, wo sich auch der weiße Leuchtturm erhebt, steht ein Balkon, nur wenige Dutzend Meter von den Zellen an der Ecke des Gefängnisses entfernt. Von diesen günstig gelegenen Zellen aus kommunizierten die Gefangenen per Zuruf mit ihren Angehörigen, indem sie sich sogenannter »Rufer«, bedienten, Insassen mit besonders kräftigen Stimmen, die sich gegen ein bisschen Taschengeld als Sprachrohr zur Verfügung stellten.

Kaum waren Walter und der Direktor durch die Bogentür getreten, die in den achteckigen Rundbau und den ersten der verschiedenen Trakte führte, übertönten die Schreie der Gefangenen das Gespräch zwischen ihnen. Jedes Mal, wenn er hierherkam, setzte Comello die Maske des harten Mannes auf und dankte seinen Eltern dafür, dass er so groß und kräftig geraten war. Seine asiatische Kampfkunst wäre hier drin vermutlich wenig erfolgversprechend, sagte er sich. Hier zwischen den Zellen, Decken, Galerien mit gespannten Netzen und Wärtern, die auf und ab patrouillierten wie mittelalterliche Kerkermeister, dicke Schlüsselringe an den Gürteln. Der Mief des dampfenden Essens auf den Wagen. Und das Gebrüll, das dauernde Gebrüll.

»In den letzten Jahren ist die Zahl der ausländischen Häftlinge in allen Gefängnissen Italiens merklich angestiegen. Es sind fast zwanzigtausend. Dann passieren solche Scherereien.«

Der Direktor, ein junger, sorgenvoll dreinblickender Toskaner, bezog sich auf eine gerade erfolgte Schlägerei mit Stöcken und Hockern zwischen zwei Gruppen von Gefangenen. »Zehn Albaner gegen sieben Südamerikaner. Die Beamten konnten die Handgreiflichkeiten nur mit Mühe beenden, und einer von ihnen ist auf der Krankenstation gelandet.«

Comello, der die Aufseher in Regina Coeli gut kannte, nickte unbeeindruckt.

Er musste zwanzig Minuten im Besuchsraum warten. Auf dem alten zerkratzten Tisch lagen eine Mappe und ein weißer Umschlag, die von einer alten Gelenklampe beleuchtet wurden. Der Raum war kahl, die Wände scheckig von abblätterndem Putz. Die Gitterstäbe vor den beiden rechteckigen Fenstern machten, dick und rostig, einen zugleich stabilen und brüchigen Eindruck.

Zwei Wärter traten ohne anzuklopfen ein. Beide waren kahl rasiert, der jüngere dünn und ohne Bart, der ältere klein und dick, mit einem tätowierten Hakenkreuz am Hals und einem blonden Bartschatten. Sie führten einen Gefangenen herein, den sie von seinem Arbeitsplatz abgeholt hatten. Einhundertsechzig Insassen arbeiteten jeden Tag schichtweise in den verschiedenen Bereichen, darunter die Reparaturwerkstatt, die Schreinerei, die Druckerei, die Wäscherei, die Küche und der Reinigungsdienst. Dieser hier, ein Häftling um die sechzig, arbeitete in der Textilwerkstatt.

Auf Comello wirkte er ungefährlich, und so schickte er die beiden Aufseher weg. Der Mann trug einen Trainingsanzug mit einem Kapuzensweatshirt darüber. Er hatte wache dunkle Augen hinter einer dicken, zerkratzten Brille, und machte auf Commello einen intelligenten Eindruck.

»Guten Tag, Dottore«, begrüßte er Comello.

Walter gab ihm die Hand und forderte ihn auf sich zu setzen, dann warf er einen Blick in seine Akte. Luigi Delgatto saß wegen schweren Betrugs und Steuerhinterziehung hinter Gittern und hatte noch drei Jahre hier vor sich. Nach dem Husten zu urteilen, der ihn plagte, seit er hereingekommen war, schien sein Gesundheitszustand nicht der beste zu sein. Und als Vorsitzender der neu gegründeten Gefangenengewerkschaft SDCI hatte er hier drin bestimmt nicht nur Freunde.

»Ich will keine Zeit verlieren und komme gleich zur Sache«, begann Comello.

»Sie haben mir eine kleine Aufmerksamkeit mitgebracht?«, scherzte Delgatto und deutete auf den Tisch.

Comello öffnete den Umschlag und entnahm ihm eine durchsichtige Plastikhülle.

»Ich möchte wissen, was das ist und wo es hergestellt wurde.«

In der Hülle befand sich eine zusammengerollte Schnur von etwa neunzig Zentimetern Länge. Sie wies Abnutzungsspuren und dunkle Blutflecken auf.

»Darf ich?« Delgatto tippte mit dem Finger auf die Hülle.

Walter nickte und reichte ihm ein Paar Latexhandschuhe. »Ziehen Sie die an.«

Der Häftling schüttelte die Schnur aus der Hülle auf den Tisch.

»Da fragen Sie mich aber was Schweres, Dottore. Heutzutage ahmen die Chinesen doch sogar Seide nach.« Er lachte, und seine angesichts seines schmalen Körperbaus überraschend volltönende Stimme erfüllte den tristen Raum mit Heiterkeit.

Delgatto zog die Lampe zu sich, nahm die Kordel zwischen die Finger und hielt sie dicht vor seine Augen. Er rieb sie zwischen den Fingerkuppen, zog die geflochtenen Fäden auseinander.

»Das ist weiße Wolle, schon etwas älter, mindestens zehn Jahre alt, würde ich sagen. Stammt vermutlich aus Umbrien.«

Er nahm ein Ende und schnupperte daran, beleckte es dann vorsichtig mit der Zungenspitze und betrachtete es nachdenklich.

»Früher gab es Dutzende von Handwerksbetrieben, die franziskanische Kutten und Zingulums herstellten. Vor allem in Assisi natürlich.«

Walter zog die Augenbrauen hoch. »Warum sind Sie so sicher, dass es sich um ein franziskanisches … wie haben Sie gesagt? … Zingulum handelt?«

»Ja, Zingulum. Das ist der Gürtel, den die Franziskanermönche um ihre Kutte tragen, das Symbol eines einfachen, keuschen Lebens. Die Kordeln werden aus Baumwolle oder wie hier aus weißer Wolle hergestellt. Die Besonderheit bei diesem Orden ist die Machart, die Verbindung der Fäden, die per Hand gedreht werden. Die Kordel besteht aus drei Hauptfäden, die ihrerseits aus drei gedrehten Fäden bestehen und die wiederum auch aus dreien.«

»Als Symbol der Dreifaltigkeit«, schlussfolgerte Comello. »Deshalb glauben Sie, dass diese Kordel aus Assisi stammen könnte?«

»Ja. Aber heutzutage wird ja alles überallhin versandt, und der Vatikan ist hier gleich um die Ecke. Wenn ich mich recht erinnere, gibt es in der Via della Stazione di San Pietro einen Laden, der solche religiösen Artikel führt. Da sollten Sie hingehen und fragen, von welchem Großhändler sie die Franziskanerhabits und das Zubehör beziehen und mit welchen Handwerkern er zusammenarbeitet.«

Der Ispettore hatte alles notiert. Da er einen ausgeprägten Gerechtigkeitssinn hatte und Luigi Delgatto ihm gerade einen großen Dienst erwiesen hatte, beugte er sich zu ihm vor und fragte: »Was brauchen Sie?«

»Ach, wir sind zu viele hier drin, Dottore.« Diese ebenso ironische wie respektvolle Anrede von Polizeibeamten ging Walter stets auf die Nerven.

»Nennen Sie mich nicht Dottore, klar? Sonst schicke ich Sie in Ihre Zelle zurück, und das war's.«

»Klar.«

Luigi Delgattos Miene verdüsterte sich, verlor den ruhigen Ausdruck, der sie bis dahin belebt hatte. »Es ist kalt hier, Ispettore. Meine Zelle liegt im zweiten Rundbau drüben, wo es aus allen Richtungen zieht. Und dieser muffige Geruch, riechen Sie das? Das ist die jahrhundertealte Feuchtigkeit in den Mauern. Ich hab sie in der Lunge, in den Knochen, überall.«

»Was brauchen Sie?«, wiederholte Comello.

»Dieser Ort saugt einem das Leben aus und tötet die Seele ab.«
Er hustete wieder bellend. »Und ich habe es so scheißsatt, die
Sonne nur gestreift zu sehen. Ich will nicht hier drin sterben.«
Walter nahm das Blatt aus seiner Akte zur Hand. Drei Jahre
Reststrafe. In dem Feld daneben stand: Wegen guter Führung
wird Freilassung unter Auflagen geprüft. Es folgte der Name des
zuständigen Staatsanwalts.
»Ist gut, ich sehe mal, was ich tun kann.«

Walter verließ erleichtert die von einem uralten Übel durchdrungenen Mauern, diesen Ort, der von rückständigen erzieherischen Prinzipien sprach, von Demütigung, Isolierung und Seelenzerstörung.
Auf der Wache in Monte Sacro wurde er von Antonio, Caterina und Alexandra erwartet. Er bat sie ins Büro von Commissario Mancini, in dem auch sein eigener Schreibtisch stand. Mit einem Kaffeebecher in der Hand berichtete er von seinem Ausflug nach Regina Coeli und seinem Besuch in dem Laden für Devotionalien und andere sakrale Artikel. Die Inhaberin hatte erklärt, es gebe nur noch einen einzigen Handwerksbetrieb, der die Kordeln für die Franziskanerkutten per Hand herstelle, alle anderen bedienten sich industrieller Verfahren und verwendeten vor allem Baumwolle. Der besagte Betrieb befand sich in Assisi und fertigte mit traditionellen Geräten bis zu sechs Meter lange Kordeln aus Wollschnüren an, aus denen die Mönche dann bis zu drei Zingulums gewannen.
»Und jetzt wird's interessant: Ich habe bei dieser Firma in Assisi angerufen und mit dem Inhaber gesprochen. Sie befindet sich seit Generationen in der Hand seiner Familie und beliefert von jeher alle möglichen religiösen Einrichtungen in ganz Italien. Das Unternehmen ist mit der Zeit gegangen und hat jetzt sogar eine Website, über die sie in die ganze Welt verkaufen.«
»Was nicht gerade gut für uns ist, oder?«, fragte Alexandra mit einem unsicheren Blick in die Runde.

»Das wäre es nicht, wenn ich unserem Freund in Assisi nicht ein Foto von der Kordel gemailt hätte, mit der der Bildhauer Professore Biga gefesselt hatte.«

»Genial, Walter!« Rocchi schlug sich auf den Oberschenkel.

»Es kommt noch besser. Ich habe ihm auch die Aufnahmen von den Schnüren geschickt, die bei den anderen Opfern verwendet wurden. Mit Ausnahme der Stricke im Laokoon-Fall, die ja, wie wir festgestellt haben, aus dem Lagerraum des Elefantenhauses im Zoo entwendet wurden.«

Walter las die Antwortmail des Inhabers von seinem Smartphone vor: »Sämtliche Kordelstücke sind Teil derselben Partie, die mein Vater vor etwa zwölf Jahren direkt an ein Kloster in der Provinz Terni verkauft hat.«

»Warum führen wir die Ermittlungen eigentlich auf diese ... ja, heimliche Weise weiter?«, fragte Alexandra plötzlich empört dazwischen. »Sollten wir nicht aufhören und die Sache dem Questore überlassen, da Commissario Mancini sich offenbar von dem Fall zurückgezogen hat?«

»Was redest du denn da?«, platzte Caterina heraus. »Der Commissario kommt ganz sicher wieder, und wir müssen uns in der Zwischenzeit bereithalten und weitermachen.«

»Wir dürfen nicht auf der Stelle treten«, pflichtete Antonio ihr bei. Er räusperte sich entschieden in Alexandras Richtung: »Und apropos: Alexandra und ich haben gleich einen Termin im San-Camillo-Krankenhaus. Der Wächter von der Galleria Borghese ist aus dem Koma aufgewacht und in der Lage zu sprechen. Ich habe dort auf der Intensivstation ein paar Freunde ... Wir werden versuchen, uns mit ihm ein bisschen über die Laokoon-Sache zu unterhalten und über das, was er in der Tatnacht gesehen hat.«

»Sehr gut, macht das«, sagte Walter, der automatisch die Rolle des Teamleiters übernommen hatte. Dann wandte er sich an Caterina: »Wo steckt der Commissario?«

»Vielleicht ist er ja im Krankenhaus geblieben«, vermutete sie.

»Versucht doch noch mal, ihn zu erreichen, Walter, wir müssen los«, sagte Antonio, ehe er mit Alexandra hinausging.

Sie versuchten es bei Mancini zu Hause, dann auf dem Handy, das ausgeschaltet war, und schließlich im Krankenhaus. Der Krankenpfleger, mit dem sie sprachen, sagte, dass der Commissario schon am Vortag gegangen sei, ohne sich abzumelden.

Schließlich beschloss Caterina, Giulia Foderà anzurufen, doch auch die wusste nichts über seinen Aufenthaltsort. Caterina hörte der Staatsanwältin die Besorgnis an, aber Besorgnis half jetzt nicht weiter. Sie mussten Mancini finden.

Und zwar schnell.

54

Rom, Wasserflughafen Ostia

Der Wasserflughafen von Ostia bildet die äußerste Spitze eines Stadtbezirks, der so groß ist wie eine ganze Kleinstadt. Zweihunderttausend Menschen leben hier. Überall gibt es seit den Fünfzigerjahren wilde Ansiedlungen, als viele in Rom keinen Platz mehr fanden. Aneinandergedrängte kleine Häuser, Baracken und selbst gezimmerte Hütten, die sich hartnäckig zwischen dem Touristenhafen und dem Mündungstrichter des Tiber halten. In diesen instabilen bis baufälligen Wohnstätten leben die Nachkommen der ersten illegalen Römer mit verschiedenen Gruppen von Einwanderern zusammen. Jenseits der Ansammlung von Bruchbuden erstreckt sich ein schmaler Streifen aus Sand und Steinen.

Mancini stieg aus dem Auto und ging ohne bestimmtes Ziel los, angezogen vom Salzgeruch an der Mündung des Gezeitenflusses. Er befand sich an der Spitze der kleinen Halbinsel, hinter sich die elenden, durch niedrige Mäuerchen abgegrenzten Behausungen, um sich herum das unaufhaltsame Schwappen von Süß- und Salzwasser.

Nur hier kann ich weinen.

Der Satz erschreckte ihn wie ein Schlag auf den Rücken, hart und hinterhältig. Es war das Echo einer Stimme. Instinktiv legte er die Hand ans Brustbein, wie Oscar es vor Kurzem getan hatte, und dann schnitt eine eiskalte Klinge durch ihn hindurch: Enrico und Marisa am Ufer, während die Sonne langsam versank und die Stille der Meeresnacht ankündigte. War er deshalb bis hierhergefahren? War er deshalb hier unten gelandet? Er konnte es nicht sagen. Wollte es nicht sagen. Wollte es sich nicht eingestehen. Dass er große Lust, ja das Bedürfnis hatte, sich gehen zu lassen. Rückhaltlos, vor keinem anderen als dem Meer.

Diesem immensen Fenster zum Ich.

»Weißt du, dass ich eines Tages wiedergeboren werde?«, hatte Marisa zu ihm gesagt und war zum Wasser gehüpft. Ihre roten Schuhe hatte sie auf dem trockenen Sand neben ihm zurückgelassen. Das war kurz bevor sie erfuhr, dass sie todkrank war. Einen Monat vor der Diagnose. Jetzt erschien es ihm wie eine traurige Vorahnung.

»Komm zurück, du wirst ganz nass«, hatte er gegen die schaumschmutzigen Wellen angeflüstert, als sie bis zu den Knien hineinwatete, sich umdrehte und ihn anlächelte – so wie man im Paradies lächelt, hatte er gedacht. Wie viele Lächeln waren ihm seitdem begegnet? Mitfühlende, freundschaftliche, aufgesetzte, kummervolle, Hunderte, Tausende vielleicht, und an keines davon konnte er sich erinnern.

Mancini lief von der Düne hinunter zum Wasser. Dort zog er seine Stiefeletten aus und ging dann langsam weiter, blickte auf das Meer unterhalb der Horizontlinie. Das fleckige Violett des Sonnenuntergangs zerfloss im Orange. Hypnotisiert von dem Wellenklatschen, das den vermeintlichen Abschied der Sonne begleitete, glitt der Feuerball in die Umarmung des kobaltblauen Meeres. Eine Schar Möwen trieb auf der Oberfläche, andere tauchten ab und mit Fischen in den Schnäbeln wieder auf. Plötzlich flogen sie alle auf und knapp über dem Wasserspiegel davon. Er sah ihnen noch eine Weile nach, und als sie nur noch kleine Punkte am Meer-Himmel waren, erlosch etwas in ihm.

Ziellos ging er weiter. Es war niemand in der Nähe, und die Dunkelheit hüllte sich allmählich um den schwachen Schein der Straßenlaternen oben. Nur ein alter Angler hielt etwa fünfzig Meter weiter vorn, am anderen Ufer eines Kanals, noch eine schwere Bambusangel ins Wasser. Reglos stand er da und wartete, wie eine Statue.

Der Kanal war an dieser Stelle nur ein paar Meter tief, und unter dem Schwimmer war die Einmündung eines kleineren Entwässerungskanals zu erkennen, der wärmeres Wasser auf den Grund entließ. Auf halber Höhe zwischen der Oberfläche und dem

Kanalbett schwammen einige Aale. Sie warteten im Dunkeln mit ihren ausdruckslosen Augen darauf, dass kleine Fische, die von der warmen Strömung angezogen wurden, in ihre Reichweite gerieten. Der Commissario stützte sich mit den Ellbogen auf ein Schutzgeländer am Rand und beobachtete die Bewegungen der Aale und die Stelle, wo der Köder sie lockte. Wie Papierdrachen schlängelten sie auf der Stelle, gegen die künstliche Strömung anschwimmend. Ab und zu schoss einer vor, um ein paar Karpfenfischlein zu verschlucken. Bald würden sie gesättigt auf den Grund sinken, um zu ruhen. Doch die Gier nach leichter Beute würde letztlich auch ihren Lebenszyklus beenden.»Denn verstehst du, Enrico, das Tier an der Spitze der Nahrungskette seines Habitats weiß nicht, dass es außerhalb davon selbst zur Beute wird«, hatte sein Vater ihm erklärt.

Und jedes Mal und in der Hoffnung, dass die Antwort anders ausfallen würde, hatte er den Vater gefragt, ob der Mensch eine Ausnahme bildete. Die Antwort manifestierte sich, nach all den Jahren, dort wenige Meter vor ihm. Auch dieser Alte in seiner privilegierten Stellung als Beobachter und Jäger unterlag diesem unveränderlichen Naturgesetz. Wieder hörte er Franco Mancinis Stimme:»Das gilt für alle Lebewesen, Enrico. Jedes Raubtier wird früher oder später zur Beute, und sei es der Würmer. Der einzige Unterschied zwischen den anderen Tieren und uns ist, dass wir ansonsten nur Beute des unerbittlichsten Räubers überhaupt sind: des Menschen.«

Auch der Bildhauer ähnelte diesen Aalen. Er handelte, als hätte er keine Vorstellung vom großen Ganzen, als würde er nur sein beschränktes Umfeld kennen und nicht wissen, dass über der Wasseroberfläche ein anderer Killer auf ihn lauerte. Dieser Mann, dieser jämmerliche Mensch, fühlte sich an der Spitze der Nahrungskette. Das einzige Tier ohne natürliche Feinde. Abgeschottet unter der Erdoberfläche, in seinen überall verstreuten Höhlen, lebte er in seiner eigenen psychotischen Welt. So hatte Carlo Biga es an ihrem letzten gemeinsamen Abend beschrieben.

Der feine Staub in der Luft vermischte sich mit dem vom Kanal aufsteigenden abendlichen Dunst, und Mancini fühlte sich auf einmal von der Welt abgeschnitten. Allein, eingeschlossen in ein Gehäuse aus Erde und Himmel. Die Wirklichkeit drückte von innen und zerriss das Gewebe der Organe, um sich den Raum zu schaffen, den er ihr nicht gewähren wollte. In der Ferne brachen sich unaufhörlich die weißen Wellenkämme am Strand. Unten im Kanal schluckte ein Aal den Köder des Alten, der die Angel hochriss und die Schnur einrollte. Der Kampf begann. Würde er genug Kraft und Geschick haben, den Fisch herauszuziehen? Oder würde der Aal die Schnur zerreißen?

So oder so: Es gab kein Entrinnen.

55

Rom, Krankenhaus San Camillo

Antonio stieg aus dem Taxi und hielt Alexandra die Tür auf, die ihm lächelnd zuzwinkerte. Es ist zu schön, um wahr zu sein, sagte er sich bei jeder ihrer zärtlichen Gesten.

Die gemeinsam verbrachte Nacht hatte einen köstlichen Nachgeschmack hinterlassen, ein Prickeln, ein Gefühl von Abenteuer, und auch der Morgen danach war anders gewesen als sonst. Ob halb betäubt vom Alkohol oder vom Gras, seine Liebesnächte endeten meist mit einem bösen Erwachen, einem schnellen Frühstück und der Flucht eines der beiden Beteiligten, je nachdem, wer bei wem zu Gast war. Antonio wagte es kaum, sich dieses neue, ungeahnte Hochgefühl einzugestehen, geschweige denn, sich ihm zu überlassen. Er zügelte es, überzeugt, dass es nicht klug wäre, ihm freien Lauf zu lassen, und rechnete bei jedem Schritt damit, dass Alexandra irgendetwas tat, das ihr wahres Wesen zum Vorschein brachte und ihn abschreckte oder dazu veranlasste, sich zurückzuziehen. Doch das geschah nicht, und allmählich glaubte er tatsächlich, dass sie eine aufrichtige und liebenswerte Frau war. Schön und amüsant dazu.

Er bezahlte den Taxifahrer, während sie auf dem Gehweg vor dem San Camillo wartete. Sie trug einen rostfarbenen Kurzmantel über einer grünen Hose, ihre schimmernden Haare waren wie immer zerzaust.

»Wie geht's, Antonio?«, begrüßte ihn Andrea Rinoni, einer der Assistenzärzte auf der Intensivstation.

»Wieso hat man ihn hierhergebracht?« Rocchi meinte den Museumswärter der Galleria Borghese, Bruno Calisi.

»Im Poliklinikum standen sie an dem Abend vor der Notaufnahme Schlange, deshalb hat man ihn bei uns eingeliefert.«

»Wie geht es ihm?«

»Er hat einen Schädelbruch und steht nach wie vor unter ständiger Überwachung. Aber er ist bei Bewusstsein und kann sprechen. Ich weiß nicht, ob er sich an etwas von dem erinnert, was ihm zugestoßen ist. Meinem Eindruck nach weiß er nicht einmal, wo er war, als er das Bewusstsein verlor. Er hat eine schwere Gehirnerschütterung.«

»Aber er spricht, sagst du?«, hakte Rocchi nach, während Alexandra durch die Glasscheibe in das Krankenzimmer hineinspähte.

»Ja, wenn auch vor allem unzusammenhängendes Zeug, zumindest verstehen wir es hier so. Aber geht ruhig rein. Fünf Minuten, dann beende ich das Ganze. Und ich werde euch die ganze Zeit hinter der Scheibe beobachten. Du weißt, dass hier andere Vorschriften gelten als in den übrigen Abteilungen.«

»Klar«, antwortete Rocchi. Er sah Alexandra an und deutete auf das Waschbecken an der Wand.

Sie wuschen sich die Hände bis zu den Ellbogen und zogen sterile Handschuhe und einen Mundschutz über. Dann schalteten sie ihre Handys auf Stumm und gingen hinein.

Die lebenserhaltenden Apparate summten. Alexandra wirkte betroffen, als sie sich dem Patienten näherte.

»Guten Tag, Bruno.« Antonio sprach gedämpft und blieb auf einem halben Meter Abstand zum Bett stehen.

Der Mann darin nickte. Er trug einen Kopfverband, und sein Unterkiefer war geschwollen. Auch der linke Augenbrauenbogen war dick und gelbviolett.

Rocchi stellte sich vor, deutete auf Alexandra und sagte: »Dottoressa Nigro und ich sind hier, um Ihnen ein paar Fragen zu stellen, wenn Sie sich dazu in der Lage fühlen.«

Bruno Calisi nickte wieder und hauchte etwas, das ein »Ja« zu sein schien.

»Die Nacht, als Sie in der Galleria Borghese überfallen wurden – woran erinnern Sie sich?«, fragte Antonio, während Alexandra neben ihn trat.

Der Mann ließ seinen Blick zwischen ihnen beiden hin- und hergleiten, dann senkte er ihn auf die Bettdecke. Die Apparate erfüllten das Zimmer mit ihrem elektronischen Ticken. »Da war ein Geräusch. Ich war in den Saal der Psyche hinaufgegangen«, begann er mit rauher Kehle. Rinoni hatte ihnen erzählt, dass der Wärter bis zum Abend vorher an den Schläuchen gehangen hatte. »Und dann habe ich dieses Ding mitten im Saal gesehen. Es war furchtbar. Aber nicht so sehr wie die …« Bruno Calisi hustete und führte die Hände an seinen Hals, dann an die Brust. Rocchi sah zu der Scheibe, hinter der der Arzt ihm ein Zeichen machte fortzufahren, bevor er drei Finger in die Höhe hielt. Noch drei Minuten.

Doch als der Wärter der Galleria Borghese sich von dem Anfall erholt hatte, waren seine Augen weit aufgerissen. War er am Ersticken? Rocchi rief Rinoni, der schnell hereinkam und dem Patienten zur Beruhigung eine Hand auf den Bauch legte, während er aufmerksam die Anzeigen der Maschinen im Hinblick auf die Lebensfunktionen des Mannes prüfte. Alles in Ordnung. Er nahm eine kleine Stablampe aus seinem Kittel und richtete sie auf die Calisis Pupillen, die geweitet waren und etwas zu fixieren schienen. Der Arzt rückte ein Stück von ihm ab und folgte seiner Blickrichtung. Doch da stand nur Alexandra Nigro.

Das große Haus des Professors war von einem gepflegten Garten umgeben, mit einem Springbrunnen gleich hinter dem Tor. Die Sprechanlage aus Messing befand sich in einem der beiden Torpfosten am Rande der Buchsbaumhecken.

Die Villa stand nun leer, und die im Viertel kursierenden Gerüchte besagten, dass Carlo Biga im Sterben liege. Man erinnerte sich im Gespräch daran, wie er damals, als junger Kriminologe, an den Ermittlungen gegen den Prostituiertenmörder beteiligt gewesen war, der nach Inkrafttreten des Merlin-Gesetzes und der Schließung der ausbeuterischen staatlich kontrollierten Bordelle sein Unwesen in Rom getrieben hatte. Gerüchte besagten außerdem, dass der Professor im besten Fall nur mit schweren bleibenden Schäden überleben würde.

Mancini drehte den Schlüssel viermal im Schloss und trat zwischen dem Geflecht der Absperrbänder ins Haus. Überall waren Zeichen der Arbeit der Spurensicherung zu sehen: nummerierte Schilder, Reste von Aluminiumpulver zur Sicherung von Fingerabdrücken auf dem Fußboden und dem Sofa. Er durfte sich hier nicht lange aufhalten, er würde nur schnell erledigen, weshalb er gekommen war. Die Prognose war noch unsicher, aber wie auch immer der Urteilsspruch für Professor Biga lauten würde – ein erloschenes oder reduziertes Leben –, Enrico schuldete ihm zumindest das: den Weg zu Ende zu gehen, den sie gemeinsam begonnen hatten.

Er besaß für das ganze Haus Zweitschlüssel, die der Professor ihm anvertraut hatte, als er in Pension gegangen war. Weil man ja nie wissen kann, hatte er etwas verlegen gebrummt.

Enrico ging zu dem kleinen Sekretär, neben dem sie mit dem Entwurf eines psychologischen Profils des Bildhauers begonnen hatten. Er nahm die Bücher und das Notizheft an sich und beeilte sich, wieder hinauszukommen. Als er die Tür der Villa abschloss, fragte er sich, ob er seinen Lehrer je wieder dort besuchen würde.

56

Rom, Monte Sacro

Enricos stoppeliges Kinn schmiegte sich in ihre Halsbeuge, folgte der geschwungenen Kurve und glitt kratzend über ihre Schulter. Kirschblütenduft vermischte sich mit dem groben Geruch seines Schweißes. Ihre Wangenknochen streiften einander, während die Augenlider unter dem Gewicht eines unterdrückten Begehrens nachgaben. Als der Vorhang vor der Sehfähigkeit gefallen war, vergrößerte der Tast- und der Geruchssinn automatisch ihre Reichweite. Mit einer Hand streichelte er ihren Hals, während die andere auf ihrer entblößten Hüfte ruhte.

Dann veränderte sich der Traum plötzlich. Die Geruchsmischung kippte ins Beißende, nur eine süßliche Note blieb zurück. Die Haut, die er streichelte, die Arme, Brüste, Hüften, waren trocken und faltig. Der Geschmack dieser Frau war ein ganz anderer. Ihre unglaublichen Augen, bis eben noch wunderschön, ließen ihn schaudern. Die Höhlen waren auf einmal leer, nur zwei schwarze Gruben starrten ihn an, riefen ihn, lockten ihn. Er schrie, doch der Laut erstarb in seiner Kehle und blähte seine Brust. Die Tränen dagegen bahnten sich ihren Weg, und der Atem wurde tief.

Selbst hier, zwischen den beinernen Wänden seines Traums, wusste Enrico, dass Marisa tot war. Doch nicht einmal an diesem Ort des Unmöglichen konnte er es wirklich akzeptieren. Sie war gestorben und aus dieser Welt verschwunden. Denn die Frauen in seinem Leben verschwanden immer auf die eine oder andere Art.

Er erkannte das jähe, lästige Gefühl beim Aufwachen sofort. Ein Gefühl von Reue, von Schuld. Blinzelnd blickte er in das erste Licht der Morgendämmerung. Er hatte angezogen und ohne die

Rollläden herunterzulassen geschlafen. Seine Bartstoppeln waren lang, der Geschmack im Mund schlecht. Vom Bett aus sah er in das vollgemüllte Wohnzimmer hinüber, wo neben einer Batterie von Peroni-Flaschen und verstreuten Zeitungen mehrere Pizzakartons lagen – das Einzige, was er zurzeit aß, waren große Stücke Margherita vom Blech.

Langsam setzte er sich auf. Er hatte drei Dinge nötig: einen Kaffee, Zähneputzen und ein frisches Bier. Beim Aufstehen trat er mit dem nackten Fuß auf eine Coladose, die scheppernd davonrollte und einen bis dahin latenten Kopfschmerz akut werden ließ. Als er mitten im Wohnzimmer stand, von dem die anderen Zimmer abgingen, starrte er unversehens auf die Rahmen ohne Türen. Der Moment, in dem der Sargdeckel sich über Marisas ausgemergeltem Gesicht geschlossen hatte, verfolgte ihn, deshalb hatte er die Türen ausgehängt. Als er am Abend dieses 15. Mai aus Virginia zurückgekommen war, war er in den Bauch des Krankenhauses gerannt, in die Leichenhalle, außer sich vor Kummer und Entsetzen. Das konnte nicht sein. Das konnte nicht sein, dass sie ohne ihn gestorben war. Ohne auf ihn zu warten. Der Professor war gerade nach Hause gegangen, und es war Antonio, der auf ihn wartete und versuchte, ihn aufzuhalten, ihn daran zu hindern, dieses seelenlose Ding zu sehen, in das Marisa sich verwandelt hatte. Nie würde er den Blick des Mannes vergessen, der jeden verdammten Tag mit dem Tod auf Du und Du stand: resigniert, erschöpft und von einem Kummer erfüllt, der nur aus Freundschaft geboren sein konnte.

Bei der Suche nach sich selbst und den ständigen Abstürzen, die er sich geleistet hatte, war es Enrico gelungen, beinahe alle der ohnehin wenigen zu verlieren oder zu verletzen, die ihm zur Seite gestanden hatten. Zu diesen wenigen, denen er sich durch ein spezielles Band verbunden fühlte, gehörten neben Antonio auch Walter, der Professor und Caterina.

Dann war da natürlich noch Giulia. Aber an sie wollte er jetzt nicht denken.

Er konnte sich nicht länger selbst belügen. Diese Rahmen ohne

Türen waren offene Wunden, und er musste dafür sorgen, dass sie sich schlossen, eine nach der anderen. Der Zeitpunkt war gekommen, dort weiterzumachen, wo er aufgehört hatte. Er kochte einen Espresso, duschte und hob sich das Peroni für den Abend auf, wenn er nach Hause kommen und gründlich aufräumen würde.

Die Musik war so laut, dass man sie sogar im Erdgeschoss hörte, wo Mancini in den Aufzug stieg, um zu Rocchis Wohnung hinaufzufahren. Sie lag in der Via Ugo Ojetti im Talenti-Viertel. Er hatte nicht vorher angerufen und musste mehrmals klingeln, bevor Antonio aufmachte.

»Du bist's.« Sein Ton und seine Miene verrieten Ungehaltenheit, vielleicht auch Enttäuschung, was Enrico als gerechtfertigte Reaktion auf die Ohrfeige von vor zwei Tagen auffasste.

»Was willst du?«

Mancini gestand sich ein, dass er auch das verdient hatte, und antwortete ohne Umschweife: »Ich muss mit dir reden, Antonio.«

Rocchi ging voraus in die Wohnung, in der eine süßliche Qualmwolke hing. Er nahm seine Gitarre und spielte und sang weiter zum Rhythmus des Keyboards auf dem Sofa.

»Okay. Bitte. Ich bin hier, weil ich mich falsch verhalten habe.«

Der Gerichtsmediziner schaltete das Keyboard aus, nahm die Gitarre ab und hockte sich auf die Sofalehne, auf der er den Aschenbecher mit dem Joint abgestellt hatte. Er zog daran und blies eine lange weiße Rauchwolke aus.

»Ich habe mich falsch verhalten«, wiederholte Mancini geradeheraus. Seine Miene zeugte davon, dass er die Sache schnell wieder in Ordnung bringen wollte. »Dir gegenüber, allen gegenüber. Und ich bitte dich um Verzeihung wegen dieser Ohrfeige.«

»Ich erteile dir hiermit die Absolution.« Rocchi machte mit Zeige- und Mittelfinger das Kreuzzeichen. Dann nahm er das

Keyboard, legte es auf den Boden und setzte sich breitbeinig auf das Sofa, die Gitarre vor der Brust. »Ich habe viel darüber nachgedacht, Enrico. Und ich glaube, es ist Zeit, dass du erwachsen wirst.«
Dieser Hieb traf ihn wie ein Faustschlag auf die Brust. Und raubte ihm für einen Moment den Atem. Doch diesmal steckte er ihn klaglos ein. »Antonio, es tut mir leid. Ich hätte das nicht tun dürfen. Ich komme einfach nicht aus diesem Schlamassel raus. Manchmal fühle ich mich bereit, um ...« Er stockte. »Um neu anzufangen. Aber dann wieder möchte ich nur sterben. Ich habe Marisa verloren und jetzt den Professore. Ich habe ständig Albträume. Ich schäme mich, es zu sagen, aber es ist die Wahrheit, und ich weiß nicht, mit wem ich darüber reden soll. Ich habe mich an beiden schuldig gemacht.«
Er setzte sich zu Antonio aufs Sofa, das unter dem Gewicht ächzte.
»Wieso? Was hättest du denn tun sollen?«
»Als das Handy geklingelt hat, weil der Professore anrief, habe ich nicht mal draufgeschaut. Ich war noch in der Gegend und hätte ihm helfen können.«
»Was hättest du getan?«
»Was ich schon im Eulenhäuschen hätte tun sollen, als ich die Möglichkeit dazu hatte: schießen. Ich hätte dort schon auf ihn schießen sollen. Er war ganz nah, ich hätte ihn gefasst, und das alles wäre nie passiert.«
»Du kannst immer noch etwas tun, Enrico. Du kannst ihn aufhalten. Du kannst verhindern, dass die Zahl der Opfer weiter steigt.«
Mancini aber hörte nur sich selbst. »Manchmal, wenn ich über alles nachdenke, stelle ich am Ende fest, dass ich nicht weiß, wer ich bin.«
»Du weißt nicht mehr, wer du bist?«, rief Antonio. »Dann sage ich es dir. Nach dem, was euch zugestoßen ist, ich meine, dir und Marisa, wirst du nie mehr aufhören, dich zu verändern, und diese Verwandlung wird Jahre dauern, vielleicht dein ganzes Leben

lang. Und du musst damit klarkommen. Aber mit aufrechter Haltung!«

Er erhob sich ruckartig, legte die Gitarre ab und reichte Mancini mit ein wenig übertriebener, linkischer Geste die Hand.

»Steh auf, Enrico.«

Die einzige Reaktion war ein Schweigen aus einem zwischen den Schultern versinkenden Gesicht.

»Oder geh unter.«

Mancini atmete tief die rauchgeschwängerte Luft ein. Er war auf der Suche nach neuer Energie, doch so sehr er es auch versuchte, der Funke sprang nicht über.

»Was zum Teufel ist los mit dir?« Rocchis Ton war jetzt streng. »Hör auf zu leben, wenn von dir nichts mehr übrig ist, aber dann richtig. Oder steh auf und geh zu dieser Frau und sag ihr, was du für sie empfindest. Was auch immer es ist.«

Befeuert von demselben Wunsch, dem er vor zwei Tagen nachgegeben hatte, nämlich Rocchi zu schlagen, kam Enrico auf die Beine.

»Wie kannst du es wagen?«, stieß er hervor.

»Auch wenn du dir nicht sicher bist. Auch wenn du Angst hast, es dir peinlich ist oder du ein schlechtes Gewissen wegen Marisa hast«, fuhr Rocchi unbeeindruckt fort.

Mancini tauchte aus seiner Dumpfheit auf und explodierte. »Das geht dich einen Scheißdreck an!«

Doch Rocchi ließ nicht locker. »Du darfst keine Angst haben, auf die Schnauze zu fallen.«

»Ich habe keine Angst ... zu fallen. Auf die Schnauze oder sonst wohin. Dieses Wort ist unsinnig, es bedeutet nichts. Niemand fällt. Wir alle werden angezogen von ...«

»Jetzt fängst du wieder damit an! Wieder dieser Blödsinn mit der Schwerkraft? Du hast dich ganz krank gemacht mit diesem Zeug, Enrico. Hör auf!«

Doch es war zu spät, Mancini war wieder auf seiner alten Schiene und hörte ihm nicht mehr zu. »Wir werden von der Erde aufgesaugt, verschluckt. Es gibt kein Entrinnen, das ist unser

Schicksal. Alles bricht ein, versinkt, sinkt auf die Knochen derer, die vor uns ... Alles unterliegt diesem Naturgesetz.«

Rocchi betrachtete forschend seinen Freund, dessen Wut schon wieder verraucht war, während er sich noch im Wirbel seiner eigenen Worte verlor. Er konnte Enrico abstürzen lassen oder es ein letztes Mal versuchen. Er beschloss, ihm auf seiner eigenen Metaphernschiene entgegenzukommen. »Aber da ist zum Beispiel der Staub. Überleg mal: Er bleibt tagelang, monatelang in der Luft, der atmosphärische Staub. Es gibt Dinge, die in der Schwebe sind, Enrico. Das ist es, was ich dir zu sagen versuche. Der Staub gehorcht seinem eigenen physikalischen Gesetz und ist vielleicht das Einzige, was sich der Schwerkraft entzieht, abgesehen von der Leere, die du siehst.«

Eine Rauchschwade wallte auf halber Höhe zwischen Fußboden und Decke, wie ein feiner Wollschal um unsichtbare Schultern. »Von diesem speziellen Standpunkt aus betrachtet scheinen diese mikroskopischen Teilchen die Schwerkraft der Welt zu überwinden, schwebend zwischen dem Himmel und der Oberfläche der Dinge.«

»Letztendlich lagern auch sie sich ab, das ist nur eine Illusion.«

»Und was ist dann das alles« – Rocchi zeigte mit ausholender Geste um sich herum – »von dem wir uns einbilden, es zu bändigen und das wir Leben nennen?«

Er legte eine Hand auf den Arm seines Freundes und packte ihn so fest, wie dieser es neulich mit ihm gemacht hatte. Schüttelte ihn, damit er ihn ansah, und ließ dann heraus, was er schon lange mit sich herumschleppte. »Was glaubst du denn, wie meine Eltern gestorben sind? Alle beide, Enrico, alle beide. Glaubst du, ich habe meinen Eltern nicht beim Sterben zugesehen?«

»Aber jetzt ...«

»Weißt du, warum ich Tag für Tag meiner verfluchten Arbeit nachgehe, ohne mit der Wimper zu zucken? Weil ein großer Unterschied besteht zwischen den Toten und dem Tod, zwischen dem Tod und dem Sterben. Weil die leblosen Körper auf meinem Autopsietisch im Vergleich zu dem Moment des Dahinscheidens nur Spielzeuge sind. Weil es zwischen dem Leben und dem Tod, zwischen dem Vorher und dem Nachher, diesen Moment gibt. Diesen Ruck, der uns fortzieht, der uns den Sprung tun lässt. Und mit dieser letzten Zuckung hat man die größte Offenbarung. Du hast sie verpasst, aber sie hätte dir das große Geheimnis dieses Lebens enthüllt: dass es nichts bedeutet.«

In Antonios rechtem Auge war ein Äderchen geplatzt. Enrico war wie betäubt und lauschte auf den Nachklang eines Ausdrucks, der vor ein paar Sekunden gefallen war. *In der Schwebe.*

»Ich sage es dir noch einmal. Steh auf. Und lass uns dieses verdammte Scheusal fangen. Die anderen warten auf dich.«

Der Commissario nickte mechanisch, während er dem Faden seiner Gedanken folgte. In der Schwebe ... Die Aussetzung der Wirklichkeit, die Halluzination. Das Schweben des Staubs zwischen Erde und Himmel ... die Verwandlung.

»Du hast recht.« Enrico zog seine Handschuhe aus und gab sie Antonio. »Bewahr die für mich auf.«

57

Rom, Ostiense, im Bunker

»Das ist ja scheußlich hier.« Alexandra verzog angewidert das Gesicht.

»Schlimmer, als ich es in Erinnerung hatte«, pflichtete Antonio ihr bei.

»Warum sind wir wieder hier?«, fragte Caterina.

»Wir bleiben nur so lange, bis wir Bilanz gezogen und uns fern von allen Ablenkungen neu organisiert haben«, antwortete Mancini, während er mit den Schlüsseln hantierte.

Die vier, plus Walter, standen vor der Stahltür des ehemaligen Lagers einer Agrargenossenschaft, welches das Team während der Jagd auf den Schattenkiller als Hauptquartier genutzt hatte. Der Bunker.

»Ich wollte hierher zurückkehren, um gewissermaßen einen Ausgangspunkt unter der Erde zu haben, so wie unser Täter.«

Die anderen sahen sich verblüfft an, ehe sie hineingingen und sich in die Atmosphäre von vor einem halben Jahr zurückversetzt sahen. Die Räumlichkeiten erstreckten sich über circa fünfzig Quadratmeter und lagen komplett unter dem Straßenniveau. Da sie monatelang verschlossen gewesen waren, roch es dumpf und modrig darin. Alles war grau und schmutzig, fensterlos, mit Kabeln an den Wänden und einem uralten Ikea-Sofa an einer Seite. An der gegenüberliegenden Wand hingen noch die alten Pinwände, und auf der Arbeitsbank, wo die Computer gestanden hatten, hatte sich eine Menge Staub angesammelt. Mancini fuhr mit dem Finger hindurch und fing Rocchis Blick auf.

Staub.

In Wahrheit wollte der Commissario zumindest ansatzweise das Ökosystem wiederherstellen, innerhalb dessen sie mithilfe ihrer Interaktionen den Humus geschaffen hatten, den er jetzt brauchte. Und das nicht nur, um den Fall aufzuklären. Die Chemie innerhalb des Teams war ein wichtiger, unabdingbarer Faktor.

»Wir haben in der Zwischenzeit weitergemacht, Commissario. Für den Professor und die anderen Opfer«, sagte Walter, als sie sich alle gesetzt hatten, verschwieg aber, dass sie vor allem seinetwegen nicht lockergelassen hatten.

»Ich danke euch. Von Herzen.«

»Was ist mit Dottoressa Foderà?«, wagte Caterina zu fragen.

»Nichts. Sie kommt nicht«, antwortete Mancini knapp.

Die Aussprache hatte nicht stattgefunden. Und würde auch nicht stattfinden, hatte er beschlossen. Wie er in der Zwischenzeit auch noch ein paar andere Dinge beschlossen hatte. Er würde nicht mehr in der Erinnerung, sondern in der Gegenwart leben. Und er würde, sollte er noch einmal dieser Bestie gegenüberstehen, die ihm im Eulenhaus entkommen war, ohne zu überlegen schießen. Sich wie jeder andere Jäger verhalten.

»Lasst uns mit den neuesten Ergebnissen der Kriminaltechnik beginnen. Aber zügig, bitte.«

Walter blickte in sein kleines Notizbuch. »Für die Gipsabdrücke von der glatten Sohle haben wir noch keine Entsprechungen finden können. Aber das blonde Haar, das am Tatort Lamia gefunden wurde, stammt von derselben Person wie die im Eulenhäuschen und in der Kanalisation sichergestellten Haare.«

»Apropos, als wir im Eulenhäuschen waren und ich in die Luft geschossen habe, wurde er für den Bruchteil einer Sekunde vom Mündungsfeuer beleuchtet. Was Walter und ich gesehen haben, war nicht wirklich ein Mensch. Aber versteht mich nicht falsch, ich rede jetzt nicht von Monstern«, sagte Mancini.

»Was dann?«, fragte Rocchi.

»Eine Bestie, wirklich, ein Wesen, das völlig außer sich war, von einer animalischen, unbändigen Wut getrieben. Sodass sich noch nicht einmal Walter gegen ihn wehren konnte.«

Comello zog die schmerzende Augenbraue hoch und schnitt

eine Grimasse.»Es war dunkel, Dottore. Und er war schnell und aggressiv wie ein tollwütiger Hund. Ich konnte ihn nicht erwischen.«

»Vielleicht hätte ich schießen sollen, aber es bestand die Gefahr, dich oder die Frau zu treffen.«

»Lektion Nummer fünf«, zitierte Comello seinen geliebten Kultwestern *Der Tod ritt dienstags*. »Wenn du auf einen Mann schießt, musst du ihn töten, sonst tötet er früher oder später dich.«

»Walter, was redest du denn da?«, tadelte Caterina.

»Ach Gott, Entschuldigung, Commissario, ich wollte nicht ... Also, jedenfalls. Der Typ, der Täter war ... echt beeindruckend, als hätte er hundert Hände.«

Mancini ließ sich nichts anmerken. Comello hatte recht.

»Aber was du nicht gemerkt hast, ist, dass er uns quasi seine Handschrift hinterlassen hat.«

Der Ispettore fiel aus allen Wolken. »Was für eine Handschrift?«

»Wir haben von dieser Begegnung auf engstem Raum beide eine Spur davongetragen, ich an meinem Trench und du an deiner kugelsicheren Weste.«

»Wie denn? Wo?« Comello sah an sich herunter. Er trug die aus dünnen Schichten von Kevlarfasern bestehende Weste inzwischen aus Gewohnheit. Sie war sehr leicht, und man konnte schließlich nie wissen.

Mancini deutete auf einen kleinen Schnitt darin, gerade als Walter ihn selbst mit dem Finger ausfindig gemacht hatte.

»Aber er hatte doch nichts in der Hand. Ich habe ihn deutlich gesehen, als Sie geschossen haben. Nur den Stein, mit dem er mich hier getroffen hat.«

»Ich weiß.«

»Was war es denn dann?«, wollte Alexandra wissen.

Der Commissario bückte sich und hob eine Art Beutel vom Boden auf, aus dem er ein Buch herauszog. Darin steckten diverse Post-its, und er blätterte zu einer bestimmten Stelle. »Ich zitiere:

›Es ist eine meiner alten Maximen: Was übrig bleibt, wenn man das Unmögliche ausgeschlossen hat, muss die Wahrheit sein, so unwahrscheinlich sie sich auch ausnehmen mag‹.«

»Was soll das heißen?«

Auf dem Umschlag war der Titel zu lesen: *Die Beryll-Krone*, von Arthur Conan Doyle. Die Kollegen blickten skeptisch. »Dass wir eventuell ein ebenso unwahrscheinliches wie simples Element unterschätzt haben. Dieser Mann bedient sich spezieller Messer. Solcher für Bildhauer zum Beispiel.«

Rocchi übernahm es auszusprechen, was die anderen niemals laut gesagt hätten: »Ich verstehe diese Verneigung vor dem Professore. Ich weiß, dass er dir fehlt. Er fehlt uns allen. Aber wir haben es hier nicht mit Literatur zu tun, sondern mit Fakten. Mit Toten, mit verstümmelten Leichen. Und du hast dich immer an die Wirklichkeit gehalten, im Beruf, in Bezug auf deinen Charakter und ...«

»Das ist genau der springende Punkt, Antonio.« Mancini fuhr sich energisch mit beiden Händen durch die Haare. »Was ist die Wirklichkeit? Gibt es sie überhaupt?« Seine Fragen prallten auf die vier, die mit aufgerissenen Augen auf dem Sofa saßen.

»Oder ist die Wirklichkeit, wie der Professore im Hinblick auf C. G. Jung gern sagt, nur das Produkt eines ständigen Interpretationsprozesses vonseiten des Individuums?«

»Commissario, ich glaube nicht, dass es hilfreich ist ...«

Caterina, die versuchte, die allgemeine Verlegenheit zu überbrücken, wurde mit einem zerstreuten Lächeln zum Schweigen gebracht.

»Wenn wir diese Vorstellung mal für einen Moment gelten lassen, können wir das Wesen unseres Killers vielleicht besser verstehen und die Widersprüchlichkeiten in seinem Täterprofil zueinander in Beziehung setzen.«

»Inwiefern?« In Antonios Kopf begann es zu klicken.

»Stellen wir uns vor, dass der Mörder ein Doppelleben führt, ein reales und ein, sagen wir mal, illusorisches«, fuhr Mancini fort.

»Im Grunde tun das doch alle Serienmörder, sie steigern sich obsessiv in ihre Fantasien hinein, bis sie sie schließlich ausleben. Richtig, Commissario?« Alexandra spielte nervös mit einer Haarsträhne, die ihr ins Gesicht gefallen war.
»Ja, aber hier ist es noch ein bisschen anders. Ich glaube, dass die Wirklichkeit und die Fantasiewelt des Bildhauers sich vollkommen vermischen.«

Die anderen konnten ihm allmählich folgen, sie sahen ihn an wie einen Verkäufer von Wundertränken auf einem Jahrmarkt, zwischen Skepsis und Hoffnung schwankend.

»Also«, sagte Mancini, »die Wirklichkeit und seine Fantasien überlagern sich. Er weiß nicht mehr, was wahr ist und was nicht. Er hat eine starke Einbildungskraft, sein Verstand ist eine Maschine, die in jedem Augenblick die Realität neu erschafft, und zwar vor dem mythischen Hintergrund, mit dem wir nun schon reichlich Bekanntschaft gemacht haben. Das Realitätsprinzip, das ihn antreibt, ist nichts weiter als der physische Kontakt zu seiner Umwelt. Und seine pathologischen Fantasien verschlingen ihn letztendlich.«

»Die Welt, in der sich seine mythologischen Ungeheuer tummeln«, ergänzte Caterina.

»Die Ungeheuer, die er töten muss«, flüsterte Walter und kratzte sich die Stirn über seiner Wunde.

Mancini nahm ein weiteres Buch und ein kleines Heft aus dem braunen Lederbeutel auf dem Boden. Er schlug Letzteres auf und überflog die mit Druckschrift gefertigten Notizen, die mit großen Abständen über die Seiten verteilt und oft unzusammenhängend waren, bis er bei den maßgeblichen Stellen innehielt.

»Der Professore beharrt auf der Bedeutung des sozialen Umfelds, das den Täter geformt hat«, referierte er, wobei er bewusst in der Gegenwartsform von seinem Mentor sprach, »und betrachtet dann die psychopathologischen Elemente. Biga vermutet die Ursachen für das offensichtliche Fehlen von Gemeinsinn und verbindlichen moralischen Grundsätzen in der Pubertät beziehungsweise frühen Jugend dieses Mannes. Sein Verhalten deutet auf längere Perioden von Isolation hin, was den Mangel an gesellschaftlicher Sozialisation und Ethik, an der sich das Verhalten des Einzelnen im Normalfall ausrichtet, erklären würde. Das entspricht, wie wir wissen, einem quasi historischen, wohlbekannten Modell einer Täterpersönlichkeit, der es an menschlichen Zügen wie Empathie, Mitgefühl und so weiter fehlt.«

Rocchi lauschte ihm, folgte aber dem Blick Alexandras, der zwischen dem Commissario, dem Blatt Papier, auf dem sie sich irgendetwas notierte, und den Kopien von den Zeichnungen des Mörders hin- und herschoss.

»Im Allgemeinen ist die Familie das soziale Umfeld, in dem das Individuum lernt und übt, sich in der Gesellschaft zu bewegen. Sie ist der Ort, an dem es seine Rolle in ihr entwickelt oder, im negativen Fall, wie möglicherweise bei unserem Täter, ihr gegenüber Feindseligkeit aufbaut. Jedenfalls hat mich diese These der Isolation noch auf etwas anderes gebracht, auf einen Ausdruck, den du neulich gebraucht hast, Alexandra.«

»Ich?«, sagte sie verdutzt.

»Ja, es ist möglicherweise nur ein Detail, aber in dieser Phase kann alles von Bedeutung sein. Als wir uns bei Antonio in der Gerichtsmedizin getroffen haben, hast du etwas Interessantes über Szylla und die anderen gesagt.«

»Nämlich?«

»Ich beziehe mich darauf, wie der Bildhauer seine Opfer in ihrem mythologischen Gewand *darstellt*, um es mal so zu nennen. Auf die Genauigkeit, die Treue zu den Vorbildern. Du hast gesagt, und korrigiere mich, falls ich mich irre, dass er diese Figuren beinahe wortgetreu nachbildet.«

»Ja. Um mit solcher Detailgenauigkeit vorzugehen, muss er ein konkretes Modell haben, auf das er sich bezieht. Nicht bloß die mythologische Figur an sich, sondern eine spezielle Beschreibung oder Darstellung derselben.«

»Kommen wir noch einmal auf die Sache mit der Isolation zurück, auf die These, dass dieser Mann in einer körperlich und geistig einschränkenden familiären Umgebung aufgewachsen ist, mit einem Mangel, wenn nicht gar völligen Fehlen von Ereignissen. Das kann zu einem Überschuss an imaginierter Realität geführt haben, seiner einzigen Fluchtmöglichkeit – zu diesen Fantasien auf mythologischer Grundlage, die sich in seine ›Ausgestaltungen‹ übertragen haben.«

»Er erschafft also seine mythologische Realität in der echten Realität neu? Willst du das damit sagen?«, fragte Rocchi.

»Er tötet seine Ungeheuer«, warf Caterina ein.

Er tötet seine Schreckgespenster, hatte Oscar gesagt.

»Was ich sagen will, ist«, Mancini blätterte rasch durch Bigas Heft, »dass er die äußere Wirklichkeit über die mythische Struktur definiert, die seiner Einbildungskraft ein Gerüst, eine Form gegeben hat.«

Er hatte jetzt die volle Aufmerksamkeit seines Publikums. Ihres gemeinsamen Publikums, denn er stand nicht allein hier.

»Aber dieser spezielle Blick«, fuhr er fort, »ist in gewissem Sinne einseitig, seine Lesart der Welt ist frontal, er legt sie eins zu eins aus. Beziehungsweise wortgetreu, wie du gesagt hast, Alexandra.«

»Und zwar deshalb, weil seine Grammatik, wie wir es nennen können, die Grundlage seines Denkens und Handelns, eine vollkommen innerliche ist«, spann Alexandra den Gedanken weiter. »Sie hat sich in einer beschränkten Umgebung herausgebildet und daher nicht die Komplexität und Vielfalt entwickelt wie bei jemandem, der sich in der Außenwelt, der gesellschaftlichen Welt bewegt.«

»Richtig, Alexandra.«

»Und deshalb wurde die Sopranistin Cristina Angelini, eine Sirene der Oper, für ihn zu einer echten Sirene. Und Priscilla Grimaldi, deren Antiquitätenladen ihren Kosenamen trug und in diesem Werbeflyer für die Geschäfte des Viertels stand, wurde zu Szylla«, schloss Comello.

»Der Name wurde ihr zum Verhängnis«, bemerkte Rocchi.

»Und bei Lamia?«, fragte Alexandra.

»Maria Taddei, die immer noch im Krankenhaus liegt, hat er

ausgesucht, weil sie als Hausmeisterin in dem Eulenhäuschen arbeitete. Er muss gedacht haben, dass die Frau, die in diesem Haus voller grotesker Bilder und Eulendarstellungen herumgeht, nur die böse Vogelfrau sein kann. Gemäß der Denkweise, wie du sie uns gerade erklärt hast, Alexandra. Wir könnten jetzt so weitermachen und bei den anderen Opfern die gleiche naiv-wörtliche Lesart der Welt feststellen«, sagte Mancini.

»Aber wenn er sie wirklich nur danach ausgesucht hat, heißt das, dass er kein persönliches Motiv hat.« Auch Caterina hatte sich von dem Brainstorming mitreißen lassen.

»Genau. Dieser Mann tötet nicht aus Rache oder Gewinnsucht oder Ähnlichem. Er tötet auch keine Menschen. Seine Opfer sind für ihn nicht die echten Personen, die er verstümmelt und mit seinen Inszenierungen demütigend zur Schau stellt. Seine Opfer sind Ungeheuer.«

»Folglich denkst du nicht, dass seine Taten Kunstwerke darstellen sollen?«, fragte Rocchi.

»Nein. Was haben diese Figuren alle gemeinsam, Alexandra?«

»Sie sind alle altgriechischen Ursprungs.«

»Nein. Es sind alles zusammengesetzte Wesen, Mischwesen, halb Mensch, halb Tier. Auch Laokoon, in gewissem Sinn. Menschen und Monster in tödlicher Umarmung miteinander verschmolzen.«

Rocchi bemerkte, dass Alexandra den Blick auf die Zeichnungen senkte. War sie verwirrt? Oder beleidigt, weil Enrico sie zurechtgestutzt hatte?

»Und was heißt das nun?«, versuchte er ihr aus der Verlegenheit zu helfen.

»Dass seine Fantasien nicht auf irgendwelchen Kunstwerken beruhen, sondern auf den ursprünglichen Mythen. Die Tatsache, dass diese zum Gegenstand zahlreicher künstlerischer Darstellungen wurden, ist meines Erachtens nebensächlich. Aber es gibt noch einen anderen wichtigen Punkt. Ich glaube, dass das zusammengesetzte Wesen seiner Ungeheuer auch etwas über ihn selbst aussagt. Etwas, dem der Professor und ich bei der Skizzierung seines Profils schon auf der Spur waren und das mir jetzt als so offensichtlich erscheint, dass ich fast fürchte, mich zu irren.«

»Was?«

Mancini drehte den Stuhl herum, vor dem er stand, und setzte sich rittlings darauf, mit der Brust an der Lehne. »Die zweifache Natur dieser Wesen hat etwas mit seiner eigenen Natur zu tun. Als wäre auch er auf halbem Weg zwischen zwei Zuständen.«

»Zwischen zwei Gestalten«, sagte Caterina.

»Ein Transsexueller? Oder ein Hermaphrodit?«, vermutete Comello. Es wäre nicht der erste Serienkiller in der Kriminalgeschichte mit einer psychischen Störung in Bezug auf seine sexuelle Identität.

»Es gibt an den Opfern keine Anzeichen von Misshandlungen oder Folterungen, die darauf hindeuten würden. Nein, es ist vielmehr, als lebte er zwischen zwei Welten. Der unteren, wo er auf die Nacht wartet, und der oberen, in der er tötet.« Mancini konnte nicht mehr stillsitzen. Er schob den Stuhl zurück und stand auf. »Er hätte sich ja auch irgendwelche anderen mythologischen Figuren oder Ungeheuer aussuchen können, wie die Chimären zum Beispiel, die nichts Menschliches an sich haben. Aber nein. Es ist, als fühle er sich selbst als halb menschliches, halb tierisches Wesen.«

»Das würde auch das ambivalente, zweideutige Täterprofil erklären. Organisiert und desorganisiert zugleich«, bemerkte Alexandra.

Sie spielten sich jetzt gegenseitig die Bälle zu, und Mancini fing ihren auf. »Sehr gut, Alexandra.«

Er schloss die Augen auf der Suche nach den richtigen Bildern, beobachtet von den anderen. Die Neonröhren sirrten, gingen aus und wieder an, ohne dass er es bemerkte. In diesem flackernden Licht hoben seine schwarzen Haare und der Bart, beides länger als gewöhnlich, die Blässe seines Gesichts und die Schatten um die Lider noch deutlicher hervor.

»Einige Ermittlungsergebnisse deuten darauf hin, dass er ein organisierter Mörder ist, andere verweisen auf das Gegenteil. Im

Gegensatz zu einem organisierten Killer, der nach der Tötung seines Opfers normalerweise nicht am Tatort verweilt, hält der Bildhauer sich dort auf, macht sich an den Leichen zu schaffen, richtet sie zu, fast als hätte er keine Angst, gefasst zu werden. Er geht hohe Risiken ein in Anbetracht der öffentlichen Orte, an denen er die meisten seiner menschlichen Statuen ausgestellt hat, und er kümmert sich mit außergewöhnlicher Ruhe um jedes Detail, was wiederum ein eher organisiertes Verhalten ist. Doch er verliert Zeit an den Tatorten und hinterlässt Spuren: desorganisiert. Wie organisierte Täter benutzt er eine eigene Waffe, immer dieselbe, nicht einfach eine, die er an Ort und Stelle vorfindet. Aber wenn wir uns deine Obduktionsberichte ansehen, Antonio, und die brutale Gewalt, mit der er den Opfern ihre Verletzungen zugefügt hat, müssen wir daraus schließen, dass er von heftigen, unbezwingbaren Impulsen geleitet wurde.«

»Als wäre er schizophren.«

»So etwas Ähnliches, Caterina.«

Mancini war von den Schwärmen von Staubteilchen abgelenkt, die in dem kalten Neonlicht herumtrieben, ohne Richtung, ohne Unterlass und ohne sich abzusetzen.

»Als wäre er in ständiger Verwandlung begriffen.«

58

Jener stolze und grausame Gorgo [...],
dem auf schreckliche Weise ein Gewirr von Vipern
einen hässlichen und furchtbaren Haarschmuck bildet [...]

Giambattista Marino, *La Galeria*

Maddalena arbeitet seit einem Jahr in dem Kiosk. Sie macht das, weil es mit ihrem Architekturstudium nicht so recht vorangeht und weil sie es satthat, ihre Familie um Geld zu bitten. Vielleicht auch, weil sie keine Lust mehr auf die Uni hat. Auf jeden Fall aber, weil sie das Geld für die Miete und alles andere braucht, zumal sie ihren Typ mit durchbringt. Er wartet zu Hause auf sie, und heute Abend werden sie, wie so oft in letzter Zeit, Pasta mit Tomatensoße kochen, dazu ein paar Bier vom Discounter trinken und sich danach einen Joint teilen. Sie schüttelt ihren Ärmel zurück und sieht auf ihre Plastikarmbanduhr. Zeit zu schließen, endlich.
 Es ist schon dunkel und niemand mehr unterwegs.
 Der Jäger bleibt hinter einem Strommast in der Nähe stehen. Er lehnt sich mit dem Rücken daran und atmet schwer. Spürt die Kälte zwischen den Schultern. Heute Abend wird es nicht sein wie sonst, das hat er im Eulenhäuschen begriffen, als der Herrscher des Chaos seinen Blitz durch die Luft gejagt hat. Er ist hinter ihm her. Er muss sich beeilen. Er muss zu Ende bringen, was er begonnen hat, um ins Kloster zurückkehren zu können. Wie die Mitbrüder ihn empfangen werden, wie der Pater Superior ihn in die Arme schließen wird! Schon seit Jahren malt er sich seine Rückkehr aus.
 Er kann es kaum erwarten.
 Dort steht die Frau mit den dünnen Beinen, so dünn wie die eines Storches. Sie ist es. Er erkennt sie an ihrer Mähne aus dichten

Zöpfen auch von hinten. Er hat sie schon öfter beobachtet, dabei aber immer darauf geachtet, ihr nicht ins Gesicht zu blicken. Bald wird sie die Rollläden herunterlassen, wieder hineingehen, die Abrechnung machen, dann herauskommen und die schmale Tür hinter sich abschließen.

Maddalena träumt derweil vom schlichten Duft des Abendessens. Die angebratene Zwiebel, die Tomaten, die sie auf dem Heimweg noch kaufen muss, die Peperoni, all das erinnert sie an ihr Zuhause in Crotone. Wo an Sommerabenden lange draußen gegessen wurde, mit zwanzig Personen an einem Tisch und fröhliches Stimmengewirr in die laue Luft stieg. Das Lachen, die Geschichten der Großeltern und diese kräftigen, klaren Aromen. Der Geschmack des ersten Kusses vor vielen Jahren. Anfangs, als sie nach Rom kam, hat sie oft daran gedacht, an diesen an einem Ostermontag in der Gartenlaube ihrer Großeltern geraubten Kuss. An die duftenden Mahlzeiten zu Hause denkt sie immer noch, voller Genuss und Melancholie.

Sie lässt den letzten Rollladen über den Informatikzeitschriften herunter und dessen Schloss einrasten.

Hier sind sie nur zu zweit, sie und Riccardo, der sie nicht sehr oft küsst, sie aber gernhat, wie sie sich immer wieder sagt. Wenn er seinen Teil beitragen und sich einen Job suchen würde, statt weiter wie schon seit fast einem Jahr für dieselbe Prüfung zu lernen, könnten sie vielleicht abends auch ab und zu mal in diesem Restaurant essen, in das ihre Studienkollegen und die Freunde aus dem Viertel immer gehen. Es ist günstig und total angesagt. Früher wohnten in der Gegend nur arme Leute, aber jetzt weht ein anderer Wind, Pigneto ist zum hipsten Viertel von Rom avanciert. Ein Schauer der Zufriedenheit überläuft sie, als sie wieder in das Kioskhäuschen geht, um die Einnahmen zu holen und Feierabend zu machen.

Sie ist in ihrem eisernen Käfig verschwunden. Der Jäger nähert sich, hört darin ein Geräusch, geht seitlich daran vorbei. Es ist niemand in der Nähe. Er geht zur Rückseite, zu dem engen Zwischenraum zwischen den Schaufenstern und einer zwei Meter hohen Mauer. Er passt gerade so hinein, muss die Luft anhalten. Seine Kehle schnürt sich zusammen, und etwas würgt ihn, als würde ihn ein riesiges Reptil umschlingen. Er bekommt kaum Luft, und hinter der grünen Scheibe, neben seinem erschrockenen Gesicht, erscheint ein zweites. Das Gesicht einer Frau. Er kann den Blick nicht von ihr abwenden. Das Zischen kommt von innen. Etwas blitzt zwischen den Augen der im Glas eingeschlossenen Frau hin und her. Und die Konturen der wirklichen Welt lösen sich erneut auf.

Die Wut und die geringe Sauerstoffzufuhr zum Gehirn weiten seine Pupillen, lassen die Augen hervorquellen. Er legt die Hände an die Scheibe, stützt sich mit dem Rücken an der Mauer ab und klettert wie ein Gecko auf das kleine Dach hinauf. Die Straße ist verlassen. Die Straßenlaterne ist kaputt, und man hört nur noch die Musik aus einem Restaurant ein Stück entfernt. Die Adern an seinem Hals zeichnen sich ab, und sein Kopf wackelt, als wäre er auf einem Floß, das vom stürmischen Meer durchgerüttelt wird.

Um ihn herum dehnt sich alles aus und zieht sich wieder zusammen, die Farben der Wirklichkeit verwischen. Der Stein bezwingt die Rinde der Akazien und verschlingt die Hecken des vernachlässigten Parks vor dem Kiosk. Vor seinen Himmelsaugen werden die Sitzbänke zu den Fossilien der von dem Ungeheuer dort unten verwandelten Menschen.

Wird auch er gleich zu Stein werden?

Der Jäger springt wieder herunter und landet neben der angelehnten Tür, vor einem Friedhof aus Steinplatten. Der Geruch des Ungeheuers in der Luft. Er schleicht zu dem Höhleneingang, während ringsherum gläserne Dornensträucher hervorsprießen. Das Gesicht mit dem Ellbogen bedeckt, wartet er, bis ... Da sind sie, auf ihrem Kopf, sie bewegen sich! Er sieht sie.

Dutzende von schwarzen Vipern.

Maddalena sammelt das Altpapier zusammen und füllt einen schwarzen Plastiksack damit. Sie ordnet die Comic-Hefte, schließt die Kasse und kramt mit der freien Hand nach den Schlüsseln in *ihrer Tasche. Dann löscht sie das Licht und geht mit dem Sack hinaus.*

Für den Jäger hat Medusa gerade wieder einen Unglücklichen versteinert und zerrt ihn nun weg. Die Frau mit dem Schlangenhaupt trägt die steinerne Gestalt so leicht wie einen Zweig, als sie aus ihrer Höhle hervortritt.

Das ist der Moment.

Als die niederträchtige Kreatur sich umdreht, erhellt ein begieriges Lächeln die Züge des Jägers. Sie erwidert es mit einem neugierigen Ausdruck, kurz bevor die Messerklinge auf ihre Kehle zusaust und diese mit einem glatten Schnitt aufschlitzt. Die Kaskade aus Blut ist ein rotes Vibrieren. Der Jäger streckt die Hand aus, orientiert sich an dem Gurgeln aus diesen Kehllappen und greift ohne Furcht nach den Schlangen. Er macht einen Schritt in die Grotte hinein und dreht das Ungeheuer um, sodass es ihm den Rücken zukehrt. Endlich kann er wieder die Augen öffnen.

Maddalena will noch um Hilfe rufen, als sie merkt, dass etwas mit diesem Mann nicht stimmt, der die Augen zusammenkneift. Für den Bruchteil einer Sekunde erstarrt jede Bewegung um sie herum und in ihr drin. Das Herz wird langsamer, um nicht ganz stillzustehen, doch es ist schon zu spät. In der Ferne erklingt Musik, ihre Großeltern, die untergehakt tanzen, ihre betrunkenen Schwestern, die Peperoni, die auf den Lippen brennen, bis in die Nasenhöhlen hinein. Es brennt wie verrückt, das wusste sie gar nicht mehr, aber Maddalena war auch schon lange nicht mehr zu Hause, und auf einmal hat sie große Lust, Mama und Papa wiederzusehen, sie zu umarmen und ihnen zu sagen, dass sie es nicht geschafft hat, dass sie erfolglos, ohne den verdammten Uniabschluss zurückkommt, aber jetzt bei ihnen bleiben will, bei ihnen allen. Denn in Rom gibt es nichts für sie, und die Zukunft existiert nicht.

Doch das ist nur ein flüchtiger Gedanke.

Die Zukunft ertrinkt in dem roten Strom, der aus ihr herausfließt. Die Gerüche von Papier, Druckerschwärze und Klebstoff im Kiosk vermischen sich mit dem metallischen des Bluts, das ihr die Nase verstopft. Bis ihr Todesschrei alles hinwegspült.

Die Medusa lässt den Steinsack los und gibt grauenerregende Laute von sich. Der Jäger stößt das Messer tief in sie hinein, durchtrennt die Halssehnen, zerfetzt die Luftröhre. Die Klinge dringt in das Fleisch ein und sucht, gräbt, schabt, bis sie auf eine Leiter aus Knochen trifft. Die Halswirbel. Er drückt und stößt fester, noch fester, und dann sagt ihm ein Knirschen wie von tausend zermalmten Schnecken, dass es vollbracht ist.

Maddalenas Leben hängt am letzten seidenen Faden, aber es klammert sich zäh daran. Als sie sich nach oben schweben fühlt, explodiert ein Licht in ihr. Ihr Körper ist unter ihr, sie sieht kurz auf ihn herab, während der Mann mit den himmelblauen Augen lächelt.

Der Jäger trennt den Kopf des Monsters ab und hält ihn hoch, ohne hinzusehen. Das feuchte Auge der Gorgone zerfließt, doch der Körper zappelt noch, mechanisch und schlaff, als wäre er ohne Knochen. Die Schuppen ihres Panzers kräuseln sich, ehe sie zu Boden fallen, ehe ihre graue Welt zerfällt und sich in einer schwarzen Lache auflöst. Ehe das gesamte Universum in die Finsternis stürzt und Maddalena für immer darin verschwindet.

59

Rom, Ostiense, im Bunker

»Könnte es nicht sein, dass er nach dem Zusammenstoß mit euch aus Rom geflohen ist oder beschlossen hat aufzuhören?«, überlegte Alexandra laut, während sie ihre Haare zu einem unordentlichen Knoten zusammenband.
»Auf keinen Fall. Er wird sich sehr bald wieder bemerkbar machen.«
»Wir müssen herauskriegen, wo er sich versteckt. Wo er seine Höhle hat«, sagte Walter.
»Aber ist er wirklich wie eine Spinne, wie das Monster von Nerola?«, gab Alexandra zu bedenken.
Mancini schüttelte den Kopf und rieb sich manisch ein Auge, dessen unteres Lid angefangen hatte zu zucken. »Das Monster von Nerola verbarg sich in seinem Haus an der Salaria zwischen Bäumen und Feldern. Das war das Zentrum seines Spinnennetzes. Der Mann, mit dem Rom es gerade zu tun hat, ist dagegen sehr viel schlimmer. Seine Höhlen, seine Fallen, sind überall.«
Walter schnaubte nervös, es klang laut in der Stille des Bunkers.
»Der Professore hat sich bezüglich seiner Vorgehensweise einen Satz notiert, ich lese ihn euch vor«, sagte der Commissario. »›Wie Bram Stokers Vampir hat auch unser Serienmörder sich über halb Rom verstreute, sichere Orte gesucht, an denen er sich verbirgt.‹ Ich stimme dem zu. Unser Täter wählt gezielt schwer zugängliche, unterirdische Verstecke aus, in die niemand freiwillig hineingehen würde. Verteilt unter der Stadt und daher äußerst schwierig aufzuspüren, außer leider erst nach begangener Tat.«
»Wir haben zu den Schlupfwinkeln nichts Neues«, bemerkte Walter. »Zwei Einheiten sind dabei, diverse unterirdische Systeme

abzusuchen, die Kanalisation, die Zugänge zu den U-Bahn-Tunneln sowie andere Anlagen in den bisher betroffenen Gebieten. Aber das für ganz Rom zu tun ist ein Ding der Unmöglichkeit.«

»Wenn er Zeit hatte, sich mit den Plänen der Kanalisation vertraut zu machen, wird uns nichts anderes übrig bleiben.«

Die Luft wurde immer stickiger, doch es gab keine Fenster. Walter hielt es nicht mehr aus, er wollte raus. Zurück zur praktischen Ermittlungsarbeit, diese Besprechungen hier waren der langweiligste Teil seines Jobs. Caterina war aufgestanden und ging hin und her. Rocchi und Alexandra saßen noch nebeneinander auf dem Sofa, obwohl der Gerichtsmediziner einen Wahnsinnsschmacht nach einer Zigarette hatte und sie ebenfalls unruhig wirkte.

»Zehn Minuten Pause, Leute. Für die Koffeinsüchtigen: Am Ende der Straße gibt es eine Bar. Ich erwarte euch in genau zehn Minuten wieder hier. Wir müssen vorankommen.«

Allein im Raum, blickte Mancini zu der geöffneten Tür am anderen Ende, hinter der sich ein Rechteck aus Dunkelheit abzeichnete, ähnlich der Gruft in seinem Albtraum. Ein Prisma aus grellweißem Licht drang in den Raum und überstrahlte die trüben Neonröhren. Wieder vervielfachten sich in diesem Projektorstrahl die Bilder, die der Staub in der Luft für Enricos überhitzten Geist erfand. Bigas Haus erfüllt vom Schein Tausender Lichtschimmer: Glühbirnen, Schirmlampen, die Flammen im Kamin. Er war zu dem Abend ihrer Debatte über den Bildhauer zurückgekehrt.

»Erinnerst du dich an den Fall Stevanin?«, hatte Biga ihn gefragt.

Gianfranco Stevanin war ein berüchtigter Serienmörder, der Mitte der Neunzigerjahre in die Verbrechenschronik eingegangen war, weil er sechs Frauen – darunter Prostituierte, Kellnerinnen und Drogenabhängige – vergewaltigt, getötet und zerstückelt hatte. Der Fall hatte die italienische Öffentlichkeit sehr erschüttert, vor allem aufgrund der Grausamkeit der Morde und der den Opfern vor und nach ihrem Tod zugefügten Misshandlungen.

Aber auch, weil der Täter ein unauffälliger, ruhiger Junge vom Land war, aus der Provinz Verona.

»Das war ein kranker, sexbesessener Scheißkerl, der zwischen 1989 und 1994 mindestens sechs Opfer umgebracht und ihre Leichen versteckt hat, nachdem er sie zerstückelt hatte.«

»Die medizinischen und psychiatrischen Untersuchungen haben damals Kindheitstraumata sowie Verhaltensstörungen im Zusammenhang mit einem schweren Motorradunfall konstatiert, von dem Stevanin fokale Anfälle von Epilepsie und schwere neurologische Schäden zurückbehalten hatte.«

»Ich erinnere mich sehr gut an die Thesen der Verteidigung. Sie behauptete, Stevanin sei unzurechnungsfähig, er hätte in Folge der erlittenen Verletzungen die Fähigkeit verloren, Gut und Böse zu unterscheiden.«

»Ein anderes Gutachten besagte, er sei unter schwierigen Bedingungen aufgewachsen, bei einer überbehütenden, erdrückenden Mutter. Ich habe dem Verfahren, wie du weißt, als Sachverständiger beigewohnt. Und es gibt da eine Sache, die ich nie vergessen werde: eine Aussage von Stevanin selbst während einem der Gespräche mit den Psychiatern, bei denen ich zugegen war. Bezogen auf die Tatsache, dass er als kleiner Junge von einem Tag auf den anderen in ein Internat musste, weil seine Mutter eine komplizierte Schwangerschaft hatte, die dann mit einer Fehlgeburt endete, sagte er: ›In dem Moment, als ich durch das Schultor trat und meine Mutter sich umdrehte und ging, begriff ich, dass ich nur mich selbst als Familie hatte.‹«

Mancini schüttelte den Kopf. Mit einem solchen Scheusal durfte man kein Mitleid haben. »Und ein solches Erlebnis des Verlassenwerdens soll der Bildhauer auch gehabt haben? Wollen Sie das damit sagen, Professor?«

»Und die damit zusammenhängenden starken Gefühle von Angst und Leere. In diese Leere hinein hat er seine eigene Welt konstruiert, abhängig von den Einflüssen, die wir mittlerweile nur allzu gut kennen. Er hat sie mit seinen Mythen gefüllt, die Leere. Wenn wir dazu physiopathologische Probleme hinzurechnen, vergleichbar mit denen, die bei Stevanin nach dessen Unfall festgestellt wurden ...«

Biga zog, nicht ohne Mühe, eine vergilbte Karteikarte aus einem Karteikasten in einem der Bücherregale und las davon ab: »Folgen von Frontallappenschäden. Der Betroffene ist während des Tötungsvorgangs unzurechnungsfähig, aber wieder klar denkend, sobald die Tat abgeschlossen ist, sodass er planen und handeln kann, um sie zu verbergen.« Er hob den Blick. »Während des Stevanin-Prozesses damals habe ich Recherchen zur Epilepsie und den traumatischen sowie genetischen Ursachen dieser Krankheit angestellt. Vielleicht kann dir das eine oder andere eine neue Ermittlungshypothese eröffnen, Enrico.«

Der Professor las weiter vor, und Mancini merkte, dass er ihm mit der gleichen Aufmerksamkeit zuhörte wie einst. »Die autosomal-dominante Temporallappenepilepsie tritt im Kindes- oder Heranwachsendenalter auf. Anfälle deuten auf eine Schädigung des Temporallappens hin...«, wieder hob er den Kopf, »also des Schläfenlappens des Gehirns.« Er fuhr fort: »... und sind durch Schwindelgefühle, auditive und visuelle Halluzinationen, selten auch erlebnisartige Visionen geprägt. Diese Form ist genetisch durch eine Mutation des Gens LGI1 bestimmt.« Er blickte Mancini an. »Okay, mal abgesehen von den medizinischen Fachausdrücken – hast du verstanden, worauf ich hinauswill?«

Mancini nickte und nahm dem Professor die Karteikarte aus der Hand. Er würde diesen Aspekt schnellstmöglich vertiefen müssen, denn Bigas Aufzeichnungen waren zwar interessant, aber vermutlich überholt. »Wenn es so ist, wie Sie denken, müsste dieser Mann in einer geschlossenen psychiatrischen Anstalt sitzen.«

»Oder er ist daraus getürmt.«

Die Flammen im Kamin tanzten hypnotisch wie Medusen und bildeten die Formen nach, die von den rotierenden Staubteilchen in der Bunkerluft geschaffen wurden. Die Erinnerung löste sich so schnell auf, wie sie gekommen war, und schon war Mancini in der Gegenwart zurück.

»Da sind wir wieder«, verkündete Rocchi lebhaft, der einen doppelten Espresso getrunken hatte.

Nacheinander kamen sie herein und nahmen wieder auf dem Sofa Platz. Mancini deutete auf die noch geöffnete Tür, damit jemand sie schleunigst schloss, er wollte weitermachen. Sie hatten keine Zeit zu verlieren.

Als sich niemand rührte, schnauzte er: »Leute, was ist jetzt?«

Verlegene Blicke zur Antwort. Entnervt marschierte er selbst auf die schwere Stahltür zu, die Absätze seiner Stiefeletten dröhnten im Raum. Erst als er die Hand an den Türgriff legte, verstand er den Grund der Verlegenheit.

In der Öffnung zeichnete sich eine Gestalt ab. Die Gestalt einer Frau.

»Warum bist du hier?«, fragte Mancini, ohne nachzudenken.

»Weil ich die mit diesem Fall beauftragte Staatsanwältin bin.« Giulia sah ihm direkt in die Augen. »Und deswegen.« Sie drückte ihm einen Umschlag in die Hand und drängte sich an ihm vorbei in den Bunker. Jetzt waren es ihre Absätze, die in dem alten Stützpunkt des Teams widerhallten.

Giulia Foderà zog ihre Jacke aus und setzte sich, und alle warteten darauf, dass Mancini ihr folgen würde. Walter sah aus, als befürchtete er, der Commissario könnte einen Tobsuchtsanfall bekommen, mit bösen Folgen.

Doch der schloss nur die Tür und kehrte zu seinem Stuhl zurück, wo er den Umschlag öffnete, ohne Giulia anzusehen. Sie hatte ihre Tasche auf dem Schoß abgestellt und ein Notizbuch sowie ihr Handy herausgenommen. In dem Umschlag steckte ein einzelnes Blatt Papier, der Ausdruck eines Gutachtens oder etwas Ähnliches. Enrico hob den Kopf und musterte die anderen fragend, bevor er es überflog.

Sachverständigengutachten
Dott. Riccardo Schenoni, Psychiater

Okzipitallappenepilepsie. Betrifft die Sehrinde im Hinterhauptslappen (Okzipitalkortex) sowie Bereiche mit assoziativer Funktion, die sich im parietalen Assoziationskortex fortsetzen. Bisweilen gehen damit Anfälle mit nicht farbigen visuellen Halluzinationen einher, oft zickzackförmig und intermittierend, die wandern und sich im Sehfeld ausbreiten. Ist auch das Feld betroffen, das an den parietalen Assoziationscortex angrenzt, können sich komplexe Halluzinationen mit ganzen Szenarien oder Gegenständen manifestieren. In seltenen Fällen können diese Halluzinationen des fünften Typs sich auch auf bestimmte Themenbereiche beziehen.

Der letzte Satz war unterstrichen, möglicherweise von Giulia. Er biss sich auf die Unterlippe und richtete entschlossen den Blick auf sie. Sie war wunderschön. Das Herz zog sich ihm zusammen. Warum tat er das? Warum hielt er sie auf Abstand, wenn sie solche Gefühle in ihm weckte? Ein Lächeln zuckte um seine Mundwinkel, und er ließ den Blick zu ihrem Komplizen wandern. Walter blickte mit roten Gesicht dezidiert in die andere Richtung. Der Commissario musterte ihn einen Moment, dann richtete er sich auf seinem Stuhl auf und las dem Team die Zusammenfassung des Gutachtens vor. Zu dem jetzt auch wieder Dottoressa Foderà gehörte.

»Woher wusstest du ...?«, fragte er sie.

»Schenoni ist ein Freund von mir – und, wie du weißt, ein forensischer Psychiater von internationalem Ruf. Als Walter mich über den neuesten Stand der Ermittlungen informiert hat ...«

Das Gesicht des Commissario blieb Giulia zugewandt, aber seine Augen wanderten zu Comello hin, der immer noch in die andere Ecke starrte.

»... hielt ich es für ratsam, ihn um eine kurze Einschätzung zu bitten, damit du dem psychologischen Profil des Täters ein weiteres Element hinzufügen kannst.«

»Verstehe«, sagte Mancini. Demnach hatte sie die gleiche Intuition gehabt wie Biga, er hätte diesem Aspekt sofort nachgehen müssen. »Wir sollten schnell vorankommen. Lasst uns kurz Bilanz ziehen – was haben wir?«

Caterina berichtet von ihrem Erkundungsgang in der Kanalisation, der sie zu dem Stadtkloster Santa Lucia in Selci geführt hatte.

Anschließend bestätigte Rocchi, dass Szylla durch dieselbe Hand gestorben war wie die Opfer der ersten drei »Werke« und erst nach ihrem Tod zweigeteilt und mit den Hundeköpfen und den Schlangen behängt worden war.

»Dann hat sich eben, als ich in der Kaffeepause war, noch ein weiterer Hinweis ergeben«, fuhr Rocchi lächelnd fort. »Ich musste an deine etwas merkwürdige Rede von der wortgetreuen Auffassung denken und dass unser Mann vielleicht tatsächlich ein Bildhauer sein könnte. Also habe ich unseren gemeinsamen Freund Dario Lo Franco angerufen.«

»Was hat der damit zu tun?«, fragte Mancini.

»Er ist passionierter Kunstschnitzer, widmet sich diesem Hobby schon seit vielen Jahren und hat sich in seiner Garage in Garbatella sogar eine kleine Werkstatt eingerichtet. Ich habe ihm die Fotos von den Zeichen im Nacken der Opfer geschickt, und er ist ebenfalls der Auffassung, dass sie von Schnitzwerkzeugen verursacht wurden, und zwar immer von der gleichen Sorte.«

Rocchi gab die Fotos von den gebogenen und geraden Messern und Stechbeiteln, V-förmig und L-förmig, herum, die Lo Franco ihm gesandt hatte. Dann wischte er mit dem Daumen über den Bildschirm, bis die Aufnahmen von den Nacken der Opfer zu sehen waren. »Es besteht kein Zweifel, Enrico, die Wunden wurden mit den Werkzeugen eines Holzschnitzers zugefügt«, schloss er.

Als Alexandra an der Reihe war, legte sie die Ergebnisse ihrer Recherchen zu den mythologischen Wesen und deren Welt dar, regiert von olympischen Göttern, Halbgöttern und Menschen.

»Die Zeussöhne Dionysos und Apollo sind zwei sich zugleich entgegengesetzte und ergänzende Größen, die gemeinsam daraufhin wirken, zwei Eigenschaften des ursprünglichen Chaos wiederherzustellen: die Veränderlichkeit und Imflussbefindlichkeit der Welt, die mit dem Eintritt der Ordnung verloren gingen. Wie wir wissen, ist die griechische Mythologie voll von Helden wie Herakles, Perseus, Theseus oder Jason, die mit ihren Prüfungen und Taten ein für alle Mal Ordnung schaffen und Licht ins Dunkel bringen wollen. Perseus, Odysseus und ihresgleichen sind allesamt Monsterjäger, Bezwinger von Ungeheuern.«

»Diesen Aspekt sollten wir auf der Grundlage unserer Überlegungen hier vertiefen, Alexandra. Ich denke, wir sind auf der richtigen Fährte, aber wir bewegen uns noch immer im Kreis. Walter, was hast du?«, fragte Mancini.

Walter scharrte schon seit einer ganzen Weile unruhig mit den Füßen, hatte aber die anderen nicht unterbrechen wollen und war deren Überlegungen und Thesen gefolgt. Nun konnte er endlich von seinem Besuch in Regina Coeli und dem anschließenden Gespräch mit dem Hersteller der Kordeln berichten, mit denen Professor Biga und Lamia gefesselt worden waren.

»Gute Arbeit, Walter.«

Auch Giulia warf dem Ispettore einen anerkennenden Blick zu, der dem Commissario nicht entging. Er klapperte mit dem dicken Schlüsselbund in seiner Hand, was wie ein Weckruf klang, und bedeutete allen aufzustehen. »Wir sind fast am Ziel«, wiederholte er. »Die letzten fehlenden Teile fügen sich allmählich ein. Ich muss unterwegs weiter nachdenken.«

»Unterwegs wohin?«

»Der Kordelhersteller hat dir doch gesagt, an welches Kloster er die fragliche Partie geliefert hat?«

»Ja, an das Kloster San Giorgio im Valnerina-Tal.«

»Gut, dann werden wir jetzt eine kleine Pilgerfahrt unternehmen. Du, Caterina, gehst noch einmal zum Kloster Santa Lucia und machst Fotos von allem, möglichst mit versteckter Kamera. Antonio, du gehst nach Hause und schläfst eine Runde. Du siehst

furchtbar aus, noch schlimmer als sonst. Dann guckst du in deine E-Mails, ich habe dir eine Nachricht bezüglich einer Untersuchung geschickt. Das bleibt aber vorläufig unter uns. Und du wartest, bis ich dich anrufe, wenn ich zurück bin.«
»Zu Befehl. Ich werde auch mal kurz unter die Dusche hüpfen, wenn du gestattest.«
»Alexandra...« Mancini legte eine Kunstpause ein. »Du kommst mit uns.«
Ehe er das Wort an Giulia richten konnte, die schon zur Tür gegangen war, verkündete sie: »Und ich werde mal hören, was unser Questore zu sagen hat.«

FÜNFTER TEIL
Die Finsternis

60

Rom, drei Jahre nach der Flucht

Er verschwand hinter der Tür, achtete dabei sorgsam darauf, dass ihm niemand folgte, die Hals- und Schultermuskeln angespannt. Der Geruch nach Schmutz und Moder empfing ihn wie etwas Liebgewonnenes, Vertrautes. Jedes Mal, wenn diese Sache mit ihm passierte, ging es ihm schlechter. Schon nachdem er Szylla umgebracht hatte, hatte er bemerkt, dass die Momente des Leidens nach dem Töten, wenn die Visionen verschwanden, sich ausdehnten. Der Zustand der Lähmung, in dem er sich wiederfand, fast als wäre er in einem fremden Körper eingesperrt, hielt immer länger an. Und das war nichts Gutes. Er richtete die toten Ungeheuer her, kurz bevor sie starr wurden, und musste sich dann schnell in einen seiner unterirdischen Schlupfwinkel zurückziehen, um nicht das gleiche Ende zu nehmen wie sie.

Das erste Mal war es bei Nacht passiert. In jener Nacht im Kloster, als er den Mitbruder zerstückelt hatte. Hinterher hatte er dagestanden und auf ihn gestarrt, erfüllt von einer großen Traurigkeit. Warum hatte er das getan? Der Körper des Ärmsten hatte keine menschliche Gestalt mehr. Dann hatte er gespürt, wie die Kälte sich langsam in ihm ausbreitete, hatte sich auf den Boden gesetzt und gemerkt, dass seine Arme sich verkrampften, die Ellbogen- und Handgelenke steif wurden. So hatten sie ihn gefunden, hart wie eine Statue. Danach hatte der Pater Superior ihn in seine Zelle verbannt, ohne ihn jedoch sich selbst zu überlassen.

»Sie dürfen die für ihr Handwerk nötigen Werkzeuge und Geräte besitzen«, hatte er wiederholt, als er ihm die Arbeitsinstrumente gegeben hatte. Er nahm die Lederrolle zur Hand, die seine Stichel, Meißel und Messer enthielt. Sieben Werkzeuge, die er wie seinen

Augapfel hütete. Die direkte Verbindung zu seinem Leben vor der Flucht aus dem Kloster. Dort hatte er alles gelernt, in der Werkstatt neben seiner Zelle. Er hatte mit kleinen Stücken von weichem Holz begonnen, aus denen er winzige Tiergestalten herausschnitzte. Das war nicht schwer gewesen, er kannte die Beschaffenheit der kleinen Körper genau, die er vor seiner Gefangenschaft im Wald gefunden oder selbst zu Kadavern gemacht hatte. Hinter der Hecke um den Friedhof hatte sein Gärtchen gelegen, mit einer kleinen Krippe, die er eigenhändig aus Zweigen, Steinen und Laub gebaut hatte. Dort hatte er seine Figuren aufgestellt: einen Berghasen und eine Wildkatze, mit Bedacht arrangiert neben der Wiege, die eine Feldmaus beherbergte. Alle im Todeskampf begriffen.

Er hatte, angespornt durch die maniefördernde Gefangenschaft, schnell gelernt, selbst die härtesten Hölzer wie Walnuss und Olive zu bearbeiten, und war dazu übergegangen, größere und ausgefeiltere Figuren zu schnitzen. Bald waren ihm sogar die Heiligenstatuetten, die der Pater Superior bei ihm in Auftrag gab, als zu einfach erschienen. Er brauchte etwas Anspruchsvolleres und Befriedigenderes.

Zuerst hatte er das Thema gewechselt und die Darstellungen der Ungeheuer in seinem Buch kopiert. Das war anfangs, zusammen mit der Furcht, die diese Gestalten in ihm auslösten, eine übermäßige Herausforderung gewesen, doch dann hatte seine Angst in der Arbeit ein Ventil gefunden. Als auch dieses Spiel seine Anziehungskraft verlor, war aus den Nebeln seines Unbewussten eine Idee aufgetaucht: das Material für seine Kunst zu wechseln. Fleisch, Knochen, Muskeln zu nehmen statt Holz. Er würde das finstere Übel, das ihn plagte, dazu benutzen, Gerechtigkeit in die Welt zu bringen, das Chaos zu besiegen und die Ungeheuer hinwegzufegen. Seine Ungeheuer.

61

Rom, Polizeipräsidium

Giulia war zum Präsidium gefahren, um zu verhindern, dass Gugliotti, bedrängt von Presse und Politik, Mancini den Fall entzog. Sie befürchtete allerdings, dass der Präsident etwas von dem ahnte, was sich zwischen ihr und dem Commissario abspielte. In ihrem beruflichen Umfeld verbreiteten sich Gerüchte schnell, und es gab so manchen, der ihnen beiden nicht wohlgesonnen war.

Der Questore wirkte ungehalten über das Thema und zugleich erfreut über den Besuch der Staatsanwältin, für die er schon immer eine kleine Schwäche gehabt hatte. »Mancini liefert nicht die nötigen Ergebnisse«, erwiderte er knapp auf ihre Argumente.

»Nach dem, was dem Professore zugestoßen ist, treiben wir die Ermittlungen noch schneller voran«, beteuerte Giulia und richtete sich mit einer Geste die Haare, die ihn sichtlich faszinierte.

Sie hob auf die »Arbeitsmodalitäten« ab und versuchte, die Redeweise des Präsidenten nachzuahmen, wobei sie hoffte, dass Gugliotti nicht einmal ahnte, in welch hohem Maße sie sich bis zu diesem Zeitpunkt von den Ermittlungen ferngehalten hatte.

»Außerdem möchte ich Sie darüber informieren, dass die neue Spur der blonden Haare, die sowohl an dem Tatort in der Kanalisation als auch im Eulenhäuschen sichergestellt wurden, sich offenbar als die entscheidende herauskristallisiert«, log sie.

Gugliotti, der am Fenster stand, fuhr ruckartig herum. »Und warum hat der Commissario mir nichts davon berichtet?«

Giulia machte zwei Schritte auf ihn zu und setzte ein beschwichtigendes Lächeln auf. »Er geht einem neuen Hinweis nach und wird Ihnen in wenigen Stunden selbst Bericht erstatten.«

»Dottoressa, ich weiß nur, dass dieser Bildhauer dort draußen ist und gerade mehr als seine sprichwörtlichen fünfzehn Minuten

Berühmtheit genießt! Mancini muss ihn endlich schnappen, denn mittlerweile sind sämtliche Fernsehsender auf den Zug aufgesprungen. Es wird in Sonderbeiträgen, Expertenrunden und ähnlichem Quatsch darüber berichtet. Wissen Sie, welch hohe Summen Sponsoren für solche Scheißsendungen bezahlen?«

»Vertrauen Sie mir. Wir warten nur noch auf das Ergebnis der DNA-Analyse der Haare und werden mittels AFIS noch heute erfahren, ob die aus der Höhle von Szylla und der Wohnung der Sirene isolierten Fingerabdrücke in der Datenbank eine Entsprechung haben. Unser automatisiertes Identifizierungsprogramm für Fingerabdrücke läuft auf Hochtouren.«

Giulia verließ das Büro von Vincenzo Gugliotti in der obersten Etage des Polizeipräsidiums. Unten auf der Straße griff sie sogleich zum Handy.

»Enrico«, sagte sie, sobald Mancini sich meldete. »Wir haben ein paar Stunden gewonnen. Ich denke, er wird bis morgen stillhalten. Aber legt euch ins Zeug.«

Bevor sie losfuhren, ging Mancini noch kurz im Krankenhaus vorbei. Getrieben von einer angstvollen Vorahnung, rannte er die Treppen hinauf, doch die Ärzte wiederholten nur, dass der Zustand des Professors stabil sei. Die gute Nachricht war, dass Biga sich außer Lebensgefahr befand. Die schlechte hingegen, dass es in den Minuten, in denen er aus der Halsader blutend auf dem Sofa gesessen hatte, zu einer Unterversorgung des Gehirns mit Sauerstoff und unabsehbaren Schädigungen gekommen war.

»Wenn die Neuronen keinen nährenden Sauerstoff für die Gehirnprozesse bekommen, ist es, als würde man dem Gehirn den Stecker ziehen. Und genau das ist passiert, Commissario«, erklärte ihm der Chefarzt der Neurologie.

Mancini stellte sich an das Fenster des Zimmers und betrachtete die Sauerstoffmaske über Mund und Nase des Professors, die Elektroden des EKGs auf seiner Brust unter dem offenen Krankenkittel und die kleinen Saugnäpfe an den Schläfen. Sein Gesicht war ausgezehrt von den Schmerzen, bleich und eingefallen wie noch nie zuvor.

»Wenn die elektrische Aktivität des Gehirns schwindet, tritt der biologische Tod ein. Im Fall unseres Patienten hier ist das nur durch ein reines Wunder nicht passiert«, fuhr der Chefarzt fort, berührte das Kreuz um seinen Hals und richtete den Blick gen Himmel, »aber wir können nicht sagen, welche Schäden er davongetragen hat, bis wir ihn aus dem künstlichen Koma herausgeholt haben.« Er bekreuzigte sich.

Mancini folgte mit dem Blick der Bewegung seiner Hand, von oben nach unten, von links nach rechts, und dachte, dass der Professor, als traditioneller Pfaffenhasser, jetzt in eine Reihe von deftigen Flüchen ausgebrochen wäre.

»Von dem Moment an, in dem das Gehirn nicht mehr durchblutet wird, dauert es nur wenige Sekunden bis zur Bewusstlosigkeit, und danach vergehen oft mehrere Minuten bis zum Eintritt des Todes, in denen es zu kurzen Wachmomenten mit Angstzuständen kommen kann.«

Der Arzt hatte diesen langen Satz in einem Atemzug gesprochen. Und auch mit einer gewissen Befriedigung, dachte Mancini, als er sich verabschiedete und ging.

Comello und Dottoressa Nigro hatten derweil schweigend in Comellos altem Pick-up gewartet, seinem Zweitwagen für besondere Einsätze. Sie saß auf dem unbequemen und zerrissenen Rücksitz und starrte in die Pfützen, die gerade wieder von Regentropfen getüpfelt wurden. Walter, am Steuer, tippte eine SMS an Caterina.

»WIE GEHT'S ALEXANDRA?«, hatte Cate geschrieben.

»GEHT SO...«, lautete Walters lakonische Antwort.

Alexandra wirkte nicht gerade begeistert von dieser Pilgerfahrt, wie der Commissario es genannt hatte. Vielleicht liegt es an Antonio, dachte Walter. Er hatte keine Ahnung, was zwischen den beiden lief, aber es lag auf der Hand, dass sich etwas verändert hatte, zumindest meinte Caterina das, die von solchen Dingen mehr verstand als er. Fest stand jedenfalls, dass beide sich in letzter Zeit merkwürdig verhielten. Alexandra schien ständig geistesabwesend, auch bei den Besprechungen, zerstreut, nervös. Verliebt? Er verstand nicht, wie sich jemand in Antonio verlieben konnte, aber man wusste ja, wie das unter Kollegen so ging, er konnte schließlich ein Lied davon singen. Und Alexandra war trotz ihres seltsamen Kleidungsstils und ihrer komisch-linkischen Art eine schöne Frau, kultiviert und intelligent.

Die Beifahrertür ging auf, und Mancini stieg ein. Er bedeutete Walter mit einer Geste, loszufahren, und dieser ließ den Motor an und tat wie ihm geheißen. Der Commissario starrte, bis sie die Autobahn verließen, die ganze Zeit stumm durch die Windschutzscheibe.

Bei Orte fuhren sie ab und folgten der E45 nach Terni und dann der Landstraße, die zum Kloster führte. Mancini, versunken in seine Gedanken, Spekulationen und Zweifel, bemerkte nicht einmal, dass es dieselbe Straße war, die ihn auch in seine Berge brachte. Sie fuhren an der Abzweigung nach Polino vorbei und dann weiter zwischen Felsenhängen und dem satten Grün des Valnerina entlang, bis links eine Holztafel auftauchte, die den Weg zum Kloster San Giorgio wies.

Langsam fuhren sie weiter, während Alexandra aus dem Internet vorlas. »Die religiöse Gemeinschaft, die in diesem Kloster lebt, gehört zu den Franziskaner-Minoriten. Heute nimmt die Einrichtung keine Gäste mehr auf und vermietet auch keine Zimmer für spirituelle Einkehr. Bis Ende des zwanzigsten Jahrhunderts war sie schlicht als Minoriten-Kloster bekannt, doch dann, vor rund vierzig Jahren, beschloss die Bruderschaft, den Namen zu ändern.«

»Warum?«, fragte Mancini.

»Das war offenbar, als der neue Klostervorsteher sein Amt antrat. Der Orden ist der gleiche geblieben, es sind immer noch Minoriten, aber das Kloster hat seine Pforten für die Außenwelt geschlossen und den Namen ›San Giorgio‹ angenommen.«

Walter schaltete gewaltsam herunter, um seine Klapperkiste besser über den rutschigen, regennassen Schotter zu navigieren.

Der Weg führte um den Berg herum und endete vor einer Felswand, an deren Fuß, umgeben von einem Wald aus Steineichen und Birken und einer mit Zinnen versehenen Mauer, ein niedriges Gebäude stand. Links davon gab es einen Glockenturm und auf der anderen Seite, hinter einer spärlichen Gruppe Zypressen, einen kleinen Friedhof.

Es öffnete ihnen ein junger Mann von kaum mehr als zwanzig Jahren, dessen schöner dunkler Vollbart seine hageren Züge mit den schmalen Augen weicher machte. Ein römischer Brunnen beherrschte einen Vorhof, auf dem einige Mönche Holzbündel aufschichteten.

»Polizei«, sagte Comello und zeigte seinen Dienstausweis. Die Wangen über dem Bart färbten sich rosarot. »Bitte.« Der Junge hielt ihnen den massiven Torflügel auf, der eher zu einer Burg passte, und bedeutete ihnen, ihm zu folgen. »Wie kann ich Ihnen helfen?«, fragte er lispelnd.

Mancini schlug den Kragen seines Trenchs gegen den eiskalten Wind hoch, der plötzlich aufgekommen war. »Wir möchten gern mit jemandem aus dem Kloster sprechen. Wer hat hier das Sagen?«

»Der Pater Superior, aber er kann Sie jetzt nicht empfangen. Er hat sich bis morgen früh zu einem besonderen Gebet zurückgezogen.«

»Dann führen Sie uns erst einmal herum, Pater«, beharrte Mancini und sah sich um.

Der Atem der vier kondensierte vor ihren Mündern in der schneidenden Luft zu weißen Wölkchen. Kaum dass sie aus dem Auto gestiegen waren, hatte Alexandra sich ein dunkles Kopftuch umgebunden, das ihr Gesicht umrahmte und es anders, aber immer noch sehr schön wirken ließ, wie Walter fand. Der Mönch ging ihnen voran zu einem großen quadratischen Blumenbeet, das etwas erhöht über dem mit groben Steinen gepflasterten Platz lag. In seiner Mitte standen fünf Kakibäume, jetzt ohne Früchte und die ovalen dunkelgrünen Blätter.

»Schade, dass sie zurzeit kahl sind«, bemerkte Walter. »Es heißt, dass Kakis häufig in Klöstern zu finden sind, weil ein Bild des gekreuzigten Christus erscheint, wenn man die Frucht längs durchschneidet«, dozierte er stolz und ohne eine Spur von Verlegenheit.

Der Franziskanerbruder sah ihn an, sagte aber nichts dazu und ging weiter.

»Der griechische Name, *Diospyros*, bedeutet ›Götterfrucht‹«, fügte Alexandra ergänzend hinzu.

Für Enrico dagegen gehörte der süßliche Geruch der Kaki zu demselben emotionalen Spektrum wie der neue Wein, den sein Vater in den ersten Oktobertagen entkorkte, oder wie die »kastrierten« Kastanien, wie seine Großmutter die Maroni zu nennen pflegte. Oder wie der Laubteppich auf dem Viale Adriatico in Monte Sacro, gelb, orange, braun, und die roten Kerzen, die seine Mutter eine Woche vor Allerseelen auf die Fensterbank im Wohnzimmer stellte. Eindrücke eines früheren Lebens, das er von sich abgespalten hatte, ob freiwillig oder nicht, konnte er nicht sagen. Eine Existenz, eingeschlossen in eine Schublade, deren Schlüssel er verlegt oder gar weggeworfen hatte.

Die ersten Silbertropfen eines nadelfeinen Regens trommelten auf das Laub der immergrünen Bäume. Sie beschleunigten ihre Schritte und sahen zu dem tief hängenden Himmel auf, unter dem eine Dunstwolke die drei hohen Spitzen des Bergs verhüllte.

»Was ist das für ein besonderes Gebet, von dem Sie gesprochen haben?«, wollte Alexandra von dem jungen Mönch wissen, der seine Kapuze gegen die Nässe übergezogen hatte.

»Es ist eher eine Meditation, um unserem Herrn zu danken und ihm die Menschen, die uns nahestehen und die, die seiner besonders bedürfen, anzuvertrauen. Letztlich auch, um ihn zu bitten, unseren armen Herzen Frieden zu schenken«, sagte der Bruder mit unverkennbar umbrischem Tonfall.

Er blieb stehen und die anderen mit ihm, obwohl der Regen immer stärker wurde. »So. Hier haben wir die Kirche, dort das Haupthaus mit der Bibliothek und dem Skriptorium, dort drüben das Refektorium und die Küche. Und dorthinten, vor dem Wald, liegt unser Friedhof.«

»Dürfen wir?«, fragte der Commissario, auf das Hauptportal der Kirche zeigend. Ohne die Antwort abzuwarten, ging er darauf zu, drückte den großen schmiedeeisernen Griff herunter und trat ein, gefolgt von den anderen.

Ein Geruch nach Holz, Wachs und Weihrauch empfing sie wie eine Umarmung aus alten Zeiten. Nahe des Taufbeckens, in das alle außer Mancini ihre Finger tauchten, um sich zu bekreuzigen, stand eine Holzstatue des Heiligen Franziskus. Der Heilige war in einer in diesen Bergen berühmten Szene dargestellt: Er beugte sich zu einem großen Wolf herunter und streckte ihm zum Zeichen des Friedens die Hand entgegen.

»Das ist die Geschichte des Wolfs von Gubbio. Wie der Heilige Franziskus ihn zähmte und ihn zum Freund der Gemeinschaft machte«, erklärte der Pater.

»Bruder Wolf«, las Walter die Inschrift im Sockel der Skulptur.

An einer Wand war ein Fresko des Heiligen mit dem Engel, der ihm den Erlass der Sünden verkündigt, zu sehen. Von den Kirchenmauern ging eine gespenstische Kälte aus, und die vier durchschritten zwischen den Bankreihen rasch das Mittelschiff. Ringsherum ragte das Chorgestühl aus Walnussholz auf, vorn das Lesepult und der Ständer einer großen Lampe aus gelbem Glas, die die Seiten des Chorbuchs beleuchtete. Über dem Altar hing ein von den Tischlern des Klosters hergestelltes Kreuz, gehalten von zwei stählernen Zugstangen. Der junge Mönch knickste davor, bekreuzigte sich erneut und wollte sich gerade entfernen, als Mancini, der links vom Altar neben der Kanzel stehen geblieben war, ihn unvermittelt fragte: »Warum San Giorgio?«

Der junge Pater drehte sich um und folgte mit seinem Blick, die Lider halb geschlossen, dem ausgestreckten Arm des Commissario, der auf ein großes Gemälde an der Wand zeigte: ein schwarz gekleideter Ritter mit einem goldenen Heiligenschein auf einem weißen, prachtvoll aufgezäumten Pferd, sein Umhang so orangerot wie die Lanze, die er schräg nach unten in die Brust eines blutenden Drachen stach.

»Er ist einer der Märtyrerheiligen und Verteidiger des Christentums. So wie unser Franziskus hat er all seinen Besitz den Armen gegeben und sich vor dem Hof des Kaisers Diokletian, der von ihm verlangte, die heidnischen Götter anzuerkennen, als Christ bekannt.« Der Ausdruck des jungen Mannes wurde ernst, und mit einem Mal war seine unbeholfene, etwas ängstliche Schüchternheit verschwunden. »Er wurde geschlagen, gegeißelt und zum Sterben in den Kerker geworfen. Dort erschien ihm unser Herr, der ihm ein sieben Jahre andauerndes Martyrium vorhersagte, wobei er dreimal sterben und wieder auferweckt werden sollte. Und so geschah es, als Diokletian anordnete, dass er auf ein mit Nägeln gespicktes Rad gespannt und zweigeteilt werden sollte.«

In den Worten des Mönchs schwang eine Spur von Verdruss mit. Seltsam eigentlich für einen Mann Gottes, fand Walter.

»Wenn ich mich nicht irre, ist das eine Kopie eines Gemäldes von Gustave Moreau. Warum gerade dieses, wo es doch so viele klassischere und christlichere Darstellungen gibt?«, wollte der Commissario wissen.

In diesem Moment trat durch eine Glastür im rechten Seitenschiff eine hochgewachsene Gestalt, die eine seltsame, vollkommen schwarze Kutte mit einer Art Schleppe trug. Der junge Bruder erging sich in einer langen Verbeugung vor dem wie entrückt daherschreitenden Ankömmling. Es war ein älterer, sehr hagerer Mann, was an den sich spitz unter der Kutte abzeichnenden Schultern und dem schmalen Oval unter der Kapuze zu erkennen war. Als er diese zurückschob, starrte Mancini in ein knochiges Gesicht mit großen durchdringend blickenden blauen Augen, tiefen Stirnfalten, die durch die Kahlköpfigkeit noch betont wurden, schmalen Lippen und heller, am Kinn weiß getupfter Haut. Der Eindruck war der eines Mannes, dem es weder an einer ausgeprägten Intelligenz noch einer gewissen Strenge mangelte. Der Pater Superior.

Ehe der junge Mitbruder die Besucher vorstellen oder sie das selbst tun konnten, machte der Pater Superior mit Blick auf das hängende Kreuz dreimal mit dem Daumen das Kreuzzeichen auf der Stirn, bevor er sich mit raschelndem Gewand umdrehte. »›Ich glaube weder an das, was ich berühre, noch an das, was ich sehe. Ich glaube nur an das, was ich nicht sehe und allein an das, was ich fühle.‹«

»Gustave Moreau.« Mancini deutete auf das Gemälde mit dem Heiligen Georg und dem Drachen. Moreau war eine der großen Leidenschaften Marisas gewesen, und irgendwann hatte auch er sich für den Maler interessiert und sich eingehend mit ihm beschäftigt, denn jede ihrer Leidenschaften erforderte eine eingehende Beschäftigung. Sie hatten zusammen ein Wochenende im Moreau-Museum in Paris verbracht, wo sie sich Notizen gemacht und er stundenlang dieses Bild betrachtet hatte.

»Ich bin Bruder Bernardo, der Vorsteher dieses Klosters. Friede und Heil.«

»Friede und Heil«, antwortete der junge Mönch, verbunden mit dem zigsten Knicks.

Walter nickte, während Dottoressa Nigro und Mancini keine Miene verzogen. Dann stellten sie sich einer nach dem anderen vor.

»Und welchem Anlass haben wir den Besuch der Polizei zu verdanken?« Mit einer ausholenden Bewegung des linken Arms lud der Klostervorsteher sie ein, sich dem Bild zu nähern.

Unter der Reproduktion von Moreaus berühmtem Gemälde gab es einen Untersatz aus Holz, in den zwei Zeilen eingeschnitzt waren:

Gott der Herr hat mich zu euch gesandt, dass ich euch erlöse von diesem Drachen. Darum glaubet an Christum und empfanget die Taufe allesamt, so will ich diesen Drachen erschlagen.

»Das ist ein Zitat aus der *Legenda aurea* des Dominikanermönchs Jacobus de Voragine, von der wir eine Handschrift in unserem Skriptorium aufbewahren. Es fasst den unschätzbaren Wert des Wirkens des Heiligen Georg in der Welt zusammen.«

»Sein Gedenktag ist der 23. April, nicht wahr?«, sagte Comello.

»Das ist der Tag, an dem er barbarisch von den Heiden ermordet wurde. Und an dem wir seiner gedenken, ja.«

»Sie stammen nicht aus dieser Gegend, von wo kommen Sie?« Mancinis Frage klang respektlos, doch das kümmerte ihn nicht, und er hielt dem Blick des Paters stand.

»Wir haben hier Mitbrüder aus ganz Italien, Commissario. Ich selbst komme, wie Sie bereits bemerkt haben, aus dem Veneto, war aber lange Jahre im Heiligen Land, bevor ich hierher entsandt wurde.« Er setzte ein Lächeln auf, das sein mageres Gesicht erhellte. Die Faszination, die er ausstrahlte, war kalkuliert – alles andere als franziskanisch, dachte Mancini. Und er bemühte sich nicht einmal, das zu verbergen.

»Wie ich schon Ihren Mitbruder fragte: Warum Moreau? Warum haben Sie eine Darstellung des Heiligen Georg gewählt, die so weit von der christlichen Ikonografie entfernt ist? Von dem üblichen Bild des in Silber erstrahlenden Helden mit dem Kreuz auf dem Schild?«

»Sie sind ein aufmerksamer Beobachter, Commissario. Ich muss gestehen, dass es sich um eine kleine Schwäche von mir handelt. Von jeher habe ich das Motto geliebt, das Moreaus gesamte Kunst beseelt.«

»Der Ausspruch, den Sie eben zitiert haben.«

»Genau. Es passt zu unserer Glaubenswelt, und auch dieses Werk hier enthält etwas von diesem Prinzip, deshalb gefällt es mir. Zusammen mit den Worten von Jacobus de Voragine bildet es eines der beiden Fundamente dieser Bruderschaft.«

»Aber ist bei den Franziskanern nicht die Armut die Grundlage von allem? Ich meine, die ganze Geschichte des heiligen Franz von Assisi...«, mischte sich Comello ein.

»Nun ja, wir dreiunddreißig hier gehören einem Minoritenorden an, der sozusagen etwas liberaler ist als die alten franziskanischen Orden.«

Ein Häretiker, dachte Mancini und warf Alexandra Nigro einen Blick zu.

»Unser Motto ist und bleibt aber ›Friede und Heil‹, und die

spirituellen Grundpfeiler unseres Ordens sind tätige Nächstenliebe, Demut, Genügsamkeit, Einfachheit und ›vollkommene Freude‹.«

»Und diese Geschichte mit dem Drachen?«, entgegnete Mancini. »Irgendwo habe ich etwas über dessen Bedeutung und die Beziehung zwischen Mensch und wilder Bestie gelesen. Der Drachen verkörpert die Schrecken der Finsternis und des Unbekannten. Ist er nicht vielleicht die Synthese, das Symbol sämtlicher Ungeheuer?«

»Das ist eine mögliche Lesart, Commissario. Aber warum fragen Sie mich das? Was suchen Sie hier bei uns in dieser Bergeinsamkeit?«

»Wir sind hier, weil wir Informationen über einen bestimmten Gegenstand brauchen.«

»Einen Gegenstand?«

»Eine Kordel. Oder vielmehr ein Zingulum, ich glaube, so nennen Sie das.«

62

> Allda wohnt' auch ein Mann von Riesengröße,
> der einsam stets auf entlegene Weiden sie trieb,
> und nimmer mit andern umging, sondern für
> sich auf arge Tücke bedacht war.
>
> Homer, *Odyssee*

Vom Dunst verschleiert, hat der schwangere Mond Mühe, seine baumwollbleichen Strahlen zwischen die Karussells des alten Vergnügungsparks zu ergießen. Hinter der Schranke eine Ansammlung von oxydierten Wagen und Kabinen mit hochgeschossenem Gras dazwischen. Ein Friedhof von Wesen aus Aluminium und Pappmaschee, über dem das Riesenrad aufragt, besetzt mit braunfleckigen Edelsteinen. Die mechanische Kraft, die es antrieb, ist unter dem Ansturm von Wasser und dem zähen Fraß von Eisenoxid versiegt. Die Gummibereifung döst auf dem enormen Schwungrad. Von den vierundzwanzig Kabinen sind nur neun an ihrem Platz, die übrigen ruhen erschöpft zu Füßen der Attraktion. Rot, gelb, violett, eiförmige Raumschiffe für kleine intergalaktische Reisen, die zu Müllkörben für Papiertaschentücher, Präservative und Spritzen geworden sind. Ein Schlachtfeld, siebzigtausend Quadratmeter voll zerstörter Hubschrauber und von der Vegetation verschlungener Panzer. Der widerlich süße Geruch von Zuckerwatte abgelöst vom Gestank nach Urin und Exkrementen.

   Er bewegt sich sicher voran, der Dealer. Trotz der Augenklappe, die er diesem Scheißkerl von Maghrebiner zu verdanken hat, wie sich der Kollege mit dem schnellen Messer nennt, hat er keine Schwierigkeiten, sich zurechtzufinden, denn er kennt diese Schluchten wie seine Westentasche. Weder Eisenstangen noch pflanzliche Fußfallen können ihn zu Fall bringen. Er lächelt zu dem Riesenrad mit den Speichen hinauf und muss an sein altes blaues Fahrrad denken. Dennoch spürt er jedes Mal, wenn er hierherkommt, den unheilvollen Nachhall dieses Orts. Als er noch klein war, machte er ihm Angst und ließ ihn auch bei Tag schaudern, wenn er an der Hand seines Vaters an den bunten Buden vorbeiging. Er klammerte sich an sein Bein, wenn sie für die Achterbahn anstanden – er weiß noch ihren wunderbaren Namen, »Himalaya« –, und kostete schon die Aufregung der Fahrt aus. Doch auch noch als er größer war und samstags die Schule schwänzte, um sich hier in die Büsche zurückzuziehen und zu rauchen, hat er stets eine vage Unruhe verspürt.

Es war kein Vergnügungspark für Familien, dazu gab es zu viele unheimliche Winkel. Jede Budenkulisse, jedes Spiel, jede Ecke war von einer gruseligen Aura umgeben. Ein bedrohlicher und zugleich spannender Ort, der den Besucher herausforderte, sich den grausigen Schreien zu stellen, die aus den Pappmascheepuppen kamen. Die Lautsprecher knisterten, um die Kinder zu den Karussells zu locken, und dann die Achtzigerjahre-Disco, das Stroboskoplicht, der Rauch der Attraktionen vermischt mit dem Geruch von Frittiertem.

Seitdem sind so viele Jahre vergangen. Sein Vater hat sich umgebracht, und er, der Dealer, hat sein Studium geschmissen, ist nach Thailand abgehauen und hat sich dort ordentlich zugedröhnt. Jetzt verkauft er die Dröhnungen selbst. Fünfundfünfzig Jahre in die Tonne getreten, denkt er, doch dann fischt er aus seinem Rettungstütchen das Nötige, um eine Line zu ziehen, und schon ist es besser, die Erinnerung annulliert. Das weiße Pulver hat seine Nasenscheidewand zerfressen und auch schon den Gaumen und den Kieferknochen angegriffen. Manchmal, wenn er snifft, spürt er seinen Gaumen schwabbeln, weich wie ein Meeresschwamm an einer Klippe.

Das ist heute Abend seine letzte Runde. Morgen verschwindet er wieder aus Pigneto. Die Luft ist kalt, und er zieht einen Flachmann aus der Innentasche seiner Jacke und nimmt einen langen Zug. Dann sieht er zum zigsten Mal auf die Uhr. Der Typ, auf den *er wartet, ist spät dran. Er gibt ihm noch fünf Minuten, dann wird er abhauen. Dieser Ort hat wirklich eine schwarze Seele.*

Er geht weiter durch den Park und kommt zu der alten Eisenbahn am Teich, deren Lokomotive und letzter Wagen Kopf und Schwanz von Nessie darstellen, dem Ungeheuer von Loch Ness. Der Wasserspiegel schimmert grünlich, und der Dealer geht durch einen künstlichen Torbogen bis vor das Spukschloss, wo die Riesenfiguren einer Spinne und eines Uhus lauern, behaarte Beine, Glotzaugen. Die schlimmste Attraktion von allen, der unwiderstehliche Albtraum aller Kinder, weil man hier zu Fuß hineinging und die Dinge plötzlich zum Leben erwachten und einen berührten. Und weil sein Vater ihn nie hineinbegleitete.

Auf wackeligen Beinen erreicht er den Eingang. Hier sind sie verabredet, doch er trifft nur auf den Albtraum seiner Kindheitserinnerungen. Sieht wieder den schwankenden Fußboden des Spukschlosses, als er sich auf der Suche nach seinem Papa umdreht. Der jedoch nicht mehr da ist; er ist eine Zigarette rauchen und sich die Beine vertreten gegangen. Er fühlt sich verloren, der kleine Stefano, und möchte schnell wieder raus, hat noch das Stampfen des Piratenschiffs und das Sausen des Tagada und die Leierkastenmusik der Karussells für die Kleinen im Ohr. Aber ich bin nicht mehr klein, denkt er, während er zusammengekauert und allein auf dem Boden des dunklen Schlosses hockt. Dann steht er auf und atmet mit offenem Mund ein und aus. Mut, sagt er sich. Aber als zwei Skeletthände aus der Wand kommen und ihn packen, dreht er durch, tritt um sich, weint und läuft weg. Er stößt gegen ein Eisengitter, und von unten blinken plötzlich rote Lichter. Eine verweste Leiche erhebt sich aus einem Grab, er weiß nicht mehr ein noch aus, verstrickt in dieses makabre Spiel, in diese Horrorshow zwischen Pappwänden. Unmöglich, die Blase zu kontrollieren, die sich entleert, während er auf den Ausgang zurennt. Draußen steht sein Papa, wartet mit einem breiten Grinsen auf ihn, doch als er ihn in Tränen sieht und seine von Pipi gestreifte Samthose, empfängt er ihn mit einer Backpfeife, die ihn in die Wirklichkeit zurückholt. Zurück zu der Schande, sich unzulänglich zu fühlen,

zu der Angst vor der Dunkelheit und den Dingen, die sie verbirgt.
Auch heute noch muss der Dealer einen Anflug von Panik überwinden, als er wie üblich das Spukschloss zu seinem Treffen betritt. Er kickt eine Getränkedose weg, die davonrollt und gegen einen Stapel aus Holzpflöcken und Latten von einem alten Geländer knallt. Sie sind aus dem Rasen nebenan herausgerissen worden, in dem tiefe, münzgroße Löcher zurückgeblieben sind. Irgendwer hat sie dort als Feuerholz aufgestapelt.
Stefano sieht sich nervös um und streift den Ärmel von seiner kleinen Casio-Uhr. Ich warte noch mal fünf Minuten und dann ist Schluss, sagt er sich, aber er weiß genau, dass er ohne die Einnahmen von heute Abend nicht nach Hause zurück kann, wo die großen Fische auf ihn warten, denn er ist schließlich nur ein kleiner. Er zündet sich eine Zigarette an, und als der Rauch aufsteigt und der Tabakgeruch sich um ihn herum verbreitet, erkennt er in sich auf einmal einen anderen Mann. Seinen Vater. Die gleiche Kopfhaltung, die gegen den Qualm zusammengekniffenen Augen, der gleiche tiefe Zug von weißer Luft.

63

Valnerina, Kloster San Giorgio

Mancini gab Walter ein Zeichen, der ihm sofort den Plastikbeutel mit den Kordelstücken von den Tatorten reichte.
»Warum sind Sie hier?«, wiederholte der Pater Superior, plötzlich argwöhnisch.
»Der Hersteller dieser Kordel hat uns gesagt, dass sie zu einer handgefertigten Partie aus weißer Wolle gehörte, die vor über zehn Jahren an dieses Kloster verkauft wurde«, sagte Walter.
»Seit wann sind Sie hier?«, setzte der Commissario sofort nach.
Der Pater sandte ihm einen ungehaltenen Blick. »Ich bin in diesen geheiligten Mauern seit vierzig Jahren der Pater Superior.«
»Dann erinnern Sie sich vielleicht an den Hersteller. Wie heißt er noch gleich, Walter?«
Comello tastete seine Gesäßtaschen und dann die Lederjacke nach seinem Notizbuch ab.
»Ich habe ihm eine Mail geschickt, Moment, ich sehe schnell auf dem Handy nach.«
Der Pater runzelte die Stirn und bereitete diesem unwürdigen Schauspiel ein Ende. »Er heißt Mariucci. Es war die letzte große Partie, die wir von dem alten Mariucci in Assisi bezogen haben.«
»Und warum kaufen Sie heute nicht mehr bei dem Betrieb? Die Kordeln werden doch immer noch nach dem gleichen handwerklichen Verfahren gefertigt, oder?«
»Ich glaube, ja, aber der Alte war ein gottgläubiger und unserem Orden sehr verbundener Mann, während der Sohn etwas gegen Priester, Mönche und Nonnen hat. Er hat etwas gegen Gott. Er ist einer, der sein Geschäft nur des Gewinns wegen betreibt. Damit will ich, wollen wir nichts zu tun haben. Außerdem haben wir

damals reichlich gekauft, und ein Zingulum hält meist das gesamte irdische Daseins eines Bruders über.«

»Verstehe«, sagte Mancini nickend.

»Was ist denn an diesem schmutzigen, abgenutzten Zingulum so wichtig?«, fragte der Pater leise.

Alexandra platzte heraus: »Das ist der Strick, mit dem die Opfer eines brutalen Serienmörders gefesselt wurden.«

Mancini warf ihr einen gereizten Blick zu.

»Allmächtiger Gott.« Der Mönch schlug entsetzt die Hand vor den Mund.

Der Commissario beugte sich zu ihm vor. »Der Allmächtige ist *er*«, erwiderte er trocken. »Der einzig wirkliche Allmächtige ist dieser Killer«, präzisierte er und biss die Zähne aufeinander, um sich zu beherrschen.

Bruder Bernardo starrte ihn fassungslos an. Er lästerte Gott in diesem Gotteshaus?

»Mehrere Menschen sind gestorben. Und sie wurden auf grausame, entwürdigende, schaurige Art getötet.« Seine Stimme war jetzt lauter.

Der Pater Superior wich einen Schritt zurück. Mancini bebte vor Wut. Er befand sich zum ersten Mal in einer derartigen Situation mit einem Kirchenmann, er spürte, dass sein Zorn tiefe Wurzeln hatte, und wollte das ausnutzen.

»Ist es der Mann, den sie den ›Bildhauer‹ nennen?«

»Woher wissen Sie davon?«

»Wir haben einen alten Fernseher im Refektorium, und einmal pro Woche geht ein Mitbruder ins Tal hinunter und kauft eine *Avvenire*, die wir in der Bibliothek auslegen. Das ist notwendig, um einen Kontakt zur Außenwelt zu halten. Um zu wissen, was dort vorgeht, wie sich die Gesellschaft entwickelt und wie wir unseren Brüdern und Schwestern Hilfe und Trost bringen können.«

»Wir haben den Täter kurz gesehen«, mischte sich Comello ein, dem Mancinis Verhalten zunehmend Sorge bereitete. »Wir würden gern wissen, ob es unter Ihren Mitbrüdern einmal einen gab, der dem hier ähnlich sieht.«

Früh an diesem Morgen hatte er in der kriminaltechnischen Abteilung mithilfe eines Zeichners und Softwarespezialisten ein Phantombild des Mannes erstellt, der ihn im Eulenhäuschen angegriffen hatte. Obwohl er nur eine spärliche Beschreibung hatte liefern können, gab das Bild doch grob die Gesichtszüge wieder, die er in jener Nacht flüchtig erblickt hatte.

Der Pater ging mit dem Blatt zu einem Kerzenleuchter, der von einer weiteren Holzskulptur des Heiligen Franziskus gehalten wurde. Er näherte es dem Schein der großen weißen Kerze und betrachtete es mit zusammengekniffenen Augen, wobei seine Hand leicht zitterte.

»Erkennen Sie ihn?«, fragte Mancini ungeduldig und fasste ihn am Ärmel seiner Kutte.

Bruder Bernardo hielt das Blatt schweigend noch näher an die Flamme. Seine hellen Augen schimmerten, und sein glänzender kahler Schädel schien den Schein der Kerze zu erweitern.

»Es ist sehr wichtig«, betonte Alexandra.

»Die Zeichnung ist nicht sehr deutlich, aber möglicherweise ...«

»Ich bitte Sie«, sagte sie und legte ihm eine Hand auf den Arm, der nicht vom Commissario in Beschlag genommen war.

»Aber das kann nicht sein ...«

Sein Zögern und das Unbehagen in seinem Ton waren die letzte Bestätigung für Mancini: Dieser Mann kannte den Mörder.

»Also?« Er riss fast am Ärmel des Pater.

»Jeder noch so kleine Hinweis könnte wichtig sein«, ermunterte Walter ihn. »Bitte denken Sie genau nach.« Er setzte sich mit seinem Notizbuch auf die vorderste der Bankreihen.

Mancini platzte der Kragen: »Herrgott noch mal, reden Sie!«

Er schob Alexandra beiseite, deren gelbbraune Augen über ihren Sommersprossen funkelten, und packte den Mönch am Kragen seiner Kutte.

Walter sprang auf und ging dazwischen, doch Mancini beachtete ihn nicht, hielt den Franziskaner fest und brachte ihn ins Wanken.

»Er ist geflüchtet. Vor drei Jahren. Seitdem haben wir ihn nicht mehr gesehen«, sagte Bernardo. Sein Blick suchte Walter und Alexandra.

Mancini gab ihn frei und legte ihm fast beschwörend die Hände auf die Brust.

»Wir ... wir hatten einen Jungen hier, hier bei uns im Konvent.«

»Wie hieß er?«

Der Mönch schüttelte den Kopf und blickte auf einen Punkt irgendwo hoch oben. »Das wussten wir nicht.« Er sah zu dem Kreuz hin, über dem die Schatten der Kirche tanzten.

»Wie ist das möglich?« Der Commissario wurde wieder laut und ballte die Fäuste.

»Er wurde als kleiner Junge hier bei uns ausgesetzt. Wir haben nie etwas über ihn erfahren. Wir hatten lediglich die Aufgabe, ihn bei uns zu behalten. Ihn aufzuziehen, ihn zu erziehen.«

»Wovon reden Sie? Wieso war das Ihre Aufgabe?«

»So war es nun einmal. Wir fanden ihn vor dem Portal. Er war sieben Jahre alt. Es war Sommer, aber hier oben wird es auch im August nachts kalt, und er klapperte mit den Zähnen. Wir holten ihn herein. Es war das erste Mal in meiner Zeit, dass so etwas hier vorkam, der Orden allerdings hatte schon früher solchen Kindern Gottes beigestanden, sowohl davongelaufenen als auch ausgesetzten. Der Kleine sprach nicht, er sagte kein Wort. Sah sich nur neugierig um. Er hatte sehr besondere Augen, von einem klaren hellen Blau, wie ich es noch nie gesehen hatte, und blonde Haare.« Er betrachtete erneut das Phantombild. »Aschblond. Und einen abwesenden Gesichtsausdruck.«

»Was meinen Sie mit *abwesend*?« Alexandra zog ihr Kopftuch über der Stirn zurecht.

»Als würde er eigentlich etwas anderes sehen, als würde sein Blick in einer anderen Welt umherschweifen. Und er war nicht in der Lage, seine Gefühle zu äußern, nicht einmal die kleinste Regung.«

»Warum haben Sie das Auffinden des Kindes nicht den zuständigen Behörden gemeldet?«, fragte Walter, der sich wieder gesetzt hatte. Seine Miene war angespannt, denn die Dinge nahmen eine Wendung, die ihm nicht gefiel.

»Anfangs überlegten wir, die Polizei zu rufen, doch dann ...«

»Dann was?«, drängte Mancini.

»Drei Tage später fand einer unserer Mitbrüder im Klosterhof eine große Tasche. Sie war offenbar in der Nacht zuvor über die Mauer geworfen worden. Darin befanden sich ein Foto des Kindes und eine große Menge Geld.«

Der Pater senkte den Kopf. Auch die frömmsten, dem geistlichen Leben verschriebenen Seelen handeln zum eigenen Vorteil, wenn man ihnen genug Grund dazu gibt, dachte Walter, den Stift in der Hand.

»Von wie viel Geld reden wir?«, verlangte der Commissario zu wissen.

Zwei Mönche betraten die Kirche durch einen Seiteneingang und brachten den eisigen Wind mit sich herein, doch das Zittern, das Mancini durchlief, hatte nichts mit der Kälte zu tun. Es war vielmehr dem Ärger geschuldet, den die Antworten des Paters in ihm entfachten, diesem Drumherumreden um den wesentlichen Punkt.

»Von sehr viel.« Bruder Bernardo blickte nach links oben und sprach stockend weiter. »Ich weiß lediglich, dass es gereicht hat, um den Brunnen zu bauen, der vorher oben am Hang lag, sowie um das Skriptorium, die Kapelle und das Dormitorium wiederherzurichten, die bei dem Erdbeben von 1997 schwer beschädigt worden waren.«

Mancini schnaubte und knirschte mit den Zähnen. »Jetzt reicht's.«

»Wie bitte?« Der Pater erblasste.

»Raus damit, aber plötzlich!«

Der Ausbruch überraschte auch Comello und Alexandra.

»Sollen wir mal kurz hinausgehen, Commissario?«, fragte Walter vorsichtig, um die angespannte Situation zu entschärfen.

»Sag mir jetzt endlich, was los ist!« Mancini zog die Nase hoch, reckte das Kinn und baute sich vor dem Klostervorsteher auf.»Sag mir, was in dieser Tasche war.«

Dass er den Pater jetzt duzte, war alarmierend, wie Walter wusste: Die Situation drohte zu eskalieren.

In Mancini ging es drunter und drüber, und das meiste hatte nichts mit diesem Mönch, dieser Kirche und dem Fall zu tun. Der Weihrauchgeruch, die Kerzen, Marisas Beerdigung. Die Worte des Pfarrers, die Scheinheiligkeit in seiner Trauerpredigt, die Rhetorik dieses Klosteroberen. Dieser ganze Mist widerte ihn an, und er beschloss, dass es an der Zeit war, einen Schlusspunkt zu setzen. Hier drinnen oder draußen.

Seine Hände flogen erneut an die Kutte des Alten, schüttelten ihn und drängten ihn gegen eine Säule.

»Was war noch in dieser verdammten Scheißtasche?«

Walter und Alexandra fassten ihn an den Ellbogen und versuchten halbherzig, ihn wegzuziehen.

Die Welt schien sich zu verlangsamen und stillzustehen, bis Tränen über die Falten im Gesicht des Paters rannen.»Ein Brief. Da war ein Brief.«

Der Commissario ließ ihn abrupt los, und Alexandra übernahm die Befragung.»Wo ist dieser Brief?«

»Ich weiß es nicht, Signorina.« Der Pater wirkte ziemlich erschüttert.»Ich habe ihn nicht mehr gesehen, nachdem der Junge fort war.«

»Was stand darin?«, fragte Alexandra in freundlichem Ton, der die Gemüter beschwichtigen sollte.

»Er enthielt Anweisungen, wie der Junge aufgezogen werden sollte, sowie Informationen über seine Ernährungsgewohnheiten. Er aß nur Fleisch und Obst, kein Brot, keine Pasta. Außerdem enthielt er eine Warnung.«

»Wovor?«, fragten Mancini und Comello beinahe wie aus einem Mund.

»Sehen Sie, der Junge ... er war nicht gesund.«

Langsam gewannen die Dinge an Klarheit. Hatte tatsächlich alles hier angefangen, in diesem kleinen Kosmos in den umbrischen Apenninen, fern von der Welt, der Realität? Hatte Biga recht gehabt?

»Wir haben nie genau herausbekommen, woran er litt, kannten den Namen seiner Krankheit nicht. Ich weiß nicht, wie ich es genau beschreiben soll, aber er ging sich in unregelmäßigen Abständen selbst verloren. Einmal, da war er noch nicht lange bei uns, es war Winter und hatte geschneit, traf ich ihn in seiner Zelle nackt an, wie er zu seinem Fenster hinausstarrte. Er stand vollkommen reglos da und reagierte nicht, als ich ihn ansprach. Wir bedeckten ihn und stellten fest, dass sein Körper so steif und hart war wie ein Stück Marmor. Es war nicht möglich, ihn hochzuheben oder fortzuziehen.«

»Ein Epileptiker?«, murmelte Walter vor sich hin.

»Die große katastrophale Veränderung trat jedoch erst später ein, in seiner Pubertät. Er war unduldsam, zerstreut, man sah, dass es ihm zu eng wurde zwischen diesen Mauern und dass es ihm immer schlechter ging. Zu diesem Zeitpunkt kam es auch zu den ersten Zornesausbrüchen, und mit den Monaten wurden die Anfälle immer häufiger und gefährlicher.«

»Was heißt das? Inwiefern gefährlicher?«, fragte Alexandra.

»Gewaltakte gegenüber Mitbrüdern, schwere Aggressionen. Er versteckte sich im Beichtstuhl oder zwischen den Grabsteinen auf dem Friedhof und griff die Brüder an wie ein tollwütiges Tier, warf sich auf sie und biss und kratzte.«

Eine Kerze erlosch, und das große Porträt des Heiligen schien im Dämmerlicht mit einem Mal drohend über ihnen zu schweben. Die Augen des Paters, die einen ernsten und melancholischen Ausdruck angenommen hatten, richteten sich nun auf den von Georgs Lanze durchbohrten Drachen.

»Ich hatte Angst vor ihm. Wir alle hier drin hatten Angst vor ihm.«

Comello setzte seinen Stift ab und sah Mancini an. Was sie im Eulenhäuschen gesehen hatten, war kein Trugbild gewesen.

»Doch all das passierte nur, wenn ... während seiner Anfälle.«

»Wenn er sich *verwandelte*«, sagte Mancini.

»Ja, genau. Es war dann, als würde ein anderer an seine Stelle treten oder von ihm Besitz ergreifen.« Der Pater bekreuzigte sich wieder dreimal auf der Stirn. »Wir haben versucht, ihn mit kleineren Arbeiten zu beschäftigen, um ihn abzulenken, aber irgendwann sahen wir uns gezwungen ...« Er stieß einen tiefen Seufzer aus und schüttelte bedrückt den Kopf. »Sah ich mich gezwungen, ihn in eine der Zellen abzusondern, die in vergangenen Jahrhunderten von den Klosterbrüdern bewohnt wurden. Diese verließ er von da an nur noch selten und stets in meiner Begleitung. Ich war und bin der Vorsteher dieses Klosters, die Verantwortung lag bei mir. Er war mein Kreuz. Meine ... Prüfung.«

Sein Kreuz, dachte Mancini und drehte sich zu dem über dem Altar hängenden Kruzifix um. Das also war der Grund dafür, dass er seine eigene körperliche Unversehrtheit und die seiner Mitbrüder aufs Spiel gesetzt und das Auffinden des Jungen nicht gemeldet hatte. Ihn durchfuhr ein schneidender Schmerz, und sein Blick war hart, als er den Pater fragte: »Wie viele hat er hier getötet?«

Der Pater Superior erwiderte seinen Blick für einen Moment, bevor er antwortete: »Ein Mitbruder hatte sich während einer seiner Krisen in seiner Zelle aufgehalten. Danach musste ich ihn einsperren. Mehr als einer von den Brüdern, die damals zugegen waren, dankte dem Herrn, als der Junge eines Tages aus dem Kloster verschwand. Der Bruder, der ihn in der Fluchtnacht beaufsichtigte, ist ebenfalls tot.«

»Haben Sie ihm wirklich in der ganzen Zeit, in der er hier war, nie einen Namen gegeben?«, fragte Alexandra.

»Nein, nie. Das war eine der Bitten in dem Brief. Wer auch immer ihn hierhergebracht hat, wusste, dass seine Krankheit sich nach und nach verschlimmern würde. Wir sollten jede Bekundung von Zuneigung, jede Annäherung seinerseits unterbinden. Ihn namenlos zu lassen, war notwendig, um zu verhindern, dass jemand ihn ins Herz schloss.«

»Wenn er fünfzehn Jahre hier bei Ihnen gelebt hat und bei seiner Ankunft sechs oder sieben war, müsste er heute knapp fünfundzwanzig sein«, bemerkte Alexandra. »Haben Sie dieses alte Foto von ihm noch, könnten Sie es uns zeigen?«

Der Mönch schüttelte den Kopf. »Nein, tut mir leid, es ist verloren gegangen.«

»Ich frage mich allerdings, wie er es in seinem Zustand bis nach Rom geschafft hat.« Auch Comello war von der Aufrichtigkeit des Paters nicht ganz überzeugt.

»Wie gesagt, diese Krisen wechselten sich mit Phasen geistiger Klarheit ab, in denen er ein ganz normaler Junge war. Wir konnten ihn im Geist des Heiligen Franziskus erziehen, er kam zur Messe, betete, nahm an den Fastenübungen teil, er war einer von uns.«

Der Weihrauchgeruch war mittlerweile unerträglich. »Ich möchte mich im Kloster umsehen. Und einen Blick in die Zelle werfen, von der Sie gesprochen haben.« Mancini ließ dem Pater keine Wahl.

Der neigte den Kopf, schloss halb die Augen und zog seine Kapuze über. »Wenn ich Ihnen damit helfen kann ... Gott segne euch.«

Von der Seitenkapelle aus gelangten sie in den ältesten Teil des Klosters: das Refektorium, den Speisesaal der Brüder, das Dormitorium und einen Gang mit Zellen rechts und links. Sie waren winzig, ohne Tür und einfach in den Fels gehauen, mit einem Strohsack als einzigem Möbel. Es war offensichtlich, dass sie schon seit Langem nicht mehr benutzt wurden. Als Walter weiter vorn eine Zelle mit einer verschlossenen Holztür bemerkte, fragte er, was sich darin befinde.

»Das war seine Zelle«, antwortete der Pater, wich seinem Blick aber aus. Dann gab er dem jungen Mönch in seiner Begleitung ein Zeichen, der sofort einen rostigen Schlüssel aus dem Bund an seinem Gürtel fischte. Sechs Umdrehungen, dann schwang die Tür quietschend auf. Mancinis Magen krampfte sich vor Anspannung zusammen, als er eintrat.

In der Zelle gab es eine tiefe Nische mit einem Fensterchen darüber sowie ein hölzernes Bettgestell mit einer alten Matratze darauf. An der verputzten Wand fiel ihnen eine große detailgenaue Zeichnung ins Auge, die mit einem grauen Stift angefertigt worden war. Sie stellte den Heiligen Georg beim Töten des Drachen dar.

Der Commissario ließ seinen Blick unfokussiert über die präzisen Linien der Figur schweifen. Und als alles ineinander verschwamm, *sah* er ihn plötzlich. Den kleinen Jungen in der kalten Zelle, nur mit seiner Kutte bekleidet, der manisch hin und her lief wie ein Tier im Käfig. Über den unregelmäßigen Steinfußboden tigerte und darauf wartete, dass die Zeit verging. Die Augen auf das kleine Fenster gerichtet, in Erwartung des Mondes, seines einzigen Gefährten in diesen schrecklichen Nächten. Dann schlang das einsame Kind die Arme um sich und wich bebend vor Furcht zurück. Er sah, wie es sich aufs Bett warf und etwas unter dem Kissen hervorholte, das es an sich drückte.

Der Commissario schüttelte den Kopf, und die Vision, in der Schwebe zwischen Wachtraum und Erinnerung, verschwand. Zurück blieb das Gefühl, an den Kern des Übels gerührt zu haben. Wenige Augenblicke der Ahnung von etwas, das viel größer war als der Fall, mit dem er es zu tun hatte.

Er wusste, wie sich die Fantasie von Serienmördern entzündete, wie sie sich von den makabren Erfolgen der Täter nährte. Wie sie sich immer wieder belebte. Doch das, was er empfand, was er spürte, wenn er an einen Tatort kam, dieser prickelnde Schauder im Nacken, hatte nichts mit diesem Wissen zu tun. Es begann wie ein Adrenalinschub und wurde dann zu etwas anderem. Etwas Fruchtbarem, Verstörendem. Eine Form von tiefer, perverser Empathie? Eine unerforschte, starke Identifikation. Eine innerliche Komplizenschaft mit dem Mörder. In diesen Momenten des Weggetretenseins glitt er in einen anderen Körper hinein, und es war, als könnte er die Welt mit den Sinnen des Täters wahrnehmen.

Aber was passierte dieses Mal? Was brachte ihn diesem Mörder fern der Gnade Gottes nahe? Die Antwort lag auf der Hand: Sein Schlüssel zur Gefühlswelt des Serienkillers war die Halluzination. Das allerdings war ein Interpretationsschlüssel, den er noch nicht richtig zu handhaben wusste. In der Höhle der Szylla hatte er schon einen Vorgeschmack davon bekommen. War diese halluzinierende Seite die »Verbindung« zwischen ihm und dem Bildhauer? Die geteilte Vision mit dem Mörder, geboren aus seiner Fähigkeit, sich in die Haut des anderen hineinzuversetzen, mehr noch, eine molekulare Übereinstimmung der Emotionen.

Auf der Matratze lag ein staubiges Bettlaken, darauf ein dünnes Kissen. Mancini hob beides hoch, worauf ein kleines Spielzeugtier darunter zum Vorschein kam. Es war so abgegriffen, dass nicht mehr zu erkennen war, was es darstellen sollte. Der Junge musste es viele Nächte an sich gedrückt haben.

»Das war sein Teddybär. Ein Mitbruder, seines Zeichens Schneider, hatte ihm den aus Sackleinen und Knöpfen gefertigt. Hier, in dieser Zelle, hat der Junge die meiste Zeit verbracht, ehe er vor drei Jahren davonlief.« Der Pater Superior klang bedrückt, die Folgen des Ganzen lasteten schwer auf ihm.

Die Geschichte dieses einsamen, kranken Kindes hat sich zwischen diesen kahlen Steinmauern abgespielt, die durch nichts zu einem Kinderzimmer werden konnten, dachte Comello. Er stellte sich die Ängste des hier eingeschlossenen kleinen Jungen vor, die unheimlichen Nächte, die Einsamkeit. Ohne liebevolle Zuwendung, ohne Spielkameraden. Ohne auch nur einen Namen als Gefährten. Er drehte sich um, sah Alexandra auf das Bett mit dem alten Teddy starren und drückte kameradschaftlich ihren Arm.

Der Commissario strich über das Sims der Nische und bemerkte dort eine seit vielen Jahren verfestigte Wachsschicht. Ein paar deutliche Rillen hatten sich darin eingeprägt. Mit funkelnden Augen fuhr er zu dem Klostervorsteher herum. »Hier standen zwei Bücher, nicht wahr?«

»Nun ja, die Bibel.«

»Das sind die Umrisse von zwei Bänden.«

Der Pater runzelte die Stirn und dachte nach. »Aber ja... in der Reisetasche, die mit ihm kam, war noch etwas anderes. Ein dickes Buch, aus dem ich ihm oft vorgelesen habe, wenn ich vor dem Einschlafen noch ein bisschen bei ihm gesessen habe.« Er senkte den Kopf.

»Was war es?«, fragte Alexandra.

»Ein Band über griechische Mythologie, voller Figuren, Abbildungen, Fotos. Er hing sehr daran.«

Sie hatten es gefunden. Das war das Handbuch des Todes, dessen sich der Bildhauer bediente.

»Hat er es bei seiner Flucht mitgenommen?«, fragte Mancini und stieg die Stufe vor der Nische herunter.

Bruder Bernardo sah ihn an wie einen Schüler, der eine Antwort gewagt und die falsche gegeben hatte. »Natürlich nicht. Es steht in unserer Bibliothek, zusammen mit seiner Bibel.«

64

Der Monsterjäger weiß, dass er sich keine Fehler mehr erlauben darf und sich beeilen muss, weil der Herrscher des Chaos ihm auf den Fersen ist. Er spürt es, er wird bald gefasst werden. Deshalb hat er sich in dem Haus mit der Spinne und dem Uhu versteckt. Hier würde niemand freiwillig hineingehen, nicht einmal er, wenn nicht schon so viel Zeit seit jenen schrecklichen Nächten im Kloster vergangen wäre. Hier wartet er still, denn er sieht diesen Kerl mit dem einen Auge nicht zum ersten Mal und hat beschlossen, ihn zu seinem Zyklopen zu machen. Genau hier, zwischen diesen Grotten aus Pappe, wo er wieder einmal eine feuchte dunkle Höhle für sich gefunden hat, hat er beobachtet, wie er mit einem stark zitternden und schwitzenden Mann einen weißen Umschlag und ein durchsichtiges Tütchen austauschte.

Verborgen in der Nische, die einst das Kassenhäuschen war, sieht der Jäger seine Beute, bleibt aber, wo er ist, weil sich noch nichts in ihm regt. Er umfasst seine Kehle mit einer Hand und drückt fest zu. Drückt, als wollte er sich das Genick brechen, als wollte er sämtliche Luft aus seinem Körper pressen. Als die Luftnot am größten ist, lässt er los und bleibt mit aufgerissenen Augen im Dunkeln sitzen. In der schwarzen Scheibe vor ihm erscheint die Widerspiegelung seines zyanotischen Gesichts. Brust und Rücken sind schweißgebadet. Das plötzliche Durcheinander in der elektrischen Aktivität des Gehirns löst den ersten Krampfanfall aus. Dort draußen geht der Zyklop auf und ab. Er muss sich beeilen, ehe er wieder verschwindet. Seine Hals- und Schultermuskeln zucken, die Unterlippe bebt.

Die Verwandlung hat begonnen.

In dem Moment taucht aus der Hecke vor dem Riesenrad ein

farbiger Mann auf. Er trägt einen dunklen Trainingsanzug und schwarze Turnschuhe und bewegt sich wie ein Raubtier zwischen Unkraut und Ruinen. Über seiner Schulter hängt eine Tasche. Stefano hat sich der anderen Seite zugewandt, denn von dort kommt der Maghrebiner meistens, klettert über das Tor, das er deshalb die ganze Zeit im Auge behält. Als er ihn hinter sich bemerkt, ist es bereits zu spät. Der Schwarze hat schon das Messer aus seiner Lederjacke gezogen. Jemand hat Stefano einen bösen Streich gespielt, und etwas sagt ihm, dass sein Feind sich nicht mit dem anderen Auge zufriedengeben wird.

In dem Moment explodiert die kranke Wut des Jägers und birst durch die schwarze Scheibe, hinter der er sich verborgen hat. Das Getöse der Scherben und das Geprassel der Splitter, der Schrei aus seinem Mund, ein aberwitziges tierisches Gebrüll. Für den Jäger existiert die Welt, wie sie ist, nicht. Aus dem Pappmaschee ist Fels geworden, das Unkraut überwuchert sich selbst, schießt in die Höhe, die Bäume und Büsche sind Wächter der Höhle. Ein paar Dutzend Schritte weiter wird der Teich ringförmig länger und umgibt den Jäger wie das Meer, das die Insel des Riesen umschlingt. In der Luft der animalische Geruch der Herden, am Boden die ausgesaugten Schädel der Seeleute, die als Mahlzeit für das Ungeheuer endeten. Er muss den Zyklopen töten, ehe er auch ihn in Stücke reißt und verschlingt.

Stefano muss sich wegen seiner Augenbinde ganz herumdrehen, dann sind die drei Augen der beiden Dealer auf den Mann mit dem grauen Pullover und den silbrigen Haaren im Mondlicht gerichtet. Er hat zwei große Steine in den Händen und viele rote Flecken im Gesicht. Sie starren auf das irre Grinsen, das seinen Mund verzieht, die unkontrollierten Augenbewegungen. Der Jäger ist bereit.

Das Messer des Maghrebiners schneidet durch Stefanos Jacke, den Pullover und das Unterhemd darunter. Es dringt in die Haut ein und durch die oberste Fettschicht und hält zwei Zentimeter vor der Milz inne. Stefano krümmt sich, die Hände an die Seite gelegt, aus der der Griff des Küchenmessers herausragt.

In seinem Blick schimmert das schwarze Licht des Entsetzens, die Angst des Ungeheuers, das aus der Vergangenheit hervorgekommen ist, die Angst vor dem Tod, der auf einmal, unerwartet, ganz nahe ist. Der Jäger stürzt sich auf den schwarzen Mann, als der Zyklop in die Knie geht. Er muss ihn ausschalten. Der Schwarze duckt sich und schlägt zweimal zu, Haken und Aufwärtshaken ins Gesicht, aber das Gesicht des Jägers ist nicht mehr da und dennoch dicht bei ihm. Seine Zähne schlagen sich in den schwarzen Hals wie die eines Dobermanns. Der andere nimmt ihn in den Schwitzkasten, aber die Zähne des Jägers zerreißen den Kopfwender-Muskel, und ein Blitz setzt das Gehirn des Maghrebiners in Brand, der jedoch nicht lockerlässt. Also muss der Jäger zu einem anderen Mittel greifen. Er zieht sein Werkzeug aus der eingenähten Tasche in seinem Ärmel und stößt es ihm in die linke Schläfe.

Die Arme des Schwarzen erschlaffen sofort, und er fällt zu Boden wie ein Apfel vom Baum. Er kommt nicht einmal mehr dazu zu schreien. Die Miene des Jägers ist ausdruckslos, als er den Kopf des Dealers zwischen die Hände nimmt, in das Weiße der Augen starrt und die Halswirbelsäule des Mannes gegen die Einfassung eines Blumenbeets schlägt. Dann wendet er sich geschmeidig wie ein Raubtier zu seiner eigentlichen Beute um. Das menschenfressende Ungeheuer, der Zyklop, ist noch da, starr, wie gelähmt, nur sein einziges Auge zuckt von hier nach dort: das Messer im Bauch und der Jäger über der Leiche des anderen.

Von wo wird der Tod kommen?

Der Jäger richtet sich auf, die dampfende Gestalt des Schwarzen zu seinen Füßen. Er macht einen ersten Schritt, und der Zyklop fängt plötzlich an zu weinen. Der Jäger geht weiter auf ihn zu und mustert ihn neugierig.

Der Dealer schüttelt den Kopf und heult Rotz und Wasser, so wie damals, an jenem Tag, nach der Ohrfeige seines Vaters. Und mit einem Mal findet er wieder die Kraft, sich zu bewegen. Mit einem Ruck reißt er sich das Messer aus der Seite, schleudert es von sich, rappelt sich hoch und wankt auf das Tor zu. Als die Bauch-

muskeln sich anspannen, zuckt ein Stechen durch seinen Unterleib wie eine Stichflamme. Er zieht Pulli und Jacke hoch und sieht die schmale, tiefe Wunde, die glatten Ränder. Aus irgendeinem verrückten Grund glaubt er, es schaffen zu können. Über das Tor klettern und entkommen zu können. Er wird eine Notaufnahme finden, er denkt sich bereits eine Geschichte für die Krankenschwestern aus.

Die Tränen strömen ihm übers Gesicht, aber er ist nicht sicher, woher sie rühren, ob von seiner schmerzenden Seite oder der Wut darüber, dass er sich von diesem Maghrebiner hat erwischen lassen. Ob von seinem Vater, von der Angst, die er nie mehr überwunden hat, oder daher, dass er nie den Mut hatte, ihm die unsichtbaren Schäden dieser Ohrfeige zu zeigen.

Auf allen vieren kriecht er weiter, hinter ihm nichts als Stille. Der Angreifer ist fort, so hofft er. Nein, er weiß es, er ist gerettet! Jetzt hat er den Holzhaufen erreicht, er muss nur noch hinaufklettern und sich am Zaun hochziehen. Er streckt eine Hand nach einem Pfahl aus, hält sich daran fest und kullert zusammen mit ihm herunter. Krämpfe legen seine Bauchmuskeln lahm. Er stützt die Hände auf den Boden und will wieder aufstehen. Hinter ihm bewegt sich etwas, es packt ihn und dreht ihn herum wie ein Blatt Papier.

Der Jäger nimmt den von dem Stapel heruntergerollten Pflock. Dieser hat ein abgekantetes Ende, doch das andere, das zugespitzte, das einst im Boden steckte, ist bereit für den Zyklopen. Das urtümliche Wesen schlägt auf einmal unbeholfen um sich. Das Herz pumpt weiter, immer schneller, vom Brustkorb, den Muskeln und der Lunge geschützt. Polyphem fuchtelt mit den Armen wie ein Ertrinkender, kämpft gegen seinen Niemand.

Der Jäger drückt den Kopf des Zyklopen mit der rechten Hand auf den Boden, hebt den Pfahl an und stößt ihn gezielt in das gesunde Auge.

Das Brüllen ist beängstigend, hallt zwischen den metallenen Gerippen des Vergnügungsparks wider und vervielfacht sich mit jedem Hall. Dem Dealer bleibt keine Zeit, sich an den Schmerz und die vollkommene Blindheit zu gewöhnen, denn der Jäger treibt die Lanze mit seinem ganzen Körpergewicht hinein. Die Augenbraue und das Lid sind nichts als ein Rahmen für den runden Pflock, der sich hineingräbt, bis das Brüllen in einem Gurgeln untergeht.

Stefano, der Dealer, der Zyklop, bleibt unten, als der Jäger ein letztes Mal zustößt, den inneren geraden Augenmuskel durchtrennt und die Augenhöhle vollends durchbohrt. Sein letzter grauenvoller Schrei, bevor auch die Dunkelheit erlischt, ist ein Ausdruck des Bedauerns: »Papa!«

65

Valnerina, Kloster San Giorgio

»Ich habe ihn wie einen eigenen Sohn aufgezogen.« Der Pater Superior sprach langsam und leise, während er den drei Besuchern durch eine Abfolge von Fluren vorausging. Hinter runden Fenstern war ein Lagerraum für Lebensmittel zu erkennen. »Und das war er im Grunde auch. Er war der Sohn des Klosters, wenn es ihm gut ging und er mit den Mitbrüdern mit dem Flickenball im Hof spielte, die Hühner im Gemüsegarten jagte oder seinen Lehrern Streiche spielte.«

Dieser Mann hatte eine enge persönliche Beziehung zu dem Serienmörder, der Rom derzeit terrorisierte. Noch enger, als er durchblicken ließ, davon war Mancini überzeugt. Bei aller Distanz, mit der er sich äußerte, war eine tief verwurzelte Bindung zu spüren, die ihn die Enttäuschung über die Flucht dieses geistigen Sohnes und nun die Sorge um ihn umso stärker empfinden lassen musste.

Bruder Bernardo hatte sich zweier Vergehen schuldig gemacht: Er hatte das vor der Klosterpforte gefundene Findelkind nicht den Behörden übergeben, und er hatte die Tötung eines Mitbruders durch den jungen Mann, der sich ein paar Jahre später in den Bildhauer verwandeln sollte, nicht angezeigt. Mancini hätte ihn auf der Stelle festnehmen können, doch das fortgeschrittene Alter des Mönchs – er würde vermutlich keinen einzigen Tag im Gefängnis verbringen – und die akute Notwendigkeit seiner Mithilfe ließen ihn davon absehen. Er würde allerdings dafür sorgen, dass die Fäden der Angelegenheit zurückverfolgt und die Eltern ausfindig gemacht wurden, die ihren Sohn den Mönchen von San Giorgio anvertraut hatten. Die Geschichte des Jungen wurde immer rätselhafter, je mehr ihrer einzelnen Teile sich zusammenfügten. Warum hatten die Eltern ihn nicht einer klinischen Einrichtung übergeben statt ihn hier auszusetzen? Der Gang krümmte sich nach links und mündete in einen offenbar verlassenen Flügel. »Zu unserem Kloster gehört auch ein Dormitorium, ein Schlafsaal, in dem die Franziskanermönche jahrhundertelang geschlafen haben. Bis ich hier Vorsteher wurde, da sind wir alle in das obere Stockwerk gezogen. Hier unten wird es im Winter sehr kalt, und selbst im Sommer kriecht einem die Feuchtigkeit in die Knochen.«

Das Skriptorium, zu dem sie als Nächstes kamen, war ein runder Raum mit Natursteinwänden, in den Hang des Berges hineingegraben. In der Mitte stand ein ebenfalls runder Tisch mit zwölf Stühlen. Drei waren von Mönchen besetzt, die handschriftlich dicke, auf Buchpulten aufgeschlagene Bände kopierten.

Mancini kannte sich auf dem Gebiet nicht gut aus, aber es erschien ihm merkwürdig, dass eine franziskanische Bruderschaft über solche alten Texte verfügte und eine Schreibwerkstatt für Kopisten hatte, die er sich eher in einem Benediktinerkloster vorgestellt hätte.

»Warum kopieren Sie die alten Handschriften immer noch?«, wollte er wissen. »Heutzutage findet man doch alles im Netz, und ich weiß, dass die Verlage des Vatikans Druckausgaben von den Heiligenlegenden und diesen Dingen herausgeben. Welchen Sinn hat diese Mühe noch?«

Die Bemerkungen des Commissario mussten in den Ohren des alten Mönchs unangemessen und unhöflich klingen, doch er zwang sich, ruhig zu antworten. »Um die Techniken der klösterlichen Schreibschulen zu erhalten und weiterzugeben.« Er deutete auf die Brüder, die ihre Schreibfedern mit echten Gänsefedern in die Tintenfässer tunkten. »Vor allem die der Miniaturenmaler und Illuminatoren. Außerdem sind nicht alle Texte, die wir hier kopieren, im religiösen Buchhandel erhältlich.«

Der Pater Superior bedeutete ihnen mit dem Finger an den Lippen, den Raum rasch und schweigend zu durchqueren. Durch eine kleine Seitentür gelangten sie zur Bibliothek, die in einem einzigen, etwa dreißig Quadratmeter großen Raum mit rechteckigem Grundriss untergebracht war. Die Felswände lugten nur an der Decke und am Boden heraus, der Rest war komplett mit Bücherregalen bedeckt. Die Regale wirkten schwer, waren aber recht neu und obendrein maßgefertigt. Das einzige nach draußen gehende Fenster war mit einem großen Schreibtisch aus massivem Holz zugestellt. Darauf stand eine kleine Gruppe unterschiedlich weit heruntergebrannter Kerzen. In der Decke gab es ein modernes Oberlicht, das, seiner Qualität nach zu urteilen, wohl ebenfalls mit dem Geld aus der Tasche des Jungen eingebaut worden war, dachte Mancini. Seltsam erschien ihm jedoch das Fehlen von Elektrizität in diesem Teil des Klosters.

»Wir können nur bis zum Sonnenuntergang lesen und arbeiten«, sagte der alte Mönch, als hätte er seine Gedanken erraten.

»Zeigen Sie uns das Buch«, sagte der Commissario kurz angebunden.

»Natürlich, es ist hier drin.«

Der Pater ging zu einem Vitrinenschrank mit Doppeltür und vier Borden voller Bücher mit Lederrücken. Bis auf die goldgeprägten Titel sahen sie alle gleich aus. Unter den Texten entdeckte Alexandra Platons *Dialoge*, mehrere Bände der *Poetik* des Aristoteles sowie Andrea Cappellanos *De Amore*.

»Das sind ausgezeichnete Kopien von Originalhandschriften, die wir in einer anderen Abteilung der Bibliothek aufbewahren. Und hier ist auch die Bibel, die der Junge in seiner Zelle hatte. Bitte sehr.« Er zog sie mit seiner knochigen Hand heraus und gab sie Mancini. Der starrte darauf und warf dann dem Pater Superior einen fragenden Blick zu, den dieser nicht zu verstehen schien. Schließlich nahm er die Bibel, klappte den Einband aus Kalbsleder auf und blätterte durch die ersten Seiten auf der Suche nach einem Zeichen, einem Namenszug, irgendetwas.

»Welche Beziehung hatte er zu diesem Buch?«

»Er hatte es immer in seinem Zimmer, es war ihm ein Trost in der Absonderung nach diesem scheußlichen Vorfall. Hin und wieder las er Stellen daraus laut vor, und abends betete er neben mir.«

Mancini ließ den Daumen über den Schnitt gleiten, wodurch der muffige Geruch im Inneren freigesetzt wurde. Dann klappte er die Bibel abrupt zu und sah den Pater herausfordernd an. »Und jetzt geben Sie mir bitte das Buch. Das *andere* Buch.« Er drückte ihm die Heilige Schrift in die Hand, als wäre sie ein Gewicht, von dem er sich schnell befreien wollte. Bruder Bernardo stellte sie mit erschrockener Miene zurück, schloss die Vitrine und bückte sich. Er zog eine der beiden Schubladen in der Mitte des Möbelstücks auf. Alexandra reckte sich über Comellos Schulter, um etwas sehen zu können. Die Schublade ließ sich unter dem schwachen Geruckel des Mönchs nur schwer öffnen. Darin lag ein schwarzes Buch, das recht neu aussah, zumindest im Vergleich zu den anderen Bänden in der Bibliothek. Bernardo musste sich sichtlich anstrengen, um es herauszuheben und ihnen zu übergeben.

Mancini nahm es und ging damit zu dem alten Schreibtisch mit Blick auf den kleinen Friedhof. Die Zypressen draußen schwankten in dem böigen Regen. Er setzte sich und drehte das Buch auf die Vorderseite. In der Mitte des festen schwarzen Einbanddeckels war ein Kreis, innerhalb dessen, in einem Reigen von fotografischen Abbildungen minderer Qualität, diverse mythologische Wesen dargestellt waren. Der weiß geprägte Titel darüber lautete: *Antike Ungeheuer zwischen Mythos und Realität.*

»Lasst mich einen Moment allein«, sagte der Commissario, ohne sich umzudrehen. Als Walter und Alexandra sich wieder zum dem Klostervorsteher gesellt hatten, begann er, darin zu blättern, hielt bei manchen Seiten inne und las hier und dort einen Absatz, wobei er den Zeilen mit dem Finger folgte. Ab und zu schüttelte er den Kopf und schnaubte geräuschvoll, sodass die anderen fragend zu ihm hinsahen. Schließlich wandte Dottoressa Nigro sich an den alten Pater.

»Vorhin haben Sie gesagt, dass der Junge bei seiner Ankunft hier nur von dieser Reisetasche mit wenigen Sachen und einem Brief darin begleitet wurde.«

»So ist es.«

»Und dass Sie noch nicht einmal wussten, wie er hieß.«
Der Pater nickte ernst.
»In dem Brief mit den Anweisungen wurde der Name des Kindes nicht genannt?«
»Nein, da stand kein Name, und ...«
Alexandra unterbrach ihn mit einer Handbewegung und sprach lauter, bis jetzt hatte sie nur geflüstert. »Ich will auf etwas anderes hinaus. Warum haben Sie ihm hier im Kloster keinen Namen gegeben? Früher machte man das doch so mit Findelkindern, oder?«
Walter war gespannt, worauf sie mit ihrer Frage abzielte.
»Die Anweisungen lauteten so, wie ich schon sagte.«
»Die in dem Brief?«
»Sicher. Sie besagten, dass wir ihm keinen Namen geben durften und dass sein ursprünglicher Name gelöscht worden sei.«
»Gelöscht?«
»Aus dem Kopf des Jungen, hieß es. Dort, wo er aufgewachsen sei, habe ihn niemand mehr bei seinem Namen genannt, wie dieser auch gelautet haben mag. Und wir sollten das beibehalten, ihn darüber im Dunkeln lassen. So hieß es in dem Brief.«
»Aber wie haben Sie ihn denn im Alltag gerufen?«, fragte Walter.
»Niemand in diesem Kloster hat ihn je bei irgendeinem Namen gerufen.«
»Nicht einmal Sie, Pater?«, fragte Alexandra.
»Nicht einmal ich. Und ihm schien diese ... Entbehrung nichts auszumachen.«
Der Pater Superior schwankte und hielt sich an der Ablage des Vitrinenschranks fest. Walter stützte ihn und geleitete ihn zum nächsten Stuhl. Er wirkte erschöpft, sprach aber nach einer kurzen Pause weiter. »In dem Brief stand, dass der Junge eine gewisse Distanz zur Welt und auch zu seiner eigenen Vergangenheit wahren müsse. Sein Name sei dabei nur eine Last für ihn und würde ihn in seinen ersten Kindheitsjahren verankern, die er jedoch vergessen solle. Ein Jahr lang haben wir ihm heimlich Tropfen in sein

Trinkwasser getan, die ihn ruhig halten sollten, und ich glaube, letztendlich hat er seine Vergangenheit tatsächlich vergessen.«

»Was waren das für Tropfen?«

»Ein Beruhigungsmittel, glaube ich, aber sie haben ihm wohl auch geholfen zu vergessen und ihn in einen Zustand scheinbaren inneren Friedens versetzt.«

»Sie hätten diese Anweisungen nicht befolgen müssen. Warum haben Sie es getan?«

»Die Wahrheit ist«, antwortete Bruder Bernardo, fuhr sich mit der Hand über die runzelige Stirn und senkte den Kopf, »dass wir Angst hatten. Und außerdem ... erhielten wir weiterhin finanzielle Unterstützung. Bis zu seiner Flucht.«

Walter und Alexandra konnten gerade noch einen Blick wechseln, bevor Mancini sie rief. »Kommt mal her!«

Der Commissario zwinkerte mit den Augen, als wollte er etwas fokussieren, das die anderen nicht sahen. Er tippte mit dem Finger auf eine Seite. »Hier!«

Darauf waren zwei Abbildungen von der gleichen Frauengestalt zu sehen. Auf der ersten badete sie im Schatten einer großen Felshöhle im Meer, auf der zweiten tauchte sie als das mythologische Wesen wieder auf, das seit der Antike unter dem Namen Szylla bekannt ist. Die Bildunterschrift lautete: *Die blauäugige Nymphe durch Circes Fluch in ein Ungeheuer verwandelt.*

»Sie sind hier drin. Sie sind alle hier drin«, sagte Mancini. Er blätterte hin und her und deutete auf den Minotaurus, Lamia, die Sirenen. »Dieses Buch enthält sämtliche mythologischen Ungeheuer und andere Sagenwesen.«

Er blätterte zu den ersten Seiten zurück und zeigte ihnen eine Abbildung des Trojaners Laokoon, der sich vergeblich wehrte, um seine beiden Söhne aus den Windungen der beiden monströsen Seeschlangen zu befreien, wie die dem zweiten Buch der *Äneis* entnommene Bildunterschrift erklärte. Dann ging er nacheinander die anderen Ungeheuer durch, die der Serienmörder »dargestellt« hatte. Die Reihenfolge, obgleich unterbrochen von

Kapiteln über nicht mythologische Wesen wie den Yeti, entsprach der, mit der der Bildhauer seine Opfer getötet und ausgestellt hatte: Laokoon, die Sirene, Szylla und Lamia. Nur der Professor fehlte in dieser Liste. Doch Mancini war sicher, dass es sich bei dem Angriff des Mörders auf Biga um eine Antwort, eine Warnung, einen Racheakt nach der »Begegnung« im Eulenhäuschen handelte. Jede neue Bedrohung wurde unweigerlich in den Kontext seiner Wahnvorstellungen eingefügt, denn nur auf diese Weise konnte der Bildhauer es mit der Außenwelt aufnehmen. Und so hatte er seinen Bacchus geschaffen. Doch diese Tat lieferte noch einen anderen entscheidenden Hinweis: Die innere Schlüssigkeit seines mörderischen Plans war dabei zu zerfallen, seine Aktionen, seine Vorgehensweise und Handschrift verloren an Einheitlichkeit, gingen der Entropie entgegen, ein Spiegel des Chaos, das immer mehr die Oberhand über seine Psyche gewann.

»Wie kriegen wir heraus, wer der oder die Nächste sein wird?«, fragte Alexandra. »Hier drin gibt es Dutzende von Ungeheuern unterschiedlicher kultureller Herkunft.«

»Aber wir haben festgestellt, dass er sich immer Doppelwesen als Modell nimmt, die sowohl eine menschliche als auch eine Monster-Natur haben, richtig?«

»Stimmt, Commissario«, bestätigte der Ispettore.

»Dann lasst uns mal sehen, was nach Lamia kommt.«

Er blätterte weiter, und die Figuren vervielfachten sich vor ihren Augen. Bruder Bernardo erhob sich mühsam von seinem Stuhl auf der anderen Seite des Raums und trat heran. Mit den beiden Charakteristiken »Mischwesen« und »griechische Mythologie« als Ausgangspunkt zogen sie den Zentaur in Betracht, die Sphinx und den mythischen König Kekrops, halb Mann, halb Drache. Gemäß der Reihenfolge der Darstellungen im Buch wäre das nächste Ungeheuer des Bildhauers also das Wesen, das eine Mischung aus Mensch und Pferd war. Ausgehend von dieser Hypothese, mussten sie allerdings immer noch herausfinden, wo der Täter zuschlagen würde, um den Kreis der möglichen Opfer einzuschränken. Sie drehten sich nach wie vor im Kreis. Wie sollten sie ihm zuvorkommen, wenn sie nicht wussten, wo er seine Verstecke hatte? Bisher war keinerlei Verbindung, ob konkret oder symbolisch, zwischen den Orten der Zurschaustellung und der Auswahl der Ungeheuer zutage getreten. Sie tappten im Dunkeln, daran gab es nichts zu rütteln.

Comellos Handy klingelte in die konzentrierte Stille hinein. Er entschuldigte sich und ging rasch hinaus.

Mancini las Passagen aus dem Buch sowie einige Unterschriften unter den Fotos vor und zeigte Alexandra und dem Pater, mit welcher Genauigkeit der Mörder die Abbildungen in diesem Buch nachgestellt hatte.

Comello kam wieder herein, angekündigt durch das Knirschen seiner Turnschuhe auf dem Steinfußboden. Als Mancini und Alexandra sich zu ihm umdrehten, zuckte er die Achseln. »Man hat die Medusa gefunden.«

»Oh nein!«, rief Alexandra und schlug die Hände vors Gesicht.

Der Commissario befeuchtete eine Fingerkuppe und blätterte zu der Stelle zurück, an der er das Schlangenhaupt gesehen hatte. Ein dunkler Ring umschloss den grünen Schild mit dem Kopf der *Medusa* von Caravaggio. Das vor Verblüffung über den unerwarteten Hieb verzerrte Gesicht der Gorgone, ihr stummer Schrei, der wilde Blick, die gezackten Zähne und die Mähne aus zischenden Schlangen. Die Signatur des Malers in dem aus ihrem Hals triefenden Blut. *Vorsicht wird erworben durch Weisheit* stand unter dem Bild.

Mancini betrachtete den Schild, folgte mit dem Blick den Linien des Bildes, bis das schwarze Loch des Mundes ihn unwiderstehlich anzog, ihn verhexte. Dieses gemalte Gesicht, das sich zu bewegen schien, die sich ringelnden Schlangen, die Blässe der Haut, die sie bei irgendeiner armen jungen Frau wiederfinden würden...

»Das hier nehme ich mit«, sagte er zu Bruder Bernardo.

Er klemmte sich das Buch unter den Arm und hob seinen Trenchcoat vom Boden auf. Der Pater starrte das Buch, starrte dann ihn an. Sie gingen zurück in die Kirche, und Alexandra gab dem alten Mann, der nun so zerbrechlich und erschüttert wirkte, vor dem Altar die Hand. Als Walter, der ihn gestützt hatte, seinen Arm losließ, entfernte er sich mit langsamen, schlurfenden Schritten zu der Seitentür, aus der er am Vormittag gekommen war.

Ehe er hindurch verschwand, drehte er sich noch einmal zum Altar um, wo der Commissario wieder zu dem Porträt des Heiligen Georg hinaufsah. »Bitte«, sagte er mit brüchiger Stimme und verschleiertem Blick, »tun Sie ihm nichts an.«

Mancini schüttelte den Kopf. »Das kann ich Ihnen wirklich nicht versprechen, Pater.«

66

Rom, Kloster Santa Lucia in Selci

Diesmal war die Gitterpforte verschlossen. Caterina beugte sich zu der Sprechanlage vor, über der ein Messingschild prangte: KLAUSURKLOSTER SANTA LUCIA IN SELCI. Der Zusatz, hatte sie sich informiert, kam von den Überresten altrömischer Pflastersteine, genannt *Silices*, die hier und da noch unter dem jüngeren Kopfsteinpflaster hervorlugten. Unter dem Klosternamen stand: MONIALES ORDINIS SANCTI AUGUSTINI – Augustinerinnen also.

Es rauschte und knackte, als der Hörer abgenommen wurde, dann war eine leise, ferne Stimme zu hören. Caterina schaltete ihre in einem Kuli versteckte Minikamera ein. »Hallo? Schwester? Hier ist Caterina De Marchi von der Polizei.«

Das Hintergrundgeräusch verstummte, die Frau am anderen Ende hatte aufgelegt. Catrina wartete, dass die Nonne oder sonst jemand kam und sie hereinließ. Dann ertönten ein Summen und ein Klicken, und nach ein paar Augenblicken, in denen sie versucht war, die Gittertür einfach aufzudrücken und hineinzugehen wie beim letzten Mal, erschien eine Ordensschwester.

»Haben Sie geklingelt, Signorina?«

»Ja, entschuldigen Sie«, antwortete Caterina und trat durch das Tor, während sie die regennassen Hände an ihrer Jeans abtrocknete. »Ich bin Agente De Marchi von der Polizei«, wiederholte sie, was auf die Frau jedoch keinen Eindruck zu machen schien.

Nach dem Gesichtsoval zu urteilen, das nicht von der Haube ihres langen weißen Habits bedeckt wurde, war sie weit über siebzig. Ihr Ordenskleid wurde um die Taille von einem schwarzen Zingulum zusammengehalten, und ihre kurzen Beine endeten in winzigen Schuhen von derselben Farbe.

»Könnten Sie mir Ihren Namen sagen, Schwester?«, bat Caterina und zückte den Kuli und ein Notizbuch, um so zu tun, als würde sie mitschreiben. Sie drückte auf die Kappe des Stifts und schoss damit ein paar Fotos.

»Ich bin nur eine Dienerin Gottes, mein Name ist nicht von Bedeutung«, erwiderte die Nonne mit einem Lächeln, das ihre Falten noch vermehrte. »Was möchten Sie, Signorina?«, fügte sie leicht drängend hinzu.

»Ich habe nur ein paar Fragen. Es geht um eine wichtige Untersuchung.«

Die Frau runzelte die Stirn, woraufhin Caterina ihren Ausweis hervorzog und ihr bedeutete, weiter in den Hof hineinzugehen. Die Nonne trat beiseite, daran gewöhnt, sich höheren Mächten zu beugen. Sie schloss die Pforte hinter sich und wartete schweigend ab.

Caterina ließ ihren Blick über die Doppelstatue der Madonna und der Heiligen Lucia schweifen.

»Das ist ihre Namenspatronin, oder wie sagt man?«

»Ja«, antwortete die Nonne ungeduldig.

»Ich möchte gern wissen, wie das Kloster funktioniert. Hier sind ausschließlich Frauen, oder?«

»Sämtliche Informationen über das Kloster und den Orden der Augustinerinnen können Sie über die Diözese Rom erhalten. Ich kann Ihnen keine Auskünfte geben«, sagte die Schwester und machte Anstalten, sie zurück zur Pforte zu begleiten.

»Verzeihen Sie, Schwester, aber ich ...«

Die Frau drehte sich abrupt zu ihr um und blickte sie mit schmalen Augen von unten an. »Dies ist ein Klausurkloster, junge Frau. Wissen Sie, was das bedeutet?«

Caterina kniff die Lippen zusammen, wandte sich ab und machte sich auf den Weg. Die Nonne ließ sie einfach hinter sich.

»Wo wollen Sie hin?«

Die Alte trottete ihr hinterher. Caterina durchquerte den kleinen Vorhof mit den Palmen und blieb vor dem hohen Holzportal stehen. »Was ist das hier?«, fragte sie und zeigte auf den runden Türklopfer.

Fast von dem Eisenring verborgen war eine figürliche Darstellung in das Holz geschnitzt. Es handelte sich weder um ein Kreuz noch um das Antlitz Christi oder der Heiligen Lucia. Es war eher eine Fratze, ein breites, bärtiges Gesicht mit höhnischem Grinsen und vorstehenden Augen.

Die Nonne stürzte vor und baute sich vor dem Türklopfer auf.

»Sie müssen gehen! Sofort!«

»Ich will wissen, wer das gemacht hat«, erwiderte Caterina ruhig.

»Ich weiß es nicht!«

»Ich wette, es war dieselbe Person, die auch diese beiden Holzskulpturen geschnitzt hat«, beharrte sie und zeigte auf die Madonna und Santa Lucia.

»Ich weiß nichts, Signorina. Wie gesagt, Sie müssen sich an das Bistum wenden.«

»Wirklich, Schwester? Und über die hier wissen Sie auch nichts?«

Caterina zeigte nach unten. Auf dem Boden, wenige Schritte von der Tür entfernt, wo das Gebäudedach das Pflaster des Hofs vor Regen geschützt hatte, war eine Reihe von dunklen Punkten zu sehen. Getrocknete Blutstropfen.

»Ich wette, auch die stammen von der Person, die das hier und die beiden da oben gemacht hat.«

Die Madonnenstatue sah unverwandt zu dem Thron, der die Heilige Lucia mit ihren roten Gewändern und dem Palmzweig der Märtyrer in der Hand stützte. Beide Figuren mussten aus dicken Baumstämmen geschnitzt worden sein, denn unter dem Lack war hier und da ein helles Braun zu erkennen.

»Und ich wette weiterhin, dass der Künstler keine Frau war. Wenn Sie verstehen, was ich meine, Schwester«, legte Caterina nach.

Die Nonne sah sie an, und dann zu den Blutflecken auf dem Boden. Als sie den Blick wieder hob, lag auf einmal eine gewisse Nachgiebigkeit darin.

»Sie wollten wissen, wie unser Kloster ›funktioniert‹. Wir beten, aber einige von uns betreiben auch das, was das Bistum Rom als ›direktes Apostolat‹ bezeichnet.«

»Was heißt das?«

»Dass wir uns der Erziehung junger Mädchen oder der Pflege von Waisenkindern widmen.«

»Und wie hängt das mit dem zusammen, was ich Sie gefragt habe?«

»Die Person, die Sie suchen«, sagte die alte Nonne, auf die geschnitzte Fratze deutend, »lebt nicht mehr hier.«

»Bitte sprechen Sie weiter.«

»Es war ein Mann, ein junger Mann. Er hat sich um kleinere Instandhaltungsarbeiten im Institut gekümmert. Hat Türen und Fenster repariert, die sehr alt sind und oft kaputtgehen.«

»Und das hier hat er also auch gemacht?« Caterina blickte auf die Fratze.

Die Ordensschwester nickte. »Er hatte ein kleines Zimmer mit einem Tisch und ein paar Werkzeugen. Der Boden war immer voller Späne. Keine von uns ging dorthinein.«

»Warum?«

»Es war kein sicherer Ort. Er hielt das Fenster stets geschlossen und arbeitete im Dunkeln, im Licht weniger Kerzen. Ich weiß nicht, wie er das konnte. Jedenfalls herrschte dort drin eine ... seltsame Atmosphäre. Er hatte tote Tiere bei sich, sie schienen ausgestopft zu sein, mit weißen Augen. Die befestigte er mit großen schwarzen Nägeln an der Wand. Ich hatte schon Angst, auch nur dorthinein zu schauen. Auch die anderen haben sich ihm nicht genähert.«

»War er gefährlich, Schwester?«, fragte Caterina mit hochgezogener Augenbraue.

»Ich weiß es nicht, aber er wirkte so. Blieb immer für sich, sprach mit niemandem. Vielleicht, weil wir Frauen sind, keine Ahnung. Er hatte Augen ... fern der Gnade Gottes«, sie bekreuzigte sich schnell, »die etwas verbargen. Ausdruckslos. Leer wie die eines Tieres im Dunkeln.«

»Aber wenn Sie Angst vor ihm hatten, warum haben Sie ihn dann nicht weggeschickt?«

Die Nonne sah zu den Fenstern des Gebäudes vor ihnen hinauf. »Das lag nicht in unserer Macht.«

Jemand hatte ihn in dieses Klausurkloster geschickt, jemand, der ihn schützen wollte, dachte Caterina, überzeugt, dass der Gast, von dem die Schwester sprach, derselbe Mann war, der in der ewigen Stadt ein Opfer nach dem anderen forderte. Sie konnte kaum glauben, der Bestie so dicht auf der Spur zu sein.

»Wie lange war er hier bei Ihnen?«

»Ziemlich lange, ich kann es nicht genau sagen, aber sicher über ein Jahr, vielleicht sogar zwei.«

»Und seit wann ist er fort?«

»Seit ungefähr zwei Monaten.« Die Schwester machte eine schwankende Bewegung mit ihrer zierlichen Hand.

Caterina hatte es nun eilig, sich zu verabschieden, sie musste die anderen informieren. Der Commissario hatte recht: Sie waren ganz nahe dran.

»Aber ich glaube, er war vor ein paar Tagen noch einmal kurz hier.«

»Was sagen Sie?«

Die Nonne richtete ihren müden Blick auf die Blutstropfen und murmelte: »Seine Werkzeuge. Sie sind nicht mehr da.«

67

Rom, Autostrada del Sole

Walter saß am Steuer seines Pick-up, doch Mancini hatte sich dieses Mal zu Alexandra auf die Rückbank gesetzt. Mithilfe einer im Auto gefundenen Taschenlampe durchforsteten sie *Antike Ungeheuer zwischen Mythos und Realität* Zeile für Zeile, auf der Suche nach Antworten auf ungeklärte Fragen. Nach den drei von der Laokoon-Gruppe, nach der Sirene, Szylla und Lamia war nun also Medusa an der Reihe gewesen. Was sie jedoch nicht absehen konnten, war, wie weit der Bildhauer mit seiner Mordserie gehen würde, wer als Nächstes dran sein und wo er zuschlagen würde.

Sie gingen aufmerksam die Seiten durch, in der Hoffnung, dass sich unter all den Bildern das Wesen offenbaren würde, welches als Modell für das nächste »Werk« des Killers diente. Derweil nahm Comello die Ausfahrt, die sie von dem Abschnitt der Ringautobahn, der zur Autostrada del Sole gehörte, nach Pigneto bringen würde, wo ein vom Bildhauer in eine Gorgone verwandeltes armes junges Mädchen aufgefunden worden war.

Alexandra redete wie ein Wasserfall, als könnte der Strom ihrer Worte sie ans Ziel spülen. »Wie wir bei dem Briefing in unserem Bunker gesagt haben, sind Perseus, Theseus, Odysseus und Herakles allesamt Bezwinger von Ungeheuern. Ich glaube, der Bildhauer muss wie sie diese Geschöpfe des Chaos, diese irdischen Untiere töten, um die Ordnung, das Gute, wiederherzustellen. Meiner Ansicht nach verspürt er ein starkes psychophysisches Bedürfnis, die Unordnung zu beseitigen.«

»Was ich nur nicht verstehe, ist, warum er drei Jahre lang gewartet hat. Warum diese lange Karenzzeit?« Walter hatte geparkt und ging nun um den Ford herum auf die beiden zu, die ebenfalls ausstiegen.

»Vielleicht musste er sich erst vorbereiten?«, vermutete Alexandra ohne große Überzeugung.

»Höchst unwahrscheinlich. Wenn er krank ist und diese Anfälle bekommt, wie soll er sich dann so lange vom Töten abgehalten haben?«

»Und wo hat er sich versteckt? Er kann ja nicht die ganze Zeit in seinen unterirdischen Schlupflöchern ausgeharrt haben.« Alexandra blieb stehen und zog eine Tüte mit einem Paar neuer Ballerinas aus ihrem Rucksack. Sie tauschte sie gegen die durchnässten an ihren Füßen und lächelte erleichtert.

»Commissario, erinnern Sie sich an den Fall dieses Taxifahrers, der von der Mafia ermordet und in einer Straße hinter der Stazione Termini aufgefunden wurde? Der mit den Münzen auf den Augen?«, fragte Walter.

Mancini hatte sofort ein Bild dieses armen Mannes mit der durchgeschnittenen Kehle und den Münzen als Verräterzeichen vor Augen.

»Eine Abrechnung in der Szene illegaler Taxifahrer, wenn ich mich nicht irre.«

»Ja, er war einer von denen ohne Lizenz. Zumindest war das die Schlussfolgerung der Kollegen von der Kriminalpolizei. Aber wenn ich jetzt so darüber nachdenke...« Walter deutete auf das Buch, das der Commissario nach wie vor in der Hand hielt. »War da nicht so ein Typ, der die Seelen der Toten über den Fluss fuhr, wie hieß er noch gleich, Charon?«

Mancini blieb wie angewurzelt stehen und schlug das Buch auf. Einige Seiten vor der Laokoon-Abbildung gab es das Bild eines Toten mit zwei Münzen auf den geschlossenen Augen. Er lag in einem Boot, das von einem weißhaarigen Mann mit roten Augen gesteuert wurde, die Arme über der Brust gekreuzt und ein eingeritztes Kreuzzeichen auf der Stirn.

»Der Taxifahrer hatte ebenfalls solche Münzen und dieses Zeichen.«

»Und auch die Arme, Commissario!«

»Aber wenn das unser Täter war, hat er einen Fehler begangen, weil er nicht Charon in Szene gesetzt hat, sondern die Seele eines Verstorbenen«, wandte Alexandra ein.

»Wir dagegen glauben ja, dass er die Ungeheuer des Chaos töten muss, um der Ordnung, dem Licht, dem Guten zum Sieg zu verhelfen. Wenn es so ist, wie du sagst, mit deiner Heldentheorie, dann erinnern ihn die Monster an den Zustand der Unordnung vor der Schöpfung, und hier kommt das andere Buch ins Spiel, das Buch der Bücher.«

»Die Bibel«, sagte Comello nickend.

»Genau.« Der Commissario ging in verhaltenem Tempo weiter.

»Der Eine gegen das Vielgestaltige. Der eine Gott, die Ordnung, gegen die furchtbare Veränderlichkeit der Ungeheuer, gegen ihre verdorbene schillernde Natur.« Vollkommen vertieft in ihre Überlegungen, folgte Alexandra den beiden Polizisten langsam durch die Gassen des Viertels.

Die Dienststelle in Porta Maggiore hatte das Polizeipräsidium verständigt, das wiederum Comello informiert hatte. Wahrscheinlich waren die Jungs von der Spurensicherung bereits am Tatort. Von Tomei hatte Mancini nichts mehr gehört, und er konnte sich denken, warum: Der Bildhauer hatte seinen Modus operandi geändert. Er fühlte sich in die Enge getrieben und entführte seine Opfer vor der eigentlichen Tat nicht mehr, sondern handelte in Eile, ohne sorgfältige Planung wie bei den vorhergehenden Morden.

Und tatsächlich stand am Gehweg vor dem Zeitungskiosk ein Transporter der Spurensicherung. Daneben parkte mit eingeschaltetem Blaulicht ein Streifenwagen. Drei uniformierte Polizisten waren dabei, den Tatort zu sichern und das weißrote Absperrband abzurollen. An der Straße hatte sich ein Dutzend Neugierige versammelt, die nun von einem der Beamten weggeschickt wurden.

Der Kiosk sah aus wie eine mit Schindeln aus Zeitungen und Zeitschriften aller Art verkleidete Hütte. Davor standen zwei Drehsäulen mit CDs und DVDs sowie drei Körbe voller Malbücher, Buntstifte und Spielzeug. Vor dem weißen Hintergrund des Dachs hob sich der dreifache Schriftzug von *Il Tempo* ab, und gleich darunter begannen die Rollläden, die fast ganz bis zur Verkaufstheke heruntergelassen waren. Walter hatte Alexandra und Mancini Latexhandschuhe gegeben, und Letzterer bückte sich nun, um durch den verbliebenen, etwa zwanzig Zentimeter breiten Spalt hindurchzuspähen.

»Eine Schweinerei, Commissario.«

Mancini drehte sich um und sah einen Mann in Weiß, der ihm bedeutete, einen Blick in den Kiosk zu werfen.

»Ihr seid noch nicht drin gewesen?«

»Der Ispettore hat gesagt, wir sollen auf Sie warten. Wir haben nur kurz hineingesehen.«

Alexandra war ein paar Schritte hinter ihnen stehen geblieben und betrachtete stumm die Flecken geronnenen Bluts auf dem Boden. Comello kam Mancini zuvor und ging zu der schmalen Tür des Häuschens. Vorsichtig drückte er den kleinen schmiedeeisernen Griff herunter, der halb verrostet war.

»Walter ...«

Der Ispettore blickte hinein und legte sich sofort unwillkürlich eine Hand auf den Mund. Hinter ihm schüttelte der Beamte vom Erkennungsdienst den Kopf, woraufhin der Commissario eilig neben ihn trat. In dem Halbdunkel fiel ihm zuerst die LED eines Radios oder kleinen Fernsehers ins Auge, dann ein Hocker in der Mitte des engen, rechteckigen Raums, auf dem ein Sack stand. In den Geruch des Zeitungspapiers, des Klebstoffs der Sammelbildchen und der Hochglanzmagazine mischte sich ein durchdringenderer und allzu vertrauter.

Mancini zwängte sich an Walter vorbei und setzte einen Fuß auf die Trittstufe im Innern. Mit dem Unterarm stieß er die Tür weiter auf, sodass das Licht von draußen hineinfiel, zog dann den Kopf ein und setzte den anderen Fuß hinein.

Erst da bemerkte er den Morast aus Flüssigkeiten und Gewebe auf dem Boden.

Er tastete mit der freien Hand, die nicht das schwarze Buch hielt, nach dem Lichtschalter und knipste ihn an. Fetzen von

Papier und Plastik und andere Verpackungsreste von DVDs und Zeitschriften bedeckten den Matsch unten. Der schwarze Sack auf dem Hocker wurde von dem Gegenstand darin aufrecht gehalten.

Sein Herz hämmerte in seinem Brustkorb, obwohl keine akute Gefahr drohte, aber der Geruch und der Anblick dieses Horrors genügten, um seinen Puls zu beschleunigen und das endokrine System in Alarmbereitschaft zu versetzen. Er streckte langsam die Hand nach dem Sack aus, als bestünde die Luft aus einer zähen Masse, und zog den Rand herunter.

Ein wirrer Schopf aus bunten Dreadlocks zierte den Kopf, der ihn daraus anstarrte. Er hielt sich die Nase zu, ging in die Hocke und fand auf dem Boden, unter der Theke, den Rest von der Leiche des Mädchens.

Als er sich wieder aufrichtete, blickte er erneut in die toten Augen der jungen Frau. In ihrer erstarrten Schmerzgrimasse erkannte er Caravaggios *Medusa* wieder, und seine Sicht trübte sich und flimmerte. Der Bildhauer hatte sie von hinten gepackt, das erkannte er, das *sah* er, um ihren versteinernden Blick zu vermeiden. Dieser Dreckskerl hatte den Arm um sie geschlungen, sie an sich gezogen und ihr den Kopf mit einem seiner Werkzeuge abgetrennt.

»Wie hat er das gemacht?« Comellos Frage war nur ein unsicheres Murmeln, das aber genügte, um den Bann zu brechen.

Der Commissario antwortete nicht. Er musste sich zusammenreißen, um nicht in der verdorbenen Luft dieses Kabuffs ohnmächtig zu werden, und ging hinaus, floh vor den Polizisten, vor Alexandra und dem bannenden Blick der Medusa.

68

Rom, Pigneto

Zwischen den Neugierigen, die sich immer wieder an der Absperrung drängten, tauchten Antonio und Caterina auf. Mancini sah sie und gab den Uniformierten ein Zeichen, sie durchzulassen. »Lasst uns hier rübergehen«, sagte er, als auch Alexandra und Walter zu ihnen gestoßen waren.

Sie entfernten sich von dem Gedränge und steuerten eine Bar mit einer Laube an, die Walter noch aus seiner Zeit beim Drogendezernat kannte. Sie hatte im hinteren Bereich einen kleinen separaten Gastraum, wo sie in Ruhe sprechen konnten. Der Besitzer erkannte Comello wieder und komplimentierte auf seine Bitte hin zwei angeheiterte Gäste aus dem Raum hinaus. Ein kleiner Metalltisch stand in der Mitte samt fünf Stühlen mit einer Bespannung aus hellblauen PVC-Schnüren, die sicher irgendjemand als »vintage« bezeichnet hätte, darüber eine Hängelampe.

»Wir können nicht darauf warten, dass die Sondereinheiten über eins seiner Verstecke stolpern und ihn fassen. Inzwischen wissen wir fast alles Nötige über ihn, aber wir müssen schleunigst herausfinden, wo er als Nächstes zuschlagen wird – und nach welchem Vorbild«, sagte Mancini und schlug das Buch auf.

Während er darin blätterte, informierte Caterina die anderen über ihre Erkenntnisse im Kloster und Walter und Alexandra über die Geschichte des Jungen in dem Kloster und die Entdeckung des Buchs, aus dem der Mörder seine »Inspiration« bezog.

»Aber wie kann er sich so genau an jede Einzelheit erinnern? Besitzt er irgendwelche Kopien?«, fragte Caterina.

»Ich schätze, da spielen seine starken Obsessionen und ein außerordentliches visuelles Gedächtnis zusammen, vielleicht ist das sogar Teil seines Krankheitsbilds. Also, nach dem, was wir

haben, müsste der, den er sich nach diesem Horror der Medusa vornimmt, der Zyklop sein. Das ist im Buch das Ungeheuer nach ihr, das die entsprechenden Merkmale hat.«
»Und das sind?«, fragte Antonio.
»Der griechische Ursprung und der Umstand, dass er ein *Mischwesen* ist.«
»Allerdings ist er nicht halb Mensch, halb Tier.«
»Nein, aber der Mythos besagt, dass er zum Teil Mensch ist und zum Teil Riese, also ein Ungeheuer«, erklärte Alexandra.
»Okay. Aber wie gehen wir jetzt vor?«, hakte Rocchi nach.
Mancini zog einen Stadtplan von Rom aus der Gesäßtasche seiner Jeans und breitete ihn auf dem Tisch aus. Darauf waren sämtliche Tatorte sowie die Verstecke des Täters eingekreist, die sie hatten ausfindig machen können. Er nahm einen roten Stift aus seinem Trenchcoat und begann, die Kreise miteinander zu verbinden und mit Nummern zu versehen. Die entstandene Fläche hatte eine unregelmäßige Form, da der Täter sein Gebiet nach den ersten Leichenfunden im Bereich der Villa Borghese ausgedehnt hatte. Es war zwecklos, einen Mittelpunkt zu bestimmen, von dem alle Tatorte gleich weit entfernt waren, denn dieser Mann hatte überall verstreute Schlupfwinkel, die vielleicht erst im Laufe der Jahre zufällig entdeckt werden würden. Der Nebel, der den Fall umgab, war dichter, als Mancini es zu Beginn der Ermittlungen erwartet hätte. Die anderen dachten das Gleiche, während er den Filzstift kopfschüttelnd zwischen den Punkten hin und her bewegte.

Von der Tür aus erklang die Stimme des Barbesitzers, und gleich darauf kam Vincenzo Gugliotti hereinmarschiert. Er musterte sie streng, als hätte er sie auf frischer Tat bei irgendetwas ertappt. Alle standen auf, mit Ausnahme von Mancini, der mit dem Rücken zu ihm saß und immer noch über dem Stadtplan brütete. Als er sich schließlich umdrehte und seinen Vorgesetzten sah, erhob er sich langsam, bereit, das Donnerwetter über sich ergehen zu lassen. Und seine Folgen auszubaden.

»Er hat uns schon wieder übertölpelt!«, rief Gugliotti und schlug frustriert mit der Faust in die Luft.

»Sie haben gesehen, was er mit dem Mädchen von dem Kiosk gemacht hat?«, erkundigte sich Rocchi höflich.

Gugliotti ignorierte ihn. »Wo waren Sie alle? Ich habe Sie von Messina suchen lassen.« Der Commissario zog sein Handy aus dem Trenchcoat und sah, dass er vier Anrufe aus dem Polizeipräsidium verpasst hatte. Seit dem Überfall auf Biga hatte er es auf Stumm gestellt gelassen, auch weil er bei dem Termin im Kloster nicht hatte gestört werden wollen.

»Sagen Sie nicht, dass Sie es noch nicht wissen? Wie kann das sein?«

Ein kalter Hauch streifte die fünf betroffenen Gesichter und nahm ihnen ein wenig von ihrer Farbe.

»Die Stadtgärtner vom EUR-Viertel haben heute Morgen vor dem Eingangstor zum LunEur, dem alten Vergnügungspark, Wege gerecht.« Gugliotti holte gern weit aus, um den Knalleffekt zu steigern.

Alexandra suchte angstvoll Antonios Blick. Walter nahm Caterinas Hand. Mancini wartete ab.

»Dabei haben sie eine männliche Leiche gefunden.«

»Einen Dealer.« Walter kannte diesen Szenetreffpunkt gut.

»Möglich. Er hatte eine schwarze Augenklappe.«

»Stefano Conte, der Einäugige! Jetzt haben sie ihn also erwischt«, sagte Walter mit einem Anflug von Bedauern.

»So scheint es, aber damit nicht genug. Neben ihm lag ein weiterer Drogenhändler, ebenfalls tot. Er war in der Szene als ›der Maghrebiner‹ bekannt. Kennen Sie ihn, Ispettore?«

Comello nickte. Einer der gefürchtetsten Pusher im südlichen Rom. Einer weniger, dachte er bei sich.

»Ihr Freund Conte hatte einen Pfahl im Auge, dem gesunden Auge«, schloss Gugliotti mit einem süffisanten Lächeln.

Alexandras Gesicht verdunkelte sich, und sie verschränkte fröstelnd die Arme vor der Brust. Die anderen schüttelten den Kopf. »Sie hatten recht, Commissario, wir sind beim Zyklopen angelangt.«

Mancini schlug mit dem Buch auf den Aluminiumtisch, dass er wackelte, und schrie:»Nein!« Der Barbetreiber lugte besorgt herein, zog sich dann aber wieder zurück.

»Er geht jetzt schneller vor. Wie wir vorausgesehen haben, Commissario«, ließ Walter sich vernehmen.

»Mancini, Sie müssen endlich etwas tun!« Gugliotti funkelte ihn an.

Zum ersten Mal, seit er mit dem Questore zusammenarbeitete, fühlte Mancini sich schuldig. Er hatte seine Mitbürger, in deren Dienst er stand, im Stich gelassen. Weitere zwei Menschen waren gestorben, wieder auf grausame Art und Weise, und er hatte nichts tun können, als darauf zu warten, dass es passierte.

»Übermorgen Nachmittag habe ich ein Treffen mit den Politikvertretern, und danach ist eine Pressekonferenz anberaumt. Sie haben achtundvierzig Stunden.« Gugliotti warf Alexandra, auf die er so vergeblich gesetzt hatte, noch einen finsteren Blick zu und verließ dann mit fliegenden Schößen seines braunen Lodenmantels und ebenso fliegender strohblonder Föhnfrisur die Bar.

»Fahren wir zum LunEur zur Tatortbesichtigung?«, fragte Walter und kramte schon in seiner Hosentasche nach dem Schlüssel des Pick-up.

»Diesmal nicht. Alexandra, komm mal her.«

Mancini schlug *Antike Ungeheuer zwischen Mythos und Realität* über dem Stadtplan auf.»Schau mal, unserer Ermittlungshypothese zufolge müsste das hier das nächste Modell des Täters sein, oder?« Er tippte auf ein Bild, das einen jungen, nur mit einer roten Tunika bekleideten Mann darstellte. Er stand auf einer Bergstraße zwischen Bäumen und Gestein und zeigte auf eine Felsspitze, von der herab ihn ein Wesen mit dem Körper eines Löwen, Raubvogelflügeln und dem Kopf einer Frau anstarrte. Die Unterschrift lautete: *Ödipus und die Sphinx*, François Xavier Fabre.

»Seid ihr fertig?«, erkundigte sich der Wirt, kehrte jedoch zu seinem Tresen zurück, als Walter ihm mit einem seiner grimmigsten Blicke antwortete.

Alexandra blätterte zurück zu der Seite mit der Medusa, dann wieder vor bis zu dem Zyklopen. Zwischen diesem und der Sphinx, die das letzte mythische Wesen im ganzen Buch war, gab es zwölf Seiten für sechs Ungeheuer. Es raschelte eine Weile, bis Alexandra die aufgeschlagenen Seiten mit beiden Händen glattstrich.

»Hier, das ist er.«

Eine Zeichnung von Gustave Doré zeigte ein anthropomorphes Monster mit riesigem Kopf und erbarmungslosem Blick, das sich anschickte, einem friedlich in seinem Bettchen schlafenden Kind die Kehle durchzuschneiden.

»Warum der menschenfressende Oger?«, fragte Caterina.

Mancini stellte sich hinter Alexandra. »Er passt nicht zu der Serie der anderen Ungeheuer, Alexandra. Was hat ein böser Märchenriese mit den anderen Wesen zu tun?«

»So einfach ist das nicht. Was die Leute heute kennen, ist die volkstümliche Figur aus den mitteleuropäischen Sagen und Märchen, die seit dem vierzehnten Jahrhundert erwähnt wird und uns später in den Sammlungen von Charles Perrault und den Gebrüdern Grimm wiederbegegnet. Bei dieser Art von Schwarzem Mann aber ist seine Entwicklung durch die Jahrhunderte und die Herkunft aus der klassischen Antike verloren gegangen.«

Alle warteten gespannt darauf, dass sie fortfuhr, als hinge von ihren Worten das Leben des nächsten Opfers ab. Was gut möglich ist, dachte Mancini.

»In der altrömischen Mythologie ist Orcus, von dem das Wort ›Oger‹ abstammt, einer der Namen des Gottes der Unterwelt, eine Art Vorläufer des Hades. Und Horkos, ein Sohn von Eris, der Göttin der Zwietracht, ist ein Dämon, der nicht gehaltene Versprechen und Meineide bestraft.«

»Und was ist nun der gemeinsame Nenner mit den anderen?«, drängte Mancini.

»Zunächst einmal die griechische Herkunft. Und in gewissem Sinn hat auch der Oger, wie der Zyklop, eine unreine, nicht authentische Natur. Sie sind beide andersartige, deformierte Menschen, die das Böse in sich bergen. Doch neben all unseren Vermutungen

und Theorien gibt es meines Erachtens noch eine viel simplere Verbindung. So simpel, dass wir sie bisher nicht gesehen haben.«
»Nämlich?«, fragte Caterina.
Alexandra zögerte einen Moment. »Die Angst.«
»Die Angst?« Mancini war verblüfft. Dann fiel es ihm wieder ein. *Er jagt seine Ängste. Und tötet seine Schreckgespenster.*
»Wie du schon sagtest, er ist eine Art Schwarzer Mann, der Schrecken aller Kinder«, sprang Rocchi ihr bei.
»Genau. Dieses Kind hat jahrelang in diesem Buch und in der Bibel gelesen, und wie wir schon vermuteten, hat es sich seine Welt auf dieser Grundlage zurechtfantasiert, da ihm die Außenwelt verschlossen war. Er tötet die Ungeheuer seiner Kindheit, die ihm auf diesen Seiten begegnet sind.«
»Auch wenn das alles stimmt ... es ändert letztlich wenig, Alexandra«, erwiderte Mancini achselzuckend. »Wir wissen immer noch nicht, wo wir ihn finden.«
Sie antwortete, indem sie auf die zweite Abbildung tippte, die das Kapitel über den Oger illustrierte. Es war ein nicht sehr scharfes Schwarz-Weiß-Foto von einer runden steinernen Fratze mit hohlen Augen und einem riesigen aufgerissenen Maul, das eine Art Eingang darstellte.
Der Titel darüber lautete: *Der Orcus im Park der Ungeheuer von Bomarzo.* In dem Absatz darunter wurde eine alte, inzwischen verblichene und veränderte Inschrift erwähnt, die sich um den Schlund des Ungeheuers zog: *Lasciate ogni pensiero voi ch'entrate* – Lasst, die ihr eintretet, alle Gedanken fahren.
»Da haben wir's, die Hölle, den Berührungspunkt zwischen der klassischen Mythologie mit ihren Göttern, der Vielheit also, und der Einheit, dem christlichen Gott und der Bibel.«
In den Augen des Teams stand die Angst, sich zu irren, zu versagen, und der Wunsch, nein, die Notwendigkeit, sich auf diese Intuition zu verlassen wie auf einen letzten Rettungsanker.
»Bitte, Commissario. Ich weiß, dass ich recht habe.«
Mancini antwortete Alexandra nicht. Er klappte das Buch zu und verließ die Bar.

69

Bomarzo, Park der Ungeheuer

Das letzte Untier haust an diesem magischen Ort, umgeben von zahlreichen Kreaturen aus Stein. Vielleicht ist er der Herrscher dieses Reichs, der dunkle Signore, der ihn verfolgt. Der Jäger erinnert sich gut an das Bild in seinem Buch, das von dem Ungeheuer mit dem aufgerissenen Maul. Die anderen hat er alle vernichtet, diese Abkömmlinge der Götter, gezeugt vom Chaos, die leise wisperten, wenn er sich schlafen legte. Der Pater Superior hat ihm aus der Bibel vorgelesen, dann aus dem schwarzen Buch, und die Monster sind aus den Seiten herausgekrochen, haben sich überall gedrängt, er hat sie gesehen, sie waren lebendig. Wenn er dann allein war, in der Nacht, blieben sie in seiner Zelle mit ihren großen unmenschlichen Augen und den rauen, schrecklichen Stimmen.

Besonders einer hat ihn immer zu Tode geängstigt. Diese düstere Zeichnung, all die Schatten, die vorquellenden Augen, das große Messer an der weißen Kehle des schlummernden Kindes. Das Bild ließ ihn nicht schlafen, und der dazugehörige Text war der einzige im Buch, den er nie lesen konnte und auch als Erwachsener noch überblätterte.

Jetzt ist er an dem Garten angekommen, in dem versteckt die Höhle des Ogers liegt. Er weiß nicht, was passieren wird, aber er klettert über den Zaun und geht wie magnetisch angezogen hinein.

Es ist schon längst dunkel und der Park für die Öffentlichkeit geschlossen. Der Wind streichelt die Kronen der Steineichen, während weiter unten ein Wildbach in ungleichmäßigen Sätzen durch die Schlucht hüpft. Das sind die einzigen Geräusche, die er hört, während er sich zwischen großen Blöcken vulkanischen

Gesteins fortbewegt. Vor einer Million Jahren hat zähe Lava die Erdkruste aufgebrochen und die Tuffsteinklumpen in der Gegend verteilt, die nun den Wald zu bevölkern. In der Vegetation verstreute Brocken von Peperin, mit Moos überzogen, von laubgefiltertem Licht beschienen, erfüllen die Luft mit einem geheimnisvollen, beinahe heidnischen Geruch. Im sechzehnten Jahrhundert hat Vicino Orsini diese drei Hektar in eine andere Welt verwandelt, einen mystischen Garten, einen heiligen Wald, bewohnt von riesenhaften Steinwesen.

Der Monsterjäger geht über die Pfade aus gestampfter Erde. Seine Schritte sind lautlos, die Augen groß angesichts von Jungfrauen, wilden Tieren und Helden, fantastischen Anlagen und unmöglichen Bauten, hier und da beleuchtet von einzelnen Scheinwerfern. Ein Schnabeligel, Löwen, eine geflügelte Furie. Ziellos geht er weiter, bis vor ihm, auf einem riesigen schrägen Felsblock, ein mit Efeu überwachsenes Haus auftaucht.

Der Erdboden davor ist eben, doch als der Junge mit den Himmelsaugen durch die Tür tritt, geschieht etwas. Der Fußboden innen neigt sich schräg, verändert abrupt den Blickwinkel, sodass ihm schwindelig wird und sein Magen sich zusammenzieht. Ihm wird übel. Er will sich umdrehen und wieder hinausgehen, aber das Zimmer dreht sich um ihn, und sein Körper wird schwer und bewegt sich mühsam, als wirkte die Schwerkraft hier grausamer als gewöhnlich. Der Blick versucht, sich an etwas Stabilem festzuhalten, doch das Auge täuscht das Gehirn.

Sein Geist verirrt sich zwischen den tausend Wänden dieser absurden Umgebung. Er muss eine Halluzination erleiden, aufgezwungen von der irrwitzigen Geometrie des verrückten Hauses. Und dann erblickt der Jäger bei diesem Tanz des Ungleichgewichts für einen Augenblick einen Spalt zwischen zwei Welten, den Ort, an dem Ordnung zu Unordnung wird und das Chaos Form annimmt. Wo das Böse etwas Gutes ist und das Gute Böses bewirkt.

Dann stellt sich der Schwindel wieder ein: Was ist seine Welt? Der Strudel verschlingt ihn, existiert seine Welt? Der Wirbel schüttelt ihn, was ist aus seiner Ordnung geworden? Was aus der Wirklichkeit? Als alles um ihn herum einstürzt, lässt der Junge sich auf alle viere fallen. Er schließt die Augen und kriecht langsam voran, dem mentalen Bild von der Öffnung folgend, durch die er hereingekommen ist. Seine linke Schulter stößt gegen den Türpfosten. Blindlings, immer noch auf den Knien, richtet er sich neu aus und schleppt sich hinaus. Das Licht eines Spotlights auf dem Boden trifft ihn, verletzt ihn, wie eine Feuerzunge die Hirnhaut peitscht, sie entzündet. Er richtet sich auf, öffnet die Augen und läuft davon, verängstigt von diesem Gebäude, das er hinter sich schwanken spürt. Er flieht aus diesem Haus ohne Sinn und Zweck, das ihm die Kluft gezeigt hat, in der das unendliche Spiel zwischen Realem und Irrealem versinkt.

Das Gelände steigt vor seinem Lauf an, der rutschige Hang bremst ihn. Lorbeer- und Weißdornbüsche säumen den Weg zu einer von steinernen Geschöpfen bevölkerten Lichtung. Zwischen Steineichen und Haselnussbüschen wohnt der Elefant. Sein mächtiger Rücken trägt einen Turm, und sein Rüssel umschlingt den leblosen Körper eines Legionärs. Ein geflügelter Drache steht ihm zur Seite, epischer Wächter, düstere Macht aus Fels im Kampf gegen Hund, Wolf und Löwe.

In den Augen des Jägers spiegeln sich Staunen und Entsetzen, er ist der Gnade dieser unerschütterlichen Kolosse ausgeliefert. Dann löst sich diese unsinnige Ansammlung von Fabelwesen, Bäumen und bemoosten Steinen in einem Sog auf, der ihn verschlingt und hinabzieht, in den Raum der Visionen.

Nein, nicht jetzt, er darf sich jetzt nicht *verwandeln*.

Zu spät. Schon hört er die drei Raubtiere knurren, sie zerfleischen die Pfoten des Drachen, während der Dickhäuter seinen grauen Rüssel schüttelt und dem Mann, den er gepackt hat, das Rückgrat bricht. Dem Jäger stockt der Atem, er presst die Hände gegen die Schläfen, und seine Knie knicken ein, die Beine zittern. Etwas zieht ihn mächtig an. Der Magnet. Seine Kraft bewirkt, dass er sich wankend in seine Richtung dreht, und das Geheimnis der

Statuen sich vor seinen Augen in der letzten Halluzination offenbart. Ein toter Ast zerbricht knackend unter seinem Gewicht, während er sich seinem eigentlichen Ziel nähert.

Die Schatten des Unbewussten zerstreuen sich unter dem Gewölbe der gewaltigen Bäume. Da. Riesenhaft und mächtig, mit bannendem, strengem Blick, umgeben vom heiseren Raunen der Zweige, erwartet ihn das Ungeheuer inmitten der Lichtung. Endlich steht der Junge mit den Himmelsaugen vor diesem Maul, es ist immens, grausam und gefräßig.

In diesem launenhaften, fantastischen Universum, diesem respektlosen Park, wohnt das Monster der Monster. Der Oger, der Orcus ist es, der die Nacht hervorbringt, sich Angst einverleibt, das Chaos ausatmet und vom Tod lebt.

Der Jäger geht langsam auf ihn zu. Er regrediert, jeder Schritt versetzt ihn Jahre, Monate, Tage zurück. Jeder Schritt ein Ruck, eine Stufe auf der Treppe, die in den Brunnen der Kindheit hinabführt. *Kurze Haare und der Eindruck eines weiblichen Gesichts.* Dann diese lähmende Furcht. Tiefschwarz, ein schwarzer Makel, der in ihn hineingekrochen ist wie ein Maulwurf, ihn Tag für Tag peinigt. Schon seit Jahren. Und seit den Tagen in seiner Zelle hat der gefräßige Oger ihn nicht eine Nacht in Frieden gelassen. Doch jetzt wird er die Erde endlich von diesem letzten Sohn des Chaos befreien. Auch wenn er noch ein Kind ist, allein und verängstigt, macht die Verwandlung ihn doch stark, so wie immer. Das ist nötig, denn diesmal, weiß er, wird es anders sein.

Diesmal sind viele Ungeheuer dort draußen.

Der heftige Stich, der ihm in den Magen fährt, ist keine Angst. Es sind Schuldgefühle, die untragbare Last der Sünde. Er weiß nicht, was er diesem Frauengesicht angetan hat. Was hat er falsch gemacht? Er weiß nur, dass er plötzlich ein bedrückend schlechtes Gewissen hat. Dann verfliegt auch die Bedrücktheit, und er findet sich in seiner eigenen Welt wieder, in der er derjenige ist, der Angst macht, er derjenige ist, der tötet. Wird er durch den Zauber der Verwandlung auch das letzte Ungeheuer besiegen? Das Rätsel, das in diesem obszönen Maul lebt?

Sieh, da kommt er heraus, schwarz wie die ewige Nacht. Unerbittlich wie die Hölle.

Der Herrscher des Chaos.

70

Bomarzo, Park der Ungeheuer

Im smaragdfarbenen Herzen von Bomarzo ragt eine Rosskastanie über dem aufgerissenen Maul des Ogers auf. Davor, in der Schwebe wie das Seil eines Seiltänzers, eine Schicht aus feinen Staubteilchen. Der Commissario und sein Team sind im heiligen Wald. Er hat den Lageplan studiert und die Aufgaben verteilt, den anderen jeweils Suchbereiche zugewiesen. Es ist ein bizarrer Ort, dieser Park. Und auch diesmal stellt sich, während er im Dunkeln weitergeht, eine Erinnerung ein, die mit seinem Vater verbunden ist. Mit dem Buch, das dieser im Wohnzimmer aufbewahrte, in seiner Reisebibliothek, und mit einem Ausflug mit seiner Mutter. Er war sieben Jahre alt, die Erinnerungsbilder sind nicht sehr deutlich, aber da ist ein Gefühl ... die befremdliche, ja unheimliche Wirkung dieser Statuen. Ungeheuer aus Stein ... Er spürt es, hier wird er seinen Mann finden. Einen anderen siebenjährigen Jungen, der sich zwischen den Idolen und Gespenstern der Kindheit verirrt hat.

Er geht bis zu der Lichtung, die er sich eingeprägt hat. Caterina, Alexandra, Antonio und Walter hat er an die vier Kardinalpunkte des Parkplans geschickt und sie angewiesen, langsam zur Mitte voranzugehen und falls nötig Alarm zu schlagen oder die Berettas zu gebrauchen. Er selbst befindet sich nun mehr oder weniger am Mittelpunkt seiner mentalen Karte.

Als er in der Nähe Laub knistern und einen Ast brechen hört, weiß er, dass er nicht allein ist.

Rasch verschwindet er im Mund des Orkus und wartet. Er wagt kaum zu atmen, versteckt hinter dem Steintisch im Innern dieser Höhle.

Ein Rascheln warnt ihn, dass der Bildhauer näher kommt. Er späht hinaus und sieht ihn langsam auf sich zugehen. Der Bildhauer wirkt verwirrt, er schwankt. Mancini spürt einen Stich im Herzen, einen kurzen, absurden Stich des Mitleids. Doch dafür ist keine Zeit. Er unterdrückt das Gefühl und tritt aus dem Mund des Orcus hervor. Steigt die drei Treppenstufen hinunter, die ihn von dem taunassen Rasen trennen.

Der Jäger setzt einen Fuß vor den anderen, einer imaginären Linie folgend, versunken in seinen Trancezustand. Der Schmerz im Magen ist heftig, aber es ist der Kopf, der jetzt schreit, die Schläfen explodieren, und der Druck im Schädelinnern verzerrt Wahrnehmungen, Sinneseindrücke, Gefühle.

Mancini hebt die Arme, als sähe er sich einem großen Raubtier gegenüber, das es zu verscheuchen gilt. Er macht einen Schritt vorwärts und bleibt stehen. Sein schwarzer Pullover und die schwarzen Jeans. Nichts als ein dunkler Schemen.

Der Jäger der Ungeheuer *verwandelt* sich für die letzte Jagd. Links von ihm haben der Drache und der Elefant ihre jeweiligen Kämpfe gewonnen und bewegen sich nun über die Wiese, um dem Herrscher des Chaos beizustehen. Von der anderen Seite der Lichtung kommen die Sphinxen herbei, grotesk in ihrem unvollkommenen Tuffsteinflug. Sie lassen sich auf der höchsten Eiche nieder, bereit, ihn zu zerreißen.

Mancini macht einen weiteren Schritt und bleibt erneut stehen. Hinter ihm, neben ihm, regt sich etwas. Seine Leute sind schon da. Er hätte ihn lieber ganz für sich gehabt, aber jetzt gibt es kein Zurück mehr. Sie sind dabei, sich in der Nähe zu verstecken. Er hat ihnen aufgetragen, sich nicht einzumischen, sollte er dem Täter plötzlich gegenüberstehen. Nur Walter wird einschreiten, sollte es brenzlig werden. Hinter einem großen Felsbrocken passt die ebenfalls bewaffnete Caterina auf Antonio und Alexandra auf.

Auf einmal merkt der Junge mit den Himmelsaugen, dass Pegasus, der Wal und die Schildkröte in seinem Rücken aufgetaucht sind. Er ist umzingelt. Nun gibt es kein Entkommen mehr, und er will auch nicht entkommen. Vor ihm erwartet ihn der Herrscher des Chaos mit offenen Armen. Das ist seine List, ihn wie einen Sohn zu empfangen, um ihn dann zu packen und in den Schlund des Orkus zu ziehen. Er wird dem Verlangen nach dieser Umarmung nicht nachgeben. Das Stechen in Magen und Kopf wird zu unbändiger Wut, seine Augäpfel pochen durch den Druck, und seine zusammengebissenen Zähne halten den Schaum des Hasses zurück.

Der Commissario mustert den Mann, den er vor sich hat. Er ist es, derselbe wie in der Nacht von Lamia. Der wer weiß, wie viele Menschen er umgebracht, einer Frau das Augenlicht geraubt, einen Mönch zerstückelt hat. Der vor drei Jahren aus diesem Kloster entflohen ist. Der zwei seiner Ordensbrüder umgebracht hat und der sich heute Nacht ein für alle Mal von der Welt verabschieden wird.

Der Jäger wirft den Kopf zur Seite, als hätte ein riesiger Hammer dagegen geschlagen, und stößt ein Heulen aus. Das ist das Signal, der letzte Kampf hat begonnen. Er duckt sich wie ein wütender Wolf und greift mit gesenkter Stirn an.

Als sein Schrei die Stille zerreißt, rührt sich Mancini nicht, sondern wartet ab, spürt den Wind, der um die Lichtung wirbelt und sich zwischen den Eichen verflüchtigt. Auch die Leute seines Teams regen sich nicht. Nur Walter hat die Pistole gezogen.

Nur noch zehn Meter trennen sie voneinander. Der Jäger überwindet sie mit ein paar langen Sätzen und setzt zu dem Hieb an, der ihm beim ersten Mal misslungen ist, die rechte Hand gestreckt, bereit zuzustoßen.

Mancini bewegt sich einen Augenblick, bevor sein Gegner mit ihm zusammenprallt. Er weicht einen halben Meter zur Seite aus, und die Hand des Killers, die auf seine Kehle zielt, dahin, wo das Leben so schnell heraussprudelt, pfeift an seinem linken Ohr vorbei, der Ellbogen kracht gegen seine Nase.

Der Jäger zieht sich ein Stück zurück und holt dann erneut aus, visiert aber ein anderes Ziel an. Diesmal wird er ihn durchbohren.

Denn Mancini fasst sich unwillkürlich ans Gesicht, der Schlag hat den Nasenknorpel beschädigt. Er beugt sich zur Seite, auf der Suche nach seinen Begleitern.

Comello huscht aus seinem Versteck hervor. Der Jäger zielt auf den Bauch, das größte und freieste Ziel in Reichweite. Der Herrscher ist kurz davor abzudanken.

Mancini sieht die Hand des Bildhauers vorschnellen, sie schneidet durch seine Deckung wie durch Butter, und das Messer dringt auf der Höhe der Gedärme durch den Pullover, ritzt aber nur die obersten Hautschichten.

Sie sind sich nun so nahe, dass sie sich in die Augen sehen. Mancini geht leicht in die Knie, packt ihn mit beiden Armen um den Oberkörper und drückt fest zu, um ihm die Luft abzuschnüren. Der Bildhauer wirkt überrascht. Der Klammergriff raubt ihm den Atem, ein Brechreiz würgt ihn. Er wehrt und windet sich, aber der Herrscher richtet sich hoch auf, groß und schwarz.

Mancini spannt Waden-, Oberschenkel- und Rückenmuskeln an und schleudert ihn von sich. Schleudert mit all der Wut, all dem Hass, all der Liebe, die er in sich hat, als würde er zentnerweise tote Haut abschütteln, die ihn erdrückt. Und auch er brüllt zum Sternenhimmel hinauf.

Der Mörder fliegt durch die Luft wie ein Stein, und landet auch zwischen Steinen. Er schlägt auf der Treppe vor der Orkushöhle auf, mit vor Verblüffung aufgerissenem Mund. Das Krachen seiner Knochen gegen die Steinstufen klingt entsetzlich. Mancini eilt zu ihm, packt seinen Kopf und versetzt ihm einen Fausthieb aufs Kinn, den Anblick des Professors auf dem Bacchuskarren vor Augen.

Doch der Hieb macht den Jäger nicht kampfunfähig, er weckt ihn. Er sieht das Ende und kämpft wie ein Löwe. Reißt seinen bewaffneten Arm hoch, und diesmal trifft der Hohlmeißel mit dem Holzgriff und der rinnenförmigen Klinge sein Ziel besser. Der Stich ist nicht tief, verletzt aber den Hals, und Mancini taumelt rückwärts. Der Killer rappelt sich auf die Knie und wirft sich auf ihn. Als sie fallen, landet Mancini auf dem Rücken, dann kreisen die Sterne in Übelkeit erregender Weise über ihm. Der Killer kniet auf seiner Brust, die Hand an seiner Kehle.

Da schrillt ein Schrei in das Geschehen hinein.

71

Bomarzo, Park der Ungeheuer

»Angelo!«

Die drei Silben schossen wie Pfeile zur Mitte der Lichtung, während Alexandra noch mit Caterina und Antonio hinter dem Felsen hockte. Als sie ihr Ziel erreichten, sprang sie hervor und stürzte auf das Maul das Orkus zu.

»Bleib stehen!«, riefen ihre Gefährten ihr nach.

Sie lief noch ein paar Schritte und hielt wenige Meter vor den beiden Kämpfenden inne. Mancini schien das Bewusstsein verloren zu haben, seine Augen waren geschlossen.

Der Jäger sah sie verstört an, sein Blick irre vom Bösen und von der Frage, die ihn verzehrte. Was war das für ein Name?

Der Moment des Zweifels führte ihn in den Sumpf der Schatten zurück, zu den dunkelsten Erinnerungen.

Von der schlammigen Oberfläche hebt sich ein kleiner Kinderkörper ab. Das Kind ist fünf Jahre alt, das weiß er irgendwie. Es hat aschblonde Haare und einen exakten Pagenschnitt. Neben ihm taucht der Körper einer Frau auf, sie treibt auf dem zähen Schlamm, ihre langen blonden Haare fächerförmig ausgebreitet. Dann öffnet sie die Augen und erhebt sich, gelenkt von einer unsichtbaren Kraft. Sie steht nun neben dem kleinen Jungen und streichelt ihn. Er spürt, wie eine tiefe, wohltuende Wärme die Räume zwischen Knochen und Haut erobert, die Muskeln, die Sehnen, die Organe. Der Kopf tut ihm nicht mehr weh. Keine Ohrenschmerzen mehr. Aber etwas geschieht. Jäh wie ein Windstoß *verwandelt* sich das Kind, und ihm wird kalt. Er blickt weiter in diese Kugel voller Schatten, schwarzem Nebel und dunklem Staub, und dort, wo sein Sumpf sich erstreckt, sieht er, wie das Kind sich in ein kleines herzloses Monster verwandelt, mit

Zähnen scharf und unregelmäßig wie Glasscherben. Das Geräusch ferner Schreie. Dann verschwindet alles.

Der Monsterjäger fand sich erneut auf der Lichtung vor dem Orkus wieder.

»Angelo. Ich bin's.«

Verständnislos und mit schräg geneigtem Kopf sah er sie an, wie ein verwundetes Tier.

»Ich bin Alexandra.«

Die drei anderen kamen aus dem Gebüsch hervor. Comello ging langsam und mit vorgehaltener Pistole von hinten auf den Killer zu.

»Erinnerst du dich an mich?«

Die Frage blieb in der Luft stehen, gehalten vom verdutzten Schweigen des Jungen.

»Ich bin deine Schwester.«

Walter stutzte und blickte zu Antonio und Caterina. Hatte er richtig gehört? Starr verfolgten sie die Szene, die sich wenige Meter vor ihnen abspielte. Antonios Arme hingen schlaff herab, sein Mund stand offen.

Der Jäger schüttelte den Kopf, um die Erinnerungen zu verscheuchen, die ihn in seine verworrene Welt zurückwarfen. Und in dieser verworrenen Welt zerriss etwas, das dunkle Himmelsgewölbe riss auf und ließ einen schmalen Lichtstreif hindurch. Erneut trieb die Frau auf dem fauligen Wasser, aber jetzt war alles klarer. Ihre Kehle war durchtrennt. Und das Weinen, die Schreie, die er gehört hatte, kamen von einem Mann. Und einem kleinen Mädchen.

»Ich bin zurückgekommen, um dich zu holen.«

Ein weiterer Riss tat sich in der schwarzen Kugel auf, und ein Lichtstrahl erfasste den Jungen, der neben der toten Frau, dem Mann und dem Mädchen stand.

»Es war Papa. Er wollte nur dein Bestes, Angelo.«

War das sein Name? Er hatte ihn vergessen. Niemand nannte ihn mehr so. Aber das kleine Mädchen war diese Frau da vor ihm, da war er sicher.

»Ich habe dich getötet.«

Die Worte kamen von selbst heraus, direkt aus seiner halluzinierten Welt, in der es keine Realität gab. Erinnerungen, Träume, Visionen flossen ineinander und rissen die Ungeheuer, seine Zelle, den alten Pater mit sich, und, weiter in der Zeit zurück, die tote Frau und den Mann, der, wie er sich nun erinnerte, sein Vater war. Und natürlich, dieses Mädchen, das war Alexandra. Seine Schwester.

»Nein, Angelo. Ich bin hier. Ich bin gekommen, um dich abzuholen.«

»Ich habe dir sehr wehgetan. Deshalb hat Papa mich weggeschickt.«

Caterina war fassungslos. Sollte sie weinen oder entsetzt sein über das, was sie hörte? Antonio nahm schockiert ihren Arm. Wer war Alexandra? Die Frau, in die er sich verliebt hatte, oder die Komplizin dieses Mörders? Walter trat noch einen Schritt vor. Mancini war bei Bewusstsein, konnte sich aber wegen des Klammergriffs um seinen Hals nicht rühren.

»Ja«, sagte Alexandra, »das stimmt. Aber jetzt bin ich hier. Was passiert ist, ist nicht mehr wichtig. Papa ist tot. Und du musst endlich behandelt werden.«

Der Commissario zuckte mit den Fingern und ließ diese kaum merkliche Bewegung in die Armmuskeln übergehen. Er schien nicht schwer verletzt zu sein.

»Angelo.« Alexandra sprach wie mit einem Kind. »Du hast unschuldige Menschen getötet.«

Die Farbe wich aus dem Gesicht des jungen Mannes, und ein neues Licht flammte in seinen bemerkenswerten Augen auf.

»Unschuldig? Das war keiner von ihnen. Die Ungeheuer sind das Böse, die Unordnung. Ich habe sie getötet, um mich zu verteidigen, Alexandra, und jetzt werde ich auch dem da noch den Garaus machen«, sagte er und nickte in Richtung des Commissario. »Dann wird die Ordnung der Dinge wieder die unseres Herrn sein. Und mir wird es wieder gut gehen. Ich werde ins Kloster zurückkehren, zu meinem wahren Vater.«

Mancini bewegte ein Bein, woraufhin der Bildhauer ihn mit dem Blick festnagelte. Auch Alexandras Blick begegnete den schwarzen Augen des Commissario, die vor Schmerz flackerten. Aber da war noch etwas anderes.

»Angelo«, krächzte Mancini, »hör auf deine Schwester. Du hast Unschuldige getötet und die Stadt terrorisiert. Ist es das, was du wolltest?«

Angelo runzelte die Stirn, und Mancini war sofort klar, dass er weitersprechen musste.

»Du hast Rom ins Chaos gestürzt, in genau das Chaos, gegen das du kämpfst. Dadurch bist du geworden wie sie.«

»Was redest du da, Ungeheuer?« Seine Stimme klang nun anders, härter. Der Junge mit den Himmelsaugen ließ seine Hand auf das Gesicht des Chaosherrschers niedergehen. »Du bist das Böse. Ich *muss* dich töten!«

»Nein, Angelo, lass ihn in Ruhe. Komm, wir gehen zusammen weg.« Alexandra gab dem Commissario ein Zeichen. »Du kommst mit mir, und niemand wird dir etwas tun. Das verspreche ich dir.«

Doch Mancini ging nicht darauf ein, sondern fuhr fort: »Hast du nicht gemerkt, zu was du geworden bist?«

Der Junge mit den Himmelsaugen reagierte auf das Gerede des Herrschers mit Ungeduld.

»Du hast dich selbst in ein Ungeheuer verwandelt.«

Der Schlag war noch heftiger als der vorige und verursachte eine Platzwunde über Mancinis Augenbraue. Der Bildhauer hatte ihn mit dem Griff seines Schnitzwerkzeugs geschlagen, und der Commissario stöhnte.

»Wir gehen zusammen fort, du und ich.« Alexandra nahm die mörderische Hand des Bruders und zog ihn hoch, womit er Mancini freigab. Er ließ sich von ihr in die Arme nehmen wie ein Kind, und die Wärme, die ihn durchflutete, machte ihn weich und nachgiebig.

»Wo ist Mama?«, fragte er, das Gesicht in ihren Haaren vergraben und von Schluchzen geschüttelt.

»Sie lebt nicht mehr«, sagte sie nur.

»Aber ich war das nicht, oder, Alexandra?«

Hier war sie, seine kleine Schwester, mit ihren beiden roten Zöpfen nun als eine duftende Haarpracht. Sie war ihm das Liebste auf der Welt. Was hatte er ihr einst getan, um die Verbannung zu verdienen? Tränen strömten über sein Gesicht, und die Verwandlung setzte wieder ein, ohne dass er sie aufhalten konnte.

»Bin ich wirklich ein Ungeheuer?«, rief er, den Kopf immer noch an ihre Halsbeuge geschmiegt.

Niemand sah kommen, was als Nächstes geschah.

»Bin ich ein Ungeheuer?«, schrie er aus voller Kehle, und seine Hände schossen auf ihren schmalen Hals zu. Dann beugte er sich ein Stück zurück und stieß den Hohlmeißel in die zarte Haut unter ihrem Kinn.

Im selben Moment, als Alexandra aufschrie, einen tragischen Schrei ausstieß, ohne jede Spur von Angst, zerriss eine Explosion die Kehle des Killers. Angelo verstummte, sank hinunter in den dunklen Schoß der Zeit. Mancini hatte von unten geschossen und den weichen Teil seines Halses getroffen, die Luftröhre aber verfehlt.

Angelo atmete mühsam.

»Warum?«, schrie Alexandra.

Die richtige Kugel zur rechten Zeit, dachte Comello, der Alexandra auffing und festhielt. Gleich darauf kamen auch die anderen beiden herbei.

»Warum?«, brüllte sie immer wieder und entwand sich Walters Griff, bis sie neben ihrem Bruder auf die Knie sank. Der hob leicht den Kopf, hob das Kinn von seiner zerfetzten Kehle. Sein Flüstern verlor sich in den geheimnisvollen nächtlichen Geräuschen der Natur. Der Schmerz und die Verwüstung, die er zurückließ, verschmolzen mit der Klage des Wildbachs in der Schlucht und dem Wind, der nun stärker zwischen Felsen und Bäumen hindurchpfiff. Als er schließlich etwas Verständliches sagte, schien sein Wispern aus einer in ewiger Nacht versunkenen Welt zu kommen.

»Ich habe Angst.«

Wo war der Mann, der sich um ihn gekümmert und ihn beschützt hatte wie einen Sohn? Wo war der Pater Superior in diesem Moment? Er schloss halb die Augen und suchte im Zwielicht seines Gewissens nach ihm. Von fern, von einem leichten Wind gelenkt, kam das Echo seiner Stimme: »Das Chaos, mein Sohn, ist ein notwendiges Übel. Es ist der Vater der Angst, welche die Mutter des Glaubens ist. Ohne die Angst vor dem Teufel schwindet die Gottesfurcht. Ohne Ungeheuer, mein Sohn, gibt es keine Helden.«

Hatte er umsonst gekämpft?

Die Stimme verklang, und Tränen rannen in die Schusswunde. Seine riesig geweiteten Pupillen lechzten nach dem wenigen Licht, das ein Bodenscheinwerfer neben einem Felsbrocken abgab. Sein verzerrtes Gesicht nahm langsam wieder eine normale Form an, die Haut marmorbleich, der Mund süß vom Geschmack des Todes.

Mancini näherte sich dem Mann, der ihn beinahe umgebracht hätte. Der Bestie, die eine ganze Stadt in Angst und Schrecken versetzt hatte. Alexandra Nigros Bruder. Sie war das fehlende Element, das er im Haus des Professors zu fassen bekommen versucht hatte, das er im Eulenhäuschen vage erahnt hatte. Etwas schon einmal Gesehenes. Die Züge ihrer Gesichter – und ihrer Augen, groß und durchdringend blickend, das warme Gelb der untergehenden Sonne im klaren Blau des Meeres. Bruder und Schwester.

Was würde nun aus ihr werden?

»Angelo?«, rief sie.

Der letzte Seufzer des Bruders drang an ihre Ohren.

»Alexandra, ich habe das Meer nie gesehen«, sagte er mit den Augen eines Kindes.

Dann erlosch der Himmel in seinem Blick. Ein Blatt löste sich von einem Ast über ihm, segelte spiralförmig herab und landete zwischen den Händen des Jägers, der von dem letzten Ungeheuer besiegt worden war.

Angelos Körper, dem Leben so fremd, erstarrte rasch, um die letzte Verwandlung zu durchlaufen. Seine Haut wurde marmorn, die Gelenke wie die Astknoten einer Eiche, bis nur noch eine seelenlose Statue zurückblieb. Ein Leuchtstreifen zog sich über den Himmel und spiegelte sich in den einzigen Tränen, die er je vergossen hatte.

Dann ereilte ihn der Tod und stürzte ihn in das unbekannte Herz der Dunkelheit.

Epilog

Rom, Monte Sacro

Der kleine Joystick an der Armlehne des Rollstuhls war deaktiviert, und Enrico schob den Professor mit Muskelkraft bis zum Gartentor der Villa. Er kramte nach den Schlüsseln, schloss auf und manövrierte den Rollstuhl den kurzen Weg zum Haus hinauf.

Trotz der dünnen Schneeschicht, die auf den Ästen und dem Hausdach lag, tauchten ein paar warme Sonnenstrahlen die sitzende Gestalt in ein orangefarbenes Licht. Wie die Abendsonne würde auch Carlo Biga bald hinterm Horizont verschwinden, doch noch war es nicht so weit. Fürs Erste hatte seine zähe Konstitution dem schweren Schlag standgehalten, und ungeachtet dessen, dass die Lähmung der Beine und seines linken Arms anhielt, gewann er sehr schnell sein Sprachvermögen zurück.

»So, da sind wir, Professore. In den nächsten Wochen wird regelmäßig ein Physiotherapeut zu Ihnen kommen, um dafür zu sorgen, dass Sie so viel wie möglich von Ihrer Beweglichkeit zurückgewinnen. Außerdem noch eine Logopädin. Und ›die Frau‹ hat sich bereit erklärt, für eine Weile hier bei Ihnen im Haus zu übernachten. Danach werden wir etwas Neues organisieren.«

Biga blickte missmutig drein, während er ins Haus geschoben wurde. Es war alles gründlich geputzt worden, sogar von den Blutspuren auf dem Teppich vor dem Sofa war nichts mehr zu sehen. Mancini musterte den Professor, doch der wirkte nicht beunruhigt.

Biga bemerkte den Blick seines Zöglings und schüttelte den Kopf. »Es macht mir nichts aus«, sagte er leicht nuschelnd. »Es ist immer noch mein Haus!«

Die Frau kam aus der Küche und begrüßte sie. Mancini erwiderte zerstreut ihren Gruß, bevor er sich wieder Biga zuwandte, der, noch mit seiner Tweedmütze auf dem Kopf, zu der großen Pendeluhr hinsah.

»Ich habe mich immer gefragt, was an dieser Uhr so besonders ist.«

Der Alte lächelte schief, doch seine Augen glänzten. »Dort verbirgt sich Gevatter Tod«, sagte er und blickte auf die großen bronzenen Zeiger. »Aber noch ist meine Stunde nicht gekommen. Und außerdem ...« Ein Hustenanfall schüttelte seine rechte Körperhälfte. »Außerdem habe ich jetzt dein Blut in den Adern.« Er kicherte.

Je länger er sprach, desto mehr schien seine Zunge sich zu lösen, und Mancini wollte ihn nicht unterbrechen. Der Professor trank einen Schluck Wasser aus dem Glas mit Strohhalm, das die Frau ihm gebracht hatte.

»Ehe du gehst, will ich dir noch etwas sagen.«

»Ich bin ganz Ohr, Professore«, antwortete Enrico und hockte sich vor ihn, um ihm auf Augenhöhe zu begegnen.

»Es gibt Menschen, für die die Vergangenheit eine Lebensdimension darstellt. Die einzige sogar. Ich spreche nicht von alten Leuten wie mir, die mehr Vergangenheit als Zukunft haben, mehr Wegstrecke hinter als vor sich. Nein, ich meine Leute, die sich nur in einer einzigen Wirklichkeit bewegen: die der vergangenen Zeit. Leben bedeutet für sie im Wesentlichen, die eigene Vergangenheit fortzusetzen.«

»Warum sagen Sie mir das, Professore?«

Biga zwinkerte ihm zu. »Das weißt du genau, oder?«

»Ich denke schon.«

»Dann folge deinem Gefühl«, sagte Biga, zog seine Mütze ab und warf sie aufs Sofa.

»Gut, Professore.« Mancini richtete sich auf. »Ich übergebe Sie jetzt in gute Hände. Aber halten Sie die Ohren steif.«

»Zu Befehl!«

Draußen war es bitterkalt, und Mancini fragte sich zum wiederholten Male, ob der Professor seine eingebüßte Motorik zumindest teilweise wiedererlangen würde. Er wusste, dass es schwierig werden und die Arbeit des Physiotherapeuten wahrscheinlich vergeblich sein würde, aber die Hauptsache war, dass Biga lebte und im Vollbesitz seiner geistigen Kräfte war. Dass er noch hier war, geborgen in den mit Holz und Büchern verkleideten Wänden seines alten Zuhauses, bereit, ihm zuzuhören und seinen Gedanken zu folgen.

Rom, Polizeipräsidium

Vincenzo Gugliotti lief in seinem Büro auf und ab. Er hatte die Nachricht von Ispettore Comello erhalten: Commissario Mancini hatte den Bildhauer mit seiner Dienstwaffe erschossen. Die Einzelheiten sollte er dem Bericht entnehmen, den er baldigst erhalten würde.

Der Ispettore hatte außerdem für die Festnahme einer in den Fall verwickelten Person gesorgt: Der Pater Superior der Ordensgemeinschaft San Giorgio im Valnerina hatte sich der unterlassenen Anzeige zweier Tötungsdelikte schuldig gemacht – zweier von seinem jungen Zögling niedergemetzelten Mitbrüder – sowie des Verbergens der Leichen. Von Mancini in die Zange genommen, hatte der Pater alles gestanden.

Gugliotti hatte außerdem Caterina De Marchis kurzen Bericht über ihren Ortstermin im Kloster Santa Lucia in Selci gelesen, in dem der Bildhauer sich eine Zeit lang versteckt gehalten hatte, beschützt vom langen Arm des Pater Superior. Die Befragung der für das Kloster zuständigen Personen beim Bistum Rom hatte ein dichtes Netz von Beziehungen zutage gefördert, mit dessen Hilfe der Pater aus der Ferne weiter über »seinen« Jungen, Angelo Nigro, gewacht hatte.

Und offenbar hatte Comello oder eine von ihm beauftragte Person die Neuigkeiten vom Erfolg von Mancinis Team an die Presseagenturen weitergeleitet. Dem Polizeipräsidenten würde es also nun nichts mehr nützen, heimlich Informationen und Tatortfotos herauszugeben, das war ihm klar. Sein Plan, Mancini auf die eine oder andere Art zu diskreditieren, war erneut gescheitert.

Rom, Garbatella

Walter schloss seine Giulietta per Funk ab, während er über den kleinen Platz ging. Die verblasste orangerote Fassade des alten Wohnhauses bildete den Hintergrund für die riesenhafte Figur eines Fußballers mit Ball in der Hand, den Blick zum Himmel gerichtet. Darüber stand AUGURI CAPITANO, Glückwunsch, Kapitän, verziert mit einem gelbroten Herzen. Ja, hier schlug das Herz des Garbatella-Viertels, des ehemaligen Arbeiterviertels, das seine volkstümliche Seele noch nicht vergessen hatte.

Er kam gerade von dem Richter, der über den Antrag auf Haftentlassung unter Auflagen von Luigi Delgatto zu entscheiden hatte: Der Mann würde in der kommenden Woche freigelassen werden.

In Walters Wohnung war es sehr warm, die gusseisernen Heizkörper liefen auf Hochtouren, und Walter machte sich in Gedanken eine Notiz, mit dem nächsten dreizehnten Monatsgehalt eine wohnungseigene Heizung einbauen zu lassen. Er zog seine Adidas aus und warf sich aufs Sofa, erschöpft von den letzten Tagen der Fahndung nach dem Bildhauer. Nach einer Weile nahm er die Fernbedienung und schaltete Fernseher und DVD-Player ein. Er startete die DVD, und das Gesicht von Giuliano Gemma erschien auf dem Bildschirm, als Hintergrund zum Soundtrack von Riz Ortolani. Walter setzte sich auf, so gespannt, als würde er den Film zum ersten Mal sehen. Dann drehte er sich kurz und mit zufriedenem Grinsen zu dem Plakat über dem Sofa um: *Der Tod ritt dienstags* mit den fast lebensgroßen Figuren von Giuliano Gemma und Lee Van Cleef samt einem enormen Colt. Caterina hielt das zwar für primitiven Quatsch, der sich für einen Ispettore von der Kriminalpolizei nicht geziemte, aber er wollte nicht davon lassen. Er liebte die Schauplätze, die Atmosphäre und das starke Gerechtigkeitsgefühl, von dem Geschichten wie diese durchdrungen waren.

Als das Telefon an der Wand klingelte, war er tief in den Film versunken und zuckte erschrocken zusammen. Er nahm das Gespräch an, es war Caterina. Er hatte die Verabredung zum Mittagessen bei ihr vergessen. »In zehn Minuten bin ich bei dir«, versprach er.

»Gut, ich warte auf dich«, antwortete sie, und es klang, als würde sie ihre Lippen auf den Hörer drücken, bevor sie auflegte.

Hatte er richtig gehört? War das ein Kuss gewesen oder nur ein Knacken? Er hielt die DVD an und machte den Fernseher aus. Er würde am Nachmittag weitergucken, es sei denn, Caterina hatte beschlossen, auch nach dem Essen noch Zeit mit ihm zu verbringen. Unsicher ging er hinunter zu seiner Giulietta. Der Himmel war trüb und das Pflaster noch weiß vom Schneeregen. Plötzlich stieß er auf Hüfthöhe mit etwas zusammen.

»Entschuldigen Sie«, sagte er automatisch, in der Annahme, eine der alten Damen des Viertels umgerannt zu haben. Er blickte hinab und sah einen kleinen Jungen.

Den kleinen Jungen.

»Niko? Was machst du denn hier?«

Das war nicht Nikos Gegend, und auch nicht die, in der er als Straßenhändler arbeitete.

Der Junge sah ihn mit seinen schwarzen Augen furchtlos an. Dann zog er ein Stofftaschentuch aus der Tasche seiner dunkelblauen Cordhose, die er unter einem kurzen gelben Pulli trug.

»Was ist das?«, fragte Comello.

Das Tuch war schmutzig und schlammverkrustet. In einer Ecke war ein »C« eingestickt, und er erinnerte sich, dass Caterina es Niko geschenkt hatte, wie so viele andere Sachen auch. Sie hatte den kleinen Kerl wirklich ins Herz geschlossen, keine Frage, auch wenn Walter nicht so richtig verstand, warum. War ja schließlich nicht ihr Kind. Er hatte keine Ahnung, wie sie über eigene Kinder dachte, er hatte sie nie danach gefragt.

387

Comello musterte den Jungen interessiert, betrachtete sein schmales, zartes Gesicht. »Was hast du da drin?«

Niko gab ihm das Taschentuch, das mit einer kleinen Schleife zusammengebunden war. Er löste sie vorsichtig und hielt den Inhalt auf dem Handteller. Es war das kleine Armband, das er Caterina geschenkt hatte, das mit dem Herz aus Gold. »So wie deins, was«, hatte sie gescherzt, als sie es unter der Serviette gefunden hatte. Doch dann hatte sie es bei ihrem Fall in diese Zisterne mit Ratten verloren. Niko musste dorthin zurückgekehrt sein, in das Labyrinth des Minotaurus, um es zu holen.

»Wie hast du das gefunden?« Seine Frage drückte Bewunderung und Dankbarkeit aus. Dieser Kleine hatte Mut, eine Eigenschaft, die er zu schätzen wusste. Doch als er den Blick hob, war Niko schon nicht mehr da.

Teneriffa

Die glatte Strandlinie wurde von den Schemen einzelner mutiger Badender unterbrochen. Der Wind beugte die beiden Palmen, die in wenigen Metern Entfernung vom Wasser standen. Teneriffa war zwar nicht die Karibik, aber Antonio hatte sich entschieden, trotz allem in den Urlaub zu fahren. Allein.

Nach dem Tod ihres Bruders hatte Alexandra sich in ihr Penthouse zurückgezogen und jeden Kontakt mit der Außenwelt abgebrochen, während sie darauf wartete, ein zweites Mal vernommen zu werden, um ihre Rolle im Fall des Bildhauers zu klären. War sie von Anfang an seine Komplizin gewesen, oder hatte sie ihre Beratertätigkeit für Mancinis Team nur nutzen wollen, um den verschwundenen Bruder zu finden, bevor die Polizei es tat? So oder so, Antonio fühlte sich hintergangen. Trotzdem hatte er versucht, sie zu erreichen, aber sie hatte nicht auf seine Anrufe und SMS reagiert. Seine Enttäuschung war noch bitterer geworden, als er an die vielen Zeitungsausschnitte zum Fall des Bildhauers dachte, die er bei Alexandra gesehen hatte.

Im Laufe ihrer ersten Vernehmung durch Mancini, der Antonio hinter dem Einwegspiegel beigewohnt hatte, war die schreckliche Geschichte der beiden Geschwister ans Licht gekommen. Die Tatsache, dass sie Alexandra, seine Alexandra betraf, hatte ihn tagelang deprimiert.

Die Ärzte, die Angelo nach dem Mord an seiner Mutter behandelten, hatten ihn mehrere Monate lang in einer Klinik einer Reihe von Untersuchungen und Messungen mit verschiedensten Geräten unterzogen. Das Ergebnis war eindeutig und niederschmetternd: Es bestand keine Aussicht auf dauerhafte Heilung. Daraufhin beschloss sein Vater, der metaphysische Bildhauer Pietro Nigro, seinen Sohn in die USA zu bringen, wo er eine langfristige medizinisch-psychiatrische Behandlung in einem fortschrittlichen Institut für degenerative psychische Erkrankungen erhalten sollte. Um Alexandra würden sich derweil die Großeltern mütterlicherseits kümmern. Die Hoffnung auf Besserung war dennoch gering, und kurz vor der Abreise nach Amerika zeigte Angelo Anzeichen von Gedächtnisverlust. Er erkannte den Vater und die Schwester nicht mehr und versuchte während einer nächtlichen Krise, Alexandra umzubringen. Daraufhin schlug Pietro Nigro, der nach dem Tod seiner Frau in eine schwere Depression verfallen war, den Rat der Ärzte, in die USA zu gehen, in den Wind und beschloss, wenigstens seine Tochter zu retten. Er musste sie vor diesem Sohn beschützen, der seiner Überzeugung nach nie von seiner bösartigen Krankheit genesen würde. Nur Gott konnte sich seiner annehmen und ihm vielleicht vergeben, denn er selbst war dazu nicht in der Lage. Also setzte er ihn eines Nachts vor diesem Kloster in den Bergen aus, dem er in der Folge beträchtliche Geldsummen spendete sowie anonym Anweisungen gab, wie die Bestie in dem Jungen in Schach zu halten sei.

Antonio dachte an Alexandras tizianrote Haare und ihre gemeinsamen Nächte, an die Unterhaltungen auf ihrer Terrasse, das Betrachten der Sterne in einträchtigem Schweigen. Die Himmelsungeheuer, wie sie die Sternbilder nannte, waren Teil der Träume und Fantasien gewesen, die Pietro Nigro für seine Kinder erdacht hatte. Die beiden waren getrennt worden, um Alexandra zu schützen, und niemand hatte mehr von ihrem Bruder gesprochen, sodass das kleine Mädchen sich nach und nach eine bewohnbare Welt geschaffen hatte, in der die Mutter bei einem Verkehrsunfall gestorben statt von Angelo im Schlaf mit einem Messerstich getötet worden war. Eine Welt, in der keine Erinnerung an den Bruder mehr existierte. Alexandra war ein Einzelkind, und sie waren von Italien nach Amerika gezogen, damit der Vater seine Karriere vorantreiben konnte. Doch mit dem Heranwachsen hatten Erinnerungsblitze ihr Bewusstsein durchzuckt, flüchtige Eindrücke, Ahnungen von Erlebnissen. Bis sie sich als Teenager dazu durchgerungen hatte, den Vater um Aufklärung zu bitten, der ihr schließlich alles gebeichtet und sich diese enorme Last von der Seele geredet hatte.

Nach dem Tod ihres Vaters war sie nach Italien zurückgekehrt. Dem Rest der Geschichte hatte Antonio selbst beigewohnt, und er hatte nicht mehr die Kraft, sie in Gedanken noch einmal zu durchleben. Nur Bruno Calisi, der Wärter der Galleria Borghese, der Alexandra so furchtsam angestarrt hatte, kam ihm immer wieder in den Sinn. Da hätte er schon merken müssen, dass mit dieser Frau etwas nicht stimmte. Er war noch immer in sie verliebt, würde aber auch über diese Romanze sicher bald hinwegkommen. Und so hatte er nach ein paar Tagen heftigen Liebeskummers beschlossen, dass es nun genug war, und einen Last-Minute-Flug nach Teneriffa gebucht, wo, so sagte man, immer die Sonne schien, auch im Winter.

So sagte man.

Rom, Monte Sacro

Das Wohnzimmer lag im Halbschatten, denn draußen ging die Sonne gerade hinter der gegenüberliegenden Häuserzeile am Viale Adriatico unter. Enrico hatte die erstbesten Sachen, die ihm in die Hände fielen, in seine Reisetasche geworfen. Er ließ die Rollläden in allen Zimmern herunter, und als der im Wohnzimmer dran war, drehte er sich kurz um, um nachzusehen, ob nichts mehr herumlag. Ein Lichtstrahl fiel auf die alte Kommode an der Wand, auf die oberste Schublade. Die verschlossene, die er nie geöffnet hatte. Marisas Tresor.

Er ging ins Schlafzimmer hinüber, zur Bettseite seiner Frau, machte die Nachttischlampe an und tastete den Bettrahmen ab. Der Schlüssel musste irgendwo hier sein, mit einer Schnur am Pfosten befestigt. Er streifte ihn ein paarmal mit den Fingerspitzen, bis er ihn endlich zu fassen bekam. Fast rennend kehrte er ins Wohnzimmer zurück. Der Sonnenstrahl lag noch immer auf der Kommodenschublade, und Enrico beschloss, sie endlich zu öffnen, bevor er sich nach Polino zurückzog.

Er schloss auf und zog die breite Schublade zu sich heran. Was hoffte er zu finden? Von plötzlichen Zweifeln überkommen, hielt er inne. Wollte er schon wieder eine Geisterbeschwörung abhalten? Doch bevor er die Schublade wieder schließen konnte, tauchte sein Blick schon bar jeglicher Vernunft in sie hinein.

Dutzende von Lesezeichen in allen Farben bedeckten den mit weißem Papier ausgeschlagenen Boden. Darauf lagen eine Pralinenschachtel voller Aphorismenkärtchen, ein Brillenetui und ein Kästchen mit Siegellack, das er ihr einmal zum Geburtstag geschenkt hatte. Und eine Ansichtskarte. Er erkannte sie sofort wieder: Er hatte sie ihr von seiner ersten Reise nach Quantico geschickt, und sie hatte ihn damit aufgezogen, weil sie das Hauptgebäude der FBI-Akademie zeigte. Er drehte die Karte um und las: »Ich denke an dich auf der anderen Seite des Ozeans.« Darunter seine Unterschrift und ein mit rotem Stift hinzugefügter Kommentar Marisas: »Was für eine romantische Karte!☺«

Sonst nichts. Enrico war enttäuscht, als hätte er tatsächlich mit einer Nachricht, einer Botschaft aus dem Jenseits, irgendeinem Zeichen gerechnet. Vielleicht war er auch ein wenig froh, dass es in der Lade nichts mehr für ihn gab von ihr. Er grub unter den Lesezeichen, schob sie hin und her, und da sah er ihn.

Einen roten Umschlag wie für Weihnachtsgrüße. Er zog ihn heraus. Der Umschlag war mit bernsteinfarbenem Siegellack verschlossen, in den ein großes M eingeprägt war. Ohne zu zögern, getrieben von derselben unbewussten Kraft, die ihn die Schublade überhaupt erst hatte öffnen lassen, brach er das Siegel.

Und zog ein hellgrünes, in der Mitte gefaltetes Blatt Briefpapier aus der roten Hülle.

Liebster Enrico,

du wirst diese Zeilen erst nach Tagen, Wochen, Monaten lesen, doch darauf kommt es nicht an. Die Zeit existiert nicht dort, wo ich bin, aber ich möchte, dass die Zeit, die dich erwartet, schön ist und dir all das schenkt, was wir nicht mehr zusammen erleben konnten. Wie gern hätte ich dich als Vater gesehen! Du wärst bestimmt großartig gewesen, total unbeholfen, aber mit dem nötigen Ernst bei der Sache. Aber es ist nun einmal anders gekommen, sonst würdest du das hier nicht in den Händen halten.

Was du in dieser Schublade findest, sind Erinnerungsstücke an uns beide. Auch die Lesezeichen, die ich von unseren Reisen durch Italien mitgenommen habe. Bewahre sie auf, sie sind Teil unseres gemeinsamen Lebens und bedeuten mir viel. Aber versprich mir, dass du sie hier drinlässt. Versprich mir, dass du diese Schublade wieder verschließt. Und fang wieder an zu leben, mein Herz. Die letzten Monate waren für dich schwerer als für mich, das kannst du mir glauben. Ich möchte, dass du wieder glücklich bist. Das wünsche ich mir von ganzem Herzen und mit der ganzen Kraft, die mein Körper mir noch auf dieses Stück Papier zu übertragen erlaubt.

Eugenio Montale (das ist ein Dichter!) hat einmal gesagt, dass unsere Alltagsgegenstände, unsere Besitztümer, konkrete Symbole unserer Empfindungen, unserer Gefühle, unserer Liebe sind und uns zum Glück oft überleben.

Deshalb, mein Liebster, bewahr die Sachen hier drin auf, aber wirf den Schlüssel weg, verbrenn diesen Brief und sei glücklich.

Marisa

Rom, Trastevere

»Schau mal, was ich geschenkt bekommen habe«, rief Marco, als er nach der Schule zur Tür hereinkam. In der Hand schwenkte er einen bunten Rucksack mit einem hinter einer Hausecke hervorschauenden Spiderman-Kopf.

»Wo hast du den denn her?« Giulia sah ihren Sohn, dessen Gesicht vor Glück nur so strahlte, fragend an.

»Den hat mir dieser Freund von dir geschenkt. Der, der mal bei uns war, um seine Handschuhe abzuholen«, sagte Marco grinsend, worauf Giulias Gesicht sich mit einer Röte überzog, die genauso unerwartet kam wie die Antwort ihres Sohnes.

»Er hat mich jetzt schon zum zweiten Mal in der Schule besucht!«, rief Marco zufrieden, nahm eine Karate-Kampfstellung ein und ließ seine kleine Faust durch die Luft sausen.

Giulias Herz machte einen Sprung. Enrico. Wie oft hatte sie an ihn gedacht, auch wenn sie immer wieder versucht hatte, ihn aus ihren Gedanken zu verbannen, und ihn für sein Schweigen verflucht hatte – das, wie ihr jetzt klar wurde, eher von Unbeholfenheit als von Zurückweisung zeugte.

»Und was hat er gesagt, als er dir den Rucksack geschenkt hat?«

»Nichts«, sagte er und machte einen gestoßenen Fußtritt nach vorn. »Nur dass er Karate auch mag und dass er mal kommen könnte, um mir zuzugucken, wenn ich will.«

Konnte das sein? »Und was hast du ihm geantwortet?«

»Dass er erst zu uns nach Hause kommen und dich fragen muss.«

Marco strahlte sie an, und seine Augen blitzten verständig. Für einen Augenblick fühlte Giulia sich wie er, klein und umsorgt. Ihr Sohn gab ihr plötzlich ein Gefühl von Geborgenheit, wie sie es auch von ihrem Vater erfahren hatte, und ein Anflug süßer Melancholie überkam sie. Sie beugte sich nach vorn, nahm Marcos Gesicht zwischen die Hände und sah ihn an, wie sie ihn noch nie zuvor angesehen hatte. Ihr Sohn war schon ein kleiner Mann, und es wurde Zeit, dass auch er einen Vater bekam.

Polino

Die Arme auf die Fensterbank gestützt, schloss Mancini die Augen und lehnte seine Stirn an die kalte Scheibe. Wie die alte Kastanie auf der Lichtung war auch er vom Blitz getroffen worden, von Tod und Schrecken. Doch er hatte überlebt wie dieser Baum, und vielleicht trieb sein winterliches Herz nun ebenfalls Knospen, die eines Tages aufgehen würden.

Er atmete tief die feuchtkalte Luft ein, öffnete langsam die Augen und richtete sie auf das Hochtal oben, auf der Suche nach seiner Eiche. Nach einer Weile meinte er, den Stamm des Bäumchens auszumachen, das er gepflanzt hatte. Es war noch kaum zu sehen, aber er wusste, dass es auf diesem fruchtbaren Boden wachsen und gedeihen, tiefe Wurzeln schlagen und seine Äste in diesen weiten Himmel recken würde, über den stumm der Falke wachte.

Er ging zum Kamin hinüber, in dem ein loderndes Feuer brannte. Das große Holzscheit würde das Haus bis zum Morgen warmhalten. Er setzte sich auf das Sofa und nahm Marisas Brief in die Hand. Lange starrte er darauf, und als er schon drauf und dran war, ihn aufzufalten, bezwang er den Wunsch, ihn noch einmal zu lesen, und warf ihn ins Feuer. Das grüne Papier färbte sich orange und verglomm in der Umarmung der Flammen, die es völlig verzehrten.

Anmerkungen des Autors

Mit *Nachtjäger* setze ich den Weg fort, den ich mit *Schattenkiller* begonnen habe und der durch die Straßen und unterirdischen Gänge, vorbei an klassischen und postindustriellen Denkmälern, an grauem Stahl und tiefem Grün meines Roms führt. War *Schattenkiller* ein Buch sowohl über den (relativen) Gerechtigkeitssinn von Menschen als auch über die Unmenschlichkeit, zu der sie fähig sind, so geht es in *Nachtjäger* um das Thema Wirklichkeit und ihre Gegenspieler: Illusion, Vision, Transformation. »Gerechtigkeit« und »Wirklichkeit«, zwei Stützpfeiler des westlichen Denkens, Grundbegriffe, auf denen unsere Gesellschaften aufbauen, werden in diesen Romanen durch die verstörenden, negativen Kräfte infrage gestellt, die sich in gewissen Außenseitern verkörpern: den Serienmördern.

Die Idee zu diesem Buch entwickelte sich aus einer Aussage von C. G. Jung, die mich von jeher fasziniert hat und laut derer die Wirklichkeit entgegen dem, was wir gemeinhin glauben, etwas Flüchtiges ist, etwas, das von unserer Psyche ständig neu erschaffen wird, damit wir es bewältigen können.

Die Kulisse, vor der sich Enrico Mancini, sein Team und der Bildhauer bewegen, ist diesmal das Rom der Parks und Gärten, der alten und modernen Anlagen, in denen die Geister der jeweiligen Epoche hausen. Die Galleria Borghese im gleichnamigen Park beherbergt Meisterwerke von Bernini, Tizian und Caravaggio, der Park Villa Torlonia das verwunschene, pittoreske Eulenhäuschen. Neben diesen historischen Parks gibt es aber auch noch andere Parks ganz eigener Art, die mit Bruchstücken kindlicher Erinnerungen verbunden sind, mit Märchen, Träumen – und natürlich mit Ängsten. Wie der Zoologische Garten, heute Biopark genannt, und der alte LunEur, der Vergnügungspark der Hauptstadt. Das sind Orte, die von jeher Symbole der Andersartigkeit in sich bergen: die surrealen Formen exotischer Tiere oder die märchenhaften der Ungeheuer unserer Albträume.

Monster sind per se verstörende Kreaturen. Das Wort weist schon etymologisch (von lat. monere – mahnen, warnen) auf etwas Außergewöhnliches hin, und in unserem modernen Sprachgebrauch verkörpern Monster etwas Irreales, Fantastisches. Etwas, das eben außerhalb des Gewöhnlichen, der normalen Ordnung steht, das den Naturgesetzen und unserem Realitätssinn widerspricht. Warnung, Omen oder furchterregendes Wunderding, das Monster ist stets jenseits des Menschlichen, des Natürlichen, des Wirklichen angesiedelt, ein mehrdeutiges, schwer zu fassendes Wesen, das zugleich auf das andere Thema dieses Romans verweist: die Verwandlung – ein zentrales Motiv schon in den antiken Epen und Gedichten. Ich denke an die armen Gefährten des Odysseus, die von der Zauberin Circe in Schweine verwandelt wurden, erinnere mich an die faszinierende, fantasieanregende Wirkung der *Metamorphosen* von Ovid oder des *Goldenen Esel* von Apuleius. An all diese Übergänge von einem Zustand in den anderen, die Kreuzungen zwischen Mensch und Tier, Tier und Tier, die Sphinx und der Zentaur, die Chimäre und der Hippogryph. Die Gestaltwechsel von Göttern zu Menschen und ihre unzähligen Tierverwandlungen, die Generationen von Lesern in ihren Bann gezogen haben.

All diese Ideen und Anregungen sind in die Konzeption eines Romans eingeflossen, der sich um Formen von Mehrdeutigkeit und Verwandlung dreht. Auch seine Figuren machen auf die eine oder andere Art Veränderungen durch, sind im Begriff, sich zu wandeln. Sie alle durchlaufen einen Prozess des Neuwerdens.

Und nicht nur sie. Die Bedeutung meiner eigenen Reise, meines eigenen Wandlungsprozesses seit den ersten Entwürfen zu *Nachtjäger* ist kaum zu unterschätzen. Ich habe mit dem Schreiben des Romans begonnen, während ich auf einer Lesereise durch Italien war, um mein erstes Buch, *Schattenkiller*, vorzustellen, während also auch ich eine grundlegende Veränderung durchmachte: vom Literaturfachmann, Lektor und Übersetzer zum Schriftsteller. So haben mich Ängste, dunkle Nächte, Monster, Visionen und Albträume in diesem ebenso anstrengenden wie beglückenden Jahr begleitet, aber dank der Leserinnen und Leser, der Buchhändlerinnen und Buchhändler, denen ich begegnet bin, ist es mir gelungen, all dieses Ideenmaterial in den Roman zu verwandeln, den Sie nun in den Händen halten.

Danksagung

Mein Dank gilt meinen Kindern Zoe und Tomás und meiner Paola. Zusammen sind wir ein unschlagbares Team, ein im Alltag geschmiedetes Bündnis gegen die Tücken der Wirklichkeit. Ich danke Annarita für die Bücher und mein Leben. Gherardo für die Willensstärke. Ich danke Paola Babbini, meiner wunderbaren Dreiundneunzigjährigen. Meiner Isabella und der kleinen Chiara. Giorgio, Liviana und dem kleinen Mario für ihre Zuneigung und die Mittagessen. Dank an Fabrizio Cocco, meinen unentbehrlichen Wächterdämon. An Stefano Mauri, meinen Verleger. An Giuseppe Strazzeri, den Programmleiter. An Alessia Ugolotti und das gesamte Lektorat bei Longanesi. An Raffaella Roncato und Tommaso Gobbi für ihre enorme Geduld. An Graziella Cerutti, ich werde dir ewig dankbar sein. An Giuseppe Somenzi und sein Team, das für mich durch Italien tourt.

Dank an Laura Ceccacci für ihre dringend benötigten vier Viertel und die verrückte Chemie zwischen Stier und Waage. An Giorgio Amendola, meinen herausragenden psychologisch-philosophischen Berater, der fähig ist, mir die Spiegel dieses Buchs zu enthüllen. Und ihre tausend Widerspiegelungen.

Ich danke Giulio Vasaturo für seine kriminologischen Ratschläge (wie üblich habe ich der Fiktion den Vorzug gegeben!).

Luigi Nava, meinem aufmerksamen, strengen pharmakologischen Berater.

Chiara Lucarelli für unseren Schwatz, sie weiß schon, welchen, und Valeria Maccarone für ihre Tipps.

Ich danke meinem Bürgermeister Enzo Matteucci für diesen

Vormittag in Polino zwischen Stämmen und Wurzeln. Und seiner großartigen Familie.

Dank an Alba Maiolini, meine römisch-mailändische Freundin.

An Nicola Ugolini, Eleonora Bonoli und Walter »Neqrouz« Comelli.

An Manolo »Flinkehand« und seine gefährlichen Klingen.

An meine Städte: Rom, Polino, Terni, Latina, Dublin. An Grottammare, das mich adoptiert hat und mich im Sommer nährt und vor allem meinen Durst stillt.

An die Freunde von gestern und heute: Enrico »Drinkerrun« Terrinoni, Ronnie »Redneck« James, Corrado »Red Ribbon« Quinto, Andrea »Ploughboy« Binelli, Andrea »Honest« Terrinoni, Andrea »Waster« Comincini, Daniele »Djalma« Casella, Antonio »NMM« Positino, Neil »Thelastpint« Brody, Vincenzo »The Hat« Brutti, Daniele »The Voice« Masci. *Up the Irons!*

Ich danke meinem Lehrer Carlo Bigazzi.

Ich danke meinen Lektorinnen und Lektoren der ausländischen Verlage für ihre ausgezeichnete Arbeit und den Enthusiasmus, mit dem sie mich auf meinen Reisen durch Europa empfangen.

Dank an die befreundeten Autorinnen und Autoren, die mich auf der langen Lesereise für *Schattenkiller* dem Publikum vorgestellt haben.

An MEINE Buchhändlerinnen und Buchhändler und ihre Leidenschaft. Ohne euer *Abrakadabra* wäre der Zauber, der in meinen Büchern lebt, nur ein Jahrmarktsbudentrick.

An MEINE Leserinnen und Leser. Meine Geschichten, meine Figuren, meine Worte sind für euch.

Dank an Giovanna De Angelis, die mir Schritt für Schritt folgt.

An meine Mutter. Trotz allem fehlst du mir noch immer.

An die Fiktion, den Taumel, die Illusion.

Ad astra per aspera.

Die Community für alle, die Bücher lieben

Das Gefühl, wenn man ein Buch in einer einzigen Nacht verschlingt – teile es mit der Community

In der Lesejury kannst du
- ★ Bücher lesen und rezensieren, die noch nicht erschienen sind
- ★ Gemeinsam mit anderen buchbegeisterten Menschen in Leserunden diskutieren
- ★ Autoren persönlich kennenlernen
- ★ An exklusiven Gewinnspielen und Aktionen teilnehmen
- ★ Bonuspunkte sammeln und diese gegen tolle Prämien eintauschen

Jetzt kostenlos registrieren: www.lesejury.de
Folge uns auf Facebook:
www.facebook.com/lesejury